MR ROMANCE

Franklin U

LOUISA MASTERS

Über Mr. Romance

Wenn du nicht weiterweißt, kann dir Mr. Romance helfen.

Charlie

Ich bin mir nicht sicher, wie es passiert ist, aber wie sich herausstellt, bin ich mit drei Leuten gleichzeitig zusammen.

Anscheinend verwöhnen Freunde andere Freunde nicht. Mein Treuhandfond bedeutet jedoch, dass ich es mir leisten kann, und was ist schon eine Mahlzeit hier und da? Oder ein paar Kleidungsstücke? Oder Bücher? Das bedeutet nicht, das wir zusammen sind, richtig?

Andere sehen das anders. Wenn ich die restliche Zeit am College überstehen und herausfinden will, wer wirklich meine Freunde sind, brauche ich die Hilfe von jemandem, der sich sehr gut mit dem Dating auskennt und mir sagen kann, was ich *nicht* tun sollte.

Jemand wie Mr. Romance.

Liam

Wenn mich Leute ansehen, ist Romantik das Letzte,

woran sie denken … aber ich bin trotzdem die erste Person, die sie anrufen. Geht es darum, ein erstes Date zu planen? Einen großen, romantischen Augenblick? Müssen Sie um Vergebung betteln? Ich bin Ihr Mann. Wenn es um Romantik geht, habe ich alles im Griff.

Allerdings nicht privat. Mein Liebesleben … liegt brach. Dabei will ich doch nur jemanden, mit dem ich kuscheln kann und der mich verwöhnt. Stattdessen plane ich die Verabredungen von Leuten, die absolut keinen Plan haben, wie man jemanden umwirbt.

Aber jetzt bin ich auf einmal Charlie Martins Anti-Romanzen-Berater. Charlie – vollkommen ahnungslos und doch die unvoreingenommenste und freundlichste Person, der ich je begegnet bin. Die großzügig und freigiebig ist. Die sich mit mir angefreundet hat und will, dass ich glücklich bin.

Ich soll ihm dabei helfen, zu verhindern, dass sich seine Freunde in ihn verlieben. Das Letzte, was ich brauche, ist, dass ich mich selbst in ihn verliebe.

Kapitel Eins

CHARLIE

„Du bist ein Schwein, Charlie Martin!"

Die Worte scheinen durch das Café zu hallen, und ich blinzle geschockt zu der hübschen Brünetten auf, die sie geschrien hat. Cassie ist meine Freundin. Warum würde sie so etwas tun?

„Äh ... was?"

„Oh, mein Gott, spiel mir hier nicht den Dummen! Ich weiß, dass du extrem schlau bist. Wie konntest du mir das nur antun?"

Ich schlucke und blicke mich um, während ich versuche, nicht so auszusehen, als würde ich mich umsehen. Ich habe keine Ahnung, was hier los ist. „Cass, ich verstehe nicht. Habe ich etwas getan, was dich wütend macht?"

Auf der anderen Seite des Tisches wirft Lesley ihre blonde Mähne zurück. „Charlie, was geht hier vor sich?"

Ich wünschte, ich wüsste die Antwort auf diese Frage.

Cassie stampft mit ihrem Fuß auf. „Niemand spricht mit dir, du Beziehungszerstörerin!"

Okay, wow. Das hier gerät aus den Fugen. Die Mädels haben eindeutig irgendeine Art von Vorgeschichte, von der ich nichts weiß, aber ich bin nicht von gestern. Sobald ein Wort wie „Beziehungszerstörerin" eingeworfen wird, geht es danach mit der Unterhaltung meist bergab.

Und tatsächlich schiebt Lesley ihren Stuhl zurück und steht auf. „Wie hast du mich genannt, Schlampe?"

„Vielleicht sollten wir die Beleidigungen lassen", schlage ich verzweifelt vor und versuche, die Stimmung etwas abzukühlen. Ich komme fast jeden Tag zum Lunch ins *Food Café*. Es wäre wirklich blöd, wenn ich wegen meiner Freunde von hier verbannt würde.

Beide drehen sich zu mir um. Es war ein Fehler, sich einzumischen.

„Wie konntest du mich mit dieser *Nutte* betrügen?!", faucht Cassie. Ich verziehe angewidert mein Gesicht. Meine Mutter arbeitet mit Frauen zusammen, die von häuslicher Gewalt genesen, und sie hat die ersten achtzehn Jahre meines Lebens damit verbracht, mir einzubläuen, dass manche Worte Frauen nur niedermachen und daher nicht benutzt werden sollten. Und diese Mädchen, die befreundet sind, werfen sehr offen damit um sich.

„Ich glaube nicht, dass es notwendig ist … Moment, was?" Ich stehe ebenfalls auf. „Hast du gesagt, dass ich dich betrogen habe? Ich habe dich nicht betrogen."

„Du bist hinter meinem Rücken mit ihr zusammen?", kreischt Lesley. „Wie kannst du es wagen?! Ich habe es nicht verdient, so schlecht behandelt zu werden!"

„So schlecht … inwiefern?", frage ich mit aufrichtiger Verwirrung. Ich hatte ehrlich gedacht, sobald wir im College wären, würden Mädchen, mit denen man befreundet ist, mit diesem Blödsinn aufhören, dass du nicht mit denjenigen befreundet sein kannst, die sie nicht leiden können. Außerdem hatte ich keine Ahnung gehabt, dass sie sich nicht ausstehen konnten. Das hier ist absolut nicht meine Schuld. Wenn sie dumme Freundschaftsregeln haben, dann sollten sie diese den Leuten von vornherein erklären und mir sagen, mit wem ich nicht befreundet sein darf.

Nicht, dass ich mich daran halten würde. Niemand sagt mir, mit wem ich befreundet sein darf und mit wem nicht. Mom würde mich umbringen, wenn ich das erlaubte.

„Du gehst mit uns beiden!", erklärt Cassie. „Das ist nicht okay, Charlie. Ich dachte, dass wir beide exklusiv zusammen wären!" Sie schnappt sich ihr Soda und schleudert es mir ins Gesicht.

Was. Zum. Teufel!

Ich greife nach einem Stapel Servietten und trockne mich damit ab, bevor es auf mein Hemd tropfen kann, das ich heute Morgen zehn Minuten lang gebügelt hatte. Glücklicherweise war im Glas nicht viel übrig gewesen – ich wäre *angepisst*, wenn sie mein Hemd ruiniert hätte.

„Ich gehe nicht mit euch beiden!" Woher zum Teufel kam das?! „Ich bin mit keiner von euch zusammen. Wir sind Freunde." Oder nicht? Ich schaue mich verzweifelt im Café um. Jeder hat innegehalten, um sich das Drama anzusehen, und da es Mittagszeit ist, bedeutet das, dass eine Menge Zeugen für meine Erniedrigung anwesend sind. Ein paar Leute halten ihre Handys hoch. Heißt das etwa, dass …?

„Äh, könntet ihr bitte damit aufhören, das aufzuzeichnen?", frage ich. Keiner von ihnen senkt sein Handy. „Großartig. Danke."

Mein Blick fällt auf meinen Freund Raymond nahe der Tür, der wie ein Irrer grinst und seinen Kopf schüttelt. Er drängt sich seinen Weg durch die Menge.

„Meine Damen, es tut mir leid, euch informieren zu müssen, aber Charlie ist mit *keiner* von euch beiden zusammen. Ihr habt das hier völlig in den falschen *Hals* bekommen." Er zwinkert mir zu und ich versuche, nicht zurückzuzucken. Raymond ist ein relativ neuer Freund, aber wir verstehen uns sehr gut, und ich dachte nicht, dass er auf meine Kosten schlechte Scherze machen würde, anstatt mir auszuhelfen. Außerdem gibt es technisch gesehen für mich keinen falschen Hals hier. Ich mag sie beide. Sozusagen.

Lesley wirft ihr Haar zurück. „Äh, nein. Charlie ist bi. Jeder weiß das. Er ist zu haben."

„Das würde ich nicht so sagen", protestiere ich. Ich bin zu haben? Wirklich?

„Er ist nicht zu haben", sagt Raymond beharrlich.

„Das stimmt!", bestätige ich. Ich wusste, dass er mich verteidigen würde.

„Und er geht mit keiner von euch beiden."

„Tue ich wirklich nicht."

„Weil er und ich seit über einem Monat exklusiv zusammen sind."

„Das ist … Was?" Hat er soeben gesagt, was ich denke, was er sagte?

Jeder starrt mich erwartungsvoll an.

„Ich bin mit niemandem zusammen", bringe ich zustande. „Was geschieht hier?"

Raymonds Gesichtsausdruck erschlafft und zerbröckelt dann langsam. „Wie kannst du das sagen?"

„Ich … Könnt ihr euch bitte alle einfach beruhigen?" Die Worte sind eher für mich als für alle anderen. Meine Gedanken überschlagen sich, und all diese Leute schauen zu. Was zum Teufel soll ich tun? Das hier sind meine *Freunde*. Oder zumindest dachte ich, dass sie es wären.

Anstatt sich zu beruhigen, brechen alle drei in einen Wirrwarr von Beschuldigungen und Drohungen aus, wovon einige gegen mich gerichtet sind, andere gegeneinander. Ich schüttle meinen Kopf und frage mich, ob ich nicht einfach weggehen kann.

„Hey!" Der Ruf schneidet durch die aufsteigende Hysterie, ich drehe mich um und sehe Ian, einen Typen, den ich von einigen meiner AGs kenne. Er betrachtet uns, seine Hände sind auf seine Hüften gestemmt, und er hat ein genervtes Grinsen auf seinem Gesicht. „Entspannt euch, Leute. Wie es sich anhört, ist Charlie mit keinem von euch zusammen."

Es ist nett, jemanden auf meiner Seite zu haben, aber … „Du denkst nicht, dass wir zusammen sind, oder doch?" Ich will auf Nummer sicher gehen, bevor ich mich überhaupt entspanne.

Er lacht. „Dude, nein. Du bist absolut nicht mein Typ. Du tust mir nur jetzt gerade furchtbar leid."

Großartig. Genau das, was jeder Zwanzigjährige hören will.

„Aber ich werde dir aushelfen, denn du brauchst das irgendwie." Bevor ich etwas sagen kann, wendet er sich an diejenigen, von denen ich dachte, dass sie meine Freunde wären, die aber anscheinend mehr als das sind. Das hier muss irgendein seltsames Missverständnis sein. Wie kann ich unwissend mit allen dreien eine Beziehung haben?

Wie kann ich unwissend mit irgendjemandem gehen? Ich meine, wenn ich mit jemandem zusammen wäre, wüsste ich es, oder nicht?

„So, warum glaubt ihr, dass Charlie mit euch zusammen ist? Einer nach dem anderen", fügt er hinzu, als alle anfangen zu sprechen. „Macht mich nicht wütend. Ihr macht euch so schon lächerlich genug."

Augenblicklich verstummen drei Münder. Sie alle starren Ian böse an, was wiederum eine nette Abwechslung davon ist, als sie mich böse anstarrten.

„Du, Blondchen. Du zuerst." Er zeigt auf Lesley.

„Ich habe einen Namen." Sie wirft ihr Haar zurück. Bis zu dieser Sekunde war mir nicht bewusst gewesen, wie oft sie das tut.

„Ja, aber den kenne ich nicht. Verschwende nicht meine Zeit. Rede."

Sie starrt ihn wieder böse an, sagt aber: „Wir reden und texten die *ganze* Zeit. Er hat mich dreimal zum Essen eingeladen *und* hat jedes Mal bezahlt. Und er hat sich mit mir den Sonnenuntergang am Ozean angesehen."

„Er hat all das auch für mich getan!", ruft Raymond.

„Und für mich!" Cassie stampft wieder mit ihrem Fuß auf.

Das gesamte Café dreht sich zu mir um und starrt mich an.

„Ja, Dude, das hier sieht für dich nicht gut aus", sagt Ian.

„Nix da! All das sind freundschaftliche Dinge", protestiere ich. „Redest du nicht mit deinen Freunden und textest ihnen?"

Er zuckt mit seinen Schultern. „Sicher. Aber ich lade sie nicht zum Essen ein und auch nicht zu romantischen Sonnenuntergängen am Strand."

„Der Strand ist direkt auf der anderen Straßenseite, und ich mag Sonnenuntergänge. Es war nicht romantisch! Wir waren nur rein zufällig zusammen, als die Sonne unterging, und ich schlug vor, es uns anzusehen."

Ian macht eine anzweifelnde Handbewegung. „Das ist grenzwertig. Ich wäre eher geneigt, dir das zuzugestehen, wenn du ihnen nicht auch noch Dinner gekauft hättest."

Hitze steigt in mein Gesicht, und ich zögere. Diese Leute sind meine Freunde – nun ja, das *waren* sie – und ich will sie nicht in Verlegenheit bringen, aber …

„Das war nur eine freundliche Geste", murmle ich und

vermeide Augenkontakt. „Ich helfe meinen Freunden gerne aus, wenn ich es kann.“

Es folgt ein Moment peinlichen Schweigens, als die Implikationen einsinken. Ich fühle mich wie ein Arschloch, dass ich es so gesagt habe, aber die Wahrheit ist, dass sich viele College-Studenten solche Extras, wie im Restaurant essen zu gehen, nicht leisten können. Nicht einmal so billige wie dieses. Mein riesiger Treuhandfond bedeutet, dass ich es kann. Meine Familie besitzt und leitet eins der größten Lager- und Distributions-Unternehmen im Land, und das ist nur die Seite meines Vaters. Ist es so schlimm, dass ich meine Freunde verwöhne?

„Okay, der nächste Faktor ist Intimität“, erklärt Ian und führt die Konversation weiter. Ich bin ihm dankbar, dass er die Dinge nicht noch schlimmer macht. „Niedlicher Typ, du hast gesagt, dass du und Charlie seit einem Monat zusammen seid. Seit wann spielt ihr ‚versteckt die Salami‘?“

Normalerweise würde ich mich dagegen wehren, solch private Dinge in der Öffentlichkeit breitzutreten – und von jemandem für später auf TikTok aufzeichnen zu lassen – aber an diesem Punkt besitze ich keine Würde mehr.

Raymond schnaubt. „Ich bin keusch. Charlie respektiert das.“

Ich nicke, denn das stimmt. „Das tue ich. Man sollte an seinem Glauben festhalten.“ Außerdem geht es mich verdammt nochmal nichts an, da wir nur Freunde sind. Ich hatte mich gefragt, warum er es mir überhaupt erzählt hatte.

„Keusch?“, fragt Cassie. „Was bedeutet das nun wieder?“

„Das bedeutet, dass er keinen Sex hat“, erklärt Ian. „Was ist mit dir?“

Sie richtet sich zu ihrer vollen Größe auf. „Ich habe

Sex, vielen Dank auch. Exzellenten Sex. Mir wurde gesagt, ich sei begabt."

„Gut für dich, aber ich meinte, ob du welchen mit Charlie gehabt hast."

Cassie sinkt in sich zusammen. „Oh. Nein. Wir sind erst seit zwei Wochen zusammen."

„Erst", murmelt Ian. Ich habe genug über ihn gehört, um zu wissen, dass er zwei *Stunden* als lange ansieht, wenn es darum geht, auf Sex warten zu müssen. „Und du?", fragt er Lesley.

Sie wirft ihr Haar *schon wieder* zurück. „Wir sind erst seit zehn Tagen zusammen. Einige von uns haben *Selbstrespekt*." Ich bin mir nicht sicher, wen sie damit meint, da jeder soeben gesagt hatte, dass sie keinen Sex mit mir gehabt haben. Vielleicht Ian? Aber er hatte ebenfalls keinen Sex mit mir gehabt.

Und nach dieser Sache ist es eher unwahrscheinlich, dass er es je haben wird. Nicht, dass ich mit ihm Sex haben will, aber ich wünschte mir trotzdem, dass er all das hier nicht mitbekommen hätte.

Ian kratzt sich seine Wange. „Letzte Frage: Hat euch Charlie je direkt auf ein Date eingeladen und die Worte ‚Date' oder ‚mit mir ausgehen' oder irgendeine Kombination dieser benutzt, oder habt ihr je eine Konversation übers Ausgehen oder Zusammensein geführt?"

Hah! Ich kenne die Antwort darauf. Auf absolut gar keinen Fall! Weil sie meine *Freunde* sind. Sie haben mich sprichwörtlich gesehen, wie ich andere an Partys angemacht habe.

Die drei schauen sich gegenseitig an, dann mich und in die Runde.

„Nun … nein", gesteht Lesley zuerst.

„Es wurde angedeutet", argumentiert Raymond.

„Ich habe ihn gefragt, was er für seine Frühlingsferien geplant hat", fügt Cassie hinzu.

Ian hält seine Hände hoch. „Sorry, ich kann sehen, warum ihr alle die Situation missverstanden habt, aber Charlie ist mit keinem von euch zusammen. Er hat hier nichts falsch gemacht, außer ein begriffsstutziger Dummkopf zu sein."

Für eine Sekunde denke ich, dass sie sich allesamt streiten werden, aber dann seufzt Raymond. „Ich wusste, dass es zu gut war, um wahr zu sein."

„Ein scharfer, lieber Typ, der mich wollte? Ich hätte wissen sollen, dass da etwas nicht stimmte." Cassie schüttelt ihren Kopf.

Lesley sagt nichts, aber sie macht den Eindruck, als wäre sie kurz davor zu weinen, und ich fühle mich wie das größte Arschloch der Welt.

„Sag das nicht. Ihr seid alle großartig und ich mag euch so sehr." Die Worte purzeln aus mir heraus, als ich einen Schritt vorwärts trete.

„Dude, sei still", murmelt Ian.

„Nur nicht genug, um mit uns zusammen zu sein", sagt Raymond eingeschnappt und bitter.

Ich öffne meinen Mund, um zu sagen, dass ich natürlich mit ihnen zusammen sein würde − selbstverständlich hypothetisch − aber Ian packt meinen Arm, tritt auf meinen Fuß und verkündet fröhlich: „Nun, da wir das geklärt haben, wird es Zeit zu gehen! Komm, Charlie." Er zerrt mich in Richtung Tür.

„Meine Sachen …"

„Ich werde sie holen. Du wartest draußen. Sprich mit niemandem." Er schiebt mich zur Tür hin, und dann, als ich zögere, schiebt er mich noch einmal. „Geh jetzt, Charlie. Sofort."

Ich verstehe nicht, was sein Problem ist, aber er *hat* es geschafft, diese ganze Beziehung-keine-Beziehungs-Sache aufzuklären, also vermute ich, dass ich ihm vertrauen kann. Ich winke grob und lächle allen zögernd zu – sogar den Arschlöchern, die immer noch alles aufzeichnen – und gehe.

Ian kommt nach weniger als einer Minute zu mir – mit meinem Rucksack in der einen und den Überresten meines Sandwiches in der anderen Hand. „Hier." Er reicht mir beides abrupt. Ich werfe mir einen Träger meines Rucksacks über meine Schulter und gönne mir einen dankbaren Bissen von dem Sandwich. „Dude, du brauchst Hilfe."

Ich kaue schneller und schlucke es runter. „Das war nicht meine Schuld", jammere ich.

„Irgendwie schon. Weißt du, warum ich mich eingemischt habe?" Er zeigt zurück in Richtung Campus. „Lass uns hier entlang gehen."

Ich folge ihm, esse mein Sandwich und frage mich, ob ich vom gleichzeitigen Essen und Gehen Verdauungsschwierigkeiten bekommen werde. Meine Oma hat immer gesagt, dass das passiert, aber ich sehe ständig Leute, die das tun.

„Bekommt man vom gleichzeitigen Gehen und Essen Verdauungsprobleme?"

Ian wirft einen ungläubigen Blick über seine Schulter. „Äh, nein. Lass mich raten … deine Mutter hat das immer gesagt."

„Nein, meine Oma." Warum ist das überhaupt wichtig?

Er schüttelt seinen Kopf. „Es stimmt nicht. Wahrscheinlich wollte sie einfach nur, dass du dich hinsetzt und isst, damit sie etwas Ruhe hatte."

Wenn ich an all den Mist zurückdenke, den ich als Kind abgezogen habe, ist das sehr wahrscheinlich. „Wohin gehen wir?"

Er verlangsamt sein Tempo, um sich meinem anzupassen. Ich kann nicht essen und schnell gehen. Ich lerne noch. „Danke, dass du mich erinnerst. Weißt du, warum ich vorhin eingegriffen habe?"

„Du hast bereits gesagt, dass es war, weil ich dir leidtat. Was, du weißt schon … Lebensziele."

Er schnaubt. „Das stimmt, aber du hast mir leidgetan, weil ich mir ziemlich sicher war, was da vor sich ging."

„Was ging da vor sich?"

„Du hast wieder versehentlich Leute gedatet."

Ich verschlucke mich an ein paar Krümeln. „Was?", keuche ich, bleib dann stehen und huste ein paar Male. Er bleibt ebenfalls stehen und wartet, aber als ich aufschaue, hat er denselben „Ich kann nicht glauben, dass du schlau genug bist, um zu überleben"-Blick drauf, den manche Leute manchmal bei mir bekommen. Ich bin nicht wirklich dumm. Ich schwöre, das bin ich nicht. Nur manchmal verpasse ich Dinge, die andere Leute auffangen.

Als ich wieder normal atme, sagt er: „Ich habe das Gerede gehört, Dude. Das hast du schon zuvor getan."

„Hab ich *nicht!*" Das wüsste ich definitiv. „Warte. Ich habe was genau getan?"

Er rollt mit seinen Augen. „Bist mit Leuten gegangen, ohne zu wissen, dass ihr zusammen wart."

„Das habe ich absolut niemals getan."

Ian grinst.

Mist. Hab ich das?

„Aber nur, damit ich dir erklären kann, wie falsch du liegst, verrate mir wer."

„Melissa Harding."

Mel und ich waren für einige Monate während des ersten Studienjahres gute Freunde gewesen, aber wir hatten nie gedatet … glaube ich. Obwohl sie mir voller Tränen mitgeteilt hatte, dass sie mit jemandem zusammen sein müsse, der sexuell an ihr interessiert sei, bevor sie mich so ziemlich ganz aus ihrem Leben verbannt hatte.

Mir wird schlecht. Hatte sie gedacht, wir wären zusammen? Oh, mein Gott, ich hatte ihr *zugestimmt*, als sie das sagte! Ich bin mir auch ziemlich sicher, dass ich zu der Zeit für ein paar Wochen mit jemand anderem zusammen war, somit dachte sie bestimmt ebenfalls, dass ich ihr fremdging.

Ian ist noch nicht fertig. „Billy Winchell."

Billy und ich waren im letzten Monat des vergangenen Jahres sehr eng befreundet gewesen. Aber er war bereits in seinem letzten Jahr und wir haben uns aus den Augen verloren, nachdem er seinen Abschluss gemacht hatte.

„Du liegst falsch", sage ich beharrlich. „Bill und ich waren nur befreundet."

„Äh, ich bin ihm im Sommer begegnet, und er war am Boden zerstört, weil du auf Insta Bilder mit dem neuen Typen eingesetzt hast, mit dem du zusammen warst. Er sagte mir ernsthaft, dass du es ihm einfach hättest sagen sollen, dass du Schluss machen wolltest, anstatt es auf diese Weise zu tun."

Ich setze mich gleich dort mitten auf dem Gehweg hin. „Oh, mein Gott!"

Ian tätschelt mich auf meinem Kopf. „Ist schon gut. Sieh es mal so: Du bist doch nicht so ein totaler Mistkerl, wie ich es zuerst gedacht habe."

Das … beruhigt mich nicht. Ich schaue zu ihm auf und frage: „Woher wusstest du, dass ich es nicht bin? Ich meine, du hast auch nicht gewusst, ob ich nicht doch … anscheinend allen fremdging."

Er zuckt mit den Schultern und streckt mir seine Hand entgegen. „Ich kann Menschen gut lesen, und heute hast du ‚Ahnungslosigkeit und Verwirrung' ausgestrahlt. Steh auf. Wir müssen gehen."

Ich nehme seine Hand und lasse mich von ihm hochziehen. „Wohin gehen wir?“

„Du brauchst Hilfe. Du hast noch fast anderthalb Jahre an dieser Schule, und du kannst nicht weiterhin Herzen brechen, ohne dass es dir bewusst ist.“

„Wie vermeide ich es? Ich habe wortwörtlich keine Ahnung, welche meiner Freunde glauben, dass wir zusammen sind.“ Je mehr ich darüber nachdenke, desto entsetzlicher wird es. Habe ich überhaupt wahre Freunde? „Nur, um auf Nummer sicher zu gehen, aber du stehst nicht auf mich, richtig?“

„Nein, danke“, versichert er mir. „Ich stehe nicht auf niedlich und ahnungslos. Und außerdem gehe ich keine Beziehungen ein. Verliebt zu sein ist harte Arbeit, und es verändert dein Hirn so merkwürdig.“

Wie … nett.

„Aber ich pass auf dich auf. Du brauchst jemanden, der alle Elemente des Zusammenseins und der Romantik versteht und dich lenken kann. Als Berater. Komm schon, ich werde dich Mr. Romance vorstellen.“

Kapitel Zwei

LIAM

Matt und ich warten nicht auf Ian, um mit unserem
Training zu beginnen. Ich hatte meine Lektion beim ersten
Mal gelernt, als er zu spät dran war und ich vorgeschlagen
hatte, zu warten. Matt lachte so heftig, dass ihm beinahe
irgendwas geplatzt wäre, dann sagte er mir, wenn er es sich
angewöhnt hätte, auf Ian zu warten, hätte er sein halbes
Leben mit Warten verbracht. Wie auch immer. Diese
beiden sind die seltsamsten besten Freunde, die mir je
begegnet sind.

Aber sie sind beide gut im Turnen und das ist es, was
mir wichtig ist. Da ich mich dem Gymnastik-Team der
Schule nicht anschließen will, blieb mir zuvor nichts
anderes übrig, als allein zu trainieren, bis ich sie kennen-
lernte. Jetzt haben wir sogar eine Turnhalle ganz für uns
alleine – obwohl wir dafür eine Menge Geld hinblättern
müssen und der Team Coach regelmäßig auftaucht, um
uns zu fragen, ob wir absolut *sicher* sind, uns nicht dem
Team anschließen zu wollen. Ich habe keine Zeit für Wett-
kampfsport, wenn ich zur gleichen Zeit meinen Abschluss

als Bachelor und Magister erreichen will, somit ist das von mir immer ein Nein.

Ich bin mir nicht wirklich sicher, warum Matt und Ian nicht im Schul-Team sind. Es mag etwas damit zu tun haben, dass sie anscheinend eine Art Kulterziehung genossen haben, und der Tatsache, dass ihr Training eher einer Szene aus einem Action-Film ähnelt als meinen eher traditionellen Routinen. Ich frage nicht nach, und sie erzählen es nicht.

Wir sind fast mit den Dehnübungen fertig, als die Tür zur Turnhalle aufknallt und Ian hereinmarschiert. Ihm folgt ein anderer Typ, der ein wenig verloren aussieht … und hinreißend. Er ist wie ein großer, muskulöser Welpe mit großen braunen Augen und einem Schmollmund. Wow. Ist es legal, dass eine Person so gut aussehen darf? Muss er vielleicht so etwas wie eine Schönheitssteuer bezahlen?

„Du bist spät dran", ruft Matt fröhlich von dort, wo er mir gegenübersitzt – mit weit gespreizten Beinen, während er sich ganz vornüber beugt und mit seiner Nase die Matte berührt, um seine Muskeln aufzuwärmen.

„Ich bin verspätet, weil ich Charlie retten musste." Ian kommt auf uns zu, bleibt dann aber stehen, als er merkt, dass ihm sein Freund nicht folgt. Er geht zu ihm zurück, packt den Arm des Typen und zieht ihn hinter sich her.

„Ich verstehe wirklich nicht, was ich hier tue", protestiert der Typ, Charlie?

„Ich habe dir gesagt, dass ich dich Mr. Romance vorstellen werde. Du hast von Mr. Romance gehört, richtig?"

Charlie nickt ernst. „Der Typ, den die Leute dafür bezahlen, dass er für sie Verabredungen plant? Jeder weiß von Mr. Romance. Er ist eine Legende." Sein Blick landet auf mir und Matt, springt zwischen uns hin und her und bleibt dann an Matt hängen. „Es ist nett, dich kennenzulernen. Ich bin ein großer Fan deiner Arbeit. Nun ja, von den Geschichten über deine Arbeit."

Matt schüttelt seinen Kopf. „Ich glaube wirklich nicht, dass du das bist."

Ich rolle mit meinen Augen und stehe auf. „Meine Arbeit."

Er lenkt seinen Blick auf mich und betrachtet mich zweifelnd von Kopf bis Fuß. Ich weiß, was er sieht: klein und blass, mit einem unbezähmbaren Wuschelkopf von aschblondem Haar. Ich hatte versucht, es superkurz zu schneiden. Das betonte meine Gesichtsknochen sehr, was keine gute Sache war. Früher war ich auch sehr knochig, aber dank der Gymnastik konnte ich Muskeln aufbauen. Jetzt bin ich sogar ziemlich gut gebaut.

Nur zu schade, dass es niemand außer mir zu sehen bekommt.

Wie dem auch sei. Ich sehe nicht wie jedermanns idealer romantischer Typ aus.

„Deine?", fragt er.

„Ja. Ich bin Mr. Romance. Liam Rigby." Ich will gerade meine Hand nach ihm ausstrecken, um seine zu schütteln, lasse sie dann aber wieder fallen. Im College schüttelt niemand Hände, es sei denn, man geht zu einem Vorstellungsgespräch. Anscheinend bin ich der Einzige.

„Charlie Martin", sagt er automatisch. „Wirklich? Du bist Mr. Romance?"

Wow. Ganz schön unhöflich.

Ian stöhnt. „Charlie! Mach ihn nicht wütend. Du brauchst seine Hilfe."

Ich will einen schnippischen Kommentar ablassen und gehen, weil − scheiß auf ihn! - , aber ich bin nicht dumm genug, einen bezahlten Job abzulehnen. Ich mache eine

Menge Geld als Mr. Romance, dabei verlange ich nicht einmal so viel. Wie sich herausstellt, hassen viele Typen einfach nur, Verabredungen zu planen. Einige Mädchen ebenfalls.

Aber diesen Typen werde ich das Doppelte bezahlen lassen. Vielleicht sogar das Dreifache. Er unterbricht unser Training und ist dabei gleich noch ein Arschloch.

„Hast du ein wichtiges Date geplant?", frage ich und gehe im Geiste meinen Tagesplan durch. Solange es nicht an diesem Wochenende stattfinden soll, kann ich ihn wahrscheinlich dazwischenschieben. Außer, er will etwas extrem Aufwendiges.

Zu meiner Überraschung schüttelt er seinen Kopf so vehement, dass er beinahe umfällt. „Nein. Keine Verabredungen. Ich bin im Moment mit niemandem zusammen – egal, was die Leute sagen."

Oh-kay.

Ich schaue Ian an. „Warum ist er hier?"

„Weil er ein süßer, lieber Dummkopf ist." Ian tritt sich seine Turnschuhe ab und fängt mit seinen Dehnübungen an.

„Hey!" Charlie klingt beleidigt, schmollt aber dann und schüttelt seinen Kopf. „Es mag wahr sein, aber Worte verletzen, Mann!"

„Will ja nicht unhöflich sein" – ich werfe Charlie einen Blick zu – „aber ich bezahle hier für die Zeit in der Turnhalle, die ich nicht benutze. Könntest du mir sagen, was du willst?" Und dann verschwinden wird nicht ausgesprochen, aber es ist meinem Tonfall deutlich genug anzuhören.

Er zuckt mit seinen Schultern. „Keine Ahnung. Ian hat gesagt, dass ich herkommen soll."

Wir schauen beide Ian an. Matt, den die Konversation langweilte, hat sich bereits zum Pauschenpferd verdrückt.

„Er braucht einen Berater", sagt Ian und stürzt sich

dann in eine Geschichte, die übertrieben sein muss und von drei Leuten handelt, die denken, sie seien in einer Beziehung mit Charlie, während er nur mit ihnen befreundet ist. Ich werfe Charlie einen Seitenblick zu und erwarte, dass er wegen der Art, wie Ian die Wahrheit ausdehnt, seine Augen rollt, aber er nickt nur mit erstem Gesicht und sogar ein wenig bestürzt.

„Moment", unterbreche ich. „Er hatte ernsthaft …" Ich drehe mich zu Charlie um. „Du hattest ernsthaft keine Ahnung, dass diese Leute dachten, sie hätten eine Beziehung mit dir?"

Er schüttelt seinen Kopf. „Und Ian sagte, dass da noch andere gewesen wären."

Ich kann es nicht fassen … „Andere Leute, mit denen du befreundet warst, dachten, du wärst in einer Beziehung mit ihnen?"

Der Welpenblick sagt alles. Wow. Dieser Typ … wenn ich nicht bereits Leute kennen würde, die sowohl gut aussehen als auch intelligent sind, würde ich glauben, dass das alte Sprichwort ‚Menschen können nicht gleichzeitig schön *und* klug sein' wahr wäre.

„Er braucht deine Hilfe, Mann", wiederholt Ian, der mit seinen Dehnübungen fertig ist und auf seine Füße kommt.

Mein Kiefer fällt runter. „*Meine* Hilfe? Ich plane Verabredungen für Leute, die wissen, dass sie auf Dates gehen! Er braucht eine Kindergärtnerin, die ihm die Grundlagen von Freundschaften beibringt."

„Fick dich! Ich bin ein *großartiger* Freund", verkündet Charlie entrüstet. „Ich erinnere mich an alle Geburtstage und was in ihren Leben und mit ihren Familien vor sich geht, und ich beantworte immer alle Anrufe und SMS!"

Ich erwidere Ians Blick. „Er ist quasi der perfekte feste

Freund und weiß es nicht einmal.“ Ich ziehe vor Charlie eine Augenbraue hoch und frage: „Vollführst du auch sexuelle Dienste auf Anfrage und schläfst dann danach auf der nassen Stelle?“

Er sieht verwirrt aus. „Nicht bei meinen Freunden.“

Oje. Ich seufze und frage Ian: „Was genau stellst du dir hier vor?“ Ich kann diesen Typen nicht einfach so unbeaufsichtigt auf dem Campus herumlaufen lassen. Schlussendlich könnte er mit der falschen Person *nicht*-zusammen sein und man würde ihn zusammenschlagen. Oder er wäre plötzlich verheiratet, ohne zu wissen, dass er überhaupt in einer Beziehung ist.

„Umgedrehter Mr. Romance“, verkündet Ian. „Charlie wird nichts mit seinen Freunden unternehmen, ohne es vorher mit dir besprochen zu haben, und du zeigst alles auf, das problematisch sein könnte. Wie zum Beispiel zusammen den Sonnenuntergang ansehen.“ Seine Stimme trieft vor Abscheu, und ich kann es ihm nicht wirklich verübeln.

„Ich sehe mir gern den Sonnenuntergang an“, sagt Charlie beharrlich. „Warum ist das so schlimm?“

„Eine meiner beliebtesten Verabredungen ist ein Strandpicknick bei Sonnenuntergang“, informiere ich ihn. „Meine Feedback-Rückfragen zeigen, dass neunzig Prozent dieser Dates das gewünschte Ende erzielen.“

Charlie blinzelt unschuldig. „Was ist das gewünschte Ende?“

„Sex, Dude!“ Ian schüttelt seinen Kopf. „Komm schon! Ich weiß, dass du keine Jungfrau mehr bist.“

„Nicht immer Sex“, korrigiere ich. „Manchmal wollen sie einfach nur eine zweite Verabredung. Was ich damit sagen will … ein Sonnenuntergang am Strand ist romantisch. Sogar noch mehr, wenn man zusammen isst.“

Durch die Art, wie Charlies Gesicht langsam errötet, nehme ich an, dass Sonnenuntergang-Picknicks etwas sind, was er mit Freunden getan hat. Ian muss denselben Schluss ziehen, denn er stöhnt.

„Um diese Jahreszeit geht die Sonne zur Abendessenszeit unter!", verteidigt sich Charlie.

„Dann iss allein", sage ich abrupt. „Wenn ich dir in dieser Sache helfe, musst du auf mich hören."

Sein Gesicht erhellt sich. „Du wirst mir helfen?"

Mist. Das habe ich gesagt. „Nun ja …"

„Bitte?", bettelt er. „Ich weiß nicht, was ich tun soll. Ich weiß nicht einmal, ob ich überhaupt noch Freunde habe. Was ist, wenn sie alle glauben, dass wir zusammen sind?" Er blickt zu Ian. „Wir sind immer noch nicht zusammen, richtig?"

„Es ist knapp fünfzehn Minuten her, seit du mich das letzte Mal gefragt hast, und das einzige, das sich geändert hat, ist wie leid du mir tust. Was übrigens mehr ist." Ian klopft ihm auf die Schulter. „Ich verspreche dir, falls ich jemals denken sollte, dass wir zusammen sind, werde ich dir von vornherein sagen, dass wir in einer Beziehung sind."

„Du bist mit diesem Typen in einer Beziehung?", fragt Matt hinter uns, und wir drehen uns alle um. „Meinst du nicht, dass ich das wissen sollte? Was ist, wenn ich ihn nicht leiden kann?"

„Du bist mein bester Freund, nicht mein siamesischer Zwilling", sagt Ian. „Aber ich bin nicht mit ihm zusammen. Oder irgendjemandem. Beziehungen machen dein Gehirn weich."

„Amen!", stimmt Matt zu.

„Bitte sage das nicht, wo es irgendwelche meiner Kunden hören können", flehe ich.

„Ich will ja nicht total eigensüchtig klingen, aber

können wir wieder zum Thema zurückkommen?", fragt Charlie. „Wie weiß ich es, wenn meine Freunde denken, dass wir zusammen sind?" Seine Augen weiten sich voller Horror. „Muss ich sie fragen?"

Ich kratze mir am Kopf. „Tue das erst mal nicht. Überlasse es mir. Solange du wirklich willst, dass ich dir helfe." Ich zögere, betrachte seine trendige Kleidung mit den diskreten Designer-Logos, sein perfekt geschnittenes dunkles Haar, seine geraden, orthodontisch perfekten Zähne und seinen teuren Rucksack. „Diese Art von Beratung wird nicht billig sein", warne ich.

„Was immer es kostet", verspricht Charlie, und Ian verzieht sein Gesicht. Ich kann es ihm nicht verübeln. Wenn ich eine andersartige Person wäre, würde ich ihn total ausnutzen und ihm jeden Penny abschwindeln. Wie die Dinge stehen, werde ich für diese Sache einen Gebührenplan zusammenstellen müssen. Normalerweise verlange ich eine Standardgebühr je nach der Art der Verabredung oder eine stündliche Rate für alles, was wirklich aufwendig und persönlich zusammengestellt wurde, plus zusätzliche Gebühren, wenn der Kunde will, dass ich irgendwelche Einkäufe und Vorbereitungen übernehme. Manche Leute wollen einfach nur eine Idee, aber mehr, als ich es erwartet hatte, wollen ein komplettes Paket.

Aber falls Charlie mich jedes Mal anrufen wird, wenn er mit seinen Freunden zu tun hat, wäre es unfair von mir, wenn ich diese stündliche Rate von ihm verlangen würde. Er mag Geld haben, aber ich bezweifle, dass er ein Rockefeller ist.

Ich halte ihm meine Hand entgegen. „Handy?"

Er gräbt in seiner Tasche herum und reicht es mir dann. Ein Blick auf seinen Bildschirm und ich reiche es ihm zurück. „Du musst es zuerst entsperren."

„Huch!"

Eine Minute später schicke ich mir selbst eine SMS und reiche es ihm wieder zurück. „Okay, jetzt haben wir unsere beiden Nummern. Ich werde mich heute Abend mit dem Preisplan und den Bedingungen bei dir melden. Ich nehme es dir nicht übel, falls du doch aussteigen willst."

Er schüttelt seinen Kopf und sein Mund ist eine entschlossene Linie. „Ich werde nicht aussteigen."

Mitgefühl regt sich in meiner Brust. Es mag sein eigener Fehler sein, dass er sich in dieser Situation befindet, aber das ist auch nicht ganz richtig. Er kann nichts dafür, naiv zu sein. „Wir werden das schon alles regeln", versichere ich ihm.

Ian schlingt seinen Arm um Charlies Schultern. „Siehst du? Hab dir doch gesagt, es wäre okay. Jetzt mach, dass du von hier verschwindest, damit wir trainieren können. Das hier kostet uns Geld." Er lenkt Charlie in Richtung Tür.

Charlie geht glücklich und scheint erleichtert zu sein, einen Plan zu haben. „Danke, Ian! Wir sprechen später, Lee!"

Lee? Meint er damit mich? „Ich heiße Liam!", rufe ich ihm hinterher. „Sprich mit niemanden für den Rest des Tages!" Das Letzte, was ich jetzt brauche, wäre, wenn er diese Situation verschlimmerte.

Er verschwindet mit einem Winken über seine Schulter und ich seufze.

„Das hier wird entweder fantastisch sein oder ein Desaster", bemerkt Matt. „Ich bin so froh, dass ich zusehen darf."

Ich bin verschwitzt und befinde mich in dem energiegeladenen/erschöpften Bereich nach dem Workout, als ich zu meinem Studentenzimmer zurückkehre. Ich liebe diesen Endorphin-Rausch, den mir ein gutes Training verleiht, aber es ist nicht besonders einfach für den Körper. Das ist einer der Gründe, warum ich nie an Wettkämpfen teilnehmen wollte.

Ich werfe meinen Rucksack aufs Bett, rutsche auf meinen Schreibtischstuhl und fahre meinen Laptop hoch. Ich habe heute Nachmittag noch eine Unterrichtsstunde zu der ich gehen muss, aber ich sollte Zeit für eine Dusche haben und um die neuen Mr. Romance Anfragen durchzugehen.

Ich habe zehn, und wie es aussieht, habe ich ein paar neue Kunden außerhalb des Campus aufgeschnappt. Das ist großartig – dieses Business wird mir dabei helfen, für mein Studium zu bezahlen, und ein zusätzliches Einkommen sein, wenn ich als Physikprofessor einen Mindestlohn verdienen werde. Je weiter ich meine Kundenbasis ausdehnen kann, desto besser.

Sechs der Anfragen sind für einfache, günstige Ideen für erste Verabredungen. Ich habe meine Reputation auf dem Konzept aufgebaut, dass man auch dann ein romantisches Date fertigbringen kann, wenn man pleite ist. Ich habe wiederkehrende Kunden, weil ich jede Idee für jedes entsprechende Paar speziell zusammenstelle. Der Kunde kann mir eine kurze Übersicht der Vorlieben und Abneigungen ihrer Verabredung schicken – oder ihren Namen mitteilen, damit ich in deren sozialen Medien nachsehen kann ... ntürlich auf eine dezente Weise. Das erste Date, das ich je verkauft habe, war an einen Typen, dessen Verabredung von Hunden extrem fasziniert war. Meine Idee? Picknick im Park neben der örtlichen Hundeschule, während dort ein Trainingskurs für Welpen stattfand. Er kam danach zu mir und brachte mir Trinkgeld, dann erzählte er all seinen Freunden von mir, dass ich absolut klasse sei.

Drei der anderen Anfragen sind für nachfolgende Verabredungen, und die letzte ist für etwas Kundenspezifisches. Ich antworte allen. Den Neukunden mit einem Informationsformular, den Nachfolgenden mit Feedback-Befragung, damit ich sicherstellen kann, dass ich mich auf dem richtigen Weg befinde, und dem Typen mit der kundenspezifischen Anfrage mit einer E-Mail, um einen Termin zu vereinbaren, wann wir telefonieren können. Ein vollkommen kundenspezifisches Date benötigt einen großen Aufwand an Planung, aber die habe ich am liebsten. Weil, ja – ich ein hoffnungsloser Romantiker bin.

Ich schaue mir gern romantische Filme an. Ich lese romantische Bücher. Ich fantasiere von der perfekten Verabredung mit dem perfekten Typen. Ich *plane* perfekte Verabredungen für alle anderen … und sitze dann allein zu Hause.

Okay, das mag vielleicht eine Übertreibung sein. Ich habe Freunde. Ich gehe aus. Aber es gibt niemand Besonderen in meinem Leben, und ich wünschte mir wirklich, dass da jemand wäre. Ich will mehr als nur einen gelegentlichen, wahllosen One-Night-Stand, den ich auf der Dating-App *Grindr* finde. Oder ich will das Märchen, in dem sich mein *Grindr*-Date in mich verliebt. Bisher haben sich die Dinge bei weitem nicht so entwickelt – ein Typ warf einen Blick auf mein Gesicht und bat mich, meinen Hoodie anzubehalten und die Kapuze aufzusetzen, damit er es nicht sehen müsste. Nein, ich bin nicht geblieben. Ich mag nicht gut aussehen, aber ich bin nicht hässlich und selbst, wenn ich das wäre, verdient niemand so etwas. Ein anderer Typ sagte mir, dass ich wie eine Ken-Puppe wäre – perfekt geformt, aber halt in Miniformat.

Also, nein. Typen durch Grindr kennenzulernen, läuft nicht so gut.

Es ist ein zweischneidiges Schwert, Mr. Romance zu sein. Einerseits kann ich alle meine romantischen Vorstellungen frei ausspielen *und* werde dafür bezahlt. Andererseits heißt das aber auch, dass ich die perfekten Verabredungen plane, aber selbst nie dorthin gehe. Es ist wie eine exquisite Art der Eigenfolter.

Ich schüttle meine beschissene Stimmung ab und hüpfe schnell unter die Dusche. Ich muss mir vor heute Abend einen Handlungs-Plan für Charlie überlegen, und bisher ist mir noch nichts eingefallen. Mein Business basiert auf der Voraussetzung, dass Leute sich bewusst mit jemandem verabreden, mit dem sie eine Beziehung wollen.

Während des Unterrichts schenke ich meinem Professor nur meine halbe Aufmerksamkeit, denn mein Verstand ist auf Charlies Dilemma fixiert. Er tut mir leid, aber gleichzeitig fällt es mir immer noch schwer, zu glauben, dass jemand unwissend mit mehreren Leuten in feste Beziehungen geraten könnte. Es musste doch etwas dahinterstecken, richtig? Er kann nicht wirklich so unintelligent und im College sein – es sei denn, er hat sich seinen Weg hierher erkauft und bezahlt Leute dafür, seine Aufsätze für ihn zu schreiben.

Aber Ian schien ihn zu mögen und Ian kann Charaktere gut einschätzen.

Mein Handy vibriert in meiner Tasche. Normalerweise ignoriere ich es während des Unterrichts, aber seien wir ehrlich, ich bin heute eh nicht wirklich dabei.

CHARLIE:

,Jake fragt, ob ich mit ihm zu Abend essen will. Was soll ich tun?'

Zeit, dass ich mich an die Arbeit mache.

LIAM:

‚Jakes ist ein Freund? Wie lange kennst du ihn? Werdet nur ihr beide zusammen essen? Dinner – wo? In der Mensa?‘

Ich warte geduldig, während die drei Punkte auf meinem Bildschirm tanzen.

CHARLIE:

‚Er war im ersten Studienjahr mein Zimmergenosse, also zweieinhalb Jahre. Er hat nicht gesagt, ob noch jemand anderer kommt oder wohin wir gehen.‘

Es ist unwahrscheinlich, dass Jake denkt, sie wären schon so lange zusammen, ohne dass er es mittlerweile kapiert hatte. Aber nur, um auf Nummer Sicher zu gehen …

LIAM:

‚Nie gefickt? War er mit anderen zusammen?‘

CHARLIE:

‚Ich ficke nicht mit meinen Freunden!‘

CHARLIE:

‚Er hatte das ganze letzte Jahr eine Freundin.‘

LIAM:

‚Dann ist es wahrscheinlich sicher. Schlage aber nicht vor, an einen besonderen Ort zu gehen. Und biete nicht an, zu bezahlen.‘

Wieder tanzen die Punkte, dieses Mal dauerte es eine Ewigkeit. Was schreibt er? Ein Buch?

CHARLIE:

,Er sagt, dass wir danach ins Shenanigans
gehen sollten.'

Die Bar in der Nähe des Campus ist kein großartiger Ort, wenn es um einen romantischen Moment geht. Für einen Drink oder eine billige Mahlzeit – ja. Um jemanden aufzugabeln – absolut. Um mit Freunden abzuhängen – sicherlich. Aber liebevoll in die Augen seines Gegenübers zu schauen? Auf keinen Fall.

Aber dies bietet eine Gelegenheit. Ich bin ziemlich gut darin, sehen zu können, ob Leute aufeinander stehen oder nicht.

LIAM:

,Das ist okay. Wäre es in Ordnung, wenn ich
euch dort treffe, um zu sehen, wie Jake
drauf ist?'

CHARLIE:

,Bitte. Ich hatte noch nie zuvor keine
Freunde und ich brauche sie. Ich texte dir,
wenn wir dort sind.'

„… finden Sie nicht, Mr. Rigby?"

Oh, Mist!

Ich schaue von meinem Handy auf und lächle meinen Professor an. „Sorry, Sir. Was haben Sie gesagt?"

Das Starren aus schmalen Augen, das ich im Gegenzug bekomme, ist nicht etwas, das ich von meinem Professor gewohnt bin. Normalerweise lieben mich alle. Allerdings bin ich normalerweise ein perfekter Student.

„Wenn dein Handy interessanter als diese Unterrichtsstunde ist, darfst du sehr gerne gehen."

Ich schiebe mein Handy wieder in meine Tasche. „Nein, Professor. Tut mir leid."

Er starrt mich einen Moment länger an und wiederholt dann seine Frage. Glücklicherweise ist es etwas, das ich beantworten kann, da ich zu der Sorte Typen gehöre, die vorauslesen. Er scheint enttäuscht zu sein, aber der Unterricht geht weiter und ich stoße einen winzigen Seufzer der Erleichterung aus.

Es ist erst ein paar Stunden her, seit ich ihn kennengelernt habe, aber ich kann bereits sehen, dass Charlie Schwierigkeiten machen wird.

Kapitel Drei

CHARLIE

„Was ist heute Abend los mit dir?“, will Jake genervt wissen. „Du bist total schreckhaft und abgelenkt.“

Ich lasse ein nervöses Lachen hören und schüttle meinen Kopf, dann schaue ich mich noch einmal in der Bar um. Für einen Tag unter der Woche ist es ziemlich voll. Ich denke, dass jemand einen Geburtstag feiert oder sowas. Jake und ich schafften es, uns eine Sitzecke im hinteren Teil zu schnappen, aber ich befürchte, dass Liam uns in der Menge und so versteckt nicht finden könnte. Ich schaue wieder auf mein Handy, aber da ist immer noch nichts, seit er meiner SMS, die ihm sagte, wo wir sind, mit einem Daumen hoch geantwortet hatte.

„Nichts ist los“, lüge ich. Ich wünschte, Liam würde endlich kommen und mir sagen, ob Jake wirklich mein Freund ist, oder ob wir uns in einer seltsamen Mehrfach-Beziehung befinden, in der wir keinen Sex miteinander, sondern nur mit anderen Leuten haben. Ich meine, ich glaube nicht, dass es so ist – ich bin mir ziemlich sicher, dass Jake so hetero ist, wie er behauptet, es zu sein – aber ich hatte ja auch gedacht, dass ich im Moment mit niemand anderem zusammen wäre, also wer weiß.

Ich hebe mein Soda an meinen Mund, um zu vermeiden, etwas anderes sagen zu müssen, und wünsche mir fieberhaft, dass es Bier wäre. Aber *Shenanigans* ist strikt, was Jugendliche betrifft, die noch keinen Alkohol trinken dürfen, und mein gefälschter Ausweis ist so schlecht, dass ich genauso gut keinen haben könnte. „Ich sollte mir einen besseren gefälschten Ausweis besorgen", verkünde ich. Bringt eigentlich nichts, da mein Geburtstag nur wenige Wochen entfernt ist, aber mir fällt nichts Besseres ein, was ich sagen könnte.

Jake schaut mich mit einem merkwürdigen Blick an. „Solltest du", sagt er. „Warum hast du jetzt daran gedacht?" Er grinst, als er sein Bier an seine Lippen hebt. Sein gefälschter Ausweis ist großartig. Ich hätte ihn dazu bringen können, mir ein Bier zu besorgen, aber das fühlt sich an, als würde ich schwindeln. Außerdem wären wir am Arsch, wenn uns Gwen, die Barkeeperin, erwischen würde.

„Gib es mir!" Ich schnappe nach seinem Glas, doch er zieht es aus meiner Reichweite weg. „Du bist ein schlechter Freund."

Er zuckt mit den Schultern. „Das bricht mir nicht das Herz."

Meine Innereien verdrehen sich schon bei der Erwähnung von gebrochenen Herzen. Bedeutet das, dass wir nur Freunde sind und er es ganz locker sieht, wenn ich solche Scherze mache, oder dass wir uns in einer Beziehung befinden und er die Freundschaft als ein weniger wertvolles Element von dem ansieht, was wir haben?

Ich trinke den Rest meiner Cola und hoffe, dass der Zucker meine Nerven beruhigt, während ich fixiert quer durch den Raum starre und versuche, direkten Augenkontakt mit Jake zu vermeiden. Es dauert eine Sekunde, bevor mir klar wird, dass ich stattdessen Marshall, der den Bestand aufstockt, anstarre, was ihn anscheinend beunruhigt. Pech! Ich mag Marshall. Ich versuche, die Sache mit einem Lächeln zu verbessern, aber er zieht sich eher schnell zurück, somit glaube ich nicht, dass es funktioniert hat.

„Ganz ehrlich, Mann! Was ist los mit dir?" Jake beäugt mich mit scheinbar aufrichtiger Sorge.

„Nichts."

„Hey, Charlie."

Ich zucke erschrocken zusammen, schlage mit meinem Bein gegen den Tisch und rutsche dann eiligst aus der Sitzecke. „Liam! Hey!"

Fuck. Und jetzt? „Äh, kennst du Jake schon? Jake, das hier ist Liam."

Jakes Gesichtsausdruck sagt, dass er denkt, ich sei verrückt geworden, aber er lächelt Liam an und nickt ihm freundlich zu. „Hey. Hol dir was zu trinken und setz dich zu uns."

„Danke. Kann ich euch beiden eine neue Runde bringen?"

„Für mich nicht", sagt Jake höflich.

„Soda? Ich komme mit. Bist du sicher, dass du nicht noch eins willst?", frage ich Jake. „Geht auf mich." Die Worte sprudeln aus mir raus, bevor ich sie aufhalten kann, und ich benötige nicht einmal Liams leises Seufzen, um zu wissen, dass sie ein Fehler waren. Dinge wie diese sind der Grund dafür, warum Leute glauben, wir wären zusammen. Und in Jakes Fall kann ich nicht einmal sagen, dass er die finanzielle Hilfe bräuchte – seine Familie ist fast so wohlhabend wie meine.

Aber ich kann es nicht einfach zurücknehmen.

Glücklicherweise lehnt Jake ab. Er hat morgen früh

Unterricht, somit wird er wohl bei einem bleiben. Ich folge Liam zur Bar und wir warten geduldig, bis Gwen mit einer Gruppe von halb-betrunkenen, kreischenden Mädchen einer Studentenverbindung fertig ist.

„Also, hast du was gemerkt?", frage ich mit leiser Stimme und trommle mit meinen Fingern auf die Bar.

Er wirft mir einen Seitenblick zu. „Konnte ich anhand seiner Begrüßung feststellen, ob er auf dich steht? Nein. Entspann dich, okay?"

Ich schnaube einen heftigen Atemzug aus. „Ich brauche meine Freunde, Mann. Ich bin eine soziale Person. Es bringt mich um, nicht zu wissen, bei wem ich ich selbst sein kann."

„Was kann ich euch Jungs bringen?", unterbricht Gwen, bevor er etwas sagen kann, und wir bestellen für uns beide Soda. Ich weiß nicht, ob er keinen gefälschten Ausweis hat, oder ob er heute Abend keinen Alkohol trinken will.

Wieder an unserer Sitzecke spricht ein Mädchen, an das ich mich vage erinnere, mit Jake. Sie lächelt uns an. „Hi Charlie."

„Äh, hi. Wie geht's?" Ich stelle mich von einem Fuß auf den anderen und wünsche mir, dass sie geht, damit Liam seinen Romantik-Radar bei Jake ausprobieren kann.

„Super, danke." Sie kichert gekünstelt, was eins der nervigsten Geräusche in der ganzen Welt sein muss. „Ich hätte gern einen Drink."

„Oh, äh …"

„Ich hole dir einen", bietet Liam an, stellt sein Soda ab, bleibt jedoch stehen. Er lächelt das Mädchen an, aber es ist nicht dasselbe Lächeln, wie das, als er Jake traf.

Sie beäugt ihn von Kopf bis Fuß und sagt dann: „Danke, aber ich hole mir selbst etwas. Meine Freunde warten." Sie wendet sich an mich und strahlt mich mit einem breiten Lächeln an. „Wir sehen uns später, Charlie. Jake." Sie schlendert davon.

Jake schaut ihr hinterher und zieht dann vor mir eine Augenbraue hoch. „Was war das?", fragt er.

„Sie war ziemlich unhöflich", füge ich hinzu. „Wer ist sie nochmal?"

Jake lacht, als ich in die Sitzecke rutsche und Liam sich neben mich hinsetzt. „Charlie, bei der Art, wie du Dinge verpasst, frage ich mich manchmal, wie du nicht versehentlich in den Ozean wanderst. Das ist Danae, erinnerst du dich? Sie hat mit dir das gesamte erste Studienjahr lang geflirtet, und dir ist es nie aufgefallen."

Hatte sie das? „Ich war nicht versehentlich mit ihr zusammen, oder doch?"

Liam stöhnt. Jake blinzelt und schaut von mir zu ihm und wieder zurück. „Äh, nein? Ich glaube, deswegen versucht sie es immer noch."

„Versucht immer noch was?" Ich begreife es langsam und mein Kopf fliegt herum, um in ihre Richtung zu schauen. Danae beobachtet uns und sie winkt leicht mit ihren Fingern.

Ich lächle schwach und drehe mich zu Liam um. „Was wäre passiert, wenn ich ihr den Drink besorgt hätte?"

Er zuckt mit den Achseln. „Entweder hättest du heute Nacht Sex gehabt oder du wärst in einer Beziehung gelandet, von der du nichts wüsstest. Oder beides."

Großartig.

„Hast du ihn deshalb unterbrochen? Um Charlie ‚zu retten'?" Jake malt wie ein Idiot Gänsefüßchen in die Luft. „Seid ihr beide zusammen?"

Liam schnaubt. „Äh, nein. Das sind wir nicht. Und ja, deshalb habe ich ihn unterbrochen. Ich bin selbst definitiv nicht an Danae interessiert." Er wendet sich an mich. „Du bist sicher. Jake ist nur dein Freund."

„Oh, Gott sei Dank!" Ich lasse mich vornüber auf den Tisch fallen und lege meinen Kopf in meine Hände.

„Was zum Teufel ist los mit dir?", fragt Jake.

Ich erzähle ihm von meinem Tag. Das dauert eine Weile, weil er mich ständig mit seinem Gelächter unterbricht. Ich habe nie zuvor jemanden so viel lachen hören. Irgendwann kommen ihm fast die Tränen.

„Warte, warte, warte … sie hat dir den Drink ins Gesicht geschüttet, und dir war nur dein Hemd wichtig?", keucht er an der Stelle.

Dann fragt er ein wenig später: „Wie konntest du nicht wissen, dass du mit Mel zusammen warst? Sie hat praktisch das gesamte erste Jahr lang bei uns gewohnt!"

Dadurch fühle ich mich nicht besser.

Als ich schließlich zum Ende komme, schaut er Liam an und schüttelt seinen Kopf. „Dann bist du also Mr. Romance? Wahnsinniger Respekt, Mann. Ein Typ in einer meiner AGs schwört, dass du seine Chancen, flachgelegt zu werden, um sechzig Prozent verbessert hast."

„Ich bin mir nicht so sicher, dass ich wissen will, wie er seine Chancen kalkuliert", sagt Liam. „Aber sage ihm danke. Sowas ist gut fürs Geschäft."

„Und du wirst Charlie helfen, weniger ahnungslos zu sein?"

Sie werfen beide ihre zweifelnden Blicke auf mich. „Ich meine, ich werde es versuchen." Liam räuspert sich. „Schritt eins ist, sicherzustellen, dass seine Freunde wirklich seine Freunde sind."

Jake hält seine Hände hoch. „Hier ist alles gut. Ich liebe dich, Mann, aber nicht auf diese Art. Außerdem stehe ich nicht auf Schwänze."

Ähm … was? „Hast du mich soeben als einen Schlappschwanz bezeichnet?"

Jake schüttelt seinen Kopf und sagt: „Nein, ich meine *tatsächliche* Schwänze."

Ich neige meinen Kopf. „Das werde ich nie wirklich verstehen."

Liam tätschelt meinen Arm. „Das musst du nicht. Das Wichtigste in dieser Sache ist die, dass Jake nur dein Freund ist."

„Immer", verspricht Jake. „Und hey, ich kann dir helfen, herauszufinden, wer sonst noch deine wirklichen Freunde sind und wer grenzwertig ist."

Ein Stressknoten, von dem ich nicht einmal wusste, dass er in meiner Brust war, lockert sich.

„Ja, bitte", sagt Liam und zieht sein Handy hervor. „Lass uns eine Liste machen."

„Eine Liste?", wiederhole ich. „Das ist irgendwie … so formell."

Er schaut mich nicht einmal an, denn er ist zu sehr damit beschäftigt, über seinen Bildschirm zu wischen und Sachen einzutippen. „Eine Liste bedeutet, dass du es nicht vergessen kannst." Dieser Scheiß wird sich in meinem Hirn festbrennen.

„Mach einfach mit."

„Ja, Charlie, mach einfach mit", sagt Jake. Er grinst mich mit einem seltsamen Ausdruck an.

„Okay, wen zuerst?" Liam schaut erwartungsvoll auf.

„Artie." Mein derzeitiger Zimmergenosse ist ein wahr-gewordener Traum. Er ist so gut wie nie da, unglaublich ordentlich und sagt nie ein Wort darüber, wie chaotisch ich bin. Außerdem macht es Spaß, mit ihm rumzuhängen, wenn er zufällig zu Hause ist.

„Sicher, da er seit zwei Jahren mit seiner Freundin zusammen ist, und sie planen, nach ihrem Abschluss zu heiraten. Außerdem wohnt er praktisch mit ihr zusammen, und du hast Glück, wenn du ihn einmal pro Woche siehst."

Man kann den scharfkantigen Sarkasmus in Jakes Stimme kaum überhören. „Du siehst mich öfter als Artie, und wir teilen kein Zimmer mehr."

Ich sinke erleichtert ein wenig zusammen. Das wäre unglaublich unangenehm gewesen, wenn mein Zimmergenosse in mich verknallt wäre. Liam tippt weiter auf dem Bildschirm herum und schaut dann auf.

„Nächster?"

„Äh, Carson." Wir sind genauso lange befreundet wie Jake und ich.

„Sicher", sagt Jake. „Ich denke, dass du dir wahrscheinlich um niemanden Sorgen machen musst, der in einer Beziehung steckt, und das schon seit einer ganzen Weile." Er blickt Liam an. „Richtig?"

„Sie sind das geringere Risiko", stimmt Liam zu. „Lass uns auf deine Single-Freunde fokussieren."

„Ich würde mir wegen Sarah Sorgen machen", verkündet Jake, bevor ich antworten kann. „Ich bin mir nicht sicher, ob sie schon denkt, dass ihr zusammen seid, aber das wäre sie definitiv gern."

Verrat trifft mich wie eine Ohrfeige ins Gesicht. „Sarah? Nein", protestiere ich, obwohl Liam es bereits notiert. „Wir sind Study-Buddys und lernen zusammen."

„Vertrau mir, sie will mit dir mehr als nur Statistiken lernen."

Ich frage stirnrunzelnd: „Wie was zum Beispiel? Das ist das einzige Fach, das wir zusammen haben."

Liam tätschelt wieder meinen Arm. „Er meint, dass sie dich nackt er-*lernen* will. Also halte dich außerhalb des Paukens von Sarah fern. Keine Dinner. Keine Sonnenuntergänge. Keine freundlichen Anrufe und SMS." Er zögert. „Wo lernt ihr zusammen?"

„In der Bibliothek." Ich kann das nicht glauben. Sarah will mehr als Freundschaft?

Jetzt, wo ich darüber nachdenke, hat sie mich in letzter Zeit sehr häufig berührt. Ich dachte, dass es nur freundschaftliches Kopf-auf-die-Schulter-legen und Küsschen auf die Wange waren, aber vielleicht versuchte sie, mir einen Hinweis zu geben?

„Okay, das ist gut. Kein Lernen in deinem Studentenzimmer."

Ich nicke und versuche, mich nicht davon runterziehen zu lassen. Ich kann Liams Blick auf meinem Profil spüren.

„Charlie, das bedeutet nicht, dass Sarah nicht deine Freundin ist. Es bedeutet nur, dass sie für mehr offen ist, falls du es willst. Unternehmt ihr oft andere Sachen zusammen?"

Ich zucke mit den Schultern. „Nach dem Lernen gehen wir normalerweise etwas essen. Und manchmal gehe ich mit zu ihrem Musikunterricht und schaue ihr beim Flötespielen zu. Und letzten Monat habe ich sie nach Hause gefahren, damit sie ihre Mutter besuchen konnte, als sie krank war."

Jake macht ein Geräusch, das sowohl ein Lachen als auch ein Stöhnen sein könnte. Liam nickt hingegen nur.

„Bist du geblieben und hast ihre Mutter kennengelernt?"

Ich schüttle meinen Kopf. „Nö. Ich habe sie nur dort hingebracht, und ihr kleiner Bruder hat sie zurückgefahren."

„Gott sei Dank!", murmelt er und lächelt mich dann an. „Sarah könnte also denken, dass du Gefühle für sie hast. Und vielleicht mehr. Geh nicht mehr zu ihrem Musikunterricht, und geht nicht mehr nach dem Lernen zusammen essen."

„Das wäre ziemlich unhöflich", protestiere ich.

„Willst du eine weitere Szene wie die von heute?", kontert er.

„Okay, also keine Snacks mehr nach dem Lernen." Ich bemühe mich, nicht zu schmollen.

„Sieh das Ganze von der positiven Seite", schlägt Jake vor. „Wenn du dich ein wenig zurückziehst, wird ihr bewusst, dass du nicht auf diese Weise an ihr interessiert bist, und ihr könnt wahrscheinlich einfach wieder normale Freunde sein."

„Ja." Ich betrachte den feuchten Ring, den mein Sodaglas auf dem Tisch hinterlassen hat.

„Vielleicht gehen wir das Ganze falsch an", sagt Liam nach einer Sekunde. „Gibt es irgendjemanden, an dem *du* auf diese Weise interessiert bist? Ich weiß, dass du gesagt hast, du wärst im Moment mit niemandem zusammen, aber gibt es jemanden, mit dem du gern zusammen wärst? Wenn dich die Leute mit jemandem zusammen sehen, sollte das diejenigen aussortieren, die deine wahren Freunde sind."

Ich denke zögernd darüber nach. „Nicht wirklich. Eine Beziehung ist eine Menge Arbeit, weißt du?"

Liam schnaubt. „Ja, das weiß ich."

Ich brauche eine Minute, bis ich mich daran erinnere, dass er diese ganze Dating-Sache für Bargeld tut. Moment … nein … das klingt falsch. Er geht nicht mit Leuten für Geld aus.

„Alles wird gut werden, Mann", versichert mir Jake. „Lass uns diese Liste zusammenstellen, damit du weißt, mit wem es sicher ist, abzuhängen. Und dann kann dir Liam bei dem Rest helfen, okay?"

Ich verdränge all die erniedrigenden Gedanken und nicke. „Ja."

Es ist nicht sehr spät, als ich zu meinem Zimmer zurückkomme, und natürlich ist Artie nicht da, also trete ich meine Schuhe ab, lass mich auf mein Bett fallen und rufe meine Mutter an. Ich bemühe mich, mindestens einmal pro Woche mit ihr zu telefonieren. Einige meiner Freunde jammern wegen ihrer Mütter, dass sie ständig anrufen würden und rummeckern, aber meine Mutter ist nicht so. Zum einen ist sie als Aktivistin und Spendensammlerin für Opfer häuslicher Gewalt viel zu beschäftigt, um mich ständig anzurufen. Sie ist Leiterin einer nationalen Wohltätigkeitsstiftung und somit ziemlich berühmt dafür, Frauenrechten eine Plattform zu geben. Als ich zum College abgereist bin, hatte sie mir gesagt, dass es meine Pflicht sei, die Kommunikation aufrecht zu halten, da ich derjenige sei, der ein neues Leben aufbauen würde, aber auch, dass ich – falls sie nicht mindestens einmal pro Monat ein Lebenszeichen von mir bekäme – es schwer bereuen würde.

„Hallo, mein Teufelsbraten", begrüßt sie mich.

Ich schnaube. „Bitte. Wir wissen alle, dass ich das engelsgleiche Kind bin, das du nicht verdient hast."

„Ich habe zwei Worte für dich: explosiver Durchfall."

Ja, meine Mutter nimmt kein Blatt vor den Mund. „Es ist nicht meine Schuld, dass ich als *Säugling* Verdauungsprobleme hatte. Vielleicht lag es daran, was du mir gefüttert hast."

Sie lacht. „Kann sein. Wie dem auch sei, da du das ja hoffentlich nicht länger tust, verrate mir, wie es dir geht."

Ich seufze lautstark.

„Oh, das klingt wie eine riesige Geschichte. Muss ich dort hinkommen und jemanden für dich verprügeln?"

„Du bist die Verfechterin für gewaltfreies Schlichten", erinnere ich sie.

„Das müssen die nicht wissen. Ich wette, ich kann sie

zu allem zwingen, was du willst. Niemand kommt zu Schaden, und ich kann zeigen, was für eine knallharte coole Frau ich bin."

Ich verziehe mein Gesicht, weil es seltsam ist, meine Mutter so einen Scheiß sagen zu hören – auch, wenn sie schon immer die coolste Mom gewesen ist, die ich kenne.

„Da ist niemand, dem gedroht werden muss", versichere ich ihr. „Und falls das so wäre, käme ich allein damit klar." Denke ich. Vielleicht. Habe ich je zuvor jemandem gedroht? Normalerweise versuche ich Situationen, die kurz vor der Eskalation sind, immer zu entschärfen. Nicht, dass das oft vorkommt – bei Leuten wie mir.

„Warum dann der Seufzer?"

Ich seufze erneut, erinnere mich an die Geschehnisse des Tages, und sie lacht. „Komm schon, Nachwuchs. Erzähle alles deiner Mama."

„Du wirst lachen", murmle ich, weil sie das auf jeden Fall tun wird.

„Wahrscheinlich, aber ich werde dir danach trotzdem das entsprechend passende Mitgefühl entgegenbringen."

Das ist nicht so beruhigend, wie sie glaubt, dass es das ist.

„Ich war beim Mittagessen", fange ich an und ich muss es meiner Mutter zugestehen, sie unterbricht nicht und macht auch keine Scherze, während ich ihr die gesamte, peinliche und lächerliche Geschichte erzähle. „… und dann sind Liam und Jake mit äußerster Sorgfalt durch meine ganze Freundesliste gegangen. Es gibt fünf, die vielleicht doch nicht nur meine Freunde sind, Mama. *Fünf!*"

Meine Mutter wartet für eine Sekunde, um sicherzugehen, dass ich fertig bin, und sagt dann „Oh, Baby" in einem Tonfall, der mich aufmerksam werden lässt.

„Was?" Warum lacht sie nicht?

„Verrate mir: Wie viele feste Freunde und Freundinnen hattest du in der High-School?"

Ich denke darüber nach und zähle sie im Geiste. „Vier, wenn ich die drei Wochen miteinbeziehe, als ich mit Onkel Jims heißem Tätowierer-Freund zusammen war."

„*Was?*" Das Wort ist scharf wie ein Peitschenhieb, und ich zucke zusammen. Anscheinend bin ich noch nicht zu alt, dass sie deswegen böse werden könnte.

„Äh, ha ha, eine lustige Geschichte …"

„Charles Jonathan Martin, hat dieser Mann …"

„Mama! Bitte mach daraus jetzt keine große Sache", unterbreche ich sie und zwinge die Worte so schnell hervor, dass sie beinahe unverständlich sind. „Ich habe ihm nachgestellt, denn er wusste nicht, wie alt ich war, und als er das herausgefunden hat, ist er so schnell abgehauen, dass ich dachte, er würde die Schallwelle durchbrechen. Und es war nie mehr als Knutschen." Und Begrapschen und einmal einen mit der Hand runterholen, was mir wunderbare Dinge offenbarte, die ich während meiner vorherigen Fummelversuche noch nicht entdeckt hatte. Aber das muss meine Mutter nicht hören.

Sie murmelt etwas davon, ihrem Bruder den Kopf zu waschen, was … super! Großartige Idee, dass mein Onkel lernt, mich zu hassen.

„Also, du hast mich nach meinem Liebesleben in der High-School gefragt?", ermuntere ich sie und hoffe, ihre Gedanken davon abzulenken, dass ihr lieber minderjähriger Sohn mit einem Dreißigjährigen rumgemacht hatte. Mit einem wirklich sexy Dreißigjährigen. Ich rede hier von einem *absolut megascharfen* Typen. Und er *wusste* Dinge.

„Ja", sagt meine Mutter nach einer Sekunde, während der sie Onkel Jim bestimmt eine SMS geschickt hatte. „Okay, also hast du drei gesagt? Denn *der Mann* zählt nicht."

„Drei“, bestätige ich, denn ich will sie unbedingt ablenken. „Ich meine, es hat ein paar lockere Verabredungen gegeben, aber mit diesen dreien war ich *zusammen*.“

Sie gibt ein leises reuevolles Geräusch von sich. „Es tut mir so leid, es dir so sagen zu müssen, Baby, aber ich dachte, dass es fast doppelt so viele waren.“

Mein Herz sinkt wie ein Stein. „Was?“, krächze ich. Sie kann nicht meinen …

„Wenn ich mich ganz grob daran erinnere, fallen mir fünf – nein, sechs – Leute ein, mit denen du zusammen gewesen bist.“ Sie klingt ehrlich bedauernd, es mir zu sagen, aber deswegen fühle ich mich nicht besser.

„*Sechs?*“ Wie ist das möglich? Na ja, jetzt weiß ich – wie – aber … heilige Scheiße. „Ich habe das schon seit der High-School getan?“ Das könnte sehr wohl das Deprimierendste sein, das ich je gehört hatte.

„Ich befürchte, ja.“

„Bist du dir sicher? Ich meine – mit wem dachtest du, dass ich zusammen war?“

„Nun, lass mal sehen … dein allererster fester Freund war Mike …“

„Mama! Mike und ich waren nur befreundet.“ Dessen bin ich mir sicher.

Sie zögert. „Mein armes, liebes Kind. Mikes Mutter arbeitet in demselben Gebäude wie ich und jedes Mal, wenn ich sie sehe, erinnert sie mich daran, dass du Mike als Erster sein Herz gebrochen hast.“

Oh, mein Gott. „Aber wir waren alle während der High-School befreundet“, protestiere ich schwach. „Wie kann ich sein Herz gebrochen haben und es nicht wissen?“

Sie macht ein summendes Geräusch. „Ich habe es damit abgetan, dass Teenager sich in jeder zweiten Woche neu verlieben. Du hast sein Herz gebrochen, er war traurig, hat es überstanden, und ihr seid Freunde geblieben.“

„Und du hast mich deswegen nie gefragt?“ Hätte sie das nicht tun sollen? Hätte sie nicht so etwas sagen sollen, wie: „Oh, Liebling, es ist so großartig, dass du und Mike immer noch Freunde seid, nachdem ihr Schluss gemacht habt“?

„Warum würde ich das? Ich war stolz darauf, dass du solche erwachsenen Beziehungen in deinem Leben hattest. Obwohl, wenn ich gewusst hätte, *wie* erwachsen …“, fügt sie mit dunkler Stimme hinzu und ich weiß, dass sie wieder an Onkel Jims Freund denkt.

„Mamaaaaaa!“, jammere ich.

„Charlie, es tut mir leid, dass dir all das erst jetzt bewusst wird, und ich hoffe, dass dir dieser Liam dabei helfen kann, zu erkennen, wann jemand auf dich steht … was – wow, mir wird gerade erst bewusst, wie schlimm es ist. Wie kannst du mein Kind sein und nicht wissen, wie man erkennen kann, ob dich jemand vernaschen will oder nicht?“

„Das sagt heute keiner mehr“, murmle ich. „Und außerdem ist Raymond enthaltsam. Also ist das abgeschlossen.“ Ich bereue die Worte, sobald sie meinen Mund verlassen haben.

„Okay, eine Person wollte keinen Sex mit dir haben“, korrigiert sie. „Aber der Rest? Charlie, ich liebe dich, aber vielleicht hätte ich dich all diese Male nicht verteidigen sollen, wenn deine Oma sagte, dass du so dümmlich wärst, du würdest eines Tages vielleicht noch ohne Hose aus dem Haus gehen.“

Ich keuche auf. „Ohne *Hose?* Das ist unmöglich. Ich würde das Haus niemals ohne ein komplettes Outfit verlassen.“

„Uuuuuund du hast nicht verstanden, auf was ich hinauswollte. Wie dem auch sei, du bist trotzdem mein liebstes Kind.“

Das Gespräch mit meiner Mutter bringt mir nicht den Frieden und Trost, worauf ich gehofft hatte.

„Ich werde lernen gehen", sage ich. Es ist nicht subtil, und sie lacht.

„Tue das. Ich werde deinem Vater von dieser Unterhaltung erzählen."

Großartig.

„Bis bald, mein kostbares, nichtsahnendes Kind."

„Bis bald, Mama." Ich beende den Anruf und starre für einen langen Moment auf mein Handy. Dann öffne ich die SMS-Konversation mit Liam.

CHARLIE:

> ‚Ich weiß nicht, ob das wichtig ist, aber meine Mutter sagt, dass ich mehr Beziehungen in HS hatte, als ich dachte.'

Ich lege das Handy beiseite und reibe mir mit meinen Händen über mein Gesicht. Es wird alles gut werden. Liam wird mir helfen, das alles in Ordnung zu bringen.

Nach dem *Ping* von meiner Matratze stürze ich mich auf mein Handy.

LIAM:

> ‚Ja, okay. Das macht Sinn. Bin gerade dabei, dir eine E-Mail zu schicken.'

Ein paar Sekunden später pingt meine E-Mail-Benachrichtigung, und ich öffne meine Inbox. Dort ist eine neue E-Mail von Mr. Romance mit einer kurzen Notiz und ein paar Anhängen. Ich ignoriere die Nachricht und öffne die Dokumente.

Und wow … ungelogen, aber meine Referate sind nicht so gut wie das hier. Das erste Dokument hat den Titel „Job-Übersicht & Gebührenaufstellung" und darin werden alle Dinge aufgezählt, wie Liam mir helfen wird.

Er hat eine „Beurteilung derzeitiger Freunde" und einen „Fortlaufenden Freundschafts-Bewertungsdienst auf Abruf" hinzugefügt, den er dann so definiert – denn ja, es gibt zu allem Definitionen und Notizen und Erklärungen – dass ich ihn immer dann anrufen oder texten kann, wenn ich mir nicht sicher bin, ob eine spontane Aktivität (wie Lunch) vielleicht wie ein Date aufgefasst werden könnte.

Es gibt ebenfalls eine Datei, die „Lernen und Beratung" heißt, in der ich lernen soll, wie man diese Dinge weiß, damit ich ihn nicht für den Rest meines Lebens anheuern muss. Das ist gut für mich, aber anscheinend dumm von ihm. Will er mich nicht für immer als seinen Goldesel behalten?

Wo wir schon vom Geld sprechen … Ich überfliege das Dokument zu den Zahlen weiter unten und muss zweimal hinsehen. Hat er eine Null vergessen oder sowas? Diese Summen sind viel zu niedrig, wenn man bedenkt, dass er mir praktisch vierundzwanzig Stunden, sieben Tage die Woche zur Verfügung stehen wird, um mir zu helfen.

Ich scrolle wieder nach oben und schaue mir die Nachricht etwas genauer an. Darin befindet sich *doch* eine Bedingung, dass ich keine Dienstleistung während der Zeit von Mitternacht bis sieben Uhr morgens erwarten kann, und dass er mir seinen Unterrichts-Stundenplan schicken wird, damit ich weiß, zu welchen Zeiten er verspätet antworten könnte. Aber trotzdem … das sind eine Menge Stunden, die er verfügbar ist.

CHARLIE:

,Ich glaube, du hast mir den falschen Preis genannt.'

LIAM:

,Schlussendlich ist es ein recht günstiger Preis pro Stunde, wenn man bedenkt, wie viel Zeit ich dir geben werde.'

Ich starre auf den Bildschirm. Äh, nein.

CHARLIE:

,Nein, das sehe ich. Ich meine, es ist zu günstig. Du solltest mir berechnen, was du wert bist, Mann.'

Die drei Punkte tanzen für eine Weile, hören auf und fangen dann wieder an.

LIAM:

,Ich habe keine Ahnung, was ich dazu sagen soll. Was glaubst du, was ich wert bin?'

Ich wische über den Screen zu meiner Taschenrechner-App und spiele ein wenig mit den Zahlen, bis ich eine Summe finde, die akzeptabel aussieht. Dann klicke ich wieder zurück zum Chat und schicke sie ihm.

LIAM:

,Ähhh … Ich bin verwirrt. Ich dachte, du hast gesagt, dass ich mehr verlangen soll.'

CHARLIE:

,Das habe ich. Tue ich. Verkaufe dich nicht unter deinem Wert.'

LIAM:

,Aber das ist weniger als der ursprüngliche tägliche Preis, den ich dir genannt habe. Sehr viel weniger. Sogar … beängstigend weniger.'

Oooh. Ich lache laut. Ich sehe, warum er verwirrt ist.

CHARLIE:

,Nein, ich meine, dass du mir das stündlich berechnen sollst.'

Ich benutze wieder den Taschenrechner und kalkuliere die neue Tagesrate, sende sie ihm dann zu und achte darauf, dass ich ihm versichere, dass dies die Tagesrate ist. Dann sehe ich mir die anderen Anhänge an. Es sind Befragungen.

Er will bis ins letzte Detail alles über mein Leben, meine Freunde und meine tägliche Routine wissen. Meine Mutter weiß von alledem nichts. Wenn ich einen Therapeuten hätte, würde der es auch nicht wissen.

Die SMS-Benachrichtigung pingt, und ich wechsle wieder zu der Chat-App.

LIAM:

‚Ich will nicht der Idiot sein, der mit Argumenten mehr Geld ablehnt, aber bist du dir sicher?‘

CHARLIE:

‚Du bietest einen Experten-Dienst an und es ist nicht einmal so viel. Glaub mir, ich bekomme ein Schnäppchen.‘

Wenn es etwas gibt, über das ich viel weiß, sind das faire Gehälter, und Leute so zu bezahlen, dass sie gut leben können. Meine Mutter würde ausflippen, wenn sie dächte, dass ich jemanden ausnutze. Ich bin dank meines teuflischen Kapitalisten-Großvaters privilegiert genug, dass ich es mir leisten kann, fair zu bezahlen.

Er ist übrigens nicht wirklich ein teuflischer Kapitalist. Anfang der Siebziger war der Vater meiner Mutter ein Fabrikarbeiter gewesen, der erkannte, dass man eins der Reststücke für etwas anderes benutzen könnte, wenn er einen Weg finden würde, dessen Form zu verändern, was wiederum die Menge an benötigten Rohmaterialien verringern und eine gigantische Menge Geld sparen würde. Oder so ... es ist wirklich nur eine interessante

Geschichte, wenn einem die Herstellung von Maschinenteilen wichtig ist. Wie dem auch sei, er entwickelte eine kleine Maschine, die diese Formveränderungssache durchführte, patentierte sie und lehnte sich dann zurück, während ihm jeder Großhersteller weltweit Geld zuwarf. Nebengeschichte: Er heuerte eine Buchhalterin an, die ihm helfen sollte, seinen neugefundenen Wohlstand zu verwalten, und die wurde dann schlussendlich zu meiner Großmutter.

Mein Handy pingt wieder.

LIAM:

‚Du bist dir also wirklich sicher?‘

CHARLIE:

‚Ich bin mir sicher, ich werde dafür sorgen, dass du es dir verdienen musst, deshalb solltest du es definitiv verlangen.‘

LIAM:

‚Okay. Ich werde diesen Chat fotografieren, falls du deine Meinung änderst.‘

CHARLIE:

‚Werde meine Meinung nicht ändern. Aber ich könnte sterben, bevor ich all diese Formulare ausgefüllt habe. Du hast vergessen zu fragen, wie alt ich war, als ich meinen ersten Zahn verloren habe.‘

LIAM:

‚LOL habe ich das? Huch. Sollte das besser hinzufügen.‘

LIAM:

‚Ich weiß, dass es wie eine große Menge aussieht, aber es wird mir helfen, dein Training zu planen.‘

CHARLIE:

,Das hier hört sich langsam wie eine
olympische Veranstaltung an. Was
bekomme ich, wenn ich gewinne?'

LIAM:

,Du wirst nicht nochmal so eine Szene wie
heute durchmachen müssen. Oder
versehentlich verheiratet enden, weil dir nie
bewusst war, dass du verlobt warst.'

Ich verziehe schmerzhaft mein Gesicht. Harsch. Aber
auch … nicht falsch.

CHARLIE:

,Okaaay. Ich nehme an, dass es die Mühe
wert ist. Hey, was passiert, wenn ich
jemanden treffe, den ich daten will,
während du mich trainierst?'

LIAM:

,… dann gehst du mit ihm aus? Ich werde
sogar die Verabredung planen – gratis im
Paket enthalten, wenn du willst.'

CHARLIE:

,Super. Aber das meinte ich nicht. Würde es
vielleicht mein Training stören, wenn ich
versuche, mit jemandem zu flirten, und mit
allen anderen nicht?'

Es folgt eine lange Pause. Ich schnappe mir meinen
Laptop und lade die Formulare herunter, um damit anzu-
fangen, sie auszufüllen. Vielleicht wurde er unterbrochen.
Somit werde ich die Zeit entsprechend gut nutzen.

Ich habe gerade zwei Fragen beantwortet, als mein
Handy erneut pingt.

LIAM:

‚Ich weiß ehrlich gesagt nicht, wie ich das beantworten soll. Was genau stellst du dir unter diesem Training vor?‘

CHARLIE:

‚Wer weiß? Deshalb frage ich.‘

LIAM:

‚Sobald ich dich besser verstehe, werde ich einen Haufen Szenarien zusammenstellen, in denen du mit deinen Freunden sein könntest. Du wählst das gewünschte Endresultat, das sie entweder denken lässt, ihr wärt auf einem Date, oder nicht. Dann werde ich entweder erklären, warum es falsch war und dir die Warnsignale erklären, oder dich mit Schokolade oder sowas belohnen.‘

Ooooh!

CHARLIE:

‚Ich stehe eher auf Deftiges.‘

LIAM:

‚Dann halt Chips. Bevorzugst du Gruppendiskussionen, geschriebene Übungen oder Rollenspiele?‘

CHARLIE:

‚Rollenspiele, Baby! Ich bin der KÖNIG der Rollenspiele. Ich kann sogar verschiedene Stimmen imitieren.‘

LIAM:

‚Wahrscheinlich brauchst du keine verschiedenen Stimmen, da du dich selbst spielen wirst. Aber okay, ich werde das Training als Rollenspiele kreieren.‘

Vielleicht wird das Ganze doch Spaß machen.

CHARLIE:

,Kann ich Kostüme und Requisiten
benutzen?'

LIAM:

,Um dich selbst zu spielen? Äh, sicher.
Wenn du willst.'

CHARLIE:

,Suuuuper! Das hier wird großartig sein.'

LIAM:

,Ich denke, dass du zu viel Rummel darum
machst. Bitte setze deine Erwartungen
nicht zu hoch an.'

LIAM:

,Ich muss gehen, aber schicke mir diese
Formulare schnellstmöglich zurück und
vergiss nicht, mir zu texten oder mich
anzurufen, falls du IRGENDWAS mit diesen
fünf Freunden tust, okay? Oder
irgendwelchen neuen Freunden.'

CHARLIE:

,Geht klar.'

Ich fokussiere meine Aufmerksamkeit wieder auf die
Formulare. Sie wirken jetzt weniger beängstigend, da ich
weiß, dass sie zu großartigen Rollenspielen führen werden,
in denen ich den unschuldigen College-Studenten spielen
werde, der zu wollüstigen Taten verführt wird. Nicht, dass
ich irgendetwas Wollüstiges mit irgendjemandem getan
hätte, der dachte, dass wir zusammen wären, obwohl wir
es nicht waren. Habe ich eine Reputation, keinen Sex
haben zu wollen oder sowas? Das ist komisch, denn ich
habe Sex mit Leuten, mit denen ich tatsächlich zusammen
bin.

Die Tür öffnet sich, und Artie kommt mit einem
breiten Grinsen herein.

„Hey", sage ich und meine Aufmerksamkeit liegt immer noch größtenteils bei dem, was ich tue.

Er wirft sein Zeug auf sein Bett und tritt seine Schuhe ab. „Habe gehört, dass du einen großen Tag hattest."

Ich erstarre.

„Oh?" Ohne meinen Kopf zu bewegen, werfe ich einen Blick zur Seite. Jap, das Grinsen ist an mich gerichtet. Ich seufze, gebe jegliches vorgespielte Arbeiten auf und erwidere seinen Blick. „Was hast du gehört?"

Er lässt sich auf sein Bett fallen. „Das du der Mittelpunkt einer riesigen Szene gewesen bist, als sich drei Leute darum gefetzt haben, dass du ihr Freund seist, und sich dann herausstellte, dass du es nicht warst."

„Das ist überraschend akkurat. Wie viele Leute, glaubst du, haben davon gehört?" *Bitte nicht viele. Bitte nicht viele. Bitte ni- ...*

„Jeder", versichert er mir. „Es ist überall auf TikTok. Und YouTube, glaube ich."

Großartig. „Dann hat also jeder deutlich auf mich gehört, als ich sagte, dass sie mit dem Filmen aufhören sollten."

„Hast du wirklich erwartet, dass sie das tun würden?" Er beugt sich vornüber und legt seine Ellenbogen auf seine Knie. „Komm schon, erzähle mir genau, was passiert ist."

„Hast du dir das Video nicht angesehen?", frage ich sauer.

„Mehr als einmal, aber jetzt will ich deine Seite hören."

Ich werfe ihm mein Kissen an den Kopf, das er auffängt, hinter sich steckt und bequem darauf zurücklehnt. Er ist offensichtlich bereit für die Märchenstunde.

Nachdem ich fertig bin, folgt ein langes Schweigen.

„Wow", sagt er schlussendlich. „Wenn du dich selbst fickst, benutzt du kein Gleitmittel."

Kapitel Vier

LIAM

Der erste Hilferuf kommt zwei Tage später.

Charlie hatte mir alle Formulare noch am selben Abend zurückgeschickt, nachdem er sie erhalten hatte, und ich habe seither daran gearbeitet, eine Serie von Rollenspielen zusammenzustellen, die ihm helfen sollen, den Unterschied zwischen freundschaftlichem und mehr-als-freundschaftlichem Verhalten zu begreifen. In aller Fairness ist das nicht allein sein Fehler. Nichts von dem, was er getan hat, könnte man direkt als etwas beschreiben, das außerhalb der freundschaftlichen Grenzen fällt. Erst, wenn alle diese Dinge zusammenkommen und der empfangende „Freund" oder die „Freundin" bereits an ihm interessiert sind, wird es mit der Situation kribbelig. Und nicht auf eine lustige Weise.

Ich bleibe auf meinem Weg zur Mensa stehen, damit ich mich auf Charlies Nachricht konzentrieren kann.

CHARLIE:

,HILF MIR!!! Gina hat vorgeschlagen, dass wir zum Lunch gehen, und als ich sagte, dass ich beschäftigt sei, fragte sie „zu beschäftigt für mich?" Das ist nicht gut, oder? Sogar ich weiß, dass das nicht gut ist!'

Mist. Gina gehört zu den fünf „Freunden", bei denen wir nicht sicher sind.

LIAM:

,Das ist nicht gut. Beobachtet sie dich jetzt gerade?'

Ich wende mich in Richtung des Gebäudes, in dem Englisch unterrichtet wird. Falls ich mich recht erinnere, findet dort die Stunde statt, die er soeben beendet hat. Aber bringt es überhaupt was, wenn ich dort hingehe?

CHARLIE:

,Nein, ich sagte ihr, dass ich aufs Klo muss. Aber jetzt stecke ich hier auf der Toilette fest!'

Ich lache laut und ignoriere den Seitenblick, den mir zwei vorbeilaufende Mädchen zuwerfen.

LIAM:

‚Du wirst Folgendes tun. Geh wieder nach
draußen. Sag ihr, dass du weg musst und
sie nächstes Mal sehen wirst. Wenn sie
versucht, dich festzunageln oder
irgendetwas anderes sagt, dass nach einer
festen Freundin klingt, sage ihr, wie
unglaublich dankbar du bist, dass ihr beide
diese Art von Freundschaft habt, wo ihr
euch gegenseitig keine Ausreden
vorschieben müsst. Dann sage ihr noch
einmal, dass du sie nächstes Mal sehen
wirst, und gehe.‘

CHARLIE:

‚Okay. Ich schaffe das. Ich bin dankbar für
unsere Freundschaft. Alles klar.‘

Vielleicht sollte ich dorthin gehen – nur für den Fall.
Aber er muss das hier allein tun.

LIAM:

‚Texte mir, wenn du frei bist.‘

Ich warte und starre fixiert auf den Bildschirm meines
Handys. Mein Magen knurrt und eine SMS-Benachrichti-
gung von Ian erscheint, in der er fragt, wo ich bin. Ich
tippe darauf und sage ihm, dass er ohne mich mit dem
Essen anfangen soll, dann starre ich wieder auf Charlies
Nachrichtenverlauf.

Schließlich tauchen endlich die drei tanzenden Punkte
auf. Ich nehme einen vorsichtigen Atemzug.

CHARLIE:

‚Es hat funktioniert! Sie sah verwirrt aus, hat
mich aber gehen lassen. Dann denkt sie
also vermutlich, dass wir zusammen sind?
Verdammt.‘

Mein erleichterter Seufzer klingt schwerer, als ich es erwartet hatte.

LIAM:

‚Wir vermuteten, dass sie das dachte. Das hier ist ein guter erster Schritt, sie langsam abzuweisen, ohne sie zu erniedrigen. Sie wird wahrscheinlich später eine SMS schicken oder versuchen, dich anzurufen. Vergiss nicht, locker zu bleiben. Falls sie dich direkt fragen sollte, ob ihr beide zusammen seid, sage nein und betone noch einmal, dass du eure Freundschaft dafür viel zu sehr schätzt.‘

CHARLIE:

‚Das klingt so lahm. Sie wird denken, dass ich sie nicht attraktiv finde, aber das nicht sagen will.‘

LIAM:

‚SAGE IHR NICHT, DASS DU SIE ATTRAKTIV FINDEST!‘

Ich halte kurz inne und füge dann noch einige weitere Ausrufungszeichen hinzu, bevor ich die SMS verschicke.

LIAM:

‚Das ist mein Ernst. Tue es NICHT. Ihr seid befreundet und du denkst nicht auf diese Weise an sie.‘

CHARLIE:

‚Verstanden. Ich werde nicht sagen, dass sie scharf aussieht. Aber das tut sie.‘

Ich drücke meine Augen fest zu und ermahne mich, dass er mir für das hier eine riesige Ladung Geld bezahlt.

LIAM:

‚Aber du willst nicht mit ihr zusammen sein, richtig?‘

CHARLIE:

‚Richtig‘

LIAM:

‚Und wir wissen jetzt, dass sie mit dir
zusammen sein WILL. Also wird es hier
nicht weiterhelfen, wenn du ihr sagst, dass
sie scharf aussieht, du sie aber nicht willst –
und es wird eure Freundschaft ruinieren.‘

CHARLIE:

‚Oooh, ich verstehe es! Danke, Mann!‘

LIAM:

‚Kein Thema. Heute Abend Training, nicht
vergessen.‘

CHARLIE:

‚Ich werde dort sein! Ich habe diese super
Perücke.‘

Ich gebe mir nicht die Mühe, zu antworten. Was soll ich dazu schon sagen, ganz ehrlich? Er wird die Perücke zum Rollenspiel tragen, um sich selbst zu spielen. Das ist nicht im Geringsten seltsam.

Bis ich in der Mensa ankomme, haben Ian und Matt bereits ihre halben Mahlzeiten aufgegessen. Was nicht überraschend ist, denn sie essen so schnell, dass ich nicht glaube, sie kauen. Sie sagen mir, dass es etwas damit zu tun hat, wie sie aufgewachsen sind. Ihr wisst schon, das, was nicht in einem Kult war.

„Wo warst du?“, fragt Matt mit vollem Mund, während ich mit meinen Käse- Makkaroni auf einen Stuhl gleite. Es sieht heute sogar fast essbar aus, somit habe ich große Hoffnungen.

„Ich habe angehalten, um eine SMS von Charlie zu beantworten“, sage ich und häufe mir etwas vom Essen auf.

Einmal probieren, und ich weiß Bescheid.

Aussehen kann einen in die Irre führen.

Ich zwinge mich dazu, zu kauen und es zu schlucken, da mein Körper Nahrung braucht, und ich schwöre mir, nächstes Mal das Hähnchen zu nehmen.

„Und wie geht es meinem geretteten Welpen?", fragt Ian strahlend.

„Gut. Er …" Ich zögere. Ich fühle mich schlecht, hinter Charlies Rücken über ihn zu sprechen. „… will diese Sache schnellstmöglich regeln", ist das, was ich schließlich sage.

„Er nutzt deinen guten Charakter doch wohl nicht aus, oder?", verlangt Matt zu wissen. „Du hast fast deinen Lunch verpasst."

„Nee." Ich schüttle meinen Kopf, schiebe mehr Essen auf meine Gabel, kann mich aber nicht so ganz dazu bringen, es mir sogleich in den Mund zu stecken. Ich brauche eine Minute, um mich vorzubereiten. „Er bezahlt mir mehr als genug, um zu spät zum Lunch zu kommen, glaube mir."

Zwei Paare Augenbrauen schießen in die Höhe. Sie sind nicht verwandt, aber in Augenblicken wie diesen, scheint es so, als ob sie es sein könnten. „Zockst du ihn kräftig ab, du gieriger Bastard?", scherzt Ian.

„Ehrlichgesagt war es seine Idee. Er hat meine Rate hochgehandelt und sagte mir, dass ich meinen Wert berechnen sollte."

Matt schaut Ian an und dann wieder zu mir. „Sind wir sicher, dass er intelligent genug ist, um hier zu sein?", fragt er. „Zuerst ist er mit Leuten zusammen, ohne es zu wissen, und jetzt besteht er darauf, mehr zu bezahlen, als er das muss. Ich glaube, er hat ein paar Schrauben locker."

Ich schnaube, atme tief ein und schaufle das Essen in mich hinein, wobei ich versuche, es nicht zu schmecken …

oder dessen Konsistenz zu spüren. Ganz ehrlich, wie kann irgendjemand Makkaroni und Käse so dermaßen versauen?

„Er ist intelligent genug", sagt Ian zu Matt, während ich versuche, nicht zu würgen. „Ich meine, er ist nicht in der Bestenliste oder außergewöhnlich schlau, aber er befindet sich irgendwo in der Mitte des Durchschnitts. Zumindest in den AGs, die ich mit ihm zusammen hatte."

„Man kann schon mit „Ausreichend" seinen Abschluss machen?", fragt Matt und Ian nickt.

„Ja, genau. Und er ist ein netter Kerl. Freundlich. Außerdem glaube ich, dass seine Mutter irgendeine Art Aktivistin ist. Ich wette, dass es ihm deshalb wichtig ist, faire Gehälter zu bezahlen."

Ich schlucke − endlich − und füge hinzu: „Es trifft ihn sehr hart, dass er vielleicht Freunde verlieren wird. Ich bekomme den Eindruck, dass er sehr gesellig ist. Und die Sache mit dem Preis hat er gemacht, weil es das Richtige ist. Ich glaube, dass er einfach eine nette Person ist, er aber manchmal gesellschaftliche Hinweise verpasst."

Sie tauschen einen Blick aus.

„Was?" Ich schaue wieder auf mein Essen. Wie hungrig bin ich wirklich? Wird es mich umbringen, nur zwei Mundvoll Lunch gegessen zu haben?

Als ob er meine Gedanken lesen würde, schiebt Ian einen Cupcake zu mir, den er noch nicht gegessen hat. „Dude, bitte iss nichts mehr von diesem Mist. Keiner von uns hat Zeit, dich im Krankenhaus zu besuchen, wenn man dir den Magen auspumpen muss."

„Er hat recht." Matt nickt mitfühlend. „Wenn ich gewusst hätte, dass du das wirklich essen willst, hätte ich dich davon abgehalten, es dir zu bestellen."

Ian dreht langsam seinen Kopf, um seinen besten

Freund anzusehen. „Was hast du denn gedacht, was er damit vorhat?"

Matt zuckt mit den Schultern.

„Sind wir sicher, ob *du* intelligent genug bist, um hier zu sein?", frage ich ihn, schiebe meine ekelhafte Käsemischung von mir weg und stürze mich auf den Cupcake.

„Jedenfalls", sagt Matt und tut so, als hätte er mich nicht gehört. „Was ich sagen wollte, ist … sei vorsichtig."

Ich setze den Cupcake ab, ohne einen Bissen genommen zu haben. „Was meinst du damit?" Gibt es etwas, was ich über Charlie wissen sollte? Ist er gewalttätig?

. In meinem Kopf taucht ein Bild von seinem freundlichen Gesicht auf, in das seine Emotionen deutlich geschrieben waren. Er ist auf keinen Fall gewalttätig.

Wieder schauen sie sich beide an.

„Du bist genauso unser Freund, wie du unser Trainingspartner bist", fängt Ian an.

„Und du bist uns wichtig", fügt Matt hinzu.

„Okay, jetzt macht ihr mir Angst." Ich blicke von einem ernsten Gesicht ins andere. „Was wisst ihr, was ich nicht weiß?" Vielleicht liegt das Problem nicht bei Charlie selbst, sondern bei seinen Freunden oder Familie? Haben sie Verbindungen zum Kartell oder einer Gang, oder ist es etwas anderes, wovon ich nur nichts weiß, weil ich mir nicht oft genug die Nachrichten anschaue? Wird mich jemand aufsuchen und mich bedrohen, falls Charlie etwas geschieht?

Unwahrscheinlich, wenn seine Mutter eine Aktivistin ist, die um faire Gehälter kämpft.

„Du weißt es", versichert mir Matt.

„Du bist ein Romantiker. Du hängst dich an Leute an." Ian lächelt mich traurig an, und mir wird bewusst, auf was sie hinauswollen.

Das Lachen, das aus mir herausplatzt, ist lang und laut und enthält eine deutlich hysterische Note der Erleichterung, dass kein mysteriöser Fremder in meinem Studentenzimmer auftauchen und mich fragen wird, ob ich gern mit einem Zementblock an den Füßen mit den Fischen schwimmen gehen würde. Oder bei den Fischen schlafen gehen würde? Auch egal.

„Hey! Ich werde mich nicht in Charlie verlieben", sage ich streng.

Sie sehen skeptisch aus.

„Das werde ich wirklich nicht."

„Es ist nur … du glaubst schon jetzt, dass er ein netter Typ ist." Matt macht eine Geste, als ob damit bereits alles verloren wäre.

„Das reicht nicht aus, um mich in jemanden zu verlieben. Ich denke, dass ihr beide nette Typen seid … die meiste Zeit. Und ich empfinde definitiv nicht mehr als nur Freundschaft für euch."

Beide machen beleidigte Gesichter.

„Entschuldige bitte, aber wir sind ein echt guter Fang!", verkündet Ian.

Ich hebe den Cupcake wieder auf. „Das erste Problem ist, dass ihr euch beide als *einen* guten Fang nennt. Singular. Niemand will gegen den besten Freund ihres Partners kämpfen müssen, damit der Zeit mit ihnen verbringt."

„Du sagst das, als wären wir eigenartig. Wir sind *Familie*", protestiert Matt.

Ich schnaube. „Was mich zum zweiten Problem bringt: eure gruselige Kult-Familie."

Sie stöhnen beide und sagen gleichzeitig: „Es ist kein Kult."

„Was ist denn dann?" Ich nehme einen Bissen vom Cupcake, während ich auf eine Antwort warte, von der ich weiß, dass sie sie nicht geben werden.

„Wir können dir das nicht sagen."

„M-Hmm", murmle ich durch einen Mund voller Kuchen und Buttercreme.

„Es ist nicht so, dass wir es nicht wollen", beeilt sich Matt zu sagen. „Aber du würdest es wahrscheinlich nicht verstehen."

Ich schlucke. „Solche Aussagen verändern in keiner Weise meine Überzeugung, dass es ein Kult ist."

Ian wirft seine Hände in die Luft. „Also gut. Aber bevor du uns abgelenkt hast, haben wir dir gesagt, dass du vorsichtig sein sollst." Er schaut mir direkt in die Augen. „Sei vorsichtig, Liam. Ich habe Charlie zu dir gebracht, weil er mir leidgetan hat, und ich dachte, dass du die extra Kohle gebrauchen könntest. Ich will nicht, dass du mit einem gebrochenen Herzen endest."

„Jungs, ich mag ein Romantiker sein, und ich mag mir wünschen, dass ich einen Freund hätte, aber ich werde mich nicht in den ersten halbwegs brauchbaren Typen verknallen, der mir über den Weg läuft. Er ist mein Kunde und, wenn ich ihn besser kenne, werden wir uns vielleicht anfreunden. Aber mehr nicht."

Sie nicken zweifelnd, und ich seufze. Ich schätze, dass sie Kreide fressen werden, wenn ich ihnen das Gegenteil beweise.

CHARLIE BOT für unsere erste Trainingsstunde sein Studentenzimmer an, da sein Zimmergefährte laut seiner Aussage nie dort sei. Aber der Typ, der auf mein Klopfen die Tür öffnet, ist nicht Charlie.

„Du musst Liam sein", sagt der große, dunkle, gutaussehende Typ. „Ich bin Artie. Ich kann dir gar nicht sagen, wie begeistert ich bin, dich zu treffen."

„Das … bist du?“

„Das bin ich wirklich“, versichert er mir. „Charlie hat mir erzählt, dass du ihn bereits gerettet hast. Nur, dass du es weißt, aber ich stehe wirklich absolut nicht auf ihn und stehe dir gerne zur Verfügung, falls du Verstärkung brauchst.“

Och, das ist so lieb. Wer hätte gedacht, dass Leute im echten Leben so gut aussehen und nett sein konnten? Vielleicht hat er verrückte Stiefeltern oder sowas.

Ich schweige für einen Moment – nur für den Fall, dass er plötzlich anfangen sollte, zu singen, oder dass aus dem Nichts Waldkreaturen auftauchen – aber er starrt mich nur neugierig an, während sich das Schweigen ausdehnt.

Wovon hatten wir gesprochen?

„Großartig“, bringe ich zustande, weil das wahrscheinlich so ziemlich alles beantwortet, richtig? Es scheint zu funktionieren. Er lächelt, tritt einen Schritt zurück und deutet mir an, einzutreten.

„Charlie ist kurz weg, um den Snack-Automaten leer zu räumen. Wort der Warnung, er freut sich wie ein Irrer, dass ihr Rollenspiele machen werdet.“

Alle Gedanken darüber, wie hübsch und nett Artie ist, entfliehen meinem Gehirn, als ich mich an Charlies Versprechen erinnere.

„Die Perücke?“

Artie nickt, und wir lachen beide.

„Ich denke, wenn es ihn glücklich macht, kann es nicht schaden?“ Ich zucke mit den Schultern.

„Ich weiß nicht, Mann. Du hast sie noch nicht gesehen“, warnt Artie.

„Was gesehen?“

Wir drehen uns zur Tür um, und ich muss husten, um mein Keuchen zu verbergen. Charlie steht dort mit seinen Armen voller Snacks, einem strahlenden Lächeln auf seinem Gesicht und einer langen blonden Perücke auf seinem Kopf.

Als er sagte, dass er eine Perücke tragen würde, hatte ich mir eine dieser billigen vorgestellt, die man mit Halloween-Kostümen trägt, oder vielleicht an einen Scherz von einem Billigladen – wie die in knallorange oder neongrün. Stattdessen trägt er eine professionelle Perücke von erstklassiger Qualität – die Sorte, die man für Filme benutzt, und die vollkommen wie natürliches Haar aussehen. Himmel, es könnte sogar natürliches Haar *sein*. Es umrahmt sein Gesicht und fließt in Wellen über seine Schultern bis ungefähr zur Hälfte seiner Arme herab, und darin befinden sich etwa eine Million verschiedener blonder Töne.

Ich bin sprachlos.

„Deine Perücke gesehen", antwortet Artie, während ich darum kämpfe, meine Sprache wiederzuerlangen.

„Oh." Charlie grinst, lädt die Snacks auf dem Bett ab, wirft dann sein unechtes Haar zurück und brüstet sich stolz. „Sieht gut aus, nicht wahr? Ich habe sie vor ein paar Jahren gekauft, um sie zu einer Gwyneth-Paltrow-Kostümparty zu tragen, und ich habe sie seither schon ein paar Mal tragen können."

Dieser Satz wirft so viele Fragen auf, dass ich nicht einmal weiß, wo ich anfangen soll.

„In diesem Sinne - ich bin dann weg", verkündet Artie. „Ich werde heute Nacht wahrscheinlich bei Mia schlafen."

„Okay. Soll ich dir ein paar Funyun-Chips aufheben?" Charlie zeigt auf den Berg Junkfood.

„Schon gut, Mann. Ich besorge sie mir selbst, wenn ich welche will." Artie schnappt sich seine Jacke, schiebt sich sein Handy in seine Tasche und winkt mir dann auf eine mega coole Weise mit zwei Fingern zu, die man nicht erlernen kann. „War toll, dich kennenzulernen, Liam."

„Dich auch.“

Er schließt die Tür hinter sich und Charlie dreht sich zu mir um. „Bist du ein Funyuns oder ein Doritos Fan?“

„Doritos.“ Wenn er mich füttern will, werde ich mich nicht beschweren. Ich fange den Beutel auf, den er mir zuwirft, schnappe mir dann einen Stuhl von einem der Schreibtische und mache es mir bequem.

„Das wird so viel Spaß machen“, verkündet er und reibt seine Hände zusammen, während er sich mit über-kreuzten Beinen aufs Bett setzt.

„So viel Spaß wie die Gwyneth Paltrow Kostümparty?“ Meine Stimme klingt knochentrocken, und er lacht.

„Ganz ehrlich, die war großartig! Die meisten Wohltä-tigkeitsveranstaltungen sind langweilig, aber dieses Thema machte es so viel besser. All das Essen und die Dekora-tionen kamen von der Goop-Webseite, und jeder sollte sich entweder wie Gwyneth oder jemand in ihrem Leben oder jemand, mit dem sie zusammengearbeitet hat, verkleiden.“

„Und du hast Gwyneth gewählt.“ Das passt tatsächlich sehr gut zu dem, was ich durch die Fragebögen über ihn erfahren habe. Charlie ist vollkommen selbstsicher und versucht, Freude in allem zu finden. Er teilt auch gern die guten Dinge des Lebens mit anderen, und daher stammt das Problem, mit dem er sich auseinandersetzen muss. Die meisten Leute können sich nicht vorstellen, dass ein einfa-cher Freund mit seinem Geld und seiner Zeit so großzügig sein kann, weil die meisten Menschen nicht aus einem Umfeld kommen, in dem man so viel Zeit und Geld zur Verfügung hat, um sie so freizügig teilen zu können. Also verstehen sie seine Bereitschaft, so viel in sie zu „investie-ren“, als sein romantisches Interesse an ihnen. Ehrlich gesagt ist es für alle Beteiligten eher traurig.

Außer für mich, natürlich. Ich werde mit dieser Sache Kohle verdienen.

Er zuckt mit den Schultern. „Sicher. Sie war die Königin der Party, und wer will nicht gerne Königin sein?"

Er grinst. „Und mein Kostüm war auch das Beste. Ich habe sogar ein Kleid gefunden, das sehr wie das aussah, das sie zu den Oscars in 2005 getragen hat."

Ich habe keine Ahnung, wie das Kleid aussah, da ich weder ein Fan von den Oscars noch von Gwyneth Paltrow bin, aber ich habe keine Zweifel daran, dass er großartig aussah.

„Zeige mir später Fotos, aber jetzt sollten wir uns nicht ablenken lassen." Wir könnten viel zu einfach vom Thema abkommen. „Rollenspiel."

Er stößt zwei Fäuste in die Luft. „Rollenspiel! Wie sollen wir das angehen?"

Ich ziehe mein Handy und ein Notizbuch hervor und blättere zur entsprechenden Seite. „Lass uns mit dem anfangen, was heute passiert ist. Hat sich Gina schon gemeldet?"

Charlies gute Laune ist augenblicklich verschwunden. „Nein. Das ist gut, richtig? Es bedeutet, dass sie es versteht und immer noch befreundet sein will." Hoffnung vibriert in seiner Stimme.

„Mm", sage ich, weil ich sie nicht zerstören will. „Was hat sie gesagt, als du aus der Toilette kamst?"

Er lässt sich mit einem Seufzen rückwärts gegen die Kissen fallen, und seine Perücke fächert hübsch um sein Gesicht herum. „Sie hat direkt draußen gewartet." Ich versuche, meine Miene zu verbergen. „Sie sagte erneut, dass sie etwas Essen gehen wollte, und ich sagte ihr, dass ich keine Zeit hätte, aber so dankbar wäre, dass wir die Art von Freunden sind, bei denen wir keine Ausreden vorschieben müssten – genauso, wie du es gesagt hast."

„Was hat sie dazu gesagt?" Ich mache mir ein paar schnelle Notizen.

„Nichts. Sie sah nur verwirrt aus. Also sagte ich, dass ich sie beim nächsten Mal im Kurs sehen würde, und sie reagierte mit ‚oh, sicher. Tschüss‘. Und ich ging." Er macht ein Geräusch mit seinen Lippen. „Ich fühle mich deswegen wirklich beschissen, weißt du?"

„Ich weiß, aber das ist nicht dein Fehler." Nun ja, nicht ganz. „Du hast sie nie auf ein Date eingeladen oder ihr irgendetwas versprochen. Jetzt, da du weißt, was sie denkt, ist es besser, sie nicht weiter in dem Glauben zu lassen."

Er nickt betrübt.

„Lass uns in unserem ersten Rollenspiel üben, was du sagen solltest, falls sie sich meldet", schlage ich vor.

Er rollt seinen Kopf zur Seite, sodass er mich ansehen kann. „Glaubst du immer noch, dass sie anrufen wird?"

Verdammt, ja. Oder eine SMS schicken. Aber sie wird sich definitiv melden. „Ich glaube, dass hier ist eine gute Übung, und falls sie anruft, wirst du vorbereitet sein."

Er richtet sich zu einer sitzenden Position auf, wirft sein unechtes Haar über seine Schulter zurück und atmet tief ein. „Okay. Ich bin in meinem Charakter."

M-Hmm.

„Nur zur Erinnerung, der Charakter, den du spielst, bist *du*. Also … sei du selbst. Sei nicht jemand anderer." Die Anfänge einer Migräne beginnen in meinen Schläfen zu pochen. Falls er sich hierfür auf Gwyneth oder eine ihrer Rollen beruft …

Er winkt abwehrend mit seiner Hand. „Ich pack das schon, Mann. Ich bin ich. Los geht's!"

Ich bin skeptisch, aber wenn er sagt, dass er bereit sei … Ich mache das Geräusch eines klingelnden Handys nach.

Er starrt mich an und bricht dann in schallendes Gelächter aus. „Dude, was war *das*?"

Mein Gesicht wird heiß, aber ich kann mein Kichern nicht zurückhalten. „Das war dein klingelndes Handy."

„Ja, nein. Mein Handy klingt nicht so."

Ich rolle mit meinen Augen. „Okay. Wie klingt es?"

Er schürzt seine Lippen, als würde er nachdenken, und beginnt dann mit einer Reihe von … Geräuschen. Dafür gibt es kein anderes Wort. Es soll offensichtlich irgendeinen Klingelton darstellen, aber er ist musikalisch definitiv nicht talentiert.

„Bitte, hör auf", flehe ich. „Wie wär's, wenn ich einfach ‚klingel klingel' sage und wir so tun, als würde sich dein Handy so anhören?"

„Sicher." Er zuckt mit den Schultern und lächelt reumütig. „Das ist vielleicht die beste Option."

„Klingel Klingel", sage ich mit einem so emotionslosen Gesicht, wie es mir möglich ist.

Er hustet ein Lachen und sagt dann: „Hey Gina, was gibt's?"

„Hi, Charlie. Können wir uns treffen?"

„Ja klar!"

Ich schließe meine Augen.

„Huch! Das zu sagen war das Falsche, richtig?"

Ich öffne wieder meine Augen, schaue in sein verlegenes Gesicht und suche nach einer diplomatischen Antwort.

„Nicht so falsch. Sie ist schließlich eine Freundin von dir. Aber vergiss nicht, dass dies der Anruf ist, der gleich danach erfolgt, nachdem sie herausgefunden hat, dass ihr nicht wirklich zusammen seid. Also brauchst du mehr Informationen."

Er nickt. „Mehr Informationen. Das kann ich. Lass es uns nochmal versuchen."

Ich schenke mir den Klingelton. „Können wir uns treffen?"

„Ist es etwas Wichtiges oder willst du nur abhängen? Ich habe viel zu tun."

Ich gebe ihm zwei Daumen hoch und er grinst.

„Ich muss mit dir wegen der Sache heute reden."

Sein Grinsen verblasst zu einem besorgten Gesichtsausdruck, der überhaupt nicht zur Perücke passt. „Äh, heute? Meinst du die Englischstundes?"

Meine Daumen kommen wieder hoch. Er macht das großartig. „Nein, ich meine das, was du nach der Stunde gesagt hast." Ich mache es ihm absichtlich nicht leicht.

Er beißt sich auf seine Lippe und sagt dann: „Was meinst du?"

„Können wir uns treffen, damit wir darüber sprechen können?"

Er zögert, und ich behalte mein Gesicht ausdruckslos. Ich weiß, was er denkt – wenn ihn einer seiner Freunde anruft und wegen etwas aufgebracht wäre, würde er sich mit ihnen treffen. Denn schließlich unterstützen Freunde sich gegenseitig, richtig?

„Ja, okay."

Ich gebe das Zeichen für ein Time-out, und er legt stöhnend seinen Kopf in seine Hände. „Neeeein. Ich kann sie nicht einfach abweisen, wenn ich will, dass wir befreundet bleiben. Was ist, wenn sie über etwas anderes reden will?"

„Du weist sie nicht ab", versichere ich ihm. „Du setzt Grenzen. Was könntest du sonst sagen, das nicht das Signal vermittelt, dass du an mehr als Freundschaft interessiert bist?"

Er verzieht trotzig seinen Kiefer. „Zu sagen, dass man sich mit einer Freundin trifft, die sagt, dass sie über etwas sprechen will, vermittelt keine Signale." Er verschränkt die Arme vor seiner Brust, und ich bin mir sicher, dass mir das zeigen soll, wie entschlossen er in dieser Sache ist, aber seine

Perücke sitzt ein wenig schief, und in Kombination mit seiner Haltung kann ich mich kaum davon abhalten, laut zu lachen.

„Aber aus ihrer Perspektive seid ihr beide mehr als nur Freunde. Du hast ihr zuvor gesagt, dass du viel zu tun hast, aber jetzt willst du alles fallen lassen, um sie zu sehen. Sie wird das als das Handeln eines festen Freundes ansehen.“

„Wenn eine Freundin mich bräuchte, selbst wenn ich beschäftigt wäre, würde ich sie treffen“, argumentiert er.

Ich nicke. „Sicher. Und wenn sie dich braucht, solltest du hingehen. Aber sie sagte, dass sie mit dir über etwas reden will, was du heute gesagt hast. Das gibt dir bereits die Information, dass sie nicht mit einer Familien-Krise, Liebeskummer oder Schulproblemen zu kämpfen hat.“

Er sieht immer noch nicht überzeugt aus.

„Schau, das hier ist nur ein Rollenspiel, richtig? Es ist nicht die tatsächliche Unterhaltung, die du mit ihr haben wirst. Also spiele einfach mit, und dann werden wir mit Rollenspielen üben, was passieren würde, wenn du dich tatsächlich mit ihr treffen würdest.“

Charlies Nicken ist widerstrebend, aber es ist ein Nicken. Die Perücke verrutscht etwas mehr, aber er bemerkt es nicht.

„Sie hat dich also gerade gefragt, ob du dich mit ihr treffen kannst. Was kannst du sagen, das nicht wie ein ‚Ja‘ klingt, aber trotzdem zeigt, dass du mit ihr befreundet bist?“

Er seufzt, dann sagt er: „Ich kann jetzt wirklich nicht. Aber wir können am Telefon reden.“

Ich lächle und nicke. „Du kannst dich wirklich nicht mit mir treffen?“

Seine Augen werden schmal und ich bekomme das Gefühl, dass er innerlich flucht. „Ich wünschte, ich könnte es, aber heute Abend bin ich ein Nur-am-Telefon-Freund.“

Ich unterbreche meinen Charakter lange genug, um zu sagen: „Das ist perfekt, Charlie." Dann nehme ich meine Rolle als Gina wieder auf. „Oh, okay. Äh, das hier ist irgendwie peinlich. Ich dachte wohl, dass wir vielleicht mehr sind als nur Freunde?"

Die absolute Panik in Charlies Gesicht lässt mich froh sein, dass wir das hier durch Rollenspielen klären. „Äh …" Er atmet tief ein. „Ich schätze deine Freundschaft zu sehr, um sie mit irgendetwas anderem zu riskieren. Ich hoffe wirklich, dass du das genauso empfindest", fügt er hinzu, und ich lächle breit.

„Das tue ich. Wir sehen uns im Kurs." Ich beende die Konversation, denn ich bin so impulsiv, dann klatsche ich langsam mit den Händen. „Das war perfekt. Besonders der letzte Teil, dass du hoffst, sie empfindet es ebenso."

Er setzt eine finstere Miene auf und lässt sich wieder auf sein Kissen zurückfallen – und dieses Mal gibt die Perücke auf und fällt ab. „Mist", murmelt er, setzt sich wieder auf und hebt sie auf. Er breitet vorsichtig das Haar aus und lässt sie von der Schreibtischlampe hängen, bevor er mit seinen Händen über sein Gesicht reibt. „Das war beschissen", verkündet er.

„Ich weiß." Es ist nicht so, dass ich kein Mitgefühl habe, aber ich hätte keins, wenn er seine Grenzen nicht deutlich gemacht und das Mädchen hingehalten hätte. „Aber dies ist die sanfteste Methode, ihr zu sagen, was du empfindest. Du willst ihr doch nicht einfach nur sagen, dass du kein Interesse hast, oder?"

Er erschaudert. „Vielleicht ruft sie nicht an. Vielleicht reichte das, was ich heute gesagt habe, aus." Ich nicke, sage aber nichts, und er zieht seine Schultern zurück. „Okay, lass uns die Rolle spielen, wenn ich gehen und sie treffen würde."

Ich ermahne mich, sanft zu sein, und frage: „Können wir uns treffen, um zu reden?“

„Sicher. Jetzt? Wo?“

„Ich kann zu deinem Studentenzimmer kommen.“

Charlie runzelt seine Stirn, was ein gutes Zeichen ist, aber er sagt trotzdem: „Okay. Dann bis gleich.“

Ich schüttle meinen Kopf, klopfe jedoch auf den Schreibtisch, als ob Gina an die Tür klopfen würde.

„Hey“, sagt er. „Bist du okay? Du hast am Telefon komisch geklungen.“

„Ja, ich bin … verwirrt, nehme ich an?“

„Oh, und du willst, dass ich dir helfe? Ich bin mir nicht sicher, ob du da den richtigen Typen fragst“, scherzt er.

„Es geht darum, was du heute gesagt hast.“

„Was ich gesagt habe?“

Ich kann anhand der Art, wie hoch seine Stimme bei der Frage wird, sehen, dass ihm die Situation bewusstwird, in die er sich gespielt gebracht hat. Es ist irgendwie niedlich, wie er unter Druck in Panik gerät – so ganz anders, als ich erwartet hatte, wie er reagieren würde, da er sonst so selbstbewusst ist.

„Ja, die Sache mit unserer Freundschaft.“

„Wir sind befreundet. Oder ich dachte, dass wir es sind. Siehst du mich nicht als einen Freund an?“

Oooh, sehr gut. Ich gebe ihm einen Daumen hoch. „Natürlich tue ich das. Ich dachte nur, dass wir vielleicht mehr als das wären.“ Bevor er antworten kann, stehe ich vom Stuhl auf, gehe zu ihm und setze mich neben ihm aufs Bett – viel zu nahe. „Findest du mich nicht attraktiv?“ Ich lege eine Hand auf seinen Oberschenkel.

Er reißt seine Augen witzigerweise weit auf und bringt die Time-out-Geste kaum zustande. „Okay, ich verstehe es. Du hattest recht. Sich mit ihr zu treffen, wäre ein riesiger Fehler.“

Ich gehe wieder zum Stuhl zurück. „Sorry deswegen – ich hätte mich vergewissern sollen, dass es okay für dich ist, wenn ich dich berühre, bevor ich es tat." Jetzt fühle ich mich deshalb schlecht.

Er fährt mit einer Hand durch sein Haar. „Nee, ist schon okay. Es ist dumm, aber ich glaube, dass ich es nicht kapiert hätte, wenn du es nur gesagt hättest. Mir wurde erst bewusst, wie begrenzt meine Möglichkeiten waren, als du praktisch auf meinem Schoß gesessen hast." Er schüttelt seinen Kopf und fügt hinzu: „Mann, wenn du Gina gewesen wärst … Ich meine, ich hätte sie von mir stoßen müssen, um aufzustehen, und ich glaube nicht, dass unsere Freundschaft das überlebt hätte."

„Sobald sie sich in der Position befand, direkt abgewiesen zu werden, war eure Freundschaft vorbei", sage ich ihm. „Nicht viele Leute besitzen genug Selbstbewusstsein, um so etwas abzuschütteln. Ich meine, es sei denn, ihr wärt wirklich gute Freunde, die sich schon seit Jahren kennen. Aber jetzt siehst du, warum es wichtig ist, Grenzen zu setzen, nicht wahr? Es beschützt dich, und es gibt ihr den Freiraum, es zu verarbeiten, denn selbst, wenn du sie sanft abweist, ist es ihr wahrscheinlich peinlich, und sie wünschte sich, du wärst nicht dort."

Er nickt verständnisvoll. „Freiraum ist gut."

Schuldgefühle erwachen. „Nochmal, es tut mir wirklich leid, dass ich dich so angefasst habe …"

„Es ist okay", versichert er mir und winkt abwehrend mit seiner Hand ab. „Wenn das nicht im Rollenspiel gewesen wäre, hätte es mir vielleicht sogar gefallen." Er lacht, aber das verwandelt sich rasch in Horror. „Oh, Mist, das ist es, was mich in Schwierigkeiten bringt, nicht wahr? Deshalb glauben Leute, wir wären zusammen."

Ich schlucke mein eigenes Lachen und kratze mein Kinn. „Na ja … wahrscheinlich hilft es nicht. Diese Art von Scherz ist cool bei Freunden, die dich verstehen, aber wir kennen uns noch nicht so gut. Wenn ich nicht wüsste, dass du, äh, in diesem Bereich Schwierigkeiten hättest, hätte ich das vielleicht als tollpatschiges Flirten verstanden." Nicht, dass ich wirklich denke, dass er aufgrund von etwas so Dummen mit mir flirten würde. Aber vielleicht würde es jemand anderer.

Er öffnet seinen Mund, um zu antworten, wird aber von einem mächtigen Lärm unterbrochen. Wir schauen beide zum Schreibtisch, wo sein Handy aufleuchtet.

„Das ist dein Klingelton?" Es klingt vollkommen anders als die Geräusche, die er zuvor von sich gegeben hatte.

Er beugt sich rüber, um auf den Bildschirm zu schauen, und schießt dann auf seine Füße. „Es ist Gina", faucht er.

„Beantworten oder ignorieren", sage ich.

Er hebt sein Handy auf und wirft mir einen Blick voller qualvoller Unentschlossenheit zu. „Soll ich es auf Lautsprecher schalten?"

„Nein. Gönne ihr etwas Privatsphäre." Es ist nicht fair, es auf Lautsprecher zu schalten, wenn sie nicht weiß, dass ich hier bin, und wenn sie das wüsste, würde sie wahrscheinlich nicht sagen, weswegen sie angerufen hatte.

Er atmet tief ein, akzeptiert dann den Anruf und hebt das Handy an sein Ohr. „Hey, Gina." Da ist ein Hauch von einem Beben in seiner Stimme. „Äh, … was? Okay." Er hört eine Sekunde zu, zieht dann eine Grimasse und presst seine Augen zu. „Wirklich? Haha, also wegen dieser Sache … Oh, ja." Er hört wieder zu, öffnet seine Augen und lässt seinen Kopf zurückfallen, um an die Decke zu starren. Ich wünschte wirklich, dass ich wüsste, was sie sagt. Das hier verläuft eindeutig ganz anders als jedes unserer Rollenspiele. Schließlich schaut er mich direkt an und sagt: „Ich weiß deine Freundschaft wirklich zu schätzen, Gina." Es folgt eine weitere kleine Pause, dann fügt er hinzu: „Wir sehen uns beim Englisch? Okay. Tschüss."

Er wirft sein Handy mit einem massiven Ausatmen zurück auf den Schreibtisch und lässt sich aufs Bett fallen.

„Nun?"

Er fängt an zu lachen. „Sie sagte, sie sei heute nach der Englischstunde verwirrt gewesen, hätte aber dann mit einer Freundin gesprochen, die ihr ein TikTok-Video zeigte."

Ich beiße auf meine Lippe. „Oh." Jetzt bin ich es, dessen Stimme bebt, obwohl das in diesem Fall nicht wegen der Nerven ist, sondern weil ich lachen muss.

„Ja. Sie hat es sich also angesehen und dachte, dass wir vielleicht nur ‚missverständlich kommunizierten'", er macht Luft-Gänsefüßchen, „und fragte mich direkt, ob wir zusammen oder nur Freunde sind."

„Dies ist ein gutes Ergebnis", erinnere ich ihn. „Vielleicht nicht die beste Art für sie, um das herauszufinden, aber sie hatte die Kontrolle über die Situation, wodurch sie sich besser fühlen wird, als sie es sonst getan hätte."

„Das mag sein. Sie klang zum Schluss nicht besonders happy." Er runzelt seine Stirn.

„Gib ihr Zeit, es zu verarbeiten. Wann habt ihr euren nächsten Unterricht zusammen?"

„Nächste Woche."

„Perfekt. Sie hat genug Zeit, sich in ihrem Freundeskreis zu beschweren, und bis die nächste Stunde stattfindet, wird sie darüber lachen und sich daran erinnern, was für ein guter Freund du bist." Ich bin mir nicht so ganz sicher, ob das wahr werden wird, aber dieser Typ hat diese Woche schon genug durchgemacht. Und es gibt immer noch vier weitere Leute, die vielleicht denken, dass sie mit ihm zusammen sind.

Das bringt die Gesamtzahl auf potenziell acht. Falls er wirklich mit ihnen allen zusammen wäre, hätte er einen Preis dafür verdient, so viele Beziehungen auf einmal aufrecht zu erhalten. Oder eine Ohrfeige.

„Warum belassen wir es heute Abend nicht dabei? Du hast etwas Übung mit verschiedenen Szenarien bekommen, und du hast wirklich großartig reagiert."

Er nickt, ist anscheinend geistesabwesend und ein wenig deprimiert. „Ja, sicher. Danke, Lee."

„Ich heiße Liam." Niemand hat mich je Lee genannt.

„Wirklich?" Er betrachtet mich von Kopf bis Fuß. „Ich weiß nicht, aber für mich wirkst du eher wie ein Lee."

Ich habe keine Ahnung, was für ein impulsiver Wurm sich durch mein Gehirn frisst, aber ich erwische mich dabei, wie ich sage: „Dann nenn mich halt Lee, wenn du das willst."

Charlies Gesicht erhellt sich mit einem aufrichtigen Lächeln. „Wirklich? Danke!"

Worauf zum Teufel habe ich mich da eingelassen?

Kapitel Fünf

CHARLIE

Am Samstagabend findet im Football-Haus eine Party statt, und ich gehe natürlich hin. Deren Partys sind fantastisch. Aber zum ersten Mal in meinem Leben bin ich wegen einer Party nervös.

Warum? Weil die meisten meiner Freunde wahrscheinlich dort sein werden – inklusive derer, die vielleicht denken, wir wären mehr als nur befreundet.

Seit dieser ganzen Gina-Sache sind erst zwei Tage vergangen, und ich habe mich daran gehalten, zum Unterricht zu gehen und mich dann so viel wie möglich in meinem Studentenzimmer zu verstecken. Wenn ich Leute vermeide, besteht keine Chance, dass ich etwas sage, das falsch interpretiert werden könnte, richtig? Ich dachte sogar daran, die Party heute Abend auszulassen, aber das war dumm. Außerdem hat Jake erwähnt, dass sich genau diese Freunde fragen würden, wo ich wäre, wenn ich nicht hinginge.

Also gehe ich hin. Und da bin ich. Jake versprach, als Unterstützung mit mir dorthin zu gehen, und dann schlossen sich Artie und Mia uns an. Mia gab mir eine dicke Umarmung, als sie zu mir kam, was für sie unge-wöhnlich ist. Es ist zwar nicht so, dass sie mich nicht leiden kann, sondern eher, dass wie keine solche Beziehung zuein-ander haben. Sie ist Arties Freundin, und wir sind freund-lich miteinander, aber nicht wirklich befreundet. Aber anscheinend hat sie die Tatsache, dass ich die ahnungslo-seste Person der Welt bin, davon überzeugt, dass wir uns näherstehen sollten.

Wie dem auch sei, es gibt mir etwas von meinem alten Selbstbewusstsein zurück, Leute um mich zu haben, als ich mich dem Haus nähere. Die Party ist bereits in vollem Gange, das Haus ist gerammelt voll, und ein Teil von mir entspannt sich, als mich eine Wand von Lärm trifft.

Artie und Mia verschwinden in der Menge, um wahr-scheinlich ihre Freunde zu finden, und Jake und ich verdrücken uns in Richtung Alkohol. Einer der Gründe, warum die Partys hier so beliebt sind, ist der, dass sie immer guten Alkohol haben.

Jemand ruft meinen Namen, und ich winke Peyton Miller zu, dem dieses Haus gehört. Er steht bei seinem Bruder Brady, schreit aber etwas über TikTok, und ich zeige ihm den Mittelfinger. Aber wir lachen beide. Wenn ich darüber nachdenke, könnte dieses Video vielleicht alle meine Probleme lösen. Jeder wird es sehen und sich denken, dass ich einfach nur ein Idiot bin – so, wie Gina es denkt.

Ich bin mir nicht sicher, ob das für mich das beste Ergebnis wäre.

Ich werde in eine Gruppe von Tänzern gezogen, und für eine Weile verliere ich mich in dem Pressen und Reiben von verschwitzten Körpern und wilden Beats. Aber als ein Typ, den ich vom Sehen her kenne, an meiner Seite auftaucht und mich zweideutig anlächelt, steigt Panik auf.

Wie soll ich One-Night-Stands handhaben? Was ist,

wenn alle meine vergangenen One-Night-Stands erwartet hatten, dass ich sie anrufe oder sowas? Bin ich rumgelaufen und habe Signale ausgesandt, von denen ich nicht einmal wusste? Lee und ich haben nie über One-Night-Stands gesprochen!

Ich lächle den Typen reumütig an, zeige ihm mit einer Handbewegung, dass ich mir einen Drink holen werde, und verdrücke mich dann rasch von der Menge, während er mit den Schultern zuckt und sich ein anderes Opfer sucht. Ich versuche, nicht zu sehr meine Nerven zu verlieren, vermeide Augenkontakt und stolpere in die Küche … gerade rechtzeitig, um eine Tussi dabei zu erwischen, wie sie kommt, während ein Typ sie auf der Arbeitsplatte ausschleckt.

„Leute kochen da, wisst ihr?!", sage ich, als ich mir ein Bier schnappe. Sie wirft ihren Kopf zurück und schlägt ihn gegen den oberen Schrank.

„Aua!"

„Sorry", murmle ich und lasse sie allein.

Ich bahne mir meinen Weg durch die Masse von Menschen, trinke langsam von meinem Bier und versuche, mich zu beruhigen. Das hier ist nicht das Ende der Welt. Lee sagte, dass ich mit Leuten zusammen sein könnte, somit gehe ich davon aus, dass One-Night-Stands ebenfalls okay sind. Und er hätte es erwähnt, wenn er dächte, dass ich mir wegen meiner Freunde und alter One-Night-Stands Sorgen machen müsste.

Oder hätte er es nicht?

Ich trete seitlich aus dem Fluss des Verkehrs und ziehe mein Handy hervor. Es kann nicht schaden, das zu bestätigen, richtig?

CHARLIE:

,Heeeeeyyy! Meinst du, es ist wahrscheinlich, dass ein paar meiner One-Night-Stands erwarteten, dass ich sie anrufe?'

Ich lehne mich an die Wand, nehme einen Schluck von meinem Drink und scanne die Menge, während ich auf seine Antwort warte. Alle bekannten Gesichter sind hier, und ich bekomme ein seltsames Gefühl der Geborgenheit, sie zu sehen. Sicher, die Studenten, die inzwischen ihren Abschluss gemacht haben, sind nicht mehr da, aber das ist der Lebenszyklus einer College-Party, wisst ihr? Die Senioren gehen, die neuen Abschluss-Studenten stürzen sich wie wild in Partys, sobald sie sich dem Ende ihrer College-Zeit nähern, und die Studenten in ihrem ersten Studienjahr tun dumme Dinge, während sie zum ersten Mal wahre Freiheit erleben.

Dort drüben befinden sich die zukünftigen Geschäftsleute von Amerika, reiche Treuhand-Kinder wie ich, aber anders als in meinem Fall ist es deren Ziel, Unternehmen zu übernehmen, sich steuerliche Schlupflöcher zunutze zu machen und nach dem College exakte Kopien ihrer Eltern zu werden. Ich sollte wahrscheinlich mehr mit ihnen abhängen, da ich höchstwahrscheinlich mit ihnen zu tun haben werde, wenn ich mich dem Familenunternehmen anschließe und es schlussendlich von meinem Vater übernehme.

Aber keins dieser Dinge reizt mich, und so verdränge ich diesen Gedanken. Ich kann ein anderes Mal über das schwere Gewicht meiner Zukunft nachdenken.

An der Tür stehen die Rächer der Menschenrechte. So nenne ich sie einfach, aber ist so, wie ich sie mir vorstelle. Ich habe einen riesigen Respekt vor dieser Gruppe, die immerzu Spendenaufrufe veranstalten, um Gelder zu sammeln und Bewusstsein für Unrecht zu wecken … selbst, wenn sie sturzbetrunken an einer Party sind. Sie lieben meine Mutter, und mehr als nur einer von ihnen hat mich schon darum gebeten, sie ihnen am Elterntag vorzustellen.

Und im Erkerfenster befindet sich ein Haufen protziger Footballspieler mit Felix – einem entzückenden Schnuckel, der schon immer um sie herumscharwenzelt ist. Vor ein paar Jahren sind wir gute Freunde gewesen, aber wir haben uns auseinandergelebt. Er liebt es, mit den großen Typen zu flirten, und die lieben seine Aufmerksamkeit. In diesem Augenblick klimpert er mit seinen Wimpern in Cobey Greens Richtung, dem einzigen Spieler des Teams, der offen bi ist.

Ich liebe College.

Mein Handy vibriert in meiner Hand, und ich wische zur SMS.

LIAM:

‚Hast du ihnen gesagt, dass du anrufen würdest?‘

CHARLIE:

‚Nein. Aber vielleicht habe ich versehentlich irgendwelche Andeutungen gemacht?‘

LIAM:

‚Haha, mach dir deswegen keinen Kopf.‘

Ich starre auf die SMS. Das ist nicht hilfreich.

CHARLIE:

‚Dann kann ich also einen One-Night-Stand haben?‘

LIAM:

‚Fragst du mich um meine Erlaubnis? Das ist komisch.‘

CHARLIE:

,Wir haben One-Night-Stands noch nicht in den Rollenspielen geübt.'

CHARLIE:

,Ich muss darüber sprechen. Kann ich dich anrufen?'

Die drei Punkte tanzen, verschwinden, dann tanzen sie wieder.

LIAM:

,Guck nach links.'

Häh? Ist das eine Art Rat, den ich nicht verstehe? Wie … soll ich meine Perspektive ändern, wie ich One-Night-Stands sehe, indem ich … die Dinge von einer eher linken Ansicht betrachte? Keine Ahnung. Ich bin so schon ziemlich liberal. Meine ganze Familie ist es.

LIAM:

,Drehe deinen Kopf nach links, Charlie.'

Oooh! Wie dumm! Schau nach links. Er meinte es wortwörtlich.

Ich schaue nach links, mein Blick hüpft über Gruppe von Mädchen einer Studentenverbindung, Lee, ein paar Leuten von …

Moment!

Ich fokussiere auf Lee, der mich mit einem entnervten Ausdruck ansieht, den ich bereits gut kenne. Jeder, der mehr als zehn Minuten mit mir spricht, bekommt für gewöhnlich diesen Ausdruck.

Ich verlasse meine Stelle, wo ich an der Wand lehne, und bahne meinen Weg zu dem Teil der Wand, wo er angelehnt steht. „Hey! Was tust du denn hier?" Wow, das klang unhöflich. „Ich meine, ich glaube nicht, dass ich dich zuvor an einer dieser Partys gesehen habe."

Er schüttelt seinen Kopf, lächelt aber. „Nee, ist normalerweise nicht mein Ding. Ich arbeite heute Abend."

Ich brauche eine Sekunde, um das zu verarbeiten. „Du meinst, du bist mir hierher gefolgt, um mich im Auge zu behalten?" Ich bin mir nicht sicher, ob ich seine Arbeitsethik und den Einsatz, den ich für mein Geld bekomme, bewundere oder ob das unheimlich ist. Wahrscheinlich unheimlich.

Er schnaubt. „Nein. Du bist nicht mein einziger Kunde."

Es ist bestimmt falsch von mir, Enttäuschung zu fühlen.

„Aber planst du nicht nur Dates für andere Kunden? Ich meine … Ich dachte nicht, dass du tatsächlich auch bei denen auftauchst. Oder recherchierst du gerade oder sowas?" Allerdings wird es als große Überraschung für ihn kommen, wenn er denkt, dass er hier an dieser Party romantische Inspiration finden wird.

„Ich gehe normalerweise nicht auf Dates mit meinen Kunden", sagt er, und zum ersten Mal wird bewusst, dass er nicht mich ansieht. Stattdessen liegt seine Aufmerksamkeit … ich folge seinem Blick. Er ist auf eine Gruppe von Leuten fokussiert, die auf einem Sofa und darum herum sitzen. „Aber manchmal gibt es einen Teil des Plans, bei dem es notwendig ist."

Ich verstehe es nicht, und ich glaube nicht, dass ich einfach nur ahnungslos bin. „Hä?"

Er antwortet nicht, beobachtet nur weiterhin die Gruppe.

„Ich will dir nicht sagen, wie du deine Geschäfte zu führen hast, oder sowas, aber falls du diese Party als ein romantisches Date verkauft hast, wirst du deinem Kunden wahrscheinlich das Geld zurückzahlen müssen."

Dieses Mal schaut er mich an, als sein amüsierter Seitenblick kurz auf mich und dann wieder wegspringt. „Nein, es ist kein Date. Das hier ist ein romantischer *Augenblick.*"

Ein … „Ein was?"

„Siehst du das Paar?" Er nickt zu einem Mädchen, das auf der Armlehne des Sofas sitzt, und den Typen, der neben ihr steht. Sie lehnt an ihm, während sie mit einem anderen Mädchen spricht. „Sie sind seit einem Jahr zusammen, und sie hat ihm vor Kurzem gesagt, dass er ihr nie romantische Augenblicke schenkt. Keine Verabredungen – ich plane ihre Verabredungen und sie liebt sie – sondern kleine Augenblicke, die ihr sagen, dass er ihr Aufmerksamkeit schenkt."

Ja, ich kapiere es immer noch nicht.

„Also was? Du bist hier, um zuzuschauen und …?"

Er schüttelt seinen Kopf. „Nein. Er ist entschlossen, ihr alles zu geben, was sie sich wünscht, also hat er mich um Hilfe gebeten. Sagte, dass ihm nichts einfiel, was er tun könnte. Ich habe ihn zwei Stunden lang interviewt, und wir haben festgestellt, dass er sehr viele kleine Details von ihr kennt, er aber nicht bewusst daran denkt. Also haben wir einen Haufen Dinge geplant, um ihr zu zeigen, dass er tatsächlich auf sie achtet."

„Er ist entschlossen, ihr alles zu geben, was sie will?", frage ich skeptisch. Gebt mir einen Kotzbeutel. Ich helfe gern meinen Freunden aus und verwöhne meinen jeweiligen Partner, aber *alles, was sie wollen?* Nein.

Ich bekomme wieder einen Seitenblick. „Es ist romantisch", schimpft er, als wüsste er, was ich denke. Da ist etwas in der Art, wie er es sagt …

„Warte, bist du ein Romantiker?", platzt es aus mir heraus und zum ersten Mal heute Abend liegt seine volle Aufmerksamkeit auf mir.

„Warum überrascht dich das? Ich *bin* Mr. Romance." Es liegt Humor in seiner Stimme, aber auch etwas anderes – ein stählerner Unterton. Er wird es nicht so einfach hinnehmen, wenn ich ihn deswegen verspotte. Nicht, dass ich das tun würde. Nur, weil ich kein Experte in Sachen Romantik bin, heißt das nicht, dass ich es nicht in anderen Menschen wertschätzen kann. Und manchmal sind groß-artige romantische Gesten ganz nett.

„Keine Ahnung." Ich zucke mit den Schultern. „Du hast gesagt, dass dein Hauptfach Physik ist, richtig? Und du bist so organisiert und … listenreich."

Er blinzelt mich an, bevor er wieder zu seinem Kunden schaut. „Listenreich?"

„Ja, du weißt schon. Mit den Listen. Du hast Listen und Formulare und Befragungsbogen … sind romantische Menschen nicht angeblich unorganisierter? Kopf in den Wolken?"

Er schmunzelt. „Listenreich. Das muss ich mir merken. Und ich hasse es, derjenige sein zu müssen, der deine Illu-sion zerstört, aber romantische Menschen können ebenfalls organisiert sein."

Ich schüttle meinen Kopf. „Ja, keine Ahnung. Das scheint mir nicht richtig zu sein."

Bevor er argumentieren kann, erstrahlt sein Kunde wegen etwas, das seine Freundin gesagt hat. Er klopft ihr auf die Schulter, beugt sich herunter, um in ihr Ohr zu flüstern, woraufhin sie sich kerzengerade aufsetzt, und sie spricht weiter mit ihrer Freundin, während er quer durch den Raum und … direkt auf uns zu geht. Nun ja, zu Lee.

„Wie es aussieht, ist es soweit", sagt Lee lächelnd.

„Hey, Mann", sagt der Typ. „Sie hat es gesagt. Hast du …?" Er verstummt, als Lee ihm eine weiße Box mit dem königsblauen Logo der Bäckerei in der Stadt hinhält – die Sorte, die individuelle Cupcakes enthält. Ich hatte nicht einmal bemerkt, dass er sie hielt. „Danke! Du bist der Beste!" Er atmet tief ein und keucht ihn aus. „Ich hoffe, das hier funktioniert."

„Das wird es", versichert ihm Lee. „Sie wird es lieben."

„Ja." Der Typ zieht seine Schultern zurück, nimmt die Box und geht zurück zu seiner Freundin.

„Ähm, was …?"

„Schhh!" Lees Aufmerksamkeit liegt nun völlig bei seinem Kunden.

Der Typ küsst seine Freundin auf die Wange und reicht ihr die Box. Sie schaut ihn überrascht an, öffnet sie dann und stößt einen dieser schrillen, hohen Schreie aus, bei denen ich Frauen fast ganz aufgeben und nur noch mit Männern ausgehen will. Sie plappert aufgeregt etwas, stürzt sich auf ihren Freund und gibt ihm einen dicken Knutscher. Und er sagt jetzt grinsend etwas zu ihr zurück, wobei er mit seinem Daumen über seine Schulter hinweg zu uns zeigt. Nun … wahrscheinlich in Lees Richtung. Da er meine Existenz nie so wirklich wahrgenommen hatte.

Ihr Blick springt zu uns, und in der nächsten Sekunde hüpft sie durch den Raum mit der Box immer noch in ihrer Hand. „Danke!", ruft sie und umarmt Lee fest. „Du bist großartig!"

Lee lächelt und schüttelt seinen Kopf. „Das kommt alles von ihm", sagt er. „Ich war überrascht, wie viel er über dich weiß. Ich bin nur der Lieferant."

Ich bin mir ziemlich sicher, dass das nicht so ganz stimmt, aber sie akzeptiert es. Bevor sie wieder zu ihrem Freund zurückspringt, neige ich meinen Kopf, um einen Blick in die Box zu werfen. Cupcake, wie ich es erwartet hatte. Es hat einen Berg pinkfarbener Creme, Glitterstück-chen und einen Haufen winziger blauer Zucker-Schmet-terlinge.

„Okay, weihe mich ein. Warum ist dieser Cupcake

solch eine große Sache?", frage ich, und Lee, der nun sicher ist, dass sein Job ohne Probleme erledigt wurde, dreht sich zu mir um.

„Anscheinend hat sie jedes Mal, wenn sie Bier trinkt, Heißhunger auf Cupcakes. Das führt an jeder Party dazu, dass sie sagt, sie wünschte, sie hätte einen Cupcake." Er zuckt mit den Achseln. „Also hat sie heute Abend einen Cupcake bekommen."

Ich warte darauf, dass er mehr sagt, aber er ist fertig. „Das ist alles? Das ist ihr großer romantischer Augenblick?"

Er seufzt entnervt. „Ja. Weil er ihr damit, dass er ihr einen Cupcake gebracht hat – einen mit Schmetterlingen, die sie liebt – gezeigt hat, dass er ihr zuhört, dass er ihr seine Aufmerksamkeit schenkt, und am allerwichtigsten, dass es ihm wichtig genug war, als sie ihm sagte, sie wünschte sich romantische Momente, ihr diese zu schenken."

Ja, aber … „Aber es ist ein Cupcake."

„Es geht um das, was der Cupcake symbolisiert."

Ich bin mir ziemlich sicher, dass er nicht über die Backwarenindustrie spricht. „Okay", stimme ich zu. „Äh, können wir jetzt über mein Problem sprechen?"

„Wenn es sein muss. Was genau ist das Problem?" Jemand stößt ihn von hinten an und er blickt genervt zurück. „Lass uns nach draußen gehen."

Er geht in Richtung Eingangstür, aber ich ergreife seine Hand und ziehe ihn in die entgegengesetzte Richtung. „Garten", schlage ich vor, wobei ich meine Stimme genug anhebe, damit er mich hören kann, als ein neues Lied spielt und das Jubeln lauter wird.

Draußen befinden sich fast genauso viele Leute, aber der Lärm ist etwas gedämpfter. Sehr wenig. Die überdachte Terrasse ist gerammelt voll, aber ich führe Lee an all den

Gruppen von Leuten vorbei und die Treppe hinauf zum Rasen. Da es hier keine Sitzgelegenheiten und nur wenig Licht gibt, ist es dort weniger überfüllt und es stehen nur ein paar wenige Grüppchen herum – größtenteils die Raucher.

„Besser?", frage ich und er nickt, wobei er sich umsieht.

„Dann kennst du dich also in diesem Haus aus."

Ich zucke mit den Schultern. „Die Partys hier machen Spaß."

Zwei Typen kommen aus dem Haus gerannt und tragen einen Dritten. „HALT EIN! HALT EIN! HALT ES EIN!", schreit einer von ihnen. Leute sprinten aus dem Weg. Sie erreichen den Rasen und der dritte Typ erbricht eine beeindruckende Fontäne bunter Stückchen.

Glücklicherweise befinden wir uns außerhalb der Spritz-Zone. Eine Welle von lautstarken Ekelgeräuschen rollt durch den Garten.

„Spaß", wiederholt Lee nachdenklich. Ich reiße meinen Blick von den Typen los, die ihren Freund auf einem sauberen Stück Rasen abgeladen hatten und jetzt nach einem Schlauch suchen, denn Peyton und Brady haben eine Regel, was das Erbrechen betrifft: Du kotzt, du machst es sauber!

„Was, du warst nie so betrunken, dass du kotzen musstest?"

Er zuckt mit den Schultern. „Natürlich war ich das. Es ist nur … schon eine lange Weile her. Aber ich bezweifle, dass das Spaß macht."

Ja, damit hat er wohl recht. Der Spaß hört normalerweise auf, wenn das Brechen anfängt.

„Wie dem auch sei, was soll ich wegen One-Night-Stands tun?"

„Was meinst du, was du damit tun sollst? Du hast Sex." Er schüttelt seinen Kopf.

„Aber was ist, wenn ich versehentlich den Eindruck erwecke, mehr als nur das eine Mal zu wollen? Genauso, wie ich dieses Beziehungs-Gefühl vermittle."

Er starrt mich an und bricht dann in schallendes Gelächter aus.

„Lee, nicht", beschwere ich mich. „Das hier ist nicht lustig."

„Dieses Beziehungs-Gefühl?", keucht er. „Charlie, du vermittelst nicht versehentlich ein ‚Beziehungs-Gefühl'. Du tust Dinge, die man leicht missverstehen kann. Handlungen, keine Gefühle. Solange du deinen One-Night-Stands nicht versprichst, dass du sie anrufen wirst, oder sagst, dass du glaubst, sie wären großartige Langzeitpartner, bist du glaube ich in Sicherheit."

Ich beiße meine Lippe, immer noch nicht überzeugt, und sein Gesicht wird plötzlich ernst.

„Das tust du nicht, oder doch?"

„Tue was nicht?"

„Du sagst deinen One-Night-Stands nicht, dass du anrufen wirst. Lässt du dir ihre Nummern geben?" Dem Ausdruck auf seinem Gesicht nach zu urteilen, wäre das etwas Schlechtes.

„Ähm …"

„Oh, mein Gott, Charlie!" Er bedeckt seine Augen mit seinen Händen, seufzt dann und schaut mich an. „Sage mir genau, was passiert ist."

„Es war nur das eine Mal", versichere ich ihm. „Der Typ hatte diese Playlist, die mir gefiel, besonders ein paar Lieder von einer örtlichen Band, und er hat mir angeboten, mir das nächste Mal eine SMS zu schicken, wenn sie irgendwo in der Nähe spielten. Also haben wir unsere Nummern ausgetauscht."

Lee wartet. „Das ist alles?"

Ich nicke. „Glaubst du, dass er darauf wartet, dass ich ihn anrufe?"

„Wie lange ist das her, und hat er dir wegen der Band getextet?"

„Letztes Jahr? Ähhh … Ich erinnere mich daran, wie ich mir meine Eier abgefroren habe, als wir nach Hause liefen, demnach also Winter, nehme ich an. Und ja, er hat mir ein paar Wochen später eine SMS geschickt." Ich lächle, als ich an das Konzert denke. Das war eine gute Nacht gewesen.

„Hat er vorgeschlagen, dass ihr zusammen hingeht? Oder hat er erwähnt, dass er nochmal mit dir schlafen will?"

„Nö. Aber ich habe ihn dort gesehen, und wir haben uns zugewunken."

„Ich glaube, dass alles okay ist." Seine Stimme klingt knochentrocken.

„Aber bist du dir da sicher? Weil …"

„Ich bin mir sicher, Charlie. Dieser Typ schmachtet dir nicht hinterher."

Zum Glück! „Danke, Mann. Diese ganze Sache …", ich winke mit meiner Hand, um alles mit einzubeziehen, „… ist so viel schwieriger, als ich dachte."

Er räuspert sich. „Ja, vielleicht sollten wir auch das im Rollenspiel üben, was du bei einem One-Night-Stand tun solltest."

Ich grinse und wackle mit meinen Augenbrauen – und er fängt an zu lachen, als ihm bewusst wird, was er soeben gesagt hat. „Oh, ich weiß *ganz genau*, was ich bei einem One-Night-Stand zu tun habe", verspreche ich.

„Charlie?", ruft jemand und schaue über meine Schulter zurück, bevor mein Blick voller Panik zu Lee zurückspringt.

„Es ist Lila", fauche ich. Sie befindet sich auf der Liste der „Möglichen".

„Du schaffst das", versichert er mir. „Außerdem bin ich hier. Sie wird dich nicht zerfleischen."

Warum fühle ich mich dann wie eine Beute?

„Ich dachte, dass du das bist!" Lila kommt zu uns, schlingt ihren Unterarm über meine Schulter und stellt sich auf, um meine Wange zu küssen. Freundliche Geste oder besitzergreifendes Beanspruchen? Ich starre Lee an und hoffe, dass er dazu in der Lage ist, mir irgendwie die Antwort zu signalisieren.

Er schaut Lila an. Ein unbehagliches Schweigen fällt zwischen uns, und sie drehen sich beide erwartungsvoll zu mir um.

Oh, richtig. „Äh, ja. Frische Luft. Kennst du Liam schon? Lee, das hier ist Lila. Hey, eure Namen fangen beide mit L an!"

Die erwartungsvollen Blicke werden zu merkwürdigen Ausdrücken. Das war möglicherweise nicht mein bester Moment.

Kapitel Sechs

LIAM

CHARLIE IST KURZ DAVOR, KOMPLETT DIE FASSUNG ZU verlieren, und ein Teil von mir wünscht sich, dass ich die Art Person wäre, die ihn dabei filmen würde, wie er Namen herunterrattert, die mit L anfangen, und was für ein Zufall es doch ist, dass wir uns heute Abend kennenlernen – und das dann auf TikTok zu veröffentlichen.

Aber das bin ich nicht. Und selbst, wenn ich das wäre, würde ich es nicht tun. Er ist mein Kunde.

Also bringe ich stattdessen für Lila ein Lächeln zustande, die sich eindeutig fragt, ob Charlie das Opfer eines Körperdiebs geworden ist. „Ignoriere ihn. Er hat ein paar zu viel getrunken, glaube ich."

Charlie scheint zu denken, dass dies für ihn ein Hinweis ist, seinen Körper erschlaffen zu lassen, und Lila rutscht beinahe von seiner Schulter.

„Huch!", schreit er. „Ha ha, anscheinend hat mich das Bier labil gemacht."

Wow. Einfach nur … wow.

„Geht es dir gut?", fragt Lila, und ihre Augenbrauen

sind besorgt zusammengezogen. „Musst du gehen? Ich kann dich nach Hause bringen.“

Charlies Wirbelsäule zuckt so schnell kerzengerade, dass ich zusammenzucke. Er wird das morgen in einigen Muskeln spüren. „Nee, nein, äh …“ Er schießt mir einen panikartigen Blick zu.

„Es geht ihm gut, er ist nur ein wenig beschwipst. Ich werde eh bald gehen, wenn er also nach Hause will, kann ich ihn dort abliefern. Aber es ist lieb, dass du es angeboten hast.“

Sie beäugt Charlie immer noch besorgt und lächelt. „Nun, ich meine, wozu sind Freunde da, richtig? Charlie hat mich schon ein paar Male sicher nach Hause gebracht. Das Mindeste, was ich tun kann, ist den Gefallen zu erwidern.“ Sie sagt es locker, ohne scheues Lächeln oder Seitenblicke. Ich bin mir ziemlich sicher, dass er bei ihr in Sicherheit ist. „Woher kennst du Charlie? Ich glaube nicht, dass er dich zuvor erwähnt hat.“

„Freund eines Freundes“, sage ich vage. „Wir sind uns da drin begegnet und wollten hier draußen etwas frische Luft schnappen.“

Sie schaut zwischen uns hin und her und ihre Augen weiten sich. „Oh, mein Gott, unterbreche ich euch etwa?“ Das erfreute Grinsen, dass sich auf ihrem Gesicht ausbreitet, versichert mir mehr als alles andere, dass sie nicht *auf diese Weise* an Charlie interessiert sein kann. „Ich kann geh-…“

„Nein, ist schon okay. Wir sind nicht …“ Ich verstumme, und mein Gesicht wird heiß. Wie unprofessionell von mir, dass ich ihr irgendwie den Eindruck vermittelt habe, ich würde mehr von meinem Kunden wollen. Der Kunde, dessen Problem es ist, dass Leute glauben, sie wären mit ihm zusammen, wenn das nicht der Fall ist.

„Wir sind nur befreundet." Ich werfe Charlie einen vielsagenden Blick zu. „So, wie ihr beide."

Sein Gesicht leuchtet auf, und seine Miene ist voller Hoffnung. „Wirklich? Nur befreundet?"

Oh, mein Gott. Wie genau konnten so viele Leute denken, dass er auf sie stand?

Ich nicke, und es ist, als hätte jemand einen Schalter umgelegt. Er verwandelt sich von einem seltsamen Nervenbündel in sein charismatisches Selbst, als er Lila breit angrinst.

„Lee ist mein Junge", informiert er sie. „Er rettet mein Leben. Du hast keine Vorstellung …"

Lila blickt von ihm zu mir und runzelt wieder ihre Stirn. „Charlie, ganz ehrlich, bist du okay?"

„Jetzt bin ich es", versichert er ihr. „Ich bin so froh, dass wir befreundet sind."

Uuuund in diesem Sinne … „Ich werde mich verziehen. Nett, dich kennenzulernen, Lila. Charlie, wir reden später." Obwohl ich mein Glück kenne und weiß, dass er mir nochmal texten wird, bevor die Party vorbei ist.

„Willst du Gesellschaft?", fragt er ehrlich. „Lila und ich können dich nach Hause begleiten." Er schaut sie an. „Richtig?"

„Total", stimmt sie zu und lächelt mich an.

„Schon gut, aber danke. Schönen Abend noch." Ich winke ihnen kurz zu und gehe dann zurück in Richtung Haus. Wahrscheinlich gibt es einen Weg, zu gehen, ohne wieder dort reinzumüssen, aber den kenne ich nicht, und mir ist nicht danach, auf Entdeckungsreise zu gehen – nicht, wenn es wahrscheinlich Leute gibt, die möglicherweise in den Schatten vögeln.

Also ducke und zwänge ich mich durch die Menge, wobei ich ein paar Male durch die überfüllten Räume zurückgehen muss, bis ich mich schlussendlich draußen vor dem Haus auf dem Gehsteig wiederfinde. Ich atme ein paar Mal tief ein, nur um meinen Kopf freizumachen, denn die Party war sogar noch lauter geworden, während Charlie und ich im Garten gewesen sind, und gehe dann in Richtung Campus. Ich ziehe mein Handy hervor, um es zu checken. Es überrascht mich, dass in den letzten zwanzig Minuten zwei SMS eingegangen sind. Ich war zu sehr mit quatschen beschäftigt, um es zu bemerken.

Sie sind beide von meinem Freund Spencer, der mich wissen lässt, dass einige unserer Kumpel zum Shenanigans gehen, während er arbeitet, und fragt, ob ich mich dazugesellen will. Er arbeitet dort als Kellner, und an ruhigen Abenden kann er an unserem Tisch vorbeikommen und sich zwischen seinen Bestellungen mit uns unterhalten. Es ist noch früh und ehrlich gesagt habe ich eine Pause verdient. Außerdem wird die Bar für einen Samstagabend ziemlich ruhig sein, da sich so viele Leute an dieser Party befinden.

Ich bleibe vor dem Tattoo-Laden *Indelible Ink*, der bei vielen Leuten auf dem Campus sehr beliebt ist, stehen und beantworte seine SMS. Dann stecke ich mein Handy in meine Tasche und freue mich auf den Spaziergang dorthin.

„… Ich wohne gerne in den Studentenzimmern, aber manchmal wünschte ich, ich hätte mehr Platz", gestehe ich und trinke dann den Rest von meinem Bier. Wir sprachen über Essen, was zum Essen auf dem Campus führte, was zu einer allgemeinen Diskussion über die negativen Seiten des Lebens am College führte. Die Studentenzimmer gehören definitiv dazu.

Keisha nickt mitfühlend und reicht mir die Karaffe,

damit ich mein Glas auffüllen kann. „Oh, Gott, ja. Meine Zimmergefährtin ist die unordentlichste Person der Welt, ich schwöre es. Sie versucht, ihre Sachen auf ihrer Seite des Zimmers zu behalten, aber als Physik-Studentin verstehe ich, wie das schiere Volumen ihres Zeugs das unmöglich macht."

Wir lachen. Sid schnappt sich eine Serviette und zieht von irgendwo einen Kugelschreiber hervor. „Wer will wetten, dass ich dafür keine mathematische Formel aufstellen kann?" Keisha wirft ihm einen Bierdeckel an den Kopf.

Spencer meldet sich zu Wort: „Bis auf ihre winzige Größe, ist das Problem mit den Studentenzimmern, dass die meisten von uns mit Zimmergenossen zusammenstecken, die wir nicht wollen. Selbst, wenn wir sie nicht hassen, sind es trotzdem wahllose Leute und mit einem Fremden zusammen zu wohnen, ist einfach komisch."

Das kann ich nicht bestreiten. Mein Zimmergefährte ist okay, aber wir werden nie mehr als nur eine höfliche Bekanntschaft pflegen, und wenn mir jemand die Möglichkeit gäbe, zu wechseln und mit einem Freund oder sogar einfach mit jemandem zusammen zu leben, mit dem ich mehr gemeinsam habe, würde ich sie ergreifen.

Er fügt hinzu: „Deshalb habe ich mich angemeldet, nächstes Jahr in das Haus ,Leben & Lernen' einzuziehen. Ich glaube, ich habe sogar gute Chancen, auch akzeptiert zu werden."

„Das ist fantastisch!" Keisha klatscht in ihre Hände.

„Das ist es wirklich", fügt Sid hinzu. „Dort wohnen nur die Umweltwissenschafts-Studenten, richtig? Das ist für dich perfekt."

„Ich kann es kaum erwarten", freut sich Spencer. „Es wird so großartig sein, mit Leuten zusammen zu wohnen, die dieselben Interessen wie ich haben. Stellt euch nur die Studiensitzungen vor!"

Ich runzle meine Stirn. Da ist ein Gedanke, der in meinem Hinterkopf nagt … ist das Haus ‚Leben & Lernen' nicht direkt neben dem Haus der Delta-Iota-Kappa Studentenverbindung? Diese Typen nehmen die Initialen des Namens ihrer Studentenverbindung viel zu ernst und haben eine Reputation, extrem laut zu sein. Manche Leute sagen, dass sie DIKs heißen und von Natur aus Arschlöcher sind.

„Liam? Stimmt etwas nicht?"

Ich blinzle und erwidere Spencers Blick. Da ist winzige Enttäuschung um seine Lippen.

„Nein, ich versuchte nur, nicht eifersüchtig zu sein", flunkere ich. Ich bin mir wegen der Studentenverbindung nicht vollkommen sicher, und wenn ich es nicht bin, bringt es nichts, das hier für ihn zu ruinieren. Außerdem weiß er es vielleicht schon. „Es klingt großartig, Spence. Perfekt für dich."

Sein Lächeln kehrt zurück. „Na ja, ich habe die Zusage noch nicht."

„Aber du wirst sie bekommen", versichert Keisha ihm. „Du und Liam – ihr seid die Sorte Typen, die sich das holen, was sie wollen, und Ziele erreichen."

„Och, wie lieb", sage ich, und sie wirft mir eine Kusshand zu.

„Wie steht es überhaupt mit Mr. Romance?", fragt Spencer. „Hast du irgendwelche ernsthafte Kundinnen, deren Freunde sie sitzen ließen, obwohl sie nichts falsch gemacht haben, und die jetzt nach Liebe mit der richtigen Person suchen? Vorzugsweise welche im Feld der Wissenschaften. Weil ich zu haben bin."

Ich schließe mich dem Gelächter an und hebe die Karaffe auf, um alle Gläser aufzufüllen.

Es war eine gute Nacht.

ICH HATTE MICH GEIRRT, dass Charlie in dieser Nacht noch einmal texten würde. Ob er jemanden aufgegabelt hatte oder allein nach Hause ging – er hatte es allein geschafft. Stattdessen kommt die SMS am nächsten Morgen um neun. Ich hatte mich soeben erst aus dem Bett gezerrt, nachdem nur ein paar Drinks doch nicht nur ein paar Drinks blieben. Ich bin immer noch in meinen Boxershorts und blinzle auf mein Handy.

CHARLIE:

,Deke will zusammen zum Brunch gehen, was soll ich tuuuuuuun?'

Mein Gehirn versucht immer noch, es zu verstehen, als eine weitere SMS auftaucht.

CHARLIE:

,Bist du da? Hilf miiiiiiir!'

Okay. Geduld gehört also nicht zu seinen Stärken.

LIAM:

,Ich bin hier. Warte einen Moment.'

Ich atme Sauerstoff ein und durchsuche mein Gedächtnis. Richtig, Deke ist einer der Leute, von denen wir nicht sicher sind. Brunch?

LIAM:

,Hat er gesagt, ob nur ihr beide geht?'

CHARLIE:

,Er hat nur gesagt: Sollen wir zum Brunch gehen?'

Das hilft nicht weiter. Ich tippe mit meinem Finger seitlich an mein Handy, während ich darüber nachdenke.

LIAM:

‚Ist Artie dort? Frage ihn, ob er mitkommen kann. Oder ein anderer Freund.‘

So. Auf diese Weise wäre dort ein Puffer, selbst wenn Deke glaubt, dass da etwas zwischen ihnen ist.

Charlie antwortet nicht, also nehme ich an, dass er sich damit befasst, und gehe, um mir meine Zähne zu putzen und kurz unter eine kalte Dusche zu hüpfen. Ich habe heute Einiges zu tun und muss aufwachen. Als ich zurückkomme und mein Handy aus Gewohnheit checke, wartet dort eine SMS auf mich.

CHARLIE:

‚Er sagte okay. Kannst du uns also um zehn treffen?‘

Ich blinzle. Hä?!

LIAM:

‚Was?‘

CHARLIE:

‚Artie ist nicht da und Jake hat keine Zeit. Biiiiiiiittteeee, ich habe gesagt, dass ich einen Freund bringen würde. Du bist mein Freund.‘

Bin ich das …?

CHARLIE:

‚Ich weiß, dass wir uns erst seit ein paar Tagen kennen, aber wir haben wegen dem Chaos in meinem Leben eine Verbindung aufgebaut, also sei bitte mein Freund und komme zum Brunch.‘

Schnaubendes Lachen entflieht mir.

LIAM:

‚Du zahlst.'

Hey, warum nicht? Ich mag Brunch. Und in Wirklichkeit ist es ein Arbeits-Brunch. Zumindest für mich.

CHARLIE:

‚Solange du nicht denkst, dass wir zusammen sind. Scherz!'

Ich schicke einen Haufen lachender Smileys, lege dann mein Handy weg und gehe, um ein paar saubere Klamotten zu finden.

FU

DEKE BEÄUGT mich über den Tisch hinweg, während ich einen Schluck vom frisch gepressten Orangensaft trinke. Das kleine Café, das sie gewählt haben, befindet sich zu Fuß knapp zwanzig Minuten vom Campus entfernt und lässt die Mensa im Schatten stehen. Wenn sich das hier so anfühlt, wenn man mit Geld um sich wirft, bin ich ein großer Fan.

„Also, Liam", fängt Deke an. „Wie hast du Charlie kennengelernt?"

Hallo, seltsame Frage. „An der Uni", antworte ich und frage mich, wie lange es dauern wird, bis meine Waffeln und Speck kommen, und ob ich darauf warten muss, bis man Dekes komplizierte Haferbrei-Bestellung perfektioniert hat, bis die Kellnerin sie uns bringt.

Seine Augen werden leicht schmaler. Entweder kann er mich auf Anhieb auf irrationale und unerklärliche Weise nicht ausstehen oder er kann mich auf Anhieb und auf irrationale Weise nicht leiden, weil er auf Charlie scharf ist.

So oder so, er mag mich nicht.

„Oh? Er hat dich nie erwähnt."

Charlie runzelt seine Stirn. Er ist eine freundliche Person und es ist eher unfreundlich, so etwas zu sagen.

„Er hat dich bei mir auch nie erwähnt." Ich lächle. Es ist mehr ein Zähnefletschen als alles andere. „Zumindest nicht bis heute Morgen."

Dieses Mal richtet Charlie sein Stirnrunzeln an mich. Mein Lächeln ihm gegenüber ist natürlicher und hoffentlich auch versichernd. Bevor irgendeiner von uns noch etwas anderes sagen kann, bringt unsere Kellnerin die ausgefallenen Kaffees, die wir bestellt hatten. Denn durchschnittlicher Filterkaffee ist nicht gut genug für diesen Ort. Stattdessen bekomme ich einen Milchkaffee, Charlie einen Cappuccino und Deke bekommt etwas, für das er bei der Bestellung fünf Minuten brauchte und unsere Kellnerin gequält ihr Gesicht verzog.

Ich schlürfe an meinem Kaffee – der unglaublich gut ist – und nehme mir vor, eine bessere Person zu sein. Schließlich arbeite ich hier, und wenn Charlie Deke als einen Freund ansieht, wird er etwas Gutes an sich haben müssen. Es liegt an mir, herauszufinden, was das ist … denn sonst könnte er einfach nur dick auftragen, um Charlie in eine Beziehung mit ihm zu locken, und das ist zu lächerlich, um das in Erwägung zu ziehen.

„Brunch war eine großartige Idee", sage ich zu Deke. „Sorry, dass ich grummelig bin. Ist gestern Nacht etwas spät geworden."

Charlie lächelt strahlend, da jetzt in seiner Welt wieder alles in Ordnung ist, und wir schauen beide erwartungsvoll Deke an, der nicht lächelt. Stattdessen springt sein Blick zwischen uns hin und her, während ich meinen Kaffee für einen weiteren Schluck anhebe.

„Bist du mit ihm zusammen?“

Ich versuche, ihn nicht mit meinem Kaffee anzuspucken, und atme stattdessen ein, was … ja. Bis ich mit meinem Husten und Röcheln fertig bin, steht die Kellnerin mit unserem Essen an unserem Tisch. „Danke“, keuche ich und deute ihr an, meinen Teller hinzustellen.

Sie wartet. „Kann ich dir irgendetwas bringen? Ich werde dir in einer Sekunde das Wasser auffüllen.“

„Es geht mir gut“, krächze ich. „Sorry wegen dem Lärm.“

Sie zieht sich zurück, und ihr Lächeln zeigt mir, dass es kein Problem ist.

„Bist du okay?“, fragt Charlie, während ich in großen Schlucken Wasser trinke.

„Okay. Sorry. Kam in die falsche Röhre.“ Ich schnappe mir meine Serviette und breite sie über meinem Schoß aus – eher, um etwas zu tun zu haben, als wegen meiner Befürchtung, mich mit Essen zu beschlabbern. Meine Waffeln sehen unglaublich köstlich aus, und jeder einzelne Krümel landet in meinem Mund.

„Also, bist du es?“, fragt Deke, und wir erstarren beide.

„Bin ich was?“

Er rollt mit seinen Augen. „Seid ihr beide zusammen?“

Es sieht mehr und mehr danach aus, dass er nicht wirklich nur Charlies Freund ist, und ich weiß, dass es ihn zerstören wird. Ein Teil von mir wünscht sich, dass ich nicht hier sitzen und es mitansehen müsste, aber auf diese Weise kann ich zumindest versuchen, ihn danach aufzumuntern.

Ich öffne meinen Mund, um nein zu sagen, aber Charlie legt seinen Arm um meine Schultern und verkündet: „Das sind wir. Ist ganz neu.“

Ich schnappe meinen Mund so schnell zu, dass meine Zähne klappern. Was zum Teufel …?! Ich drehe langsam meinen Kopf zu ihm um und ziehe fragend eine Augenbraue hoch, während Charlie mich flehend anlächelt. „Stimmt's, Honigbär?"

Honigbär? „Sehr neu", presse ich durch zusammengebissene Zähne hervor. Dafür werde ich ihm absolut extra berechnen. Ich werde das Gefechtsbezahlung nennen. „Du könntest sogar sagen, dass es *schmerzhaft* neu ist." Ich hebe meine Gabel auf und Charlie zieht seinen Arm um mich so schnell zurück, dass es durchaus ein neuer Rekord sein könnte. Ihr wisst schon – wenn es für solche Dinge einen Rekord gäbe.

„Oh." Deke schaut wieder zwischen uns hin und her. „Nehmt es mir nicht übel, aber macht es das hier nicht ein wenig seltsam?" Seine Geste umfängt den Tisch, uns alle drei, unser Essen und die gesamte Institution des Sonntags-Brunches.

Er steht definitiv auf Charlie, und ich seufze – froh, dass ich Charlie erlaubt habe, mich als Ausrede zu benutzen. Zumindest gibt es ihm so etwas wie einen Panzer, hinter dem er sich verstecken kann. Obwohl ich sagen muss, dass Deke das hier ziemlich gut verpackt. Vielleicht ist er polygam? Aber falls das der Fall wäre, käme es ihm dann wirklich so seltsam vor, dass wir zusammen essen?

„Seltsam?", frage ich herausfordernd. Ich werde es jetzt einfach drauf anlegen, und dann kann ich vielleicht meine rasch abkühlenden Waffeln und Speck in Frieden essen. „Warum wäre es seltsam? Es sei denn … hast du etwa geglaubt, dass du mit Charlie zusammen wärst?"

Er verzieht sein Gesicht. „Was? Nein."

Erleichterung – und Verwirrung – rollen über mich hinweg, und Charlie grinst breit, während er sich eine Gabel voller Rühreier in den Mund stopft.

„Er ist mein *Sugar-Daddy*.“

Uuuund Eier fliegen überall hin.

Dieser Tisch hat heute keinen guten Tag.

Während nun Charlie damit beschäftigt ist, zu husten und zu röcheln, reiche ich ihm eine Serviette und sein Wasserglas, bevor ich mich Deke zuwende, der angewidert Ei von seinem Ärmel pflückt. Wie es aussieht, ist nur das eine Stück auf ihm gelandet – was ehrlich gesagt ein Wunder ist.

Unsere Kellnerin kommt auf uns zu, aber ich mache Augenkontakt, lächle reumütig und schüttle meinen Kopf. Sie zieht sich mit einem leichten Stirnrunzeln zurück, aber das hier ist wichtiger.

„Entschuldige bitte, aber was war das?“, frage ich Deke. „Hast du gesagt, dass Charlie dein Sugar-Daddy ist?“ Oh, mein Gott, das darf nicht wahr sein. Ich wette, Charlie hat sich das ausgedacht, und es ist eine Verarschung.

Neben mir keucht Charlie und ringt mit rotem Gesicht und wilden Augen um Atem.

Okay, keine Verarschung. Er ist kein besonders guter Schauspieler – egal, was er denkt, wie gut sein Können im Rollenspiel ist.

Deke nickt. „Nun ja. Natürlich.“

„Natürlich“ wiederhole ich und wende mich dann an Charlie. „Hast du etwas dazu zu sagen?“ Ich kann durchaus verstehen, wie er zu diesem Schluss kam, aber gleichzeitig … wow!

Einfach nur wow.

„Warum denkst du sowas?“, platzt es aus Charlie heraus. „Was zum Teufel …? Ich meine …“ Er sinkt auf seinem Stuhl zurück und fährt sich mit einer Hand durch sein Haar. „Was zum Teufel …?“, wiederholt er.

Jetzt sieht Deke verwirrt aus und vielleicht ein wenig

verletzt. „Wir würdest du es denn sonst nennen, wenn ein Typ einem anderen Typen ständig Sachen kauft, sie aber nicht zusammen sind?"

Charlies Kiefer fällt runter. „Aber wir haben keinen Sex!"

Ich zucke zusammen, während sich Leute am nächsten Tisch zu uns umdrehen. „Sprecht leiser", murmle ich.

„Eine Sugar-Daddy-Sugar-Baby-Beziehung muss keinen Sex enthalten", sagt Deke steif. „Ich bin hetero."

Ich blinzle. Habe das total falsch gesehen, und ich sollte mich schämen, solche Schlüsse zu ziehen. Obwohl ich anhand von Charlies Reaktion sehen kann, dass er denselben Fehler gemacht hat.

„Es geht um die Kameradschaft", erklärt Deke und seine Wangenknochen sind knallrot. „Eine Partei bezahlt für alles, und im Gegenzug bekommt sie dann gute Kameradschaft."

Mir wird schlecht. Bei der Vorstellung, dass er grundsätzlich für Dekes Freundschaft bezahlt hat, wird sich Charlie nicht besser fühlen.

„Äh", unterbreche ich in der Hoffnung, dieses sinkende Schiff von den Klippen wegführen zu können, „offensichtlich gab es hier ein Missverständnis. Darf ich fragen, für welche Dinge Charlie für dich bezahlt hat? Offensichtlich Mahlzeiten." Denn das scheint sein Modus Operandi zu sein. Aber vielleicht hat Deke das falsch interpretiert, so wie die anderen dachten, dass es bedeutete, sie wären zusammen.

Deke zuckt mit den Schultern. „Sicher, Mahlzeiten. Und ein paar Klamotten. Konzertkarten. Einige meiner Lehrbücher."

Mein Kopf dreht sich so schnell, dass ich mir vielleicht ein echtes Schleudertrauma zuziehe. „Lehrbücher?", frage ich Charlie anschuldigend. Heilige Scheiße, ich wünschte, jemand würde für meine Lehrbücher blechen! Diese Bücher kosten ein Vermögen.

„Ich helfe meinen Freunden gern aus", protestiert er schwach.

„Was ist hier los?", fragt Deke stirnrunzelnd, und er tut mir tatsächlich leid. Es ist nicht sein Fehler, dass Charlie auf lächerliche und obszöne Weise großzügig ist. Und jetzt wird er seinen Sugar-Daddy verlieren.

„Wir sind Freunde", krächzt Charlie. „Ich dachte, wir wären Freunde." Seine Mundwinkel verziehen sich nach unten, und sein gesamtes Gesicht ist so tragisch, dass ich beinahe für ihn weinen will.

Ich schaue wieder zu Deke. „Charlie unterstützt seine Freunde gern, wie immer es ihm möglich ist – inklusive finanziell", sage ich so diplomatisch, wie ich es zustandebringen kann. „Er sieht eure Freundschaft … äh, eure Beziehung nicht als …" Mist! Das ist das einzige Wort, aber irgendwie klingt das jetzt so heruntergekommen. „… die eines Sugar-Daddys an."

Deke starrt mich an, schaut dann zu Charlie, der jämmerlich nickt. „Oh."

Peinliches Schweigen legt sich über uns. Das hier ist schmerzhaft. Schlimmer noch – es wäre so unhöflich von mir, jetzt mit dem Essen anzufangen, aber meine Waffel wird kalt.

Deke räuspert sich. „Äh. Also … ich sehe dich als einen Freund an. Ich meine … wir verstehen uns gut, oder nicht? Wir haben eine gute Zeit, wenn wir zusammen rumhängen. Es ist ja nicht so, dass ich nur des Geldes wegen dort war." Er unterbricht sich selbst und verzieht schmerzhaft sein Gesicht.

Charlie starrt auf seinen Teller.

Ich verabschiede mich im Geiste von meiner Waffel

und sage: „Ich glaube, wir brauchen alle etwas Zeit, um zu, äh … Schau, wir werden gehen. Lasst etwas Zeit verstreichen und wir sehen, wie sich jeder dann fühlt. Na komm, Charlie." Ich scheuche ihn von seinem Stuhl hoch, drehe mich zu Deke zurück, der halb aufgestanden ist und vollkommen verunsichert wirkt. „Bleibe und iss. Es bringt nichts, alles zu verschwenden. Wir bezahlen die Rechnung." Ein großer Teil von mir will sie ihm überlassen, aber das hier ist nicht gerade sein Fehler, und ich weiß nicht, wie seine finanzielle Situation aussieht. Bevor ich als Mr. Romance anfing, hätte ich mir auf gar keinen Fall auch nur eine Mahlzeit hier leisten können – ganz zu schweigen drei – und selbst jetzt gebe ich solche Summen nur ungern aus.

Er versucht, mich anzulächeln, aber es sieht eher wie eine Grimasse aus, und er nickt. „Danke. Und … sorry."

Charlie folgt mir schweigend zur Kasse, wo die Kassiererin uns mit offener Neugierde beobachtet. Wir haben dem ganzen Laden eine echte Show geliefert. „Hey, können wir für Tisch Sechs bezahlen? Unser Freund wird bleiben, aber wir müssen gehen."

„Natürlich. Ich hoffe, alles war soweit gut?", fragt sie nach Komplimenten suchend, während sie vor sich auf den Bildschirm tippt.

„Ganz hervorragend." Ich greife nach meiner Brieftasche, als sie die Rechnung ausdruckt und in einen kleinen Lederumschlag steckt, obwohl ich direkt vor ihr stehe, aber Charlie packt meinen Arm.

„Nicht", murmelt er, und sein entschlossenes Gesicht hält mich davon ab, mit ihm zu streiten. Stattdessen trete ich zurück und lasse ihn bezahlen. Es ist ja nicht so, dass ich ihm die Unkosten nicht eh berechnet hätte. Halt nur … später. Wenn diese ganze Sache nicht mehr so roh ist.

Es dauert eine Ewigkeit, bis die Transaktion durchgeführt ist, aber schließlich sind wir draußen auf dem Gehsteig.

Charlie atmet tief Lungen voller Winterluft ein. Es ist ein milder Wintertag, typisch für Süd-Kalifornien.

„Bist du okay?", frage ich leise.

Er schüttelt seinen Kopf, sagt aber nichts.

„Willst du zum Campus zurückgehen?"

Für einen Moment glaube ich, dass er nicht antworten wird, aber dann schüttelt er wieder seinen Kopf.

Okay. Wohin jetzt? Dann trifft mich Inspiration.

„Wie wäre es mit einem Spaziergang am Strand?"

Etwas in seiner Haltung lockert sich, und obwohl er immer noch nichts sagt, dreht er sich in diese Richtung um und fängt an zu laufen. Ich hole ihn mit ein paar Schritten ein und halte mit ihm mit. Ich bin nicht wirklich sicher, ob er meine Gesellschaft will oder nicht, aber solange er es mir nicht direkt sagt, werde ich ihn nicht allein lassen. Er hatte mich heute Morgen gefragt, ob ich mitkäme.

Außerdem ist das hier vielleicht teilweise meine Schuld. Vielleicht hätte ich ihm sagen sollen, dass er Deke für heute abweist. Sicher, das hätte das Unvermeidliche nur auf später verschoben, aber wenigstens würde er sich jetzt nicht so fühlen.

Obwohl es schlimmer sein könnte. Er hätte jemand anderen zum Brunch mitnehmen oder allein gehen können. Zumindest hat er das beruhigende Wissen, dass ich nur jemand bin, den er angeheuert hat, der ihm eine Schweigepflicht angeboten hatte, und den er niemals wiedersehen muss, wenn er es so will.

Es dauert etwa zehn Minuten bis zum Strand, und keiner von uns sagt während der ganzen Zeit ein Wort. Aber als wir endlich auf dem weißen Sand stehen, die Wellen sich vor uns brechen und der gelegentliche Jogger an uns vorbeikommt, sagt Charlie: „Was zum Teufel stimmt nicht mit mir?"

„Nichts", antworte ich schnell, halte dann kurz inne. „Nun ja, ich bin mir sicher, dass sich derjenige, der deine Kreditkartenrechnung bezahlt, beschweren würde, dass du zu großzügig bist."

Anscheinend hört er mich nicht. „Ich dachte, dass er mein Freund wäre. Aber ich habe ihn dafür bezahlt, mein Freund zu sein. Das ist so verdammt lächerlich."

„Du bist nicht lächerlich", sage ich beharrlich. „Und du hast ihn auch nicht dafür bezahlt, dein Freund zu sein. Ich wette, dass ihr beide euch zunächst gut kennengelernt habt und angefangen habt, zusammen rumzuhängen, bevor du für irgendwas bezahlt hast. Es ist nur, dass er falsch verstanden hat, was es bedeutet, als du es dann getan hast – weil du ein liebevoller und großzügiger Freund bist." Ich seufze. „Ich habe das nicht kommen sehen, und das tut mir leid. Ich hätte es erwarten sollen, damit es dich nicht mit voller Breitseite traf."

Charlie wirft mir einen ungläubigen Blick zu. „Du hättest erwarten sollen, dass mich jemand für seinen Sugar-Daddy hält?"

Wenn er es so sagt … „Nun ja, äh …"

Sein Lachen ist herzhaft und laut und nimmt von seinem gesamten Körper Besitz. Und ich kann mir nicht helfen und schließe mich an. Ein paar Leute, die an uns vorbeikommen, lächeln nachsichtig, und als unser Gelächter schlussendlich nachlässt, seufzt Charlie. Er lächelt immer noch, und anscheinend ist sein Seufzer ein Weg, Stress loszulassen.

„Lass uns gehen", sagt er und dreht sich in Richtung Campus um. Es ist ein wunderschöner Tag für einen Spaziergang am Strand, und der Brunch hat ehrlich gesagt nicht so lange gedauert, wie ich es erwartet hatte. Ich spende einen traurigen Augenblick des Gedenkens an meine Waffeln.

„Okay, also sage mir, wo ich hier falsch lag.“ Charlies Stimme klingt entschlossen. „Ich meine, wir dachten, dass er vielleicht aus all den gewöhnlichen Gründen auf mich steht, aber wie wurde daraus dann … das hier?“

„Ich habe absolut keine Ahnung.“ Ich breite meine Hände aus. „Ich glaube nicht, dass die meisten Menschen sofort von einer Sugar-Daddy-Beziehung ausgehen, wenn ein Freund für etwas bezahlt. Es wäre viel gewöhnlicher, zu denken, dass der Freund supercool ist, oder vielleicht auch, dass er auf einen steht, als das, was dir gerade passiert.“ Ich beiße mir auf meine Lippe und denke darüber nach. „Ich vermute, dass das hier eine Kombination davon ist, dass Deke hetero ist und somit mit dir keine feste Beziehung haben will, und vielleicht hat er in seinem Familien- oder Freundeskreis von einer Sugar-Daddy-Beziehung gehört. Für die meisten Menschen wäre es eine fiktive Sache, aber wenn jemand, den er kennt, solch eine Beziehung hatte …“ Ich zucke mit den Schultern. „Das wäre in seinen Augen dann nicht so unnatürlich.“

„Das macht wohl Sinn, nehme ich an“, stimmt Charlie zu, aber er klingt skeptisch. „Dann ist das also eine Ausnahme, richtig? Einfach nur Pech. Es wird wahrscheinlich nicht noch einmal passieren?“

Wenn mich irgendjemand anderer gefragt hätte, hätte ich sofort geschnaubt und gesagt: „Auf keinen Fall!“ Aber ehrlich gesagt ist Charlie da doch ein spezieller Fall.

„Können wir darüber sprechen, was du ihm gekauft hast?“, schlage ich vor. „Die Klamotten zum Beispiel. Wie kam es dazu?“

Er zuckt mit den Schultern. „Keine Ahnung. Wir waren alle zusammen im Einkaufszentrum, und ich habe ein paar Sachen gekauft, und er hatte ein paar Shirts und ich habe einfach … für alles zusammen bezahlt."

Äh. Kaffee, sicher. Shirts? Nein.

„Und hat er dir angeboten, es dir zurückzuzahlen?"

„Ja, ich denke schon. Aber ich sagte ihm, dass er sich deswegen keine Sorgen machen solle." Dieses Mal klingt sein Seufzen frustriert. „Warum ist das solch eine große Sache? Ich habe Geld, und ich habe es gern, wenn meine Freunde happy sind. Weißt du, wie viele Studenten an diesem College wegen Geld gestresst sind? Zum Beispiel essen sie nur in der Mensa, weil ihre Mahlzeiten dort bezahlt sind, sie sparen am Essen für ihre Unterhaltung, und sie reden darüber, wie froh sie sind, dass ihre Eltern ihnen zu Weihnachten neue Shirts geschenkt haben, weil ihre alten schon abgenutzt sind. Ich habe diese Probleme nicht, und ich will die Dinge für meine Freunde einfach nur leichter machen."

Ich sage nichts, weil ich einer dieser Studenten bin. Meine Eltern haben gute Jobs und Mr. Romance hilft auch definitiv, aber ich besuche dieses College trotzdem mit Schulden. Ich gebe Geld für Dinge aus, die mir wichtig sind – wie zum Beispiel die Zeit in der Turnhalle – aber warum würde ich mein Geld für Essen irgendwo anders verplempern, wenn die Mahlzeiten in der Mensa bezahlt sind? Jeder Cent, den ich jetzt nicht für alberne Sachen ausgebe, zählt zu der Dollarsumme, die ich dann später nicht zurückzahlen muss.

„Das ist wirklich großzügig von dir", sage ich vorsichtig. Ich habe das Gefühl, dass ich das an diesem Morgen bereits etwas zu oft gesagt habe. „Die Sache ist die, dass es kein normales Verhalten ist. Die Leute sind es nicht gewohnt. Besonders Leute, die ein sparsames Budget haben. In ihren Augen spendiert man keine großen Geld-summen wahllos für sich selbst, und noch weniger für

Freunde. Somit sehen sie das als ein Zeichen an, dass da zwischen dir und ihnen mehr als nur Freundschaft ist." Ich lasse es für einen Moment einsinken und füge dann hinzu: „Wie heute beim Brunch zum Beispiel. Deke fragte, ob du mit ihm zum Brunch gehen würdest, richtig? Aber ich wette, dass er das mit der vollen Erwartung getan hat, dass du bezahlen würdest, und du hattest genau dieselbe Erwartung."

„Nun, ja." Charlie wirft mir einen Seitenblick zu. „Ist das nicht normal?"

Ich schüttle meinen Kopf. „Das ist die Sugar-Daddy-Sache. Er wollte etwas, also hat er dir davon erzählt, und du hast es ihm ermöglicht. Das ist wieder etwas Anderes als die Beziehungssache. Ich wette, keiner von denen, die dachten, sie wären mit dir zusammen, hat vorgeschlagen, zu teuren Restaurants zu gehen."

Er denkt darüber nach. „Ich glaube, nicht? Das war größtenteils meine Idee. Sie sagten ‚Lasst uns zur Mensa gehen' und ich schlug dann vor, woanders hinzugehen. Warum ist all das so kompliziert?" Er schmollt. Es ist verdammt nochmal entzückend, und ich will ihm deswegen fast eine Ohrfeige geben.

„Das Leben ist schwierig." Das ist ein Klischee, aber was in aller Welt soll ich denn sonst sagen?

„Also was soll ich dann tun?", fragt er. „Nicht, gar nichts mehr für irgendjemanden bezahlen? Niemals wieder in meinem ganzen Leben?"

Oh-kay … „Du bist jetzt dramatisch", schimpfe ich. „Wir haben einen Plan, schon vergessen? Ich werde dir all diese Dinge beibringen."

Er erstrahlt. „Rollenspiele?"

„Ja, Rollenspiele. Aber vielleicht keine Perücken mehr. Du brauchst die nicht wirklich."

Das verschmitzte Grinsen auf seinem Gesicht ist meine

einzige Warnung. „Och, Lee, willst du damit sagen, dass nur ich selbst allein so scharf wie Gwyneth Paltrow bin?"

Für eine Sekunde verschlucke ich mich und schüttle dann entnervt meinen Kopf. „Ich bin schwul, schon vergessen? Gwyneth Paltrow lässt meinen Motor nicht heiß laufen, somit ist sie keine gute Basis, um Vergleiche anzustellen." Ja, ich weiche der Frage aus.

Nein, er lässt mich nicht so einfach vom Haken.

„Dann findest du mich also nicht scharf?" Er klimpert mit seinen Wimpern und setzt einen vollen Schmollmund auf.

Ich rolle mit meinen Augen und gebe auf. „Du bist superscharf, du Idiot."

Er schlingt lachend seinen Arm um meine Schultern und zieht mich an sich heran. „Danke, Lee. Du bist der allerbeste feste Freund aller Zeiten!"

Was mich daran erinnert … „Wegen dieser Sache …" Ich schüttle ihn ab und bereue es nur ein ganz klein wenig. Was? Er ist lieb und scharf, und es ist schon eine Weile her, seit mich ein Mann so dicht an sich gedrückt hatte.

Er weitet unschuldig seine Augen. „Ich weiß, dass wir nicht *wirklich* zusammen sind. Du bist der beste falsche Freund aller Zeiten? Ich bin dir so unendlich dankbar dafür, dass du mich da vorhin unterstützt hast?"

„Gern geschehen, aber du solltest mit diesen Dingen vorsichtig sein. Bei mir bist du sicher, aber was wäre, wenn du das zu einem der Leute gesagt hättest, die glauben …" Ich verstumme als mir klar wird, dass er nicht mehr neben mir hergeht.

Ich drehe mich um, sehe ihn zirka zehn Schritte hinter mir stehen und gehe zu ihm zurück. „Charlie? Alles okay?"

Er starrt mich mit einem überwältigten Gesichtsausdruck an. „Das ist die perfekte Lösung", flüstert er, und ich bekomme ein sehr, sehr, *sehr* ungutes Gefühl.

„Ist es wahrscheinlich nicht.“

„*Ist* es“, sagt er beharrlich mit einem leicht wahnsinnigen Glanz in seinen Augen. „Ist es wirklich.“

Ich wappne mich.

„Wir sollten wirklich falsche feste Freunde sein!“

Jep. Ich hatte recht.

„Das macht nicht einmal Sinn“, merke ich an und suche verzweifelt nach einer höflichen Art, wie ich ihn fragen kann, ob sein Gehirn überhaupt noch funktioniert. Vielleicht hat er sich letzte Nacht, nachdem ich gegangen war, extrem betrunken, und der Alkohol beeinflusst ihn immer noch.

Aber er wirkt nicht betrunken.

„Du weißt, was ich meine. Es ist die perfekte Lösung. Es wird sich rumsprechen, dass ich einen festen Freund habe, und jeder andere, der denkt, dass wir zusammen sind, wird realisieren, dass dem nicht so ist. Und jeder, der in der Zukunft denken könnte, dass sie es wären, wird es nicht mehr denken, weil sie wissen, dass ich mit dir zusammen bin!“

Ich bringe es fertig, meinen Weg durch die Sätze zu puzzeln, dann in seinen hoffnungsvollen Blick zu schauen, und ich fühle mich wie ein Drecksack. Weil ich diese Hoffnung zerschlagen muss.

„Setzen wir uns für eine Sekunde hin“, schlage ich vor. Er schaut sich um.

„Wo?“

„Äh, … hier.“ Ich deute auf den trockenen, weichen Sand hinter uns. Wir waren am festen nassen Sand beim Wasser entlanggelaufen, aber es gibt meterweise trockenen Sand, auf den wir uns setzen können.

Allerdings vermute ich anhand von Charlies Horror, dass das nicht passieren wird. „Unsere Klamotten werden ganz sandig sein!“, protestiert er.

„Man kann es abwischen?" Ich hatte nicht beabsichtigt, es wie eine Frage klingen zu lassen, aber es hört sich so an. „Kommst du nicht ständig an den Strand, um dir den Sonnenuntergang anzusehen?" Ich erinnere mich sehr gut daran, dass das erwähnt wurde.

„Ja, aber dann bringe ich etwas, um mich da drauf zu setzen. Ich werde nicht meine Klamotten ruinieren!"

Also gut. Wir setzen uns nicht. Ich kann nicht widerstehen, hinzuzufügen: „Es sind nur Klamotten. Sie halten dich warm und verhindern, dass du verhaftet wirst."

Charlie schüttelt entsetzt seinen Kopf. „Oh, nein, Mann! Absolut verdammt nein. Allerdings …" Er betrachtet mich von Kopf bis Fuß und zum ersten Mal, seit wir uns kennengelernt hatten, fühle ich mich verurteilt. „Okay, ich kapier's. Bei diesen Klamotten wäre es okay, sie zu ruinieren."

Ich stemme meine Hände auf meine Hüften und verziehe meine Augen zu schmalen Schlitzen. „Wie bitte? Machst du jetzt einen auf Snob, weil ich keine Designer-Marken trage?"

Er zieht den Reißverschluss seiner Jacke auf und wirft mir einen überlegenen Blick zu. „Siehst du dieses T-Shirt? Das habe ich mir im Walmart gekauft. Es geht nicht um Designer, Lee. Es geht um *Stil*. Das …" Er deutet winkend auf meine Jeans und Sweater, die vielleicht meine besten sein mögen – okay – aber ich habe sie schon seit Jahren, und sie waren nie trendig, und es ist möglich, dass diese Farben nicht wirklich gut zusammenpassen. „… ist kein Stil. Oooh! Wir sollten shoppen gehen!"

„Auf keinen Fall!" Das reicht jetzt. Ich bin fertig. Es wird Zeit, dem hier ein Ende zu setzen. „Kein Shopping! Niemals."

Kapitel Sieben

CHARLIE

„Ach, komm schon. Es wird Spaß machen. Und außerdem ist es notwendig. Niemand wird mir je glauben, dass ich es durchgehen ließe, dass sich mein Freund so anzieht." Ich versuche, nicht zu herablassend und beleidigend zu klingen, aber dem Ausdruck auf Lees Gesicht nach zu urteilen, bin ich darin elendiglich gescheitert. Und okay, ich verstehe warum. Aber er kleidet sich wie ein farbenblinder Siebzigjähriger, der nicht in den Spiegel geschaut hat, bevor er das Haus verließ. Nehmen wir zum Beispiel diesen Sweater. So hässlich der auch ist, wenn er die Ärmel hochschieben und darunter ein Hemd tragen würde, wäre es vielleicht … nun ja, es wäre immer noch hässlich, aber wenigstens würde es wie ein hässlicher Sweater aussehen, den vielleicht ein Zwanzigjähriger tragen würde. Ich nicht, aber andere Zwanzigjährige.

Lee wirkt nicht überzeugt, also setze ich meinen besten Welpenblick auf.

Er seufzt. „Erstens bin ich nicht dein Freund, auch nicht dein falscher Freund, und diese Sache kommt nicht in Frage."

Was? „Neeeein“, jammere ich. „Es ist die perfe- ...“

„Es ist nicht die perfekte Lösung. Tut mir leid, Charlie. Wirklich sorry, aber denke darüber nach. Wenn du anfängst, zu verkünden, dass ich dein fester Freund bin, wird jeder von denen, die dachten, dass du mit ihnen zusammen bist, denken, dass du ihnen fremdgehst. Dass du entweder sie oder mich betrügst. Das wird zu einer Konfrontation oder einer Menge hässlicher Gerüchte führen. Willst du das wirklich?“

Die Szene in dem Café taucht in meiner Erinnerung auf, und ich schrumpfe zusammen. Ja, ich wäre froh, wenn ich niemals wieder so etwas durchmachen müsste. Besonders, weil ich weiß, wie sehr es jeden verletzt hat. Ich will meinen Freunden nicht wehtun. Selbst, wenn es keine Szene gäbe, wären sie trotzdem verletzt ... und es gäbe noch den zusätzlichen Bonus von flüsternden Leuten, die mir Seitenblicke zuwerfen würden. Und vielleicht auch Lee. Das hat er nicht verdient.

Ich atme heftig aus. „Es hat wirklich wie die perfekte Lösung ausgesehen.“

Lee klopft mir auf den Arm. „Ich weiß. Aber du musst auch langfristig denken. Wenn du allen erzählst, dass ich dein Freund bin, was passiert dann, wenn du jemanden kennenlernst, mit dem du wirklich zusammen sein willst? Es wird sie nicht beeindrucken, wenn du ihnen sagst, dass sie warten sollen, während du mit mir Schluss machst, und dann kommst du in fünf Minuten zurück, um mit ihnen auf ein Date zu gehen.“

Ich fühle mich gezwungen, zu sagen: „Ich würde mit niemandem gehen wollen, der das okay fände.“

„Das dachte ich auch nicht. Außerdem wird dein Potenzial für One-Night-Stands limitiert sein, wenn du mich als unechten Freund hast. Nicht jeder will mit einem Typen ficken, der bereits einen festen Freund hat.“ Er setzt ein mitfühlendes Gesicht auf. „Ich weiß, dass der Plan länger dauern wird, aber bis auf heute Morgen lief es nicht so schlecht, richtig? Gina hat es ganz allein herausgefunden, und Lila ist wirklich nur eine Freundin von dir."

„Und die Rollenspiele haben Spaß gemacht", gebe ich zu. Sein ganzes Gesicht zuckt, aber er macht ein zustimmendes Geräusch.

„Sicher. Spaß. So viel Spaß." Er schaut mir direkt in die Augen. „Bist du okay?"

Ich denke darüber nach und knabbere besorgt mit meinen Zähnen an meiner Lippe. „Vielleicht bin ich ein ganz klein wenig dramatisch", gestehe ich schließlich. „Diese Sache mit Deke war ein Schock. Ich hasse die Vorstellung, dass ich mir Freunde erkauft habe."

„Aber du und Deke – ihr wart bereits befreundet", erinnert er mich, und obwohl ich das weiß, hilft es, es noch einmal zu hören.

Ich nicke. „Ja. Ich bin okay. Es ist nur … können wir das hier für uns behalten? Sonst wird man es zu einem Scherz machen, und obwohl das nicht wirklich böse gemeint wäre, bin ich noch nicht in der Lage, wo ich darüber lachen kann."

Er tut so, als würde er sich einen Reißverschluss an seinen Lippen zuziehen. „Schweigepflicht garantiert", erinnert er mich, und ich grinse ihn an. Ich weiß, dass er nicht wirklich mein Freund ist, und dass ich ihn dafür bezahle, hier zu sein, mir zuzuhören und mich zu beraten, aber sobald ich das alles kapiert habe und verstehe, wie ich Leuten keine falschen Hoffnungen mache, dass wir zusammen wären, werde ich Lee behalten.

Was mich erinnert … „Also, ist es mir erlaubt, meinem Freundschafts-Berater neue Klamotten zu kaufen?"

Lee schnaubt, dreht sich um und geht weiter den Strand entlang. Wir befinden uns jetzt nahe dem Campus, mit dem Eingang zur Straße direkt vor uns. Hier ist es geschäftiger, da einige Studenten den milden Wintertag ausnutzen, um Brunch-Picknicks am Strand zu genießen. „Nein, du kannst mir keine Klamotten kaufen."

„Warum nicht? Das sind Arbeitskosten."

Der Seitenblick, den er mir zuwirft, lässt mich beinahe laut lachen. „Arbeitskosten? Wie kommst du darauf?"

Jemand, an den ich mich vage erinnere, dass ich ihn im letzten Jahr kennengelernt habe – war das beim Unterricht oder an einer Party? – winkt mir zu, und ich winke lächelnd zurück, bleibe aber nicht stehen. „Na ja, wie heute, zum Beispiel. Du bist mit mir zum Brunch gekommen und musstest entsprechend geeignete Brunch-Kleidung tragen. Die, ganz ehrlich … dieses Outfit …"

„Willst du wieder meine Klamotten beleidigen?" Es liegt ein unterschwelliges Lachen in seiner Stimme.

„Jap. Das will ich wirklich. ‚Klamotten‘ ist ein gutes Wort, denn ‚Outfit‘ würde hier zu weit gehen."

Jetzt lacht er lauthals. „Komm schon, ich trage Jeans und einen Sweater. In gedämpften Farben, und sie haben keine Löcher oder sowas."

Oh, dieser arme, um Stil beraubte Mann. Aber ich fühle mich besser, da ich jetzt weiß, wie unwichtig ihm seine Kleidungsstücke sind. Es ist ziemlich deutlich, dass ihn mein Hass dagegen amüsiert. „Das sind nicht die Maßstäbe, mit denen du deine Klamotten bewerten soll-test", informiere ich ihn. „Lass mich dir etwas kaufen, das …"

„Nein."

„Aber …"

„Nein. Du bist dabei, vernünftige freundschaftliche Gesten zu üben, schon vergessen? Das ist keine davon."

Ich überlege mir, wie ich das umgehen kann. „Okay, was ist dann also, wenn ich die Klamotten auswähle, aber du bezahlst für sie? Du kannst mir sogar ein Budget geben und all das." Tatsächlich ist das irgendwie aufregend. Ich habe mir nie zuvor wegen des Preisschilds Sorgen machen müssen. Das hier wird eine coole Herausforderung sein!

Er antwortet nicht, und ich blicke zu ihm rüber, während wir den Strand hinauf zum Ausgang gehen. Denkt er darüber nach?

Meine Aufregung wächst.

„Vielleicht", sagt er schließlich. „Wir werden sehen."

„Meine Eltern haben das immer gesagt, wenn sie ‚nein' meinten", informiere ich ihn und grinse dann. „Aber ich habe es immer zu einem ‚Ja' umdrehen können."

Er rollt so heftig mit seinen Augen, dass es mich nicht überraschen würde, wenn er sich selbst Kopfschmerzen verursachte.

Wir treten vom Sand, und ich nehme mir eine Sekunde, um mich abzuklopfen, während er mich mit einem kleinen Lächeln beobachtet. Ich mag sein Lächeln. Tatsächlich mag ich sein ganzes Gesicht. Es ist nicht gutaussehend im klassischen Sinne – dafür sind die Kanten zu stark ausgeprägt und nicht ganz so zusammengefügt, wie es moderne Schönheitsideale vorgeben – aber darin verbirgt sich seine Charakterstärke, der Klugscheißer in ihm, der sich nichts gefallen lässt, und der verträumte Romantiker ist in seinen Augen und seinem weichen Mund. Ich glaube nicht, dass ich je zuvor ein Gesicht gesehen habe, das so perfekt jemandes Persönlichkeit widerspiegelt.

„Es ist mir also nicht erlaubt, dir Klamotten zu kaufen, aber ich hatte dir einen Brunch versprochen." Ich nicke in die Richtung eines Imbisswagens, der jedes Wochenende mit dem Verkauf von Frühstücks-Burritos ein Vermögen macht. „Was hältst du davon?"

Ich kann deutlich seinen Magen knurren hören.

„Deal!", erklärt er und deutet dann zum Kaffeewagen *Bean Necessities*. „Du darfst mir sogar einen ausgefallenen Kaffee besorgen, da ich kaum genug Zeit hatte, den anderen zu probieren."

„Abgemacht."

❦

MEIN VATER HATTE MIR NAHEGELEGT, einen Einführungskurs in Wirtschaftswissenschaften zu nehmen, weil es hilfreich sein könnte, wenn ich für das Familienunternehmen arbeite. Ich ignorierte das Gefühl des Grauens und der Nervosität, das mir dieser Gedanke gab, und meldete mich bei diesem Unterricht an, weil ich nach meinem Abschluss, wenn ich anfange, zu arbeiten, in dem Job mein Bestes geben werde.

Nach der Hälfte der Stunde am Dienstag bin ich nicht so sehr davon überzeugt, dass das möglich ist. Wirtschaftswissenschaften sind das Langweiligste auf diesem Planeten. Falls die Welt es benötigt, um zu funktionieren, dann sollten wir härter an dieser ganzen Sache mit den Weltraum-Reisen arbeiten, damit wir von dieser Erde wegkommen und einen interessanteren Planeten finden können.

Ich versuche, nicht zu gähnen – der Professor hasst das, obwohl er sich wirklich anstrengt, uns dazu zu bringen – also ziehe ich mein Handy aus meiner Tasche und überlege mir, durch welche der Social-Media-Apps ich scrollen soll. Dann fällt mir auf, dass ich eine neue E-Mail habe, also lese ich stattdessen diese. Sie ist von meiner Mutter, und sie fragt, ob ich bereits entschieden habe, was ich in den Frühlingsferien tun will.

Falls du nach Hause kommst, wirst du das Haus mit Tante Melanie teilen müssen. Dad und ich werden an einer Konferenz in

Genf sein, und deine Tante wird so lange hier wohnen, bis ihr Apartment fertig gestrichen ist.

Mein gesamtes Gesicht zieht sich in einer instinktiven Reaktion zusammen. Tante Melanie ist ohne Ausnahme die nervigste Person, die je gelebt hat, also kommt mir hier nicht mit Vorschlägen. Ich bin einhundertprozentig davon überzeugt, dass sie der Grund dafür ist, warum ich keine Geschwister habe. Mein Vater wollte wahrscheinlich nicht das Risiko eingehen, dass ich, wie er es getan hatte, mit jemandem aufwachsen müsste, der so nervig ist wie sie.

Mir hätte ein Bruder oder eine Schwester nichts ausgemacht – oder je eines von beiden. Natürlich nur, solange sie nicht wie Tante Melanie wären. Aber wenn sie normal wären, ja sicher. Die meisten meiner Freunde haben Geschwister, und sie reden davon, dass sie *die Schlimmsten* seien, aber dann haben sie tonnenweise Geschichten von den coolen Dingen, die sie zusammen unternommen haben. Ich denke mir, dass es etwas von allem ist – man muss die guten Zeiten genauso hinnehmen wie die, wenn man sie ertränken will. Und anscheinend können ältere Geschwister eine Quelle für gute Tipps sein. Jakes großer Bruder war derjenige, der ihm gesagt hat, wo er seine gefälschte ID-Karte bekommen konnte. Wenn ich einen älteren Bruder hätte, wäre meine ID-Karte vielleicht nicht so beschissen. Und vielleicht hätte ich keine Freunde, die sich einbilden, mit mir zusammen zu sein, weil mir mein Bruder – oder meine Schwester – gesagt hätte, wie dumm ich war.

Hmm, ich frage mich, ob Lee Brüder oder Schwestern hat? Vielleicht ist er deshalb so gut in romantischen Dingen. Er hatte Leute, die er beobachten konnte und die ihm Tipps gaben.

Ich wechsle zur Message-App und schicke ihm eine Nachricht.

CHARLIE:

‚Hast du Brüder oder Schwestern?'

Während ich auf seine Antwort warte, schaue ich auf die Uhr. Wenn ich mich recht erinnere, ist er jetzt in einer Studiengruppe. Also … wird er vielleicht antworten oder vielleicht auch nicht.

LIAM:

‚Eine fünf Jahre jüngere Schwester.
Warum?'

Oh. Das war also voll danebengegriffen. Es ist unwahrscheinlich, dass eine Fünfzehnjährige genug Dating-Erfahrung hat, um Mr. Romances Emporium voranzutreiben.

CHARLIE:

‚Ich habe mich nur gefragt, wo du all deine romantische Erfahrung her hast.'

Er schickt mir ein Emoji mit einem geschockten Gesicht und schreibt mir dann eine Sekunde später.

LIAM:

‚Was zum Teufel glaubst du, welche Art von romantischer Erfahrung ich von meiner Schwester bekommen könnte? Ich weiß nicht, was in deiner Familie vor sich geht, aber meine ist nicht so.'

Ich fange an zu lachen und verwandle es in einen Hustenanfall, als sich Leute anfangen umzudrehen, um mich anzusehen, bevor ich den Professor mit einem dümmlichen Gesichtsausdruck anschaue. „Sorry! Ich habe mich verschluckt."

Er sieht nicht überzeugt aus, nimmt aber seinen Unterricht wieder auf. Ich zähle langsam bis fünf, um jedem Zeit zu geben, wieder einzuschlafen, bevor ich wieder auf mein Handy schaue und Lee drei lachende Emojis schicke.

CHARLIE:

,So habe ich das überhaupt nicht gemeint! Ich dachte, dass du vielleicht ältere Geschwister hast, die dich beraten haben.'

LIAM:

,Ooooh, da bin ich aber erleichtert. Keine älteren Geschwister, aber der Bruder und die Schwester meiner Mutter sind nur zehn Jahre älter als ich. Somit bin ich mit ihren Geschichten aufgewachsen. Außerdem habe ich eine Sucht nach romantischen Büchern und Filmen.'

Dann hat er also eine coole junge Tante und einen coolen jungen Onkel. Er hat Glück, denn alles, was ich habe, ist meine Tante Melanie … und Onkel Jim, aber der hat in Chicago gelebt, bis ich ein High-School Senior war, somit standen wir uns nicht besonders nahe.

Es überrascht mich nicht wirklich, dass Lee auf Bücher und Filme steht …

Moment!

CHARLIE:

,Romantische Bücher und Filme? Meinst du wie Porno?"

LIAM:

,…'

LIAM:

,Seit wann ist Porno JEMALS romantisch?'

CHARLIE:

,Nicht PORNO-Porno, aber die andere
Sorte Porno. Du weißt schon, die Bücher
mit diesen halbnackten Menschen auf dem
Einband. Meine Mutter sammelt sie für die
Frauen in den Frauenhäusern, mit denen sie
zusammenarbeitet.'

LIAM:

,Kein Porno, Charlie. Romantische Bücher.'

Ist das nicht dasselbe? Du nennst es Porno auf der
Leinwand und Romanze in einem Buch? Ich frage ihn.

LIAM:

,Nein. Porno-Bücher werden als Erotika
bezeichnet. Romanzen haben eine
tatsächliche Geschichte, und die
Charaktere kommen am Ende meist
glücklich zusammen.'

CHARLIE:

,Wie ein Happy End?'

LIAM:

,Hängt davon ab, was du damit meinst.
NICHT die Art, die man in
heruntergekommenen Massage-Salons
findet.'

Das ist so enttäuschend.

CHARLIE:

,Dann sind all diese Einbände also nur leere
Versprechen und liefern nichts? Es gibt in
diesen Büchern keinen Sex?'

Lee nimmt sich lange Zeit, um zu antworten, aber ich
kann sehen, dass er tippt.

LIAM:

‚Es gibt Sex, manchmal eine Menge Sex, aber das ist zweitrangig zur Geschichte. Der Hauptpunkt ist, dass sich die Charaktere ineinander verlieben und schlussendlich glücklich zusammen kommen.‘

Ich beiße mir auf meine Lippe, um mich vom Grinsen abzuhalten. In dieser Klasse grinst man nicht.

CHARLIE:

‚Das hört sich viel besser an! Wie viel Sex? Ist er gut? Es muss einen Grund geben, warum Leute diese Bücher lesen, anstatt sich Pornos reinzuziehen.‘

LIAM:

‚Ich habe das Gefühl, dass dir hier das Wesentliche entgeht. Leute lesen sie hauptsächlich wegen der Romantik. Der Sex ist ein Bonus.‘

CHARLIE:

‚Ich wette, Leute springen direkt zu den Sex-Szenen und ignorieren den Rest.‘

LIAM:

‚Manche tun das wahrscheinlich.‘

CHARLIE:

‚Tust du es?‘

Ich halte meinen Atem an, während ich auf seine Antwort warte. Keine Ahnung, warum es mir so wichtig ist.

LIAM:

‚Nein. Ich lese das ganze Buch.‘

LIAM:

‚Zumindest beim ersten Mal.'

Ich blinzle den Bildschirm an und versuche, den Sinn darin zu erkennen. Moment, will er damit sagen, dass er diese Bücher mehr als einmal liest? Warum würde man ein Buch mehr als einmal lesen?

Ist doch klar! Für den Sex.

CHARLIE:

‚Sollte ich eins dieser Bücher lesen?'

Vielleicht werden sie mir helfen, diese ganze Cupcake-Sache zu verstehen.

LIAM:

‚Wenn du willst? Ist ja nicht so, dass es
Pflicht wäre, so etwas zu lesen, oder so.'

Das stimmt, aber es kann nie eine schlechte Sache sein, über Sex zu lesen.

CHARLIE:

‚Kannst du mir eins empfehlen?'

LIAM:

‚Diese Frage ist schwieriger zu
beantworten, als du denkst. Ja, aber wir
müssen uns mehr darüber unterhalten, was
dir gefällt und was nicht. Ein anderes Mal.
Bist du nicht im Unterricht?'

CHARLIE:

‚Ja. Diese Konversation hält mich wach und
bei Verstand. Mir gefallen Titten und
Schwänze, falls dir das hilft, mir ein Buch zu
empfehlen.'

LIAM:

‚Nicht wirklich das, was ich meinte.'

CHARLIE:

‚Ich will dein Lieblingsbuch lesen. Wie heißt es? Wo kann ich es kaufen?‘

LIAM:

‚Ich habe viele Lieblingsbücher. Lass mich darüber nachdenken und entscheiden, welches dir am besten gefallen wird. Stehst du auf Sport? Was für Filme gefallen dir?‘

Das ist eine interessante Frage. Ich schaue mir gern die meisten Sportarten an, aber ich bin kein großer Fan von Wettkämpfen, wenn ich selbst spiele. Ich versuchte es, als ich jünger war, und ich hatte mich immer schlecht gefühlt, wenn die Spieler im gegnerischen Team frustriert waren. Was dazu führte, dass mein Team frustriert wurde, wenn ich „aus Versehen" einen Ball oder was auch immer abgab. Dann fühlte ich mich schlecht, weil alle anderen aufgebracht waren. Es war allgemein besser, als ich alle Teamsportarten aufgab.

Aber ich glaube nicht, dass es das ist, was Lee wissen will.

CHARLIE:

‚Ich stehe SEHR auf Athleten. Besonders die flexiblen. Filme … Ich mag die, die nicht im wahren Leben spielen. Sci-Fi, Fantasie, Superhelden – sowas. Historische Dramen, die in keiner Weise die tatsächliche Geschichte wiedergeben.‘

LIAM:

‚Okay. Jetzt habe ich eine Vorstellung. Taschenbuch oder eBook?‘

CHARLIE:

‚Taschenbuch.‘

Mir gefallen eBooks für meine Studienbücher, aber

wenn ich zum Vergnügen lese – was selten ist – mag ich Taschenbücher. Manchmal entgehen mir Details, und es fällt mir leichter, durch tatsächliche Seiten vor- und zurückzublättern, um herauszufinden, worum es da geht.

LIAM:

‚Überlasse es mir. Ich muss Schluss machen. Ich sollte eigentlich zu dieser Gruppe beitragen.'

CHARLIE:

‚Heute Abend Rollenspiel?'

LIAM:

‚Ja, aber werden es umkrempeln. Bye.'

CHARLIE:

‚Es umkrempeln? Was soll das heißen?'

CHARLIE:

‚Lee?'

CHARLIE:

‚Äh, fuck.'

Kapitel Acht

LIAM

Als es Zeit für unser Rollenspiel wird, bin ich immer noch wegen Charlies SMS amüsiert. Als ich dieses Mal an die Tür klopfe, ruft er, dass sie offen ist, und ich lasse mich selbst rein. Er ist über seinen Schreibtisch gebeugt und schaut sich etwas auf seinem Laptop an, und ich muss beschämenderweise zugeben, dass ich diese Gelegenheit schamlos ausnutze und seinen Hintern lüstern anstarre. Die enge Jeans, die er trägt, schmiegt sich an jeden Zentimeter von ihm, und es ist ein ziemlich spektakulärer Anblick.

Dann richtet er sich auf, und ich zerre meinen Blick abrupt weg, bevor er sich umdreht und mich strahlend anlächelt. „Bist du bereit? Ich bin so aufgedreht! Und keine Perücke, wie du es gesagt hast." Es zeigt einen Hauch von einem Schmollen bei diesem letzten Satz, aber ich tue so, als hätte ich es nicht gesehen.

„Großartig. Also, heute Abend werden wir daran arbeiten, was man in ein paar verschiedenen Szenarien sagt, in denen Leute deine Großzügigkeit falsch interpretieren könnten."

Er wirft sich auf sein Bett und hüpft leicht. „Leg los. Oh, warte … habe ich dir gesagt, dass ich heute James gesehen habe, und er sich seltsam verhalten hat? Er hat sich mit mir und Jake zum Lunch getroffen und hat mich ständig so komisch angesehen, und dann ist er losgerannt, um für sein Essen zuerst zu bezahlen, bevor ich mir überhaupt überlegt hatte, wie ich es handhaben wollte." Da ist eine leichte Falte auf seiner Stirn, und ich weiß, dass er es immer noch hasst, seine Freunde nicht einladen zu können.

„Klingt so, als ob er das Video gesehen hat. Das ist gut. Er mag für eine Weile komisch sein, aber dann wird er sich entspannen, und die Dinge werden sich wieder normalisieren. Was ist mit Sarah? Hattet ihr nicht gestern Unterricht zusammen?" Als er mir nicht voller Panik getextet hatte, ging ich davon aus, dass alles gut verlaufen war, aber als ich sein langes Gesicht sehe, war es wohl nicht so.

„Sie hat mich geghostet. Ist nicht in der Klasse erschienen, und als ich ihr eine Nachricht schickte, um zu sehen, ob sie meine Notizen borgen wollte, hat sie nicht geantwortet. Aber auf meinem Weg nach draußen habe ich gehört, wie jemand sagte, dass sie sich mit ihr treffen würden und ihr die Notizen leihen würden, also …"

„Vielleicht hat das nichts zu bedeuten. Vielleicht gibt es einen anderen Grund, warum sie nicht in der Stunde aufgetaucht ist, und sie hat diese andere Person zufällig vorher getroffen. Vielleicht war sie beschäftigt und hat deine SMS nicht gesehen." Ich setze mich auf seinen Stuhl vor dem Schreibtisch.

„Und vielleicht weicht sie mir aus, weil sie das Video gesehen oder die Gerüchte gehört hat und wir nie wirklich befreundet waren, wie ich es dachte."

Ich zucke mit den Schultern. „Das ist auch möglich. Aber mach dich erstmal nicht verrückt. Gibt ihr Zeit, es zu verarbeiten und schaue dann einfach, was passiert. Du hast nichts falsch gemacht, Charlie. All das hier ist einfach nur eine riesige Fehlkommunikation."

Er wirkt nicht überzeugt, also wechsle ich das Thema. „Na komm, lass uns anfangen. Ich bin ein relativ neuer Freund, die Stunde ist vorbei und wir gehen zusammen aus dem Klassenraum, okay?"

Er nimmt einen entschlossenen Gesichtsausdruck an. „Alles klar."

„Hm … Sollen wir zusammen zum Lunch gehen?" Ich mache es ihm zunächst leicht.

„Sicher", sagt er, aber er zögert und wirft mir einen verunsicherten Blick zu. Ich nicke und lächle ermutigend und er blüht auf.

„Wo sollen wir hingehen?"

„Im *Food Café* gibt es die besten Sandwiches. Ich gehe zum Lunch ständig dorthin", sagt Charlie enthusiastisch und stürzt sich ganz ins Szenario.

Ich zögere und beiße mir auf meine Lippe, was ich getan hätte, wenn dies echt wäre, denn Food Café ist teuer. Nach allem, was ich gehört habe, ist das Essen den Preis wert, aber ich werde trotzdem keine fünfzehn Dollar für ein Sandwich bezahlen.

Charlie bemerkt meine Zurückhaltung. „Geht auf mich." Die Worte sind noch nicht ganz aus seinem Mund raus, als ihm bewusst wird, was er gesagt hat, und er schließt seine Augen. „Ich bin der *Schlimmste!*"

Ich schmunzle. „Du bist nicht der Schlimmste. Es ist in Wahrheit ein sehr nettes Angebot von dir. Aber vergiss nicht, dass wir uns in diesem Stadium kaum kennen, und mir anzubieten, ein teures Sandwich zu kaufen, könnte ein falsches Signal senden."

Er atmet tief ein und spannt seinen Kiefer an. „Okay. Lass es mich noch einmal versuchen."

„Mach da weiter, wo du Food Café gesagt hast, und ich zögerte. Wie kannst du das in Ordnung bringen, ohne dass ich laut sagen muss, dass ich es mir nicht leisten kann?"

„Oder besser noch", sagt er und klingt vollkommen natürlich und sogar ein wenig entschuldigend. „Können wir zur Mensa oder der Studentenvereinigung gehen? Mein nächster Kurs fängt in einer Stunde an, und ich will meine Zeit nicht damit verschwenden, dort hin und zurück zu laufen."

Ich gebe ihm einen Daumen hoch und tue so, als wäre ich erleichtert. „Das ist okay für mich."

Charlie bricht seinen Charakter. „Das hier ist ein Verlierer-Szenario", jammert er. „Er müsste in der Mensa seinen eigenen Kredit benutzen *und* wir bekämen keine guten Sandwiches."

Ich nicke. „Stimmt. Dieses Mal. Aber wenn ihr euch besser kennenlernt und tatsächlich befreundet seid, wird es nicht mehr so eine große Sache sein, ihn manchmal zum Lunch einzuladen. Bis dahin wird er dich kennen und verstehen, dass es eine freundschaftliche Geste ist. Das größte Problem sind hier die gemischten Signale. Du bist großzügig und flirtest gern von dem Augenblick an, wenn du jemanden kennenlernst, und sie verstehen das dann als ein Anzeichen für Interesse. Warte, bis sie definitiv mit dir befreundet sind und gesehen haben, wie du deine Freunde normalerweise behandelst, bevor du bei ihnen deine Brieftasche rausziehst."

„Ich flirte nicht", murmelt er.

„Vielleicht ist das das falsche Wort", lenke ich ein. „Du bist sehr, äh … warmherzig. Sozial. Kontaktfreudig. Und du kommunizierst viel mit deinen Freunden. Wenn du das nächste Mal jemanden neu kennenlernst, lass sie das Tempo bestimmen."

Er sieht verwirrt aus.

„Sei nicht gleich der Erste, der anruft oder textet", erkläre ich. „Willst du ein anderes Rollenspiel ausprobieren?"

Wir spielen zwei weitere, und er stellt sich viel besser an, als ich es erwartet hatte. Ich denke, dass es teilweise daran liegt, weil er vorbereitet ist. Es wird interessant sein, zu sehen, wie er sich in wirklichen Situationen anstellen wird. Er vertut sich das eine oder andere Mal immer noch, und ich *hasse* es, dies als einen Makel aufzuzeigen. Er ist ein lieber, offener, freundlicher Typ, und ich sage ihm, es nicht zu sein. Daran ist ernsthaft etwas falsch.

Schlussendlich lässt er sich mit geschlossenen Augen auf sein Bett zurückfallen und verkündet, dass wir fertig sind. „Mein Gehirn hat mit dem *Hirnen* aufgehört."

Ich schlucke meine instinktive Antwort herunter und lächle ihn nachsichtig an. „Du machst das großartig. Lass dein Gehirn ausruhen." Die dichten, dunklen Fächer der Wimpern auf seiner Haut sorgen dafür, dass sich etwas in mir regt … genauso, wie der Streifen gebräunter Haut, der dort zu sehen ist, wo sein T-Shirt hochgerutscht ist.

Dieses Mal schlucke ich keinen Hohn herunter, sondern Lust. „Dann werde ich dich mal in Ruhe lassen", sage ich, und meine Stimme klingt nur ein klein wenig heiser, als ich aufstehe und meinen Rucksack schnappe.

Seine Augen öffnen sich, und er setzt sich auf. „Was? Nein. Es ist immer noch früh, und wenn du gehst, habe ich ein schlechtes Gewissen, weil ich nicht studiere. Bleib und hänge mit mir ab."

Ich erstarre. „Äh …"

Er macht ein langes Gesicht und sagt: „Anscheinend musst du arbeiten."

Oh, die Qual. Eigentlich muss ich es *nicht*. Ich meine, es gibt immer etwas, das es zu tun gibt, aber ich habe mir den Abend frei genommen, um mit Charlie zu arbeiten, somit gibt es nichts, was ich tun *muss*. Aber irgendwie glaube ich nicht, dass es so eine gute Idee ist, mit meinem Kunden in seinem Zimmer abzuhängen, wenn ich daran denke, wie lieb und sexy er ist. Es scheint ein Test zu sein, wie professionell ich bin.

Er starrt mich aus diesen riesigen braunen Augen mit einem flehenden Blick an und ich seufze. Ich mochte Tests schon immer.

„Nein, ich kann eine Weile mit dir abhängen." Ich lasse mich wieder auf den Schreibtischstuhl sinken, aber das passt ihm nicht. Er rutscht zur Seite und klopft auf das Bett neben ihm.

„Setz dich hierhin. Es ist bequemer. Sollen wir uns einen Film ansehen? Ich bin halb damit durch, mir nochmal alle Marvel-Filme anzusehen, während ich auf den neuen warte." Sein hoffnungsvolles Lächeln ist eine starke Waffe.

„Sicher", stimme ich zu und gehe zum Bett, während er sich den Laptop schnappt. „Wie weit bist du gekommen?"

„Ich habe gerade *Ant Man* zu Ende geguckt, und da man die nur der Reihenfolge ihrer Freigabe nach ansehen kann, heißt das, dass *Captain America: Civil War* als nächstes dran ist."

„Leg los." Wir machen es uns gemütlich, und als der Vorspann läuft, füge ich hinzu: „Das ist wirklich der einzige Captain America Film, der es wert ist, ihn sich anzusehen."

Charlie keucht auf, und ich wappne mich gegen die Empörung, aber als ich zu ihm rüberschaue, lächelt er. „Stimmt's? Verstehe mich nicht falsch, in der Serie *The Winter Soldier* hat es ein paar wirklich abgefahrene Szenen gegeben, aber das hier ist definitiv besser."

Wie sich herausstellt, quatscht Charlie während Filmen

gern und kommentiert mit einem gleichmäßigen, leisen Strom von Erläuterungen, was passiert – allerdings schweigt er größtenteils, wenn gesprochen wird. Es ist irgendwie liebenswert, obwohl es vielleicht nicht so wäre, wenn ich den Film noch nicht gesehen hätte.

Aber es ist allgemein gut, dass ich den Film zuvor gesehen habe, weil es viel schwieriger ist, sich zu konzentrieren, als ich es gedacht habe. Sich einen Film auf einem Laptopbildschirm anzusehen heißt, dass man sich ziemlich nahe kommen muss. Vielleicht ist das ein Bonus für Paare, aber für mich ist das Gefühl der Wärme, die von Charlies großem Körper ausstrahlt, und das Wissen, dass mich die winzigste Bewegung an seine Seite pressen würde … die reinste Folter.

„Ich wünschte, ich könnte das." Charlie seufzt neben mir, und ich zwinge mich, zu fokussieren.

„Was können?"

Er winkt zum Bildschirm. „All diese Rückwärtssaltos, Abrollen, Überschläge. Ich weiß, dass vieles davon Computeranimation ist, aber einige der Stunts sind echt. Es gibt Leute, die das tatsächlich können."

Ich weiß nicht, welcher Teufel die Kontrolle über meine Zunge übernimmt, aber ich sage: „Ich kann das auch."

Sein Kopf wirbelt herum. „Wirklich? Du kannst all *das*?" Er zeigt auf den Bildschirm, wo Spider-Man an einem Flughafen seine Sache macht.

„Nun ja, nicht die Spinnenweben-Sache", scherze ich. Aber wenn du den Teil rausnimmst, wo er durch die Luft fliegt … ja."

Er setzt sich aufrecht hin. „Mach keine Witze! Das ist super! Ist es das, was du und Ian in der Turnhalle gemacht habt?"

Ich zucke mit den Schultern. Es ist mir ein wenig

unangenehm, und ich wünschte, ich hätte meine Klappe gehalten. „Grundsätzlich ja. Es ist großartig, um fit und beweglich zu bleiben, und es macht Spaß."

„Wie lange hast du gebraucht, um das zu lernen? Bist du zum Beispiel im College-Team? Hat die Uni überhaupt ein Akrobatenteam?"

„Sie haben ein Gymnastikteam, aber ich bin kein Mitglied. Wettkampfsportarten nehmen viel Zeit in Anspruch, aber dafür gehe ich nicht zum College", füge ich hinzu und verhindere, was immer es war, das er mit diesem entrüsteten Ausdruck auf seinem Gesicht sagen wollte. Er schließt seinen Mund und nickt.

„Solange es deine Entscheidung war", brummt er, und ich kneife mich diskret. Heftig. Ich werde nicht zulassen, dass Ian oder Matt in dieser Sache recht hatten.

Aber ich beginne zu sehen, warum sich so viele von Charlies „Freunden" in ihn verknallen.

„Es war total meine Entscheidung. Ich habe bis hin zur Mittelschule an Gymnastik-Wettkämpfen teilgenommen und dann damit aufgehört. Ohne das ständige zwingende Training und den Druck, zu gewinnen, macht es viel mehr Spaß."

Er nickt, und sein normaler sonniger Ausdruck ist zurück. „Ja. Da versteh ich. Ich mag lockere Spiele in den meisten Sportarten, aber ich bin nicht gut, sobald es zum Wettkampf wird. Das Leben sollte sich mehr um Spaß drehen und weniger um das Gewinnen." Dann wird er blass. „Verrate niemandem, dass ich das gesagt habe. Ich habe hier Freunde in den meisten Sportteams, und sie alle denken, dass ich sie fanatisch darin unterstütze, zu gewinnen."

Ich schnaube. „Dein Geheimnis ist bei mir sicher."

„Könnte ich vielleicht einmal kommen und dir

zuschauen? Ich werde nicht im Weg stehen. Ich werde nicht einmal sprechen."

Da ich mir nicht sicher bin, ob dies etwas ist, zu dem er fähig ist, weiche ich zögernd aus. „Lass mich das mit Ian und Matt klären. Wir teilen uns die Zeit in der Turnhalle, und wir hatten nie zuvor jemanden dort, der zugesehen hat." Bis auf den Gymnastik-Coach, der uns gerne mit verschränkten Armen finster anstarrt und vor sich hinmurmelt, dass wir unser Talent verschwenden. „Aber du solltest sie sehen. Sie können ein paar wirklich abgefahrene Sachen. Ich glaube, sie haben das in ihrem Kult gelernt."

Er blinzelt mich an. „Sie waren in einem *Kult*?"

Huch! „Nein … sorry. Ich sage das nur, um sie zu ärgern. Ich glaube, es war eher wie eine Kommune? Und sie können jederzeit kommen und gehen. Soweit ich es sagen kann, ist es einfach ein Haufen Familien, die zusammen auf demselben Grundstück wohnen und ihre Kinder zu Hause schulen, bis sie in die High-School gehen." Und das Fitness- und Akrobatik-Zeugs. Aber wenn ich das hinzufüge, wird es sich wie ein Fantasiefilm über eine Jugend-Akademie anhören, wo Kinder zu Supersoldaten großgezogen werden. „Es ist wirklich kein Kult." Ich denke nach. „Bitte verrate niemandem, dass ich das gesagt habe."

Er hebt seine rechte Hand und gibt mir den Vulcan-Salut. „Großes Pfadfinderehrenwort."

Ich verschmälere meine Augen. „Du warst nie bei den Pfadfindern, oder?"

„Nee." Sein Grinsen nimmt sein ganzes Gesicht ein. „Meiner Mutter gefiel die Einstellung der Organisation gegenüber Homosexuellen nicht. Aber mein Ehrenwort ist trotzdem gut."

Ich bin mir nicht so ganz sicher, was ich dazu sagen soll, also lächle ich einfach, und wir schauen uns wieder den Film an. Aber ich kann mit Sicherheit sagen, dass ich mich viel mehr bemühen muss, um professionellen Abstand zu halten.

FU

CHARLIE:

‚Wo bist du?‘

CHARLIE:

‚Ich brauche dich.‘

CHARLIE:

‚Gina lässt mich abblitzen. Sie will mich nicht einmal ansehen.‘

DIE DREI NACHRICHTEN tauchen so schnell hintereinander auf, dass ich kaum die erste gelesen habe, bevor die dritte auf dem Bildschirm erscheint.

LIAM:

‚Was ist passiert?‘

CHARLIE:

‚Bin zum Unterricht gegangen. Dachte, nach dem Anruf letzte Woche wäre alles okay? Aber sie kam rein, sah mich und hat sich in die andere Richtung gedreht. Sie sitzt im Klassenraum auf der anderen Seite und will mich nicht einmal ansehen. Ich habe das so unglaublich verkorkst.‘

Mist! Ich schaue auf meine Uhr. Falls ich mich recht erinnere, hat seine Stunde soeben angefangen. Bis die beendet ist, muss ich in der Turnhalle sein.

LIAM:

‚Du hast es nicht verkorkst. Wahrscheinlich ist es ihr peinlich. Gib ihr Zeit, es zu verarbeiten.‘

LIAM:

‚Bist du okay?‘

Wir kennen uns erst seit einer Woche, aber ich kenne ihn bereits gut genug, um zu wissen, dass er deswegen leidet.

CHARLIE:

‚Ich fühle mich wie die furchtbarste Person aller Zeiten.‘

CHARLIE:

‚Hast du frei? Ich schwänze diese Stunde.‘

Ich seufze und schließe für eine Sekunde meine Augen.

LIAM:

‚Ja sicher. Komm und hab Lunch mit mir.‘

LIAM:

‚In der Mensa.‘

CHARLIE:

‚Ich kann dich nicht zum Food Café überreden? Es ist ein geschäftlicher Lunch, also kann ich bezahlen.‘

Ich schnaube ein Lachen.

LIAM:

‚Ich esse vor dem Training mit Matt und Ian. Also nein.‘

Es folgt eine Pause und gehe weiter.

CHARLIE:

‚Darf ich zum Training kommen?‘

Ich habe die Jungs bereits dazu befragt. Ein Teil von mir war überzeugt, dass er es total vergessen hatte, aber nur für den Fall, dass er es nicht vergaß, hatte ich nachgefragt. Nachdem sie einen langen Blick ausgetauscht und einige schwarzmalende Kommentare abgelassen hatten, dass ich mich selbst schützen müsste, sagten sie, es sei okay. Matt hatte sogar gescherzt, wie gut es wäre, sein fantastisches Können zur Show stellen zu können.

LIAM:

‚Ja.‘

Er antwortet nicht, und ich nehme an, dass es daran liegt, weil er sich aus der Klasse schleicht, aber als ich an der Mensa ankomme, ist er bereits dort und sitzt mit Matt zusammen, während Ian das Salatbüffet plündert. Ich gehe zuerst zu ihm.

„Wie sieht's aus?" Normalerweise ist das Salatbüffet nicht zu ekelhaft, obwohl manchmal die Schul-Definition von „frisch" eine andere als die in der restlichen Welt ist. Aber heute sehen die Dinge tatsächlich gut aus, was eine Erleichterung ist. Vor dem Training esse ich nicht gern zu Schweres.

„Wie es aussieht hast du einen neuen allerbesten Freund", antwortet Ian. „Sag mir noch einmal, dass du dich nicht in ihn verknallt hast?"

„Hab ich nicht", protestiere ich und blicke über meine Schulter, nur für den Fall, dass Charlie es vielleicht von der anderen Seite des sehr lauten Saals gehört hat. „Er hat einen schlechten Tag, das ist alles. Und er bezahlt mir eine *Menge* Schotter, um ihm zu helfen und ihn zu unterstützen. Was deine Idee war, schon vergessen?"

Der Seitenblick, den mir Ian zuwirft, sagt deutlicher als Worte, dass ich niemanden zum Narren halte, und ich konzentriere mich darauf, meinen Teller zu füllen.

Wieder am Tisch haben Matt und Charlie in einer intensiven Unterhaltung ihre Köpfe zusammengesteckt und ignorieren ihr Essen. Sie schauen beide auf, als Ian und ich uns zu ihnen setzen, und Matt betrachtet mich von Kopf bis Fuß, bevor ich mich hinsetze.

„Ja, du hast definitiv recht", sagte er zu Charlie.

O-Oh.

„Recht mit was?", frage ich vorsichtig.

„Deine Klamotten", sagt Charlie mit einem hübschen Lächeln. „Ich habe Matt gesagt, dass wir einkaufen gehen werden."

Ich stöhne genervt. „Ich *überlege* es mir."

„Das ist wahrscheinlich eine gute Idee", sagt Ian nachdenklich und beißt in ein perfektes Stück Karotte. „Deine Klamotten sind furchtbar."

Ich schaue an meinem Hoodie herab, dessen Reißverschluss auf ist, und worunter ich ein einfaches graues T-Shirt trage, auf meine Jogginghose, dann wieder zu ihm. „Wir tragen beinahe exakt das Gleiche."

Alle drei lachen. „Trainingsoutfits zählen nicht."

„Auch egal." Ich rolle mit meinen Augen und bin insgeheim erleichtert, dass Charlies Stimmung nicht zu schlecht ist.

Dann wechselt er das Thema, erkundigt sich über Gymnastik und wie die Jungs damit angefangen haben. Ihre Geschichte ist ziemlich vage. Sie haben angefangen, es zu lernen, als sie noch klein waren, da ihre beiden älteren Brüder darin aktiv waren. Nach dem zweiten Mal, weichen sie seinen Fragen aus, und er schießt mir ein kleines Grinsen zu und formt das Wort „Kult?" mit seinem Mund. Ich huste, um nicht zu lachen.

Sobald wir in der Turnhalle sind, macht er unsere Dehnübungen mit – soweit er das in seiner Jeans kann – scherzt über unsere Flexibilität und macht es sich dann an der Seite mit unseren Hoodies und Wasserflaschen bequem. Ich wünschte mir halb, dass ich nie gesagt hätte, er könnte kommen, weil ich jetzt, da er hier ist und mich beobachtet, dummerweise total nervös bin.

„Liam, willst du den Sprungtisch? Du hast gesagt, du wolltest an deiner Landung arbeiten, richtig?", fragt Matt und ich zwinge mich dazu, aufzuhören, mich wie ein Idiot zu benehmen. Ich bezahle eine Riesensumme für diese Zeit in der Turnhalle und ja, ich will daran arbeiten, meine Landung zu perfektionieren. Ein einfacher Handsprung mit einem Überschlag beim Absprung ist etwas, das ich praktisch im Schlaf tun kann, aber wen ich einen doppelten Überschlag versuche, schaffe ich nur selten eine glatte Landung, und der Perfektionist in mir hasst das.

„Ja, danke. Für eine halbe Stunde, dann wechseln wir?", schlage ich vor, weil ich weiß, dass auch er an etwas arbeiten will.

Er zeigt mir einen Daumen hoch, und dann streiten sich er und Ian darum, wer als erster die Barren benutzen darf. Ich ignoriere sie und bringe mich in Position, um auf den Sprungtisch zuzurennen.

Es ist die merkwürdigste Sache, aber seit ich klein war, hat es nur einen Schritt gebraucht, und ich war in der Lage, die Welt um mich herum zu blockieren. Es war großartig, wenn ich an Wettkämpfen teilnahm, weil die Zuschauer für mich nie eine Ablenkung gewesen waren. Das jetzt ist nicht anders. Von der Sekunde an, als ich zu rennen anfange, verschwindet alles andere. Es gibt nur noch meine Füße, die auf die Matte schlagen, meine pumpenden Arme und die an mir vorbeiströmende Luft. Ich treffe das Sprungbrett perfekt und dann fliege ich durch die Luft, richte meinen Körper instinktiv auf in die Handsprungposition und strecke meine Hände zur rechten Seite des Handtisches aus, um mich von dort abzustoßen. Kontakt … und dann der Abgang. Mein Körper streckt sich wieder nach oben, ich ziehe meine Knie an meine

Brust, eine Drehung, zwei … ich lasse meine Knie rechtzeitig los, um zu landen … und stolpere.

„Verdammt!", schimpfe ich und springe in eine aufrechte Stellung.

„Ach du heilige Scheiße!" Charlies Rufe hallen durch den Raum und ich drehe mich um, um zu sehen, was seine Aufmerksamkeit auf sich gezogen hat.

Er steht auf seinen Füßen, starrt in meine Richtung, und ich schaue über meine Schulter, aber da ist sonst niemand.

„Oh, mein Gott, Lee, du bist absolut großartig!"

Oh. Mein Gesicht wird heiß. „Äh … ich habe die Landung vermasselt", murmle ich.

„Lee?", höre ich Matt sagen. „Seit wann antwortet er auf Lee?"

Ich zeige ihm den Mittelfinger ohne hinzusehen und sonne mich in Charlies bewunderndem Blick.

„Warum nimmst du nicht an der Olympiade teil?", fragt er ernsthaft, und Ian und Matt fangen an zu lachen.

„Ich bin nicht annähernd gut genug für die Olympiade", sage ich zu Charlie. „Aber selbst, wenn ich es wäre, ist diese Wettkampfstufe nicht das, was ich will."

„Ich bin so beeindruckt", sagt er. „Ich war beeindruckt, als du gesagt hast, dass du all diese Spider-Man Sachen tun könntest, aber das hier … wow!"

Jetzt wird es mir zunehmend peinlicher. Was ich getan habe, war nichts *Besonderes* und ich habe die Landung nicht einmal richtig hinbekommen. Ich habe das Gefühl, etwas Komplizierteres zu versuchen, um seinen hohen Erwartungen gerecht zu werden, aber dadurch würde ich mich mit Sicherheit verletzen … und außerdem will *ich* meine Landung üben, bis ich diese jedes Mal perfekt vollenden kann.

„Na ja, danke, aber bereite dich darauf vor, dich zu

Tode zu langweilen, während ich das noch ungefähr zwanzig Mal wiederhole."

Er schüttelt seinen Kopf mit weit aufgerissenen strahlenden Augen und ehrlichem Gesicht. „Ich könnte mich nie langweilen, mir das anzusehen."

Ich werde mich nicht in ihn verknallen. Voller Entschlossenheit unterdrücke ich jede Emotion, grinse ihn an und gehe wieder zu meinem Start zurück. Wird Zeit, es noch einmal zu versuchen.

Kapitel Neun

CHARLIE

Ich hänge verlegen draußen vor Lees Studentenwohnheim herum und frage mich, ob dies ein riesiger, dummer Fehler ist. Wahrscheinlich. Aber Artie ist heute Abend nicht da, Jake hat ein Date, und ich will jetzt wirklich nicht alleine sein. Wirklich nicht. Ich lag auf meinem Bett und hatte das Gefühl, als ob die Wände immer näher kämen und unaufhörlich widerhallten, wie einsam und allein ich bin (weil diese zwei verschiedene Dinge sind).

Es gibt eine Million Orte, wo ich hätte hingehen können, angefangen mit einem der anderen Studentenzimmer auf meiner Etage. Ich bin mit jedem in unserem Gebäude locker befreundet, und sie sind es gewohnt, dass ich hin und wieder vorbeischaue, um Hallo zu sagen. Aber keiner von ihnen weiß, was mit mir los ist – obwohl sie vielleicht eine Ahnung haben, wenn sie das TikTok-Video gesehen haben – und ich will mit jemandem sprechen, der mich tatsächlich versteht. Denn das, was Gina heute getan hat, tut weh. Sehr.

Und es bringt mich um, dass sie es wahrscheinlich

getan hat, weil sie verletzt ist und ich das verursacht habe. Vielleicht nicht absichtlich, aber macht es das nicht noch schlimmer? Ich habe mich selbst immer als eine gute Person gesehen, aber anscheinend bin ich so etwas wie ein Arschloch, der durchs Leben geht, Menschen verletzt und das nicht einmal bemerkt.

Also … ja. Ich muss wirklich mit jemandem sprechen, der versteht, was ich durchmache. Was mir die folgenden Möglichkeiten ließ: Mom, Ian und Matt oder Lee.

Es war kein Wettbewerb.

Nun ja, es war kein Kampf, als ich Arties Vorrat nach einer Flasche Wodka durchsuchte und sie in meine Tasche gesteckt hatte, um sie mitzubringen. Als ich jetzt draußen vor Lees Studentenwohnheim stehe, habe ich meine Zweifel. Zum Beispiel … ob ich seine Gutmütigkeit ausnutze? Sicher, ich bezahlte ihm einen Haufen Geld im Voraus, aber „gelegentlicher Trink-Freund und Kummerkasten- tante" standen nicht auf der Liste der Dienstleistungen, auf die wir uns geeinigt hatten.

Aber ich kann nicht die ganze Nacht hier rumstehen, also ziehe ich mein Handy raus und schicke ihm eine Nachricht.

CHARLIE:

‚Bist du beschäftigt?'

LIAM:

‚Nicht wirklich. Was gibt's?'

CHARLIE:

‚Kann ich vorbeikommen?'

LIAM:

‚Ja, sicher. Ist alles okay?'

Ich antworte nicht und gehe einfach nur zur Tür des

Gebäudes. Die steht günstigerweise offen, genauso wie es die Tür in unserem Gebäude oft ist.

Ich bin auf dem Weg zur Treppe halb durch die Lobby gegangen, als mir klar wird, dass ich nicht weiß, in welchem Zimmer Lee wohnt. Das Zimmer wurde in Unterhaltungen erwähnt, aber nicht seine Zimmernummer. Ich ziehe mein Handy hervor, um ihn zu fragen, als gerade jemand die Treppe hinunterkommt.

„Hey, weißt du, in welchem Zimmer Liam Rigby ist?"

Der Typ schaut von seinem Handy auf. „Häh?"

„Liam Rigby", wiederhole ich.

Er blickt über seine Schulter. „Äh, 306, glaub ich."

Nahe genug. Ich danke ihm und gehe die Treppe hinauf. Falls 306 nicht stimmen sollte, weiß es vielleicht derjenige, der dort wohnt.

Aber mein Glück scheint sich zu verbessern, denn als ich am Zimmer 306 anklopfe, öffnet Lee die Tür. Er schaut stirnrunzelnd auf sein Handy, aber das verschwindet schnell, als er mich sieht.

„Charlie. Das war schnell."

„Ich war draußen, als ich dir geschrieben habe", gebe ich zu. Er tritt zurück, um mich reinzulassen.

„Ist alles okay?"

Ich schaue mich im Zimmer um, das meinem und jedem anderen Zimmer auf diesem Campus sehr ähnlich sieht. „Ist dein Zimmergenosse nicht hier?"

Er schließt die Tür. „Er hat freitags keinen Unterricht, also fährt er donnerstags normalerweise nach L.A., um das Wochenende mit seiner Freundin zu verbringen."

„Cool." Ich halte ihm die Tasche mit der Flasche entgegen. „Ich hab das hier mitgebracht. Weil ich wirklich alles auslöschen will, was mir diese Woche passiert ist."

Er nimmt die Tasche, schiebt mich leicht auf ein Bett zu – ich nehme an, dass es seins ist, da ein offener Laptop draufliegt – und schaut hinein. „Nun, ich kann dir Gesellschaft leisten, während du das trinkst – zumindest etwas davon – aber ich habe morgen eine vollgeplanten Tag, also werde ich nur ein paar Kurze davon trinken.“ Er zieht eine Augenbraue hoch. „Ist das für dich okay?“

Ich nicke, und als er sich zum Schreibtisch umdreht und eine Schublade aufzieht, klettere ich auf sein Bett, krabble hoch und vergrabe mein Gesicht in seinem Kissen. Es riecht gut, trostspendend … ganz wie er. Wie Seife und harte Arbeit und gute Absichten. Wenn diese Dinge einen Geruch hätten. Wie auch immer, ich fühle mich bereits besser, nur weil ich hier bin. Vielleicht bin ich ein ahnungsloser Arschloch-Freund, aber Lee wird mir helfen, das in Ordnung zu bringen.

Kaltes Glass berührt mich hinten im Nacken und entzieht sich wieder. Ich drehe mich herum und setze mich auf. Lee hält mir ein Trinkglas mit einer kleinen Menge einer klaren Flüssigkeit entgegen. Als ich es entgegennehme, hebt er ein weiteres vom Schreibtisch auf und stößt dann gegen meins an. „Auf frische, klare Köpfe“, schlägt er vor, und ich greife das begierig auf.

„Ja! Das ist genau das, was ich will. Ein Neustart, damit ich keine beschissene Person mehr bin.“ Ich trinke den Wodka in einem Zug leer und verziehe mein Gesicht nur ein wenig. Artie mag gute Qualität, und es ist wahrscheinlich ein Verbrechen, das hier nicht zu genießen, aber es langsam zu genießen wird mein Gehirn nicht schnell genug neustarten.

„Du bist keine beschissene Person“, sagt Lee. Er bringt die Flasche zum Bett und stubst meine Beine an. „Rutsch rüber, damit ich mich hinsetzen kann.“

Als wir an der Wand angelehnt direkt nebeneinander sitzen, sagt er: „Beschissene Leute gestehen sich nur selten ein, dass sie beschissen sind. Du bist eine gute Person, die unglücklicherweise in merkwürdigen Situationen gelandet ist, weil du zu lieb bist." Er verzieht sein Gesicht. „Und irgendwie ahnungslos."

Ich seufze und halte ihm mein Glas entgegen, um es aufzufüllen. „Ich war schon immer so. Meine Mutter hat mich auf eine ganze Menge testen lassen, als ich klein war, aber ich bin vollkommen neurotypisch. Halt nur nicht der hellste Funke."

„Du bist okay", sagt er beharrlich. „Und eines Tages wirst du auf all das hier zurückblicken und lachen. Es stinkt nur jetzt."

Ich kippe mir das zweite Glas Wodka hinter die Binde – obwohl er ziemlich geizig beim Eingießen ist – und sinke etwas ab, um meinen Kopf auf seine Schulter zu legen. „Vielleicht."

Wir sitzen für ein paar Sekunden still da. Er fühlt sich an meiner Seite warm an, und seine Schulter ist überraschend bequem – wahrscheinlich, weil sie mit all den Muskeln gepolstert ist, die ich heute zu sehen bekommen habe. Nachdem er zum fünfzig-billionsten Mal wie ein verdammter Akrobat durch die Luft geflogen war, war ihm heiß und er ausreichend verschwitzt gewesen, um sich sein T-Shirt auszuziehen, und – heilige Scheiße! – seine Klamotten sind nicht nur ein Verbrechen, weil sie hässlich sind. Sie werden der Figur, die sie verstecken, absolut *nicht* gerecht.

Ich werden mir nun übrigens, wenn die Olympiade das nächste Mal übertragen wird, auf jeden Fall die Gymnastikevents der Männer ansehen. Jemand hätte mir eher sagen sollen, wie verdammt großartig die sind.

„Du warst heute fantastisch", sage ich zu Lee. Ich hatte es schon zuvor gesagt, aber es war es wert, es zu wiederholen. „Jetzt bin ich genauso wie auf alle Stuntmänner in den Superhelden-Filmen auch auf dich neidisch."

Er schmunzelt. „Kein Grund, neidisch zu sein, glaub mir.“

Ich steche ihm mit meiner freien Hand, die nicht mein leeres Glas hält, in die Seite. Es sollte nicht leer sein, aber das hier ist wichtiger. „Natürlich hab ich einen Grund. Du bist ein Athlet, der ein erfolgreiches Geschäft führt, und du bist ein Top-Student am College. Du bist wie ein Hattrick von Dingen, auf die man neidisch sein kann. Andererseits habe ich bisher nicht einmal eine grundlegende Freundschaft meistern können.“

Er nimmt schnaubend mein Glas und schüttet mir noch ein klein wenig zum Trinken ein. „Du hast grundlegende Freundschaft gemeistert. Das Problem ist, dass du ein super fortgeschrittener Freund bist und mit dir noch niemand richtig mithalten kann.“

„Oooh, mir gefällt diese Erklärung.“ Ich nehme mein Glas zurück und hebe es auf Augenhöhe. „Ich bin mir ziemlich sicher, dass das keine Standardportion ist, Lee. Oder nicht mal ein halber Schuss.“

„Es ist besser, wenn du die Erwartung in die Länge ziehst“, erklärt er, und ich bin mir nicht sicher, ob das Sinn macht, aber es klingt gut.

„Oh. Okay. Ich nehme an, dass du der Experte in solchen Sachen bist. Hey, wie hast du überhaupt mit dieser ganzen Mr. Romance Sache angefangen?“

Er lehnt sich leicht an mich an. „Tatsächlich war es Matts Idee. Gegen Ende unseres zweiten Semesters war eine ganze Gruppe von uns in der Mensa essen, und einer der Jungs beschwerte sich, weil er das Mädchen, in das er seit Monaten verknallt war, auf ein Date eingeladen und sie ja gesagt hatte, er aber absolut keine Ahnung hatte, wie er ihr Date planen sollte.“

„Was ist so falsch, zu einem Dinner oder zum Club zu gehen?“, frage ich mit ehrlicher Neugierde.

„Absolut gar nichts. Aber er war ihretwegen so aus dem Häuschen, dass nichts gut genug war. Es musste etwas ganz Besonderes und Einzigartiges sein, wie sie es war."

„M-Hm." Er muss wohl mein Augenrollen gehört haben, denn er lacht.

„Genau! Aber nachdem ich sein Gejammer für fünfzehn Minuten ohne Pause mitangehört hatte, fragte ich ihn, was ihr gefiel – was mir prompt alle anderen zu Feinden machte, als er es uns dann im kleinsten Detail erzählte – und dann habe ich ihm ein paar Vorschläge gemacht."

„Und alle waren von deiner Klugheit beeindruckt", schlussfolgere ich.

„Nein. Alle haben sich über mich lustig gemacht, dass ich ein romantischer Einfaltspinsel wäre. Aber ihm kam nichts anderes in den Sinn, und er hat dann trotzdem meine Ideen benutzt und dann damit angegeben, wie toll sein Date verlaufen wäre, und dass ich ein Genie sei."

„Ich wusste, dass dein Talent hier irgendwann auftauchen würde."

„Wie dem auch sei, Matt scherzte dann, es sei zu schade, dass ich ihn nicht für die Idee habe bezahlen lassen. Einer der anderen Jungs sagte, dass er bezahlen würde, wenn ich ihm eine gute Date-Idee geben würde, und ich wollte ihm gerade sagen, dass ich sie ihm gratis geben würde, aber Matt hat sich sofort darauf gestürzt und die Gebühr für den ersten offiziellen Job ausgehandelt. Und von da an ist die Sache mit Schneeballeffekt immer größer geworden."

„Tust du es gerne?" Ich weiß nicht, warum ich diese Frage stelle. Ich meine, es ist sein eigenes Geschäft, und er ist ein selbst-erklärter Romantiker. Wahrscheinlich gefällt es ihm.

Aber er seufzt und stubst mich von seiner Schulter. Ich

setze mich aufrecht hin und drehe mich zu ihm um, als er seine Beine anzieht und seine Unterarme auf seine Knie legt.

„Ich tue es gern, und ich hasse es. Nein, ich liebe es, und ich hasse es. Ich liebe es, dazu in der Lage zu sein, meinen inneren Romantiker rauszulassen. Ich *lebe* für solche Dinge, weißt du? Es ist der ultimative Augenblick wie in einem Film – der, bei dem du seufzt. Andererseits dürfen irgendwelche wahllosen Paare meine harte Arbeit genießen und ich … nicht.“

Mein Gehirn braucht ein paar Sekunden, um das alles zu verarbeiten, und dann runzle ich meine Stirn. „Warum nicht? Du bist Mr. Romance. Du musst eine meilenweite Schlange von Typen haben, die darauf warten, mit dir auf ein Date zu gehen.“

Er verzieht eine Grimasse. „Das ist wirklich lieb von dir, dass du das sagst, aber nein. Typen, die an Romantik interessiert sind, haben für gewöhnlich bereits eine Vorstellung von ihrem romantischen Helden im Kopf, und ich passe nicht in diese Schablone.“ Bevor ich fragen kann, warum nicht, spricht er weiter. „Es ist okay. Ich komme mit Grindr und ein paar anderen Apps ganz gut klar, und ich erinnere mich immer wieder daran, dass ich Zeit habe. Das hier ist College. Ich habe noch mein ganzes Leben vor mir.“ Er seufzt und sein Blick ist auf seine Hände fixiert. „Aber ich wünschte, ich könnte jetzt jemanden küssen. Nicht jeder in diesen Dating-Apps für One-Night-Stands steht aufs Küssen, und ich will einfach nur in Küssen ertrinken.“

Meine Hand kommt hoch, um sein Gesicht zu mir zu drehen, und ich beuge mich zu ihm und fange seine Lippen ein. Wir küssen uns, bevor mir überhaupt klar wird, was ich getan habe, und dann … will ich nicht damit aufhören. Er erstarrt überrascht, zerschmilzt aber dann in den Kuss und sein Mund wird unter meinem weicher. Er schmeckt wie Wodka und ... Schokolade? Und irgendwie nach derselben harten Arbeit und guten Absichten, die ich auf seinem Kissen gerochen hatte. Er schmeckt wie Lee. Die einzigen Stellen, wo wir Kontakt haben, sind die, wo sich unsere Lippen berühren und wo meine Hand auf seinem Nacken liegt. Es ist nicht genug. Ich will alles von ihm spü- ...

Er zuckt zurück, unterbricht den Kuss und den Augenblick.

„Fuck! Ich meine ... Es tut mir leid", keucht er. „Wir sollten das nicht tun. Ich wollte nicht ... Ich habe nicht versucht, auf etwas anzuspielen."

Es ist wie kaltes Wasser in meinem Gesicht. „Nein, ich ... ich sollte mich entschuldigen. Ich habe dich einfach geküsst, ohne ..." Heilige Scheiße, ich habe mir nicht einmal die Mühe gemacht, herauszufinden, ob er es überhaupt okay fände. Ich habe einem Freund, der versuchte, mich zu trösten und mir eine Schulter zum Ausheulen zu geben, soeben einfach einen Kuss aufgezwungen. Wenn meine Mutter das jemals erfahren sollte, wird sie mich *umbringen*. „Ich hätte das niemals tun dürfen. Das tut mir *so* leid. Ich respektiere dein Zustimmungsrecht und ..."

„Nein, warte." Er hält beide Hände hoch und atmet tief ein. „Ich glaube, dass wir der gleichen Meinung sind. Es war ein großartiger Kuss, aber du bist mein Kunde, und wir sind befreundet ..." Er zögert bei diesem Wort, also nicke ich mitfühlend. Er ist mein Freund. Dass ich ihn für eine Dienstleistung bezahle, ändert nichts daran, und wenn ich keine professionelle Hilfe mehr brauche, werden wir trotzdem Freunde bleiben. Falls er das will. „... ja, also war es eben ein Fehler. Aber wir können das hinter uns lassen. Sollen wir dafür den Wodka verantwortlich machen?", fragt er hoffnungsvoll.

Ich zögere, und er macht ein langes Gesicht.

„Wenn du willst, dass wir der Sache ein Ende setzen …"

„Nein! Nein, nein, nein", sage ich sofort. „Kein Beenden. Nur, … wenn du den Wodka verantwortlich machen und so tun willst, als wäre das nie passiert, dann ist das okay für mich. Total okay. Deine Entscheidung. Und nochmals, es tut mir so leid, dass ich dich einfach so geküsst habe, ohne irgendein Anzeichen, dass du das überhaupt begrüßen würdest. So bin ich nicht, und ich habe keine Entschuldigung. Aber, äh … es war ein großartiger Kuss. Und du hast gesagt, dass du in deinem Leben mehr Küsse haben willst. Also, weißt du …" Ich zucke mit den Schultern und kann nicht glauben, dass ich das wirklich sage. „Ich könnte dir Küsse geben."

Sein Kiefer fällt runter. „Was?", fragt er heiser.

„Du weißt schon. Du willst Küsse. Es hat mir gefallen, dich zu küssen. Wir sind Freunde, richtig? Ich könnte dein Küsselieferant sein." Ich halte inne und denke darüber nach. „Nur nicht so komisch, wie sich das anhört. Und da wir uns beide mit dem Wissen darauf einlassen, dass wir nicht zusammen sind, gibt es keine Chance für ein Missverständnis, richtig? Es wären einfach nur Küsse unter Freunden."

Er fängt an zu lachen, und es grenzt ein klein wenig an Hysterie, was mich denken lässt, dass ich die Grenzen bei ihm vielleicht überschritten habe. Aber ich bin mir nicht sicher, warum. Es ist ein vollkommen vernünftiger Plan.

Es muss langsam einsinken, dass ich es ernst meine, weil er plötzlich mit dem Lachen aufhört und mich anstarrt. „Du scherzt nicht?"

Ich schüttle meinen Kopf. „Nein. Je mehr ich darüber nachdenke, desto besser gefällt mir die Idee. Ich will jetzt gerade mit diesem ganzen dummen Durcheinander eh niemanden daten, aber das bedeutet nicht, das ich nicht rummachen will. Es macht Spaß, weißt du? Und du willst Küsse, die dir deine One-Night-Stands nicht geben wollen. Warum sollten wir uns nicht gegenseitig aushelfen?"

Er kneift sich in seinen Nasenrücken. „Nur um das klarzustellen – reden wir hier nur vom Küssen?"

Mein Glied, das nach diesem Kuss bereits vage interessiert ist, regt sich. Es ist definitiv voll mit dabei – was immer Lee tun will. „Was immer du willst. Ich will nicht lügen, ich wäre für die komplette Fickfreund-Sache zu haben, aber wenn du es vorziehst, bei Küssen zu bleiben, ist das für mich okay. Und ich kuschle manchmal auch gern." Das ist das Einzige, was ich wirklich vermisse, wenn ich nicht in einer Beziehung bin. Mit One-Night-Stands zu küssen und zu kuscheln kann kompliziert sein und ja, manchmal haben sie einfach kein Interesse daran. Aber ich mag Kuscheln und langsame, sexy Küsse.

Jetzt ist Lees Gesicht pink, und er kaut auf seiner Lippe herum – und ich kann mir nicht helfen, und frage mich, wie er aussieht, wenn er kommt. Ich habe nicht erwartet, dass unsere Freundschaft diese Richtung einschlägt, aber mir gefällt es.

Natürlich nur, wenn er es will. Ich sollte mich nicht zu sehr darauf freuen, weil ein „nein" von ihm alles beenden würde.

„Ich glaube, dir ist der Wodka zu Kopf gestiegen", sagt er schließlich. „Wir werden einfach so tun, als ob das hier nie passiert wäre."

Enttäuschung sticht wie ein Dolch in meine Brust. „Klar, das können wir auch tun", stimme ich zu und versuche, mir nicht anhören zu lassen, dass ich genau das Gegenteil will. „Äh, nur dass du es weißt, aber ich glaube nicht, dass das hier am Wodka liegt. Kein Problem, wenn du es nicht tun willst, werden wir nie wieder davon sprechen. Aber falls du dir nur Sorgen machst, dass ich nicht klar denke, können wir bis morgen warten und sehen, wie wir beide uns dann fühlen."

Er sagt nichts, und sein Blick springt durch das Zimmer. Das ist ein gutes Zeichen, und ich ergreife die Chance.

„Ist es nur, weil du denkst, dass ich betrunken bin, oder machst du dir Sorgen, wie es unsere Freundschaft beeinflussen könnte?"

„Das ist ein Teil davon", gesteht er. „Außerdem bezahlst du mich gerade, was sich komisch anfühlt"

„Pffft." Ich mag, wie sich dieses Geräusch in meinem Mund anfühlt, also tue ich es noch einmal. Vielleicht bin ich nur ein ganz klein wenig beschwipst. „Ich bezahl dich doch nicht *dafür*. Und technisch gesehen habe ich dich bereits bezahlt, also hast du keinen Druck, irgendwas zu tun, was dir unangenehm ist. Wenn ich eine Grenze überschreite, kannst du es sofort stoppen und die Sache beenden. Aber …" Ich halte meine Hände hoch. „Jetzt ist nicht der richtige Zeitpunkt, um darüber zu sprechen. Lass uns bis morgen warten. Wir können beide darüber nachdenken und – keine Ahnung – die Dinge, die wir brauchen, im Voraus diskutieren."

Sieh mal einer an, wie erwachsen ich mich verhalte und all das. Obwohl das Einzige, woran ich denken kann, was wir diskutieren sollten, seine Lieblingsmarke von Gleitmitteln ist. Es sei denn, er will nur küssen – was wiederum die Frage aufwirft, ob sich diese Küsse nur auf den Mund beziehen dürfen?

Er nickt. „Ja, okay. Lass es uns jetzt erstmal verschieben." Da liegt etwas in seinem Tonfall, das besagt, dass er glaubt, ich würde all das hier vergessen – oder es mir aus dem Gedächtnis streichen. Aber ich spreche ihn nicht darauf an. Ich habe heute Abend schon genug Grenzen überschritten, und morgen ist früh genug, um ihm zu zeigen, wie falsch er damit liegt. „Hey, ich hätte es fast vergessen. Das Buch, das ich dir bestellt habe, ist angekommen."

Ich blinzle wie ein Idiot. „Du hast mir ein Buch bestellt?"

Er steht vom Bett auf, geht zu seinem Schreibtisch und sagt: „Ja. Erinnerst du dich? Du hast mich gefragt, dir eins zu empfehlen? Nun, es ist heute angekommen – Dank der Macht von Prime – Zwei-Tages-Lieferung."

„Ich habe nicht gemeint, dass du es mir kaufen sollst", protestiere ich, als er sich mit dem flachen Amazonkarton zu mir umdreht. „Wie kommt es, dass du mir Sachen kaufen kannst, aber mir ist es nicht erlaubt, dir Klamotten zu kaufen?"

„Weil mich das hier fünfzehn Mäuse gekostet hat. Du hast die Erlaubnis, mir Klamotten im Gesamtwert von fünfzehn Dollar zu kaufen", sagt er trocken, als ob er denkt, ich könnte es nicht. Sicher, das liegt nicht in meiner bevorzugten Budgetmenge, aber ich kann wahrscheinlich für weniger als fünfzehn Dollar einkaufen gehen. Ich wette, ich kann ein ganzes Outfit zusammenstellen.

Moment … „Ist das inklusive Verkaufssteuer?"

Er rollt mit seinen Augen und drückt mir den Umschlag in die Hände, als er wieder aufs Bett steigt. „Ja."

Okay, das macht es schwieriger, aber ich kann es trotzdem. Ich spanne meinen Kiefer an und reiße den Karton auf. „Unser Shopping-Trip wird großartig werden."

„Das ist nicht das Wort, das ich benutzen würde", murmelt er, aber ich höre kaum zu. Das Buch in meiner Hand verlangt all meine Aufmerksamkeit – mit diesem grimmig aussehenden Typen mit Hörnern auf dem Einband.

„Ein Dämon fürs Herz", lese ich, und ein Grinsen breitet

sich auf meinem Gesicht aus. „Bist du dir sicher, dass das kein Porno ist?“

„Es ist kein Porno. Ich dachte, dass es dir vielleicht gefällt, weil es ansatzweise übernatürliche Sachen enthält, aber auch lustig ist und eine Rettet-die-Welt-Geschichte.“ Seine Stimme klingt gelassen, aber zu angestrengt gelassen, also drehe ich das Buch herum und lese die Beschreibung. Es klingt nicht zu schlecht.

„Und darin kommt Sex vor?“, frage ich vorsichtshalber noch einmal, weil ich ihm vertraue, etwas auszusuchen, das mir gefällt, ich aber hauptsächlich an dem Sex interessiert bin.

Er schlägt mir auf den Arm. „Darin kommt Sex vor. Aber es ist okay, falls es dir nicht gefällt. Ich wäre nicht beleidigt oder sowas.“

Ich winke ihm mit meinem neuen Buch zu. „Ich bin mir ziemlich sicher, dass es mir gefallen wird. Du magst es und ich mag dich, also mag ich es logischerweise auch.“

Er nimmt mir lachend das Buch ab und legt es neben die Wodkaflasche. „So funktioniert das nicht.“ Seine Hand schwebt nahe der Flasche. „Willst du mehr?“

Ich schüttle vehement meinen Kopf. „Nein.“ Ich werde morgen einen klaren Kopf brauchen und keine Kopfschmerzen, um ihn davon zu überzeugen, dass wir … sein sollten, was immer wir entscheiden, was wir sein wollten.

„Okay.“ Er zögert. „Sollen wir uns einen Film ansehen?“

Ich schnappe mir sein Kissen und mache es mir bequem. „Hört sich gut an.“

Kapitel Zehn

LIAM

DIES MUSS EINER DER SCHLIMMSTEN FREITAGMORGEN meines gesamten Lebens sein, und ich kann dafür nur mich selbst verantwortlich machen. Und vielleicht ein klein wenig Charlies „Lass uns Küss-Freunde oder mehr sein"-Idee.

Ich schiebe es definitiv auf die SMS, die er mir um sieben geschickt hat, in der er fragt, ob wir zusammen Lunch haben können. Was soll das heißen? Ist er zu Sinnen gekommen und will nun klarstellen, dass es keine Küsse mehr geben wird? Oder will er einfach nur nicht allein zu Mittag essen? Vielleicht erinnert er sich nicht im Geringsten an unsere Unterhaltung von gestern Abend.

Oder vielleicht erinnert er sich an alles und will es immer noch tun.

Ich weiß nicht, welches Szenario mich am meisten wahnsinnig macht. Weil, ja, Charlie zu küssen und Sex mit ihm zu haben wäre großartig. Mehr als das. Der Kuss ist phänomenal gewesen, und keiner von uns beiden hat sich dabei richtig ins Zeug gelegt. Außerdem vermisse ich Küssen wirklich, und es wäre nett, jemanden regelmäßig zu sehen, um miteinander zu schlafen, ohne dass ich mir für ihn zuerst ein Bein ausreißen muss, und er mich wie ein Arschloch behandelt. Andererseits ist Charlie ein Kunde, er ist ein Freund – wenn auch ein neuer – und wenn ich komplett ehrlich bin, ist er jemand, in den ich mich verlieben könnte. Sehr. Ganz leicht. Vielleicht bewege ich mich schon jetzt an dieser Grenze entlang. Zu diesem Szenario also noch Sex und Küsse und Kuscheln hinzuzufügen ist einfach gefährlich.

Zu schade nur, dass ich es wirklich will.

Natürlich könnte er es nicht wollen. So habe ich meinen gesamten Morgen verbracht, bin die Dinge durchgegangen, die ich will, ob ich sie wollen sollte, und dann, was er *vielleicht* will. Wenn das so weitergeht, bekomme ich bis zum Lunch ein Magengeschwür … Lunch, den ich nicht mit Charlie haben werde, da ich freitags erst am Nachmittag eine Pause bekomme. Stattdessen esse ich einen Kraftriegel oder irgendwas, während ich von einer Klasse zur nächsten gehe. Er hat nicht geantwortet, nachdem ich ihm das mitgeteilt habe, somit ist das noch ein weiteres Ding, das ich auf meine Liste von Scheiß, wegen dem ich gestresst bin, setzen kann.

Um mich herum packen Studenten ihre Sachen zusammen, und mir wird klar, dass der Unterricht vorbei ist und ich nichts davon mitbekommen habe. Ich kann nicht einmal sagen, was diskutiert wurde. Mist! Ich habe es nie zuvor zugelassen, dass ein Typ meine Studienarbeiten beeinflusst, nicht einmal in der Mittelschule, als Theo Hurst mein allererster Schwarm war, und ich viel zu viel Zeit damit verbracht hatte, mich zu fragen, ob Küssen sich so wundervoll anfühlt, wie es im Fernsehen aussieht.

Ich wühle in meinem Rucksack nach meinem traurigen kleinen Lunch, während ich mich von der Menge aus dem Gebäude drängen lasse. Mein nächster Kurs ist Web-

Design – ein Wahlfach, an dem ich nur zum Spaß teilnehme, und weil ich dachte, dass es nützlich wäre, um meine eigene Webseite für Mr. Romance aufzubauen, anstatt dasselbe Template beizubehalten, das ich derzeit benutze. Und bisher hat es Spaß gemacht, aber ich hasse es, dass es nicht bequemerweise in demselben Gebäude wie alle meine Physikstunden untergebracht ist.

„Hey! Lee!" Der Ruf schneidet durch meine Gedanken, ich schaue auf und sehe Charlie, der sich mit einem breit grinsenden Jake an seiner Seite seinen Weg durch die Menge zu mir bahnt.

Warum grinst Jake? Hat Charlie ihm von dieser Vielleicht-Sex-Freund-Sache erzählt? Oh, mein Gott, ist es zu einem Scherz geworden? Ist Jake amüsiert, weil ich jemals glauben könnte, Charlie wäre vielleicht auf diese Weise an mir interessiert?

Ich knirsche mit meinen Zähnen und ermahne mich selbst, ruhig zu bleiben. Ich weiß nicht mit Sicherheit, dass das so passiert ist. Und selbst, wenn es so ist, bin ich mir zumindest sicher, dass sie nicht hier sind, um mich deswegen zu verspotten. Charlie würde das niemals tun.

Wie dem auch sei, er könnte von Glück sagen, wenn er mein Sex-Freund wäre. Ich lese sehr viel und ich *weiß* Dinge. Man hat mir viele Male wegen meines Könnens im Schlafzimmer Komplimente gemacht, vielen Dank auch.

Ich warte darauf, dass sie mich erreichen. „Hey, was gibt's? Ich muss zum Unterricht." Wahrscheinlich nicht gerade die eleganteste Begrüßung.

„Ich weiß, versichert Charlie mir. „Ich habe dir Lunch gebracht, da du dafür keine Zeit hast." Er hält mir mit einer Hand ein eingewickeltes Sandwich entgegen und mit der anderen einen Kaffee zum Mitnehmen. Ich kann den Haselnuss-Sirup von hier riechen, also hat er sich entweder an meine Bestellung von letzter Woche erinnert, oder er ist wirklich gut im Raten.

„Charlie …“

„Ich habe beschlossen, mein fünfzehn Dollar Shopping-Budget zu nutzen, um dich zu füttern“, unterbricht er. „Jake ist mein Zeuge, dass ich nicht mehr als das ausgegeben habe.“ Er nickt mit seinem Kopf Jake zu, der eine Hand über sein Herz legt.

„Es hat nur vierzehn Dollar und siebenundfünfzig Cents gekostet, inklusive Verkaufssteuer“, informiert er mich. „Ich habe das Trinkgeld bezahlt, nur für den Fall, dass es sonst die Regeln gebrochen hätte.“

Ich kann das Lachen nicht aufhalten, das aus mir herausprudelt. „Okay. Gut. Danke.“ Ich nehme seine Gaben entgegen, reiche ihm dann den Kaffee wieder zurück, damit ich das Sandwich weit genug auswickeln kann, um es zu essen. „Ich muss los, aber ich weiß das hier wirklich zu schätzen.“

„Texte mir, wenn du mit dem Unterricht fertig bist, weil wir uns unterhalten müssen“, sagt Charlie ernst. Er wirft Jake einen Seitenblick zu, sieht, dass er damit beschäftigt ist, eine Gruppe Mädchen zu beobachten, lehnt sich dann näher zu mir und fügt hinzu: „Ich bin vollkommen nüchtern und bereit, unsere Unterhaltung von gestern Abend weiterzuführen.“

Oh. Mein. Gott.

Nun ja. Jetzt weiß ich wenigstens, wo er in dieser Sache steht?

Ich bringe ein schwaches Lächeln zustande. „Sicher. Später. Dann reden wir.“ Ich muss mir nur gut überlegen, was ich sagen werde.

Charlie tritt zurück, und ich zwinge meine Füße, sich zu bewegen, um von ihm wegzugehen … weg von der

Verlockung. In einem Versuch, mich abzulenken, beiße ich einen riesigen Bissen von dem überteuerten Sandwich ab.

Es schmeckt verdammt nochmal fantastisch.

WIEDER GEHE ich die drei Schritte, die ich durch mein Studentenzimmer gehen kann, drehe mich um und laufe wieder zurück. Dieses Hin- und Herwandern mag manchen Leuten helfen, ihren Stress abzubauen, aber wahrscheinlich haben sie mehr Platz, um das zu tun.

Schließlich nehme ich all meinen Mut zusammen und hebe mein Handy auf.

LIAM:

,Hey, du wolltest reden?'

CHARLIE:

,Ja! Bist du mit deinen Stunden fertig?
Kann ich vorbeikommen?'

Ich sehe mich im Zimmer um. Es wirkt plötzlich irgendwie kleiner, und ich weiß, dass Charlies Anwesenheit das nicht ändern wird. Außerdem stechen die Betten wirklich sehr hervor. Was natürlich gut sein könnte, falls wir …

LIAM:

,Sicher.'

Sobald die SMS verschickt ist, wünsche ich mir, ich könnte sie zurücknehmen. Weil ich immer noch nicht davon überzeugt bin, dass dies eine gute Idee ist. Sex mit einem Kunden zu haben, ist nur etwas für Sexarbeiter. Es wird meine professionelle Reputation definitiv nicht fördern. Wer wird Date-Pläne von einem Typen kaufen wollen, der mit seinen Kunden schläft? „Oh, Schatz, ich will ein wirklich romantisches Date zu meinem Geburtstag.

Geh und hab Sex mit Liam und sieh zu, dass er es arrangiert, okay?" – hat noch nie jemand gesagt.

Ich schicke beinahe eine nachfolgende Nachricht, in der ich vorschlagen will, dass wir uns woanders treffen, aber stattdessen lege ich mein Handy zur Seite und zwinge mich dazu, etwas für Mr. Romance zu arbeiten. Da die Frühlingsferien in einem Monat anstehen, habe ich einige Anfragen zu Tipps für romantische Ausflüge erhalten.

Das Klopfen an der Tür kommt so viel schneller, als ich darauf vorbereitet bin. Ich atme tief ein und rufe „Ist offen!" und drehe mich auf meinem Schreibtischstuhl zur Tür herum. Jetzt ist es soweit. Ich bin mir immer noch nicht so ganz sicher, was ich tun werde, aber das werde ich bald herausfinden.

Wem will ich hier was vormachen? Wenn er ficken will, dann bin ich total dabei.

Charlie betritt das Zimmer mit seiner typischen Ausgelassenheit, die er etwas gedämpft hat, und die Nerven in meinem Bauch fangen an zu feuern. Zum Mittag war es ziemlich offensichtlich, was er wollte, aber vielleicht habe ich ihn missverstanden? Oder vielleicht hat er seine Meinung geändert.

„Hey …"

„Ich will dir Küsse geben", platzt es aus ihm heraus, dann schüttelt er seinen Kopf. „Ich meine, ich will dich küssen. Und mehr. Ich bin nüchtern, und ich habe den ganzen Tag darüber nachgedacht, und ich will es definitiv. Falls du es auch willst. Aber es ist okay, falls du es nicht willst. Wir werden trotzdem Freunde bleiben. Aber falls du es willst, werden wir auch trotzdem Freunde bleiben. Und egal was, das hier hat absolut nichts mit der professionellen Sache zu tun. Also … ja. Kann ich dich küssen?"

Die Welle der Zuneigung, die durch mich hindurchrauscht, ist besorgniserregend. Ich weiß bereits, dass ich mehr für Charlie empfinde, als ich es wirklich sollte. Sex wird das verkomplizieren, und die Küsse und das Kuscheln, die er verspricht, werden alles nur noch schlimmer machen. Aber ... er schaut mich so hoffnungsvoll an. Und wir sind im College, richtig? Jedem wird im College das Herz gebrochen. Das wird für mich eine Erfahrung sein, die mich stärker machen wird.

„Ja", platzt es aus mir heraus.

Sein Gesicht erstrahlt, aber er bewegt sich nicht. „Ja?", fragt er bestätigend. „Ich darf dich küssen? Du willst aus dieser Freundschaft eine Alles-inklusive-Freundschaft machen?"

Alles inklusive ... Ich muss lachen. Wie kann er nur so niedlich sein?

„Komm her und küss mich, du Idiot." Ich stehe auf, als er durch den kleinen Raum springt, und im nächsten Moment strecke ich mich zu ihm hoch, um seinen Mund mit meinem zu nehmen. Ein Teil von mir war besorgt gewesen, dass der Wodka gestern Abend dafür verantwortlich gewesen sein könnte, wie gut sich unser Kuss angefühlt hat – obwohl ich nicht so viel getrunken hatte – aber das ist definitiv nicht der Fall. In der Sekunde, als sich unsere Lippen treffen, verschwindet die Welt um uns herum.

Sein Körper presst sich gegen die Länge von meinem, warm und hart und größer als ich – genauso, wie ich es mag. Seine Lippen sind weich, und seine Zunge gleitet an meiner entlang, als er den Winkel leicht ändert. Es ist scharf und feucht und alles umfassend.

Es ist dieser Moment, der Vorbote des Sturms, in dem ich mich begehrt und gewollt fühle und weiß, dass die Person, mit der ich zusammen bin, mich verzweifelt will, es ihr aber genauso wichtig ist, was ich will. Es ist wie der perfekte Augenblick im Film, wenn die sexuelle Anspannung und die emotionelle Sehnsucht quasi von der Leinwand explodieren.

Es ist ein Gefühl, das ich so nie wirklich gehabt habe, und ich könnte heulen, weil ich weiß, dass Charlie, der keine Beziehung will, derjenige ist, der es in mir auslöst.

Er unterbricht den Kuss, zieht sich etwas zurück und betrachtet eingehend mein Gesicht. „Okay?"

Mein Lächeln kommt ganz natürlich, als ich sein besorgtes Gesicht sehe. „Ja."

„Es schien nur so, als ob du …" Er schüttelt seinen Kopf. „Vergiss es. Also … tun wir es?"

Ich schlucke heftig. Falls ich mich aus dieser Sache zurückziehen und das Vernünftige tun will – jetzt ist meine Chance. „Wir tun es." Huch! Anscheinend will ich keinen Rückzieher machen. „Aber wir werden es nicht verkomplizieren, richtig? Wir sind Freunde, die ficken."

„Und küssen und kuscheln", erinnert er mich. „Ich will Zuneigung genauso wie Orgasmen."

Klingt gut. Ich nicke. „Dann tun wir es."

Unsere Lippen treffen sich erneut, und dieses Mal steckt sehr viel mehr Absicht dahinter. Dieser Kuss ist nicht zögernd. Er ist nicht süß. Er ist scharf und fleischlich und ich kann es kaum erwarten, in seine …

Ich ziehe mich zurück. „Warte … äh, also … ich ziehe es vor, nicht der Bottom zu sein." Wahrscheinlich hätten wir das früher ansprechen sollen, bevor wir beschlossen, Sex zu haben.

„Super!" Er greift wieder nach mir, aber ich halte meine Hand hoch.

„Nein, ich meine, ich bin gerne der, der penetriert. Nur das. Also … wie denkst du darüber?" Man würde glauben, dass die Leute heutzutage keine dummen, stereotypischen Vermutungen mehr anstellen, die auf meiner Größe und der Tatsache, dass ich auf Romanzen stehe, basieren, aber meine Erfahrung ist, dass Leute dumm *sind.*

Charlie runzelt seine Stirn, und mein Herz sinkt. Sein Zögern dauert ein wenig zu lange, während er eindeutig versucht, die richtigen Worte zu finden. „Ich bin jetzt wirklich geil", sagt er schließlich. „Ich bin offen für alles. Nun ja, ich war bisher noch nie der Bottom, aber ich will es. Typen wollten das nur nie von mir." Er schaut mich mit flehendem Blick an. „Bitte sei der Erste, der meinen Arsch fickt?"

Obwohl seine Wortwahl wenig sexy ist, pocht mein Schwanz in meiner Hose. Ihm gefällt die Idee wirklich sehr, Charlie zu ficken. In meinem Kopf überschlagen sich jedoch die rasenden Gedanken.

„Du hast noch nie …"

„Nein. Zumindest nicht mit einer Person. Ich habe einige großartige Spielzeuge. Daher weiß ich, dass ich es liebe, der Bottom zu sein." Sein Blick fällt auf meinen Schritt, wo ich nicht verstecken kann, wie scharf mich diese Unterhaltung macht. „Dann wirst du mich also ficken, richtig? Aber von Angesicht zu Angesicht. Ich will deinen Körper sehen und an all die bösen Dinge denken, die ich damit anstellen kann."

Hitze steigt in mein Gesicht, aber ich fühle mich geschmeichelt, nicht verlegen. Und ich bin definitiv scharf auf ihn. Ich will alles über diese bösen Dinge hören … später. In der Zwischenzeit − warum stehen wir hier komplett angezogen rum?

„Ich werde dich ficken", sage ich, obwohl es nicht das ist, was ich am liebsten tun will. „Wenn du dir sicher bist."

Charlie beeilt sich, sein Shirt über seinen Kopf zu ziehen. Anscheinend sollte mir das zur Antwort reichen.

Ich bin ebenfalls soweit, aber bevor ich mich ausziehe, schnappe ich mir das Gleitmittel und suche nach einem

Kondom. Ich kann von Glück sagen, dass ich überhaupt welche habe, wenn man die Trockenzeit bedenkt, die ich durchgemacht habe. Als ich mich umdrehe, begrüßt mich der Anblick von Charlies nacktem Körper und – Oh, heilige Scheiße! – ich muss in meinem vorherigen Leben wirklich ein wirklich sehr braver Junge gewesen sein. Er ist nicht so muskulös wie ich, aber sein langer Körper ist schlank und verdammt sexy, mit vereinzelten Stellen von dunklem Haar an genau den richtigen Stellen und einem dichteren Busch oberhalb des langen, geschwollenen Penis, der auf mich zeigt.

„Aufs Bett!", krächze ich, er pumpt sich einmal und gehorcht. Ich habe mir meine Klamotten in meinem ganzen Leben noch nie so schnell ausgezogen.

Er zieht mich in einem wirren Chaos aus Gliedmaßen auf die Matratze und findet meinen Mund mit unfehlbarer Zielsicherheit – und es ist so typisch für Charlie, der sichergeht, dass ich meine Küsse bekomme, obwohl wir beide nackt sind, mit steifen Schwänzen, von denen unsere Vorsahne tropft, was mein Herz so sehr erfüllt, dass es beinahe platzt. Ich rolle ihn unter mich und positioniere mich zwischen seinen Beinen, bevor ich mich zögernd von seinem Mund löse und anfange, seinen Körper zu erkunden.

Als meine Lippen seitlich an seinem Hals und über sein Schlüsselbein streifen und kurz anhalten, um seine Nippel zu reizen, streicheln seine Hände an meinen Armen und Beinen auf und ab, über meinen Rücken und finden schließlich mein Hinterteil.

„Dein Körper ist *Wahnsinn*", murmelt er, während ich ihn sanft beiße und ihm der Atem stockt. Und um ihn ein wenig zu erregen, spanne ich meine Muskeln an. Sein Schmunzeln wird zu einem Stöhnen. „Ich weiß, dass du versuchst, lustig zu sein, aber alles, woran ich denken kann, ist wie deine Muskeln aussehen werden, wenn du dich in mich rammst."

„Himmel, Charlie, das kannst du nicht sagen." Mein ohnehin schon stahlharter Schwanz pulsiert ungeduldig an seinem Oberschenkel, und er bewegt sich etwas, damit er gegen seinen reibt.

„Sie werden sich immer wieder verziehen", flüstert er. „Jedes Mal, wenn du zustößt. Total angespannt und fest, und ich werde es so heftig spüren. Und dann, wenn ich deine Muskeln hiernach sehe, werde ich jedes Mal daran denken, wie sie aussahen, als du mich gerammelt hast." Er pumpt seine Hüften, unsere Schwänze reiben entlang der Länge des anderen, und ich zucke zurück … aber nicht weit genug, um den Kontakt zu verlieren.

„Willst du kein Vorspiel?", verlange ich zu wissen. Es ist sein erstes Mal als Bottom. Sollte ich es nicht zu etwas Besonderem machen?

„Dich nur anzusehen ist all das Vorspiel, das ich brauche."

Es ist solch ein kitschiger Spruch, aber er sagt es ernsthaft, sein Gesicht ist vor Erregung gerötet, seine Lippen sind feucht von unseren Küssen, seine großen braunen Augen sind voller Wärme und vor Lust leicht benebelt – und niemand hat mir je zuvor solch eine Erinnerung geschenkt.

„Ich werde dich so hart nehmen", keuche ich und greife nach dem Kondom. Er schnappt sich das Gleitmittel und obwohl ich protestieren und mich um ihn kümmern will, erlaube ich ihm, sich vorzubereiten. Dieses Mal.

Aber er ist sehr schnell fertig. „Bist du dir sicher, dass das genug ist? Ich will dir nicht wehtun."

„Ich will es fühlen", murmelt er, legt sich hin und streckt sich mit einem sündhaften kleinen Lächeln vor mir aus. Die Flächen seines Körpers rufen nach mir, und ich streichle sanft mit meinen Händen über seinen Oberkörper. Und ich liebe es, wie er mit einem Zittern darauf reagiert.

„Glaub mir. Du wirst es fühlen. Aber …"

„Lee, ich verspreche dir, dass ich dich stoppen werde, wenn es wehtut. Aber lass mich nicht länger warten."

Dem kann ich nicht widerstehen. „Hebe deine Beine hoch."

Er gehorcht grinsend und entblößt vor mir sein glitschiges pinkes Loch. Ich schlucke und frage mich, was er davon halten würde, wenn ich seine Rosette lecken würde.

„Leeeeee!", jammert er.

Nicht jetzt. Er will nicht warten.

Ich bringe meinen Schwanz in Position und drücke langsam vorwärts. Zuerst wehrt sich sein Körper dagegen, und ich schaue in sein Gesicht, um abzuwägen, ob es zu viel ist. Er trägt einen Ausdruck extremer Konzentration, und ich werde von Zuneigung überwältigt.

Dann gibt der Muskelring nach, und ich bin drin. Ein explosiver Atem entflieht ihm.

„Okay?", frage ich und versuche, nicht mit meinen Zähnen zu knirschen, während ich gegen das Verlangen ankämpfe, in ihn hineinzustoßen. Die heiße Umklammerung seines Arschlochs um meine Eichel ist … unbeschreiblich.

„Jaaaaa", faucht er. „Mehr!"

Ich dringe vorsichtig etwas tiefer ein, meine Muskeln beben mit gezwungener Zurückhaltung beim dem Anblick, wie sein Loch mich in ihn hineinsaugt. „Du bist so verdammt scharf", bringe ich zustande. „Wünschte, du könntest das hier sehen."

Er bewegt sich, kommt hoch und stützt sich auf seine Ellenbogen, und ich stöhne, als sich seine Muskeln um mich herum entsprechend anspannen. Ich bin nur halb drin, und ich weiß nicht, wie lange ich es aushalten kann. „Oooooh das ist so …" Er verstummt kurz. „Ich will ein Foto. Das ist besser als jeder Porno."

Er … was?

„Beweg dich, Lee! Ich will es sehen …" Ich stoße ganz in ihn hinein, und er schreit auf und lässt sich zurückfallen. „Nochmal! Mehr! Wir werden es ein anderes Mal filmen."

„Bist du o- …"

„Fick mich heftig, Lee!"

Ich ignoriere die Reaktion meines Schwanzes auf diese Worte und ziehe mich langsam zurück, weil ich sichergehen will, dass er wirklich okay ist, aber Charlie will nichts davon wissen. Er hebt seinen Oberkörper von der Matratze an, greift nach vorn, packt meine Hüften, um mich zurückzuziehen und zerrt mich dann heftig zu sich. „Härter!"

Ich stoße in ihn, und als er auf mein Kissen zurückfällt und „Jaaaa" keucht, beschleunige ich mein Tempo noch mehr, stütze mich auf meinen Knien und Unterarmen auf und ramme mich wie ein Wilder in seinen Arsch.

„Himmel, das ist *suuuper*", keucht Charlie. „Mir gefällt es definitiv ein Bottom zu sein. Ich …"

Ich ändere leicht meinen Winkel und versuche, über seine Prostata zu streifen – und so, wie es sich anhört, gefällt ihm auch das.

„Ja! Nochmal, Lee! Fester!"

Jemand hämmert auf die Wand neben dem Bett und schreit: „*Versucht* wenigstens, leiser zu sein!"

Ich werde später vor Scham sterben. Jetzt ist mir nur wichtig, wie verdammt großartig sich Charlies Körper sich um mich herum anfühlt. Ich werde es nicht viel länger aushalten können.

Ich verlagere mein Gewicht auf einen Arm, greife zwischen uns und umschließe seinen Schwanz. Seine

Eichel ist glitschig von seiner Vorsahne, und von der Art, wie er stöhnt, als ihn meine Hand umgreift, wird das hier nicht viel brauchen. Ich hole ihm im gleichen Rhythmus, wie ich in ihn hineinstoße, einen runter, und er schaut mit halb geschlossenen Lidern zu mir auf.

„Lee … ja … unnnnghh!"

Als sein Saft zwischen uns spritzt, erlaube ich mir selbst, mich gehen zu lassen, und zwei Stöße später halte ich stotternd an und fülle das Kondom, das tief in ihm steckt.

Ich falle auf seine Brust und versuche, umgeben vom Duft und der Wärme von Charlie, wieder meinen Atem zu finden.

FU

ICH LASSE Charlie leise schnarchend liegen und gehe zurück zu meinem Schreibtisch, um zu arbeiten. Ich werde ihn in Kürze wecken und vorschlagen, uns etwas zu Essen zu besorgen, aber vorerst kann er sich ausruhen. Mir gefällt irgendwie diese Häuslichkeit, wie er in meinem Bett schläft, während ich mich um andere Dinge kümmere. Was eine totale Pärchensache ist, also nein, es stimmt nicht. Ich bin nur umsichtig. Es ist unhöflich, jemanden aus seinem Schlaf zu wecken. Besonders, wenn sie dir soeben den besten Orgasmus deines Lebens gegeben haben. Das ist meine Story, und ich bleibe dabei.

Ich gehe all die Mr. Romance-Anfragen durch und habe bereits mit einem Projekt begonnen, bevor sich Charlie regt. Das Schnarchen verstummt, er macht ein leises Schnüffelgeräusch, und dann tastet seine Hand suchend über die Matratze. Ich beobachte ihn amüsiert, als er seine Stirn runzelt, bevor er blinzelnd seine hübschen braunen Augen öffnet und seinen Kopf hebt, um sich umzusehen.

„Da bist du ja", brummt er, und seine Stimme ist von seinem Schläfchen belegt. „Warum bist du nicht hier? Und warum trägst du Klamotten?"

Ich blicke auf meine Unterhose herab, die ich mir übergestreift hatte. „Ich glaube nicht, dass man das wirklich als Klamotten bezeichnen kann", kontere ich, stehe auf und gehe zu ihm zurück zum Bett. Er zieht mich mit einem zufriedenen Murmeln an sich heran, küsst meine Schulter und zieht sich dann zurück, um meine Unterhose zu begutachten.

„Ja, du hast recht. ‚Klamotten' ist das falsche Wort. Vielleicht ‚Lumpen'?", sagt er nachdenklich, und ich kneife ihn.

„Du mich auch! *Kein* Lumpen. Die sind nur ein paar Monate alt." Ich hatte ein neue Zehner-Pack zu Weihnachten bekommen.

„Deshalb ist es kein Lumpen. Sie betonen nur nicht so richtig, was du anzubieten hast." Die Art, wie seine Augen über mich streifen, lässt meinen Schwanz wieder anschwellen. „Dein Prachtstück hat mehr verdient", sagt er ehrlich, und ich muss lachen. Es ist schwer zu glauben, dass ich mich so behaglich fühlen und so heftig lachen kann, während ich halb steif bin, aber ich tue es. Und ich liebe es.

„Mein Prachtstück wird sich einfach damit abfinden müssen, was es bekommt", informiere ich ihn. „Na komm, steh auf und lass uns etwas zum Abendessen besorgen."

„Können wir danach hierher zurückkommen und uns einen Film ansehen und gegenseitig Junkfood von unseren Körpern essen?"

Ich erstarre halb im Aufstehen. „Äh, ... welche Art von Junkfood?"

Er zuckt mit den Schultern, krabbelt aus dem Bett und greift nach seinen Klamotten. „Keine Ahnung. Das hängt davon ab, welche Desserts es in der Mensa gibt. Oder vielleicht sollten wir in einem Laden vorbeigehen oder an einem Snack-Automaten." Er schlägt mir leicht auf meinen Hintern. „Wir werden sehen, aber du solltest dich beeilen. Ich bin am Verhungern."

DER ERSTE TEST für meinen Verstand kommt, als wir die Mensa erreichen und dort auf Matt und Ian treffen. Wir prallen wortwörtlich gegen sie, weil Ian auf seinem Handy telefoniert und plötzlich mitten in der Tür stehenbleibt.

„Kannst du ihn an die Leine nehmen?", frage ich Matt und reibe meine Nase, mit der ich hinten gegen Ians harten Schädel geprallt war.

Ian zeigt mir den Finger und streitet sich mit wem auch immer er telefoniert weiter, während wir die Mensa betreten. Matt sagt nichts und starrt mich stattdessen aus schmalen Augen an.

„Bist du okay?", frage ich ihn. „Hast du dir irgendwo den Kopf angestoßen?"

Er schüttelt langsam seinen Kopf und starrt weiterhin.

„Ooh, Käse-Makkaroni", sagt Charlie.

„Nein!", schreien wir abrupt, sogar Ian. Charlie blinzelt.

„Okay. Äh, warum hassen wir das Grundnahrungsmittel amerikanischer Familien?"

Tun wir nicht. Aber die Mensa-Interpretation schmeckt wie Kotze", warnt Matt.

„Nachdem sie ein paar Tage lang in der Sonne gelegen und eine Katze drauf geschissen hat", füge ich hinzu.

Charlie würgt. „Danke für diese Beschreibung. Sag mir

noch einmal, warum wir nicht woanders hingegangen sind?"

„Weil ich ein Geizhals bin und ich dir nicht erlauben werde, für mein Essen zu bezahlen. Probiere das Hähnchenschnitzel. Das ist normalerweise okay." Das ist es, was ich selbst nehmen werde, zusammen mit einer Ofenkartoffel. Ich habe heute eine Menge Kalorien verbrannt.

Bei der Erinnerung daran grinse ich.

„Oh, mein Gott! Du hattest *Sex*!", schreit Matt.

Köpfe drehen sich.

Mein Gesicht fängt an zu brennen.

„Würdest du deine Klappe halten?!", fauche ich genau dann, als Charlie sagt:

„Ja, das hatten wir. Hey, die frittierte Aubergine sieht halb okay aus."

„Ist das ein Code-Wort?", fragt Matt. „Hast du seine Aubergine frittiert?"

Tötet. Mich. Jetzt.

Ian beendet sein Gespräch und sagt: „Dude, ekelhaft. Ich dachte, dass wir beschlossen hatten, dass Liam derjenige ist, der seine Aubergine frittiert." Er runzelt seine Stirn. „Das klingt irgendwie falsch. Als ob du an der Fritteuse stehst oder sowas. Ich meine nur, dass du total den Eindruck erweckst, der *Penetrant* zu sein."

Warum bin ich noch nicht tot? Warum hat sich der Boden noch nicht aufgetan und mich komplett verschluckt, oder warum hat mich der Blitz noch nicht getroffen?

„Das ist er", informiert sie Charlie fröhlich. „Er hat mich sehr gut mit seiner Aubergine frittiert."

Deshalb. Das Universum ist ganz eindeutig noch nicht fertig, mich zu erniedrigen.

Während ich versuche, so zu tun, als würden sie nicht existieren, stelle ich mich an den Tresen und bestelle mir beim Servierer das Hähnchenschnitzel und die Ofenkartoffel. Er reicht mir einen Teller, zwinkert mir dann zu und sagt: „Gut gemacht! Es sind immer die kleinen Typen, bei denen man aufpassen muss.“

„Danke“, sage ich. Ich meinte das fürs Essen, aber leider klingt es so, als ob ich mich bei ihm für das Kompliment meines sexuellen Könnens bedanke.

Ich flüchte zum Salatbuffet.

Bis ich mich zu meinen sogenannten Freunden an den Tisch setze, ist die Hitze größtenteils aus meinen Wangen verschwunden. Zumindest fühlen sie sich nicht mehr so heiß an, dass man Eier darauf braten könnte.

„Setz dich neben mich“, sagt Charlie und klopft auf den Stuhl neben sich. Ich rutsche an den Platz, ohne ein Wort zu sagen, während ich spüre, wie sich die Blicke meiner Freunde in mich bohren, und fange an zu essen. Wenn ich nicht aufschaue oder mich an der Unterhaltung beteilige, vergessen sie vielleicht, dass ich hier bin.

„Werden wir darüber sprechen?“, fragen Ian.

„Über was sprechen?“ Charlie klingt so vollkommen neugierig, dass ich ihm einen Seitenblick zuwerfe. Er muss das doch schauspielern, oder nicht?!

Anhand seines Gesichtsausdrucks tut er es nicht. Ich weiß bereits, dass er kein guter Schauspieler ist.

„Über dich und Liam und euren Sex“, erklärt Matt. „Wir wollen Details.“

Ich schaufle mir eine Gabel voller Ofenkartoffel, die mit Speck und Käse überbacken ist, in den Mund.

„Oh. Nein, natürlich werden wir keine Details verraten“, erklärt Charlie. „Das ist ekelig. Ich dachte, ihr beide wärt nicht so abgefuckt.“

Ich versuche, mein Lachen zu unterdrücken, und verschlucke mich fast an der Kartoffel. Schlussendlich endet es in einem peinlichen Husten, aber glücklicherweise behalte ich mein Essen in meinem Mund. Denn wir haben heute Abend bereits genug Aufmerksamkeit auf uns gezogen, ohne die Stückchen meiner halb-gekauten Kartoffel quer über den Tisch zu spucken.

„Wie bitte?", fragt Matt.

„Ihr solltet eure sexuellen Partner mehr respektieren, als mit euren Freunden über private Details zu tratschen." Charlies schimpfender Ton ist seltsam sexy. „Zustimmung trifft auf mehr als nur den Sexakt selbst zu, wisst ihr? Jeder hat ein Recht auf Privatsphäre."

Der Anblick von Matt und Ian, wie ihnen die Kiefer runterfallen, ist das Beste, was ich den ganzen Monat gesehen habe – nun ja, bis auf Charlies Gesicht, als er kam.

Ich schlucke mein Essen runter und sage: „Danke, Charlie, dass du ein vernünftiger Mensch bist. Allerdings bin ich wegen dem Kommentar mit der frittierten Aubergine angepisst."

Er sieht ehrlich überrascht aus, dann reuevoll. „Das tut mir leid. Ich dachte, es wäre lustig."

Ich seufze, denn es *war* lustig, obwohl ich am liebsten gestorben wäre, und ich gebe nach. „Ich hätte wahrscheinlich mehr gelacht, wenn es nicht meine Aubergine gewesen wäre, die ihr diskutiert habt."

„Verstanden." Er nickt. „Aber falls es noch einmal erwähnt wird, habe ich kein Problem damit, wenn du mein Frittieren ansprichst." Er schaut auf seinen Teller hinab und fügt hinzu. „Nur bitte nicht, während ich es esse."

„Das klang so merkwürdig."

„Viel zu merkwürdig", stimmt er zu.

„Diese ganze Konversation ist komisch", unterbricht Matt. „Könnten wir wieder zu der Tatsache zurückkehren, dass ihr beide gefickt habt, und wie merkwürdig *das* ist?"

„Nein", sage ich, und als er und Ian mir beide denselben „willst du mich verarschen"-Blick zuwerfen, rolle ich mit meinen Augen und füge hinzu: „Es ist nicht merkwürdig. Wir haben beschlossen, eine Alles-inklusive-Freundschaft zu haben." Ich stehle schamlos Charlies Beschreibung.

Ian nickt langsam. „Einfach nur ein paar Bros, die sich gegenseitig aushelfen?"

Ich zucke mit den Schultern. „Etwas in der Art."

Sie tauschen Blicke aus, und ich weiß, dass sie, sobald sie mich alleine erwischen, in eine Ecke drängen und mir eine Gardinenpredikt halten werden, mir nicht mein Herz brechen zu lassen. *Du bist ein Romantiker, Liam! Das hier wird nicht gut für dich enden*, bla bla bla. Glücklicherweise ist Charlie ahnungslos und bemerkt das Unterschwellige nicht, während er glücklich seine frittierte Aubergine isst – etwas, das ich vielleicht nie wieder essen kann.

„Wie genau soll das funktionieren?", verlangt Matt zu wissen. „Ihr hängt zusammen rum, besorgt es euch gegenseitig, geht dann nach Hause und vergesst es?"

„Wir küssen und kuscheln ebenfalls", wirft Charlie ein. „Es ist ein Rundum-Service."

Matt und Ian drehen sich langsam zu mir, um mich anzusehen.

„Ich kann nicht glauben, dass ihr nicht wisst, wie Freunde mit gewissen Vorzügen funktionieren", sage ich in einem verzweifelten Versuch, das Thema zu wechseln, und meine Stimme klingt höher als sonst.

Matt zuckt mit den Schultern. „Ich verstehe die Theorie, aber ich habe es nie ausprobiert. Zu große Chance für *Komplikationen*. Leute könnten *Gefühle* entwickeln."

„Dann bleib du bei deinen One-Night-Stands", rate ich ihm und tue so, als würde ich seine ziemlich eindeutigen Hinweise nicht bemerken. „Also, Ian, mit wem hast du vorhin gesprochen?"

Ian hält gerade lange genug inne, um mir einen finsteren Blick zuzuwerfen, der besagt, dass er weiß, was ich tue, und später dafür bezahlen werde, bevor er antwortet: „Mit meinem Bruder. Nun, mit unseren Brüdern. Sie wollen uns während der Frühlingsferien sehen."

„Das ist nett." Ich weiß, dass sie ihren Brüdern nahestehen, die nach meinem Verständnis vor einigen Jahren beide in Illinois aufs Land gezogen sind.

„Aber ist es das wirklich?", murmelt Matt düster.

Charlie und ich tauschen verwirrte Blicke aus. „Ist es das nicht?", fragt er vorsichtig. „Versteht ihr euch nicht gut mit euren Brüdern oder sowas?"

„Das tun wir, aber sie wollen zur *Joy Universe* gehen. Connors Freund hat dort Verbindungen und kann uns Unterkünfte zu einem superbilligen Preis organisieren, aber er kann im Sommer von seiner Arbeit keinen Urlaub nehmen, also müssen wir das während der Frühlingsferien tun." Ian rollt mit den Augen.

„Magst du seinen Freund nicht?", fragt Charlie.

„Kieran? Doch, er ist cool. Aber wer will während der Frühlingsferien in Georgia zu einem Vergnügungspark gehen? Ich meine, Disney ist nur eine Autofahrt entfernt, aber neeeeein, sie wollen, das wir quer über das verdammte Land fliegen."

„Ian wird beim Fliegen immer schlecht", erklärt Matt. „Richtig extrem. Wie beim letzten Mal, als wir zusammen geflogen sind. Da war ich kurz davor, ihn umzubringen, nur damit er endlich mit dem Gejammere wegen seines Elends aufhört und damit ich seine Kotze nicht mehr länger riechen müsste. Das andere Mal davor hat er mich überall vollgekotzt. Zweimal."

„Du bist der Loser, der nicht aus dem Weg gegangen ist", murmelt Ian.

Ich amüsiere mich über das hier mehr, als ich es sollte. „Gibt es nichts, was du dagegen nehmen kannst?"

Sie schütteln beide ihre Köpfe. „Das Einzige, was funktioniert hat, ist Bewusstlosigkeit. Leider müssen wir erst noch ein Medikament finden, das er nehmen kann, eins das wirksam wird, wenn wir starten und das Erbrechen anfängt, aber ihn trotzdem das Flugzeug besteigen lässt. Weil wir es einmal versucht haben, ihn bewusstlos reinzutragen, aber die Stewardessen sind ausgeflippt."

Charlie runzelt verwirrt seine Stirn. „Warum sind sie ausgeflippt?"

„Weil sie dachten, Ian würde gekidnappt", erkläre ich.

Die Verwirrung wechselt zu Skepsis. „Nimm's mir nicht übel, aber warum würde irgendjemand Ian kidnappen wollen?"

„Das habe ich auch gesagt!", ruft Matt, während ich lache.

„Schönen Dank auch, Mann." Ian schüttelt seinen Kopf wegen Charlies Frage. „Nachdem ich dir ausgeholfen habe und alles."

„Das ist eine ernsthafte Frage", protestiert Charlie. „Du bist nicht berühmt, nicht super reich … also warum würde sich irgendjemand die Mühe machen?" Er betrachtet Ian nachdenklich, und ich verschlucke mich fast vor Lachen.

„Okay, jetzt wird die Unterhaltung wieder merkwürdig. Will irgendjemand Nachtisch?" Ian steht auf und wartet auf unsere Antworten.

Mein Lachen erstickt, als ich mich daran erinnere, dass Charlie gefragt hatte, ob wir gegenseitig Dessert von unseren Körpern essen könnten. „Äh, schau mal, was sie da haben. Aber ich werde meins vielleicht mitnehmen." Ich versuche, locker zu klingen, aber ich scheitere jämmerlich, als meine Stimme bricht.

Ian blickt von mir zu Charlie, der breit grinst, und schüttelt seinen Kopf. „Ich will es gar nicht wissen."

Kapitel Elf

CHARLIE

ALLES-INKLUSIVE-FREUNDSCHAFTEN SIND DER KNALLER! Ganz ehrlich, ich weiß nicht, warum ich das nicht schon eher getan habe. Ich bekomme all den Sex und die Kuscheleinheiten, die ich will, ohne all die umständlichen Dating-Regeln. Stattdessen hänge ich einfach mit einem meiner Bros herum. Wenn ich gewusst hätte, wie großartig es ist, hätte ich schon vor Jahren mit einem Freund geschlafen.

Aber dann … vielleicht auch nicht. Ich kann mir nicht vorstellen, mit irgendeinem meiner anderen Freunde Sex zu haben. Sicher, sie sind fickbar, aber der Gedanke, tatsächlich mit ihnen zu schlafen, ist irgendwie unangenehm. Nicht so gut und natürlich, wie es das mit Lee ist.

Es sind erst zehn Tage vergangen, seit wir anfingen, Sex zu haben, und es war ungelogen die beste Woche, seitdem ich ins College gekommen bin, und in den Top Fünf meines Lebens. Alles läuft jetzt für mich besser. Ist regelmäßiger Sex wie Vitamine? Verbessert es das allgemeine Wohlbefinden? Jemand sollte das mal recherchieren.

„Hey, Charlie! Happy Birthday!"

„Danke, Mann!", rufe ich zu dem Typen, mit dem ich im letzten Jahr in zwei Unterrichtsfächern gewesen war. „Kommst du später zur Bar?"

Er grinst. „Darauf kannst du wetten."

„Dann sehen wir uns dort." Ich winke und gehe weiter zu Lees Studentenzimmer. Das hier passiert mir schon den ganzen Tag, und obwohl ich mir nicht sicher bin, warum all diese Leute wissen, dass heute mein Geburtstag ist, ist es irgendwie cool. Der beste Teil an Geburtstagen ist, Leute zu haben, die dir den ganzen Tag lang das Gefühl geben, etwas Besonderes zu sein. Und da es mein einundzwanzigster Geburtstag ist, verdiene ich es, mich super speziell zu fühlen.

Aber ich haue damit nicht zu sehr auf die Pauke. Keine riesige Party oder sowas. Ich werde einfach mit meinen besten Kumpeln ins Shenanigans gehen, und vielleicht kommen im Laufe des Abends noch ein paar andere vorbei. Morgen haben wir Unterricht, somit will sich niemand besinnungslos trinken.

Aber zuerst werde ich mit Lee abhängen. Und ja, das ist eine Umschreibung. Er hatte mir Geburtstagssex versprochen.

Es ist etwas früher als er mir gesagt hat, wann ich kommen soll, aber falls er beschäftigt ist, kann ich einfach dort warten. Er gewöhnt sich langsam daran, zu arbeiten und Dinge zu erledigen, während ich auf seinem Bett liege und durch meine Sozialen Medien scrolle. Selbst, wenn wir uns auf andere Dinge konzentrieren, verbringe ich gern Zeit mit ihm.

Ich klopfe zweimal an die Tür, und er ruft, dass ich reinkommen soll. Zu meiner Überraschung ist er, anstatt an seinem Schreibtisch zu sitzen, mit seinem Laptop auf dem Bett eingerollt.

„Was machst du?"

Er legt das Gerät beiseite und steht auf. „Happy Birthday." Ich bekomme einen riesigen, scharfen, schlabbernden Kuss – die Sorte, die mich glücklich und geil macht.

„Das hast du bereits gesagt", murmle ich. Ich hatte heute Morgen einen sexy Video-Anruf von ihm bekommen, und wir haben uns zum Kaffee zwischen den Unterrichtsstunden getroffen.

„Es ist wert, es zu wiederholen. Heute dreht sich alles um dich." Er küsst mich noch einmal, und mein Schwanz wird sofort hellwach. Dann zieht er sich zurück. „Lass mich schnell das Bett freimachen."

„Ich tue es!" Ich schnappe mir seinen Laptop, blicke auf den Bildschirm und halte inne. „Du hast dir einen Film angesehen?" Ich betrachte die angehaltene Szene. „Ist das nicht die romantische Schwulen-Komödie, die letzten Sommer rauskam?"

„Ja. *Schwul-timatum.*" Seine Wangen werden pink und ich muss lächeln.

„Lass ihn uns zu Ende ansehen." Ich halte immer noch seinen Computer, klettere aufs Bett und mache es mir bequem.

„Nein, ist schon okay. Ich habe ihn schon gesehen." Er steht verlegen da, und ich klopfe neben mir auf die Matratze.

„Aber ich habe ihn noch nicht gesehen. Bist du schon weit?" Ich hatte ihn mir anschauen wollen, als er rauskam, weil ich stark daran glaube, dass die Unterhaltungsbranche mehr Homosexualität vertreten sollte, und das Studio *Joy Inc.* eine enorme Menge an Geld und Mühe in diesen Film investiert hat. Aber ich war krank in der Woche, als er veröffentlicht wurde, und dann kam eins nach dem anderen, und ich bin nie dazu gekommen, in mir anzusehen.

„Ungefähr eine Viertelstunde." Er kommt aufs Bett

und macht es sich neben mir gemütlich. „Bist du sicher, dass du ihn dir anschauen willst?"

Er meint, anstelle von Sex. Was … ich hätte lieber Sex, aber ich kann sehen, dass ihm dieser Film gefällt, und Freundschaft beruht auf Gegenseitigkeit. Wir können später Sex haben.

„Ja. Wenn es nur fünfzehn Minuten sind, ist es keine große Sache, nochmal von vorn anzufangen. Ich will den Anfang sehen." Ich klicke, um ihn neu zu starten.

„Charlie …"

„Schhhh! Film."

Sein Mund schnappt mit einem Klack zu, und ich tue so, als wäre ich von dem Vorspann so fasziniert, dass es mir nicht auffällt. Ich mag hin und wieder ein paar Dinge verpassen, aber ich bin nicht vollkommen ahnungslos. Ein Film, den er zuvor schon gesehen hat, der angeblich mit homosexuellen Charakteren super romantisch und lustig sein soll, an einem Dienstagabend … dies ist ein Film, den er wirklich mag, vielleicht sogar liebt. Also werden wir ihn uns anschauen.

Es dauert nur ein paar Minuten, bevor er vollkommen in das versunken ist, was auf dem Bildschirm geschieht. Ich klopfe mir im Geiste auf die Schulter und erlaube mir dann, den Film zu genießen.

Während der nächsten neunzig Minuten bewegen wir uns kaum, und wir nähern uns dem Ende, als etwas in meinem Gehirn klickt. „Oh, mein Gott! Das ist es, wo der Sound von TikTok herkommt!" Ich klicke auf Pause, damit wir nichts verpassen, und drehe mich dann zu Lee um. „Richtig? Perry wird für Sawyer diese riesige Ich-liebe-dich-Rede halten und dann singen, richtig?"

Lees Lippen zucken amüsiert. „Ich könnte es dir sagen, aber ich will nichts verraten."

Mein Ellenbogen boxt in seine Rippen, und er schreit

auf. „Ich glaube nicht, dass man das als Verraten bezeichnen kann, wenn ich den Sound bereits fünfzig Billionen Male gehört habe!" Ich zeige auf den Bildschirm. „Außerdem sind sie in einem Karaoke-Restaurant, und es sind nur noch zehn Minuten von dem Film übrig. Es ist fast garantiert, dass Ich-liebe-dichs gesungen werden."

Er lacht. „Er singt nicht wirklich das ‚Ich liebe dich', aber ja. Das ist es, wo der TikTok-Sound herkam."

Ich lasse den Film weiterspielen, beobachte jedoch sein Gesicht, anstatt den Bildschirm. Die Art, wie er lächelt, die Weichheit in seinem Gesichtsausdruck … er liebt es. Ich bin so froh, dass ich darauf bestanden habe, dass wir ihn uns ansehen.

Sein Blick springt zu mir. „Was?"

„Nichts." Ich fokussiere wieder auf die große Szene.

Als der Abspann läuft, schließt Lee den Laptop, legt ihn auf seinen Schreibtisch und setzt sich rittlings auf meinen Schoß. „Danke."

Ich fülle meine Handflächen mit seinen Arschbacken und seufze glücklich. „Wofür. Er hat mir gefallen."

„Ja, aber das ist nicht der Grund, warum wir ihn uns angesehen haben." Er beugt sich zu mir, um mich zu küssen. „Also, danke."

„Nun ja, weißt du …" Ich zucke mit den Schultern und versuche, gelassen zu wirken. „Es sah so aus, dass du ihn anschauen wolltest."

„Wollte ich. Es ist mein Lieblingsfilm, und ich habe ihn bereits an die fünfzehn Mal gesehen."

Fünfzehn? Er ist vor kaum einem Jahr rausgekommen. „Dann bin ich wirklich froh, dass wir ihn uns angeschaut haben.

Das Lächeln, das er mir schenkt, ist weich und erfüllt mein ganzes Inneres mit Wärme. „Du verdienst so viel

Sex.“ Er blickt auf seine Smartwatch. „Wir haben jetzt keine Zeit, zu ficken, aber ich werde dich kommen lassen, bis dein Gehirn explodiert, bevor wir gehen.“

„Oh, ja?“ Ich werde nicht so tun, als würde mir die Idee nicht gefallen.

Er antwortet nicht, beugt sich nur zu mir und küsst mich mit einem feuchten, offenmündigen, nicht für die Öffentlichkeit geeigneten Kuss, der meinen Schwanz in Sekunden von mildem Interesse steif wie eine Statue werden lässt. Lee unterbricht den Kuss, und als ich jammere und versuche, ihn zurückzuziehen, schnalzt er mit seiner Zunge. „Wir befinden uns ein bisschen im Zeitdruck. Du wirst dich einfach zurücklehnen und es hinnehmen.“ Seine Hände sinken zu meinem Schritt, und ich schlucke heftig.

„Das ist ein Weg, mich zu überreden“, krächze ich.

Er grinst und öffnet meine Jeans. „Heb deine Hüften.“

Wir schieben zusammen meine Jeans und Unterhose zu meinen Oberschenkeln herab, was meinen Schwanz und meine Eier entblößt, aber meine Beine gefangen hält. Es ist seltsam und total geil. Sogar noch geiler, als Lee sich über mich beugt, meine Eichel leckt und dann kühle Luft drüber bläst.

Mein Schwanz pocht und ich zittere. „Lee …“

„Schhh! Ich bin beschäftigt“, sagt er, ohne aufzuschauen. Er umschließt meinen Schaft fest mit seiner Hand und lässt die geschwollene rote Eichel oben hervorlugen, dann legt er seine Lippen drumherum und *saugt*.

Ich bin mir ziemlich sicher, dass ich ein Geräusch mache, aber ich bin zu sehr damit beschäftigt, verzweifelt zu versuchen, meine Augen offen zu halten, damit ich zuschauen kann, um sicherzugehen.

Lee beginnt mit einem schnellen Tempo, seine Hand verdreht sich wiederholt mit einer kraftvollen Melkbewegung, während er abwechselnd saugt und meinen Schlitz mit der Zunge reizt, und die Stimulation ist faaaaaantastisch. Ich lasse meinen Kopf zurückfallen und spüre, wie sich der Druck aufbaut, meine Hoden ziehen sich mit jeder verstreichenden Sekunde immer mehr zusammen …

Er stoppt.

Seine Hand verschwindet.

Ich reiße verwirrt meinen Kopf hoch und sehe, dass er mich beobachtet. Seine Lippen sind geschwollen und nass, und ich kann an nichts anderes denken als daran, dass sie immer noch auf mir sein sollten. „Was …"

„Ich brauche deine volle Aufmerksamkeit", erklärt er. „Wir haben kaum noch Zeit."

„Ich werde nicht kommen, wenn du aufhörst", sage ich schmollend.

Er grinst, beugt seinen Kopf erneut und nimmt mich dieses Mal tief auf, bis ganz hinten in seiner Kehle, und – oh, mein Gott – ich glaube ich könnte sterben.

Der Rhythmus, den er jetzt anwendet, ist langsamer, folternder. Er behält meinen Schwanz mit seinen gottverdammten Blowjob-Lippen fest umschlungen, zieht sie wie ein Vakuum fast ganz ab, gleitet dann wieder herab und umschlingt mich mit seinem heißen, feuchten und himmlischen Mund. Er kommt nicht ganz bis zu meiner Basis, aber er ist verdammt nahe, und ich starre auf sein gerötetes Gesicht, vollgestopft mit meinem Schwanz, seine unteren Wimpern feucht von den Tränen in seinen Augen, und mir stockt der Atem in meiner Brust. Ohne nachzudenken, hebe ich meine Hand und verwickle sie in seinem Haar, weil ich diese extra Verbindung zu ihm haben will.

Er zieht sich erneut zurück und macht Augenkontakt, während kühle Luft sanft meinen nassen Schwanz umgibt. Dieses Mal zieht er sich ganz ab, leckt sich seine Lippen und flüstert: „Happy Birthday, Charlie", bevor er mich wieder in sich saugt. Seine Zunge presst sich an der Vene entlang, die auf der Unterseite verläuft. Mein Sack ist so angespannt, dass es beinahe schmerzt, aber ich will nicht, dass das hier aufhört! Will nicht …

Fuck … „Ich komme!", keuche ich warnend, aber er zieht sich nicht zurück, setzt sich nur ein winzig kleines Bisschen zurück, lutscht meinen Schwanz weiter, und ich nehme dieses Bild mit mir bis zum schwindelerregenden Ausbruch meines Orgasmus.

Als ich das nächste Mal blinke, ist jeder Muskel in meinem Körper entspannt, inklusive dem, der langsam aus Lees Mund gleitet. Er blickt zu mir auf und lächelt ein klein wenig verunsichert. Darauf scheiß ich. Niemand darf ihm ein verunsicherndes Gefühl geben, nicht einmal er selbst. Ich spanne meine Hand an, die immer noch in seinem Haar verwickelt ist, und ziehe ihn zu mir.

„Komm her!", murmle ich. Es klingt heiser.

Er streckt sich mir entgegen, und ich küsse ihn, schlinge meinen anderen Arm um ihn und ziehe ihn näher heran.

Happy Birthday für mich.

Liam

„Einundzwanzig Kurze für das Geburtstagskiiiiind!", ruft Charlies Freund Carson, als er ein Tablett auf dem Tisch abstellt, an dem eine ganze Gruppe von uns sitzt. Charlie blinzelt es mit trübem Blick an. Er hatte bereits einige Shots – eine ganze Menge. Mehr, als er geplant hatte, somit ist sein Urteilsvermögen nicht gerade in bester Verfassung, aber ich kann trotzdem sehen, wie er kalkuliert, dass weitere einundzwanzig eine schlechte Idee wären.

„Danke, Car!", ruft er und fängt an, die Shotgläser am Tisch zu verteilen. Carson lacht ihn aus und nimmt je eins in beide Hände.

Ich schnappe eins für mich und eins für Lila, die ich vor ein paar Wochen kennengelernt hatte, und wir prosten dem Geburtstagskind zu, der sein Schnapsglas bereits geleert hat und nun zitternd auf seinen Stuhl hochklettert.

„Oh-Oh", sagt Lila, grinst aber.

„Leute! Leute. Dies ist ein wichtiger Tag. Ein *großartiger* Tag. Der Tag, an dem ich mich nicht länger entscheiden muss, ob ich lieber ein Soda bestelle oder hoffe, dass der Barkeeper meine beschissene ID-Karte nicht zu genau ansieht."

Es folgt eine Runde Jubel und Gelächter.

„Aber an diesem Tag vor einundzwanzig Jahren hat eine Frau leiden müssen. Sie hat *extrem* gelitten, ganze fünfundzwanzig Stunden lang und ohne epidurale Betäubung, weil sie sich von ihrer idiotischen Schwägerin hatte überzeugen lassen, dass es so besser sei, und bis sie sich darüber schlau gemacht hat, war's zu spät."

„Er wird das hier bereuen", sagt Lila lachend voraus.

„Nur, wenn seine Mutter davon erfährt. Was … filmt das irgendjemand?" Ich blicke mich am Tisch um und sehe, dass einige von Charlies besten Freunden diesen Augenblick aufzeichnen. Gut. Das bedeutet, dass ich mich einfach zurücklehnen und ihn genießen kann.

„Diese Frau war meine Mutter", verkündet er ernsthaft, als ob keiner von uns das erraten hätte. „Und sie hat an jenem Tag gelitten, um mich auf die Welt zu bringen."

Ich greife nach einem weiteren Shotglas. Ich denke, dass ich betrunken sein muss, um mich später mit ihm auseinandersetzen zu können.

„Zu Ehren meiner Mutter und allem, was sie vor einundzwanzig Jahren durchgemacht hat, werde ich ein Lied von dem Album singen, das sie sich angehört hat, als sie mich rausgedrückt hat."

Der Alkohol in meinem Shotglas rinnt die falsche Röhre hinunter, und ich huste und spucke wie ein Idiot.

„Lee? Ist Lee okay?" Charlie versucht, einen Schritt auf mich zuzukommen, und es ist nur dank der schnellen Reaktion von zwei seiner etwas weniger betrunkenen Freunde, die ihn ergreifen, dass er nicht einfach so vom Stuhl tritt. „Huch! Das wäre schlecht gewesen. Lee, du stirbst doch nicht, oder?"

„Sterbe nicht", röchle ich und winke ihm zu, weiterzumachen, während Lila mir auf den Rücken klopft. „Welches Lied?"

Charlie hält seine Hände mit gespreizten Fingern und den Handflächen nach außen gedreht hoch und verkündet: „Ich präsentiere euch die Musik der unvergleichlichen Alanis Morissette."

„Oh, mein Gott, das hier wird großartig sein", keucht Lila. Wir lehnen uns beide nach vorn.

Er atmet tief ein und stürzt sich in eine besonders schief klingende Wiedergabe von „You Learn", einem Lied, das meine eigene Mutter liebt, weswegen ich den gesamten Text dazu kenne. Charlie tut es nicht. Oder vielleicht ist er zu betrunken, um sich daran zu erinnern. So oder so liegt die Karriere eines Sängers nicht in seiner Zukunft, es sei denn, Leute bezahlen ihn dafür, *nicht* zu singen.

Aber steckt all seine Energie hinein, und wie immer ist sein Charme unwiderstehlich. Und bis er den zweiten Vers erreicht hat, singen wir alle mit ihm mit – die Stellen, die wir kennen – und der Rest der Bar ist aufgeteilt in diejenigen, die sich uns anschließen, und die, die uns anstarren, als wären wir irre. Er fällt noch einmal fast vom Stuhl, und Brax, einer der Barkeeper, ruft uns von der Bar zu, dass er runtersteigen soll.

Wir kommen stolpernd zum Ende des Liedes, Charlie hebt ein leeres Shotglas und ruft: „Auf meine Mom!"

„Auf Charlies Mom!", schreien wir zurück.

Dann kommt Brax hinter der Bar hervor und direkt auf uns zu, und wir beeilen uns, Charlie vom Stuhl zu bekommen.

„Was zur Hölle …?!" schimpft er.

„Hallo Brax", sagt Jake fröhlich mit seinem gewinnendsten Lächeln.

„Hi, Brax", ruft der Rest von uns im Chor.

Er wirkt nicht beeindruckt. „Bringt mich nicht dazu, euch rauszuwerfen", warnt er und verschränkt seine Arme. Das lässt ihn nur noch mehr wie ein düsterer, böser Junge aussehen.

„Heute ist mein Geburtstag!", verkündet Charlie. „Darf ich dir einen Birthday-Drink ausgeben?"

Der Hilfskellner, der die Tische abräumt, schnaubt. „Ja, Brax, willst du einen Birthday-Drink?", neckt er. Ich hatte zuvor herausgefunden, dass er Ty heißt und anscheinend eine wichtige Nummer im Lacrosse-Team ist. Ich erinnere mich vage daran, davon gehört zu haben. Er zwinkert Brax zu, der mit seinen Augen rollt und … Ty auf den Hintern schlägt? Anscheinend ist dies ein freundlicher Arbeitsplatz.

Lila muss meine Verwirrung gesehen haben, denn sie lehnt sich zu mir und flüstert: „Die beiden daten."

Ooooh.

Aber Brax' Stirnrunzeln verwandelt sich in ein Schmunzeln, und das ist alles, was mir wichtig ist. „Versucht, etwas leiser zu sein, okay? Und bleibt von den Möbeln runter!"

„Von jetzt an wird er nur darauf sitzen", verspreche ich – leichtsinnigerweise, da ich keine Ahnung habe, wie ich Charlie dazu bringen soll.

Brax wirkt wenig überzeugt, aber er und Ty gehen mit zusammengesteckten Köpfen wieder zurück zur Bar.

„Mein Held!", verkündet Charlie und streckt sich quer über die beiden Leute zwischen uns, um mir einen schlabberigen Kuss auf die Wange zu drücken.

„Das ist übertrieben", murmle ich, aber er ist bereits abgelenkt.

Lila beäugt mich. „Sind du und Charlie …?" Sie wackelt mit ihren Augenbrauen und ich schnaube. „Was? Ich weiß, dass ihr nicht zusammen wart, als wir uns zum ersten Mal begegnet sind, aber das ist einige Wochen her und er scheint wirklich total auf dich zu stehen."

„Tut er nicht … auf diese Weise. Wir sind nur Freunde."

„Nun ja, falls du deswegen deine Meinung ändern solltest, ich glaube, ihr zwei wärt ein tolles Paar."

„Wer wäre eine tolles Paar?" Jake lässt sich auf den leeren Stuhl fallen, der soeben neben Lila frei geworden ist.

„Liam und Charlie", sagt Lila. „Sie würden gut zusammenpassen, aber Liam sagt, sie wären nur befreundet."

Jake macht ein Geräusch, als hätte er sich verschluckt, und lehnt sich dichter an sie heran. „Lila, Babe, ich könnte dir da nicht mehr zustimmen. Lass es uns etwas mehr diskutieren. Vielleicht irgendwo, wo es ruhiger ist?"

Sie schubst ihn leicht zurück und lacht. „Mach deine Freunde nicht an, Dummkopf. Hast du vergessen, dass ich dich so betrunken gesehen habe, dass du dir auf deine Klamotten gepinkelt hast, weil du vergessen hattest, deinen Schwanz zu halten?! Jetzt wirst du in meinen Augen niemals sexy sein."

Er seufzt betrübt. „Ja. Das war eine schlimme Nacht.

Okay, wenn ich keinen One-Night-Stand haben und nicht mehr trinken werde, sollte ich wahrscheinlich gehen."

Lila schaut auf ihre Uhr. „Ich auch. Haben morgen Unterricht." Sie blickt zu Charlie rüber. „Wer wird sich um das Geburtstagskind kümmern?"

Ich hebe meine Hand. „Das wäre ich. Und ich glaube, dass nun ein guter Zeitpunkt ist, dass er mit dem Trinken aufhört, da er sein Limit bereits vor einer Stunde überschritten hat."

„Charlie!", schreit Jake und Charlie dreht sich einmal ganz im Kreis, bevor sein Blick uns findet. „Zeit zu gehen, Kumpel."

„Ist mein Geburtstag schon vorbei?" Seine Mundwinkel sinken nach unten, und ich bin so kurz davor, ihn bis zur Schließungszeit bleiben zu lassen.

Aber … wir haben morgen beide Schule.

„Nein, aber du hast zu Hause ein besonderes Überraschungsgeschenk", verkündet Jake und, als wäre es choreografisch einstudiert worden, drehen sich alle am Tisch um und hören zu.

„Hab ich das?" Charlies Augenbrauen ziehen sich zusammen und dann erhellt sich sein Gesicht. „Oh! Das hab ich! Zeit zu gehen."

Mein Gesicht ist brandheiß, und ich hoffe, dass jeder, dem es auffällt, vermuten wird, dass es von dem Alkohol stammt und nicht davon, dass Charlie und Jake soeben verkündet haben, dass wir heute Abend Sex haben werden. Nicht, dass das passieren wird, so betrunken, wie Charlie ist. Und es ist auch nicht so, dass Jake dabei wäre.

Charlies Abschied dauert eine Ewigkeit, weil er größtenteils vergisst, von wem er sich bereits verabschiedet hat, und es alle zu witzig finden, dass er mittlerweile zum dritten Mal bei jedem in der Runde zur Umarmung vorbeigekommen ist. Dann besteht er darauf, sich von

Brax zu verabschieden, der ihn beäugt und dann mich fragt, ob ich Hilfe brauche, ihn nach Hause zu bringen.

Aber schließlich gehen wir durch die kühle Abendluft in Richtung Campus. Er quatscht auf dem gesamten Weg, zuerst darüber, wie großartig der Abend gewesen ist, und dann, wie sehr er es morgen bereuen wird. „Aber nicht wirklich *bereuen*, Lee, weil ich so viel Spaß hatte und es jetzt eine *Erinnerung* ist." Und dann, als wir zu seinem Studentenzimmer kommen, schaut er aufs Bett und seufzt.

„Es tut mir so leid, Lee, aber ich glaube nicht, dass ich heute Nacht gut im Sex sein werde. Du wirst all die Arbeit tun müssen."

Ich beiße mir auf meine Lippe, um ein Lächeln zu verbergen, als ich die Tür schließe und meine Jacke ausziehe. „Und ich bin auch ziemlich müde. Warum verschieben wir den Sex nicht auf morgen?"

Sein Lächeln ist lieb und wunderschön. „Du hast die besten Ideen."

Zehn Minuten später liegt er an mich gekuschelt in seinem Bett und murmelt: „Ich bin so froh, dass ich meinen Geburtstag mit dir verbringen konnte."

„Ich auch", flüstere ich, und für nur eine Sekunde lasse ich es zu, mir vorzustellen, dass es mehr zu bedeuten hat.

Kapitel Zwölf

CHARLIE

In der Woche nach meinem Geburtstag pfeife ich, als ich mich für die erste Stunde fertigmache, und Artie blickt grinsend zu mir rüber. „Du hast aber gute Laune.“

„Warum sollte ich keine gute Laune haben? Ich falle in keinem meiner Fächer durch, das Wetter ist großartig, ich weiß, wer meine Freunde sind, und in zwei Wochen haben wir alle Ferien.“

„Wenn du es so sagst, macht es wohl Sinn“, stimmt er zu. „Aber du scheinst in letzter Zeit extra gute Laune zu haben. Extrem. Fast so, als wärst du sooooo verliebt oder sowas.“ Er zieht den letzten Teil neckend in die Länge.

Ich blinzle. „Verliebt? Warum denkst du das?“

Jetzt ist er an der Reihe, verwirrt auszusehen. „Nun ja … ich dachte einfach nur, dass du und Liam … Ich meine, ihr verbringt jedes Wochenende zusammen in seinem Zimmer, und er ist jede Nacht hier, wenn ich bei Mia übernachte. Außerdem hängt ihr ständig zusammen ab. Du siehst ihn mehr als mich, und wir wohnen zusammen.“

Was versucht er, mir zu sagen? „Ich dachte, du magst Lee?“

„Das tue ich! Er ist großartig. Aber … weißt du was, vergiss es. Ich mag Liam. Ich denke, dass er für dich ein großartiger … Freund ist." Er dreht sich wieder zu seiner Tasche um, die er mit Dingen für den Tag vollstopft, und ich runzle meine Stirn. Ich kann mir nicht helfen und habe das Gefühl, dass dies einer dieser Augenblicke ist, wo mir etwas entgeht.

Ich schnappe mir mein Handy und schicke Lee eine SMS. Er ist gut darin, mir Sachen zu erklären, ohne mich dabei wie ein Idiot fühlen zu lassen.

CHARLIE:

‚Artie ist komisch.‘

LIAM:

‚Komisch? Wie?‘

CHARLIE:

‚Weiß auch nicht? Er denkt, dass ich extra gute Laune habe. Was soll das überhaupt heißen?‘

LIAM:

‚Dass deine Laune gut ist? Vielleicht denkt er daran, wie down du vor ein paar Wochen warst.‘

Das ist ein guter Punkt. Es ist nett, Freunde zu haben, denen meine Stimmungen auffallen, und die froh sind, wenn ich happy bin.

CHARLIE:

‚Treffen wir uns heute zum Lunch?‘

LIAM:

‚Ich kann nicht. Studiengruppe in letzter Minute vor den Halbjahres-Tests.‘

Meine Laune wird augenblicklich sauer, aber ich verstehe es. Lee hat sein ganzes Leben verplant, und der erste Schritt ist sein Bachelor-Abschluss und gleichzeitig sein Magister. Das bedeutet wirkliches Studieren.

CHARLIE:

,Aber heute Abend gehen wir trotzdem noch Shoppen, richtig?'

Ich hatte eine Weile gebraucht, um ihn darauf festzulegen. Wenn es nach mir gegangen wäre, wären wir bereits letzte Woche ins Einkaufszentrum gegangen. Er hat ständig Ausreden gefunden, und da einige davon nach dem Motto „Ich kann nicht shoppen gehen, weil ich deinen Schwanz lutschen muss" waren, habe ich nicht allzu heftig dagegen protestiert.

Aber meine Mutter gibt an diesem Wochenende eine Wohltätigkeitsveranstaltung, an der ich teilnehmen soll, und da sie ihre Mama-Stimme benutzte, als sie mich fragte, ob ich käme (…oder sie es mir befahl? Ich hatte nicht den Eindruck, es ablehnen zu können), fahre ich am Freitagabend nach L.A. Laut der Anweisungen meiner Mutter hatte ich Lee gefragt, ob er mit mir kommen würde. Mom will Lee wirklich unbedingt kennenlernen. Seit ich ihr vor all diesen Wochen erzählt hatte, dass er mir aushilft, fragt sie immer nach ihm. Zunächst hatte Lee gezögert, mitzukommen – wegen dem Lernen und der Arbeit und „ich dachte, Wohltätigkeitsgalas finden nur in Geschichten statt. Ich passe definitiv nicht dorthin." Aber ich hatte ihn angefleht und ihm seine Rosette geleckt, und er hat nachgegeben. Also werden wir heute Abend zum Einkaufszentrum gehen, um ihm einen Anzug zu besorgen, und ich habe einen teuflischen Plan, wie ich ihn dazu bringe, mich dafür bezahlen zu lassen.

LIAM:

,Wenn wir das wirklich müssen.'

Ich versuche, mir etwas Aufmunterndes zu überlegen, das ich sagen könnte.

CHARLIE:

,Wenn du ein Professor bist und reiche Leute dazu überreden musst, deine Forschungsarbeiten zu finanzieren, wirst du einen Anzug brauchen.'

Zumindest ist es das, was ich durchs Fernsehen und Filme gelernt habe. Wer weiß, ob das überhaupt stimmt.

CHARLIE:

,Und du wirst wahrscheinlich einen brauchen, wenn deine Freunde heiraten. Und für Beerdigungen.'

LIAM:

,Willst du mir damit sagen, dass es in meiner nahen Zukunft viele Beerdigungen geben wird?'

CHARLIE:

,Wer weiß? Wahrscheinlich nicht, aber schadet es, vorbereitet zu sein?'

LIAM:

,Okay, ich werde einen Anzug kaufen, um mich auf meine hypothetischen Beerdigungen vorzubereiten.

CHARLIE:

,Ich frage mich, ob Prepper, die sich auf den Weltuntergang vorbereiten, das tun.'

LIAM:

,...'

LIAM:

,Äh, nein. Ich glaube nicht, dass Weltuntergangs-Prepper Beerdigungsklamotten aufstocken.'

„Charlie, du wirst zu spät kommen." Arties Stimme unterbricht meine Konzentration, und ich schaue von meinem Handy auf, als er bereits auf dem Weg durch die Tür nach draußen ist.

„Ich komme!", verspreche ich, schnappe meine Tasche mit einer Hand und texte umständlich mit der anderen.

CHARLIE:

,Ich muss los, aber wir sehen uns später. Kann es kaum erwarten, deine Killer-Figur so richtig zur Geltung zu bringen!'

Ich schaffe es bis zum ersten Studentenzimmer, bevor mein Handy erneut pingt.

LIAM:

,Jetzt habe ich Todesangst!'

ZEHN STUNDEN später starrt Lee wie ein Reh im Scheinwerferlicht den Eingang zum Bekleidungsgeschäft für Männer an, das ich ausgewählt habe. Ich stubse ihn an.

„Komm schon. So schlimm wird es nicht sein."

Er schüttelt sich und schaut mich dann aus schmalen Augen an. „Du hast was geplant."

„Was?" Ich versuche, unschuldig auszusehen. „Ich plane gar nichts. Helfe dir nur, einen Anzug auszusuchen."

„Ach ja?" Er verschränkt seine Arme vor seiner Brust. Wenn er nicht einen hässlichen, formlosen Sweater tragen würde, könnte ich sehen, wie sich seine Bizepse gegen den Stoff seiner Ärmel pressen. Das ist mein Ziel für später – ein Sweater, der seine scharfe Figur betont.

Aber zuerst der Anzug.

„Was könnte ich sonst tun?"

„Erinnerst du dich daran, wie ich dir gesagt habe, dass es für diesen Anzug ein Budget gibt?"

Ich nicke. „Selbstverständlich."

„Und du erinnerst dich daran, als ich dir gesagt habe, was die Summe für das Budget ist?"

„Sicher." Ich zucke mit den Schultern und erwidere seinen Blick.

„Willst du mir allen Ernstes weißmachen, dass dieser Laden Anzüge verkauft, die in dieses Budget passen?"

„Ähm … vielleicht?"

Er zieht eine Augenbraue hoch, und ich wünsche mir für eine Sekunde, dass ich das auch tun könnte. Es sieht so cool aus.

„Okay, ich denke, dass ich für den Anzug bezahle, und du dein Budget für ein paar andere Outfits verwenden kannst. Hier gibt es einen Target. Da können wir als nächstes hingehen."

Er dreht sich um und geht zwei Schritte, bevor ich seinen Arm erwische.

„Komm schon, Lee, bitte? Ein Anzug von guter Qualität wird länger halten, und da du nur zu dieser Gala mitkommst, um mir einen Gefallen zu tun, ist es das Mindeste, was ich tun kann. Außerdem will ich wirklich deine Garderobe updaten, und das kann ich nicht, wenn du all deine Kohle für den Anzug ausgibst. Biiiiiitte?"

Er zeigt mit einem Finger auf mich. „Mir gefällt diese ganze Hinterlist *überhaupt nicht*."

„Ich werde es nicht noch einmal tun", verspreche ich.

Er blickt zögernd zum Geschäft und fragt: „Kann man sich hier Anzüge ausleihen?"

Oh, auf keinen Fall! Ich will ihm einen kaufen. „Ich bin mir nicht sicher. Aber ganz ehrlich, Lee, ich schulde es dir. Du hilfst mir immer noch mit der Entwicklung meiner Freundschaften, obwohl ich dich nicht länger bezahle."

„Weil wir Freunde sind!"

„Und Freunde können sich gegenseitig Gefallen tun. Du hilfst mir mit meinem Kram und hast zugestimmt, zu dieser Party mitzukommen, und ich werde für den Anzug bezahlen. Es ist kein gleichwertiger Ausgleich, aber bei einer Freundschaft geht es nicht darum, Punkte zu vergleichen, also bin ich sicher, dass du mir verzeihen wirst, dass ich nicht mehr für dich tue."

Für einen langen Moment starrt er mich einfach nur an, als ob ich meine Gehirnzellen verloren hätte, aber dann lacht er. Es lässt sein Gesicht erstrahlen und seine interessanten Züge wärmer und zugänglicher erscheinen. „Also gut", sagt er zustimmend. „Du darfst mir einen Anzug kaufen. Aber ich habe das letzte Wort, welcher es sein wird", fügt er hinzu und denkt sich wahrscheinlich, dass er sich den Billigsten aussuchen kann.

„Und danach werden wir noch ein paar andere Klamotten kaufen", verhandle ich und ernte damit ein Schnauben.

„Lass uns erstmal sehen, wie das hier läuft." Er marschiert an mir vorbei ins Geschäft, schaut sich um und geht zum ersten Ständer voller Anzüge. Ich geselle mich zu ihm, als er ein Preisschild von einem der Ärmel hervorzieht, einen Blick darauf wirft und es fallen lässt, als wäre es voller Juckpulver.

Bevor er zum nächsten Ständer gehen – oder etwas sagen – kann, nähert sich ein schick gekleideter Verkäufer, der in etwa in unserem Alter ist, mit einem höflichen Lächeln.

„Guten Abend, Gentlemen. Womit kann ich Ihnen heute behilflich sein?" Er wirft einen Blick auf Lees Jeans und Sweater, und sein Lächeln verblasst ein wenig, bevor es wieder erstrahlt, als er sieht, was ich trage. Und das ist nicht, weil ich Designerklamotten trage – es ist nur eine

Jeans und ein Hoodie von Franklin U über einem einfachen weißen T-Shirt – aber er kann offensichtlich spüren, dass ich Stil habe und Kleidung zu schätzen weiß. Was Lee nicht tut.

„Er braucht einen Anzug", verrate ich, bevor Lee sagen kann, dass wir uns nur umschauen. „Klassischer Stil, unifarben." Ich kenne ihn gut genug, um zu verstehen, dass er mir niemals erlauben wird, ihm etwas Trendiges zu kaufen. „Vielleicht dunkelgrau."

Der Verkäufer scannt Lee von Kopf bis Fuß. „Alles klar. Hosengröße vierundvierzig?"

Lee blinzelt. „Äh, ja. Meistens."

„Ich hab's. Bitte kommen Sie hier entlang. Mein Name ist Blaise. Ist es für einen speziellen Anlass?"

Lee folgt ihm mit einem zutiefst misstrauischen Ausdruck auf seinem Gesicht. „Es ist für eine Party, aber ich will ihn auch bei anderen Gelegenheiten tragen."

„Sie sind ein praktischer Mann", sagt Blaise und schnappt sich einen Anzug von einem Ständer. „Wie gefällt ihnen dieser hier?"

Lee und schauen ihn uns an. Ich bin mir ziemlich sicher, dass es in Lees Augen nur anthrazitfarbener Stoff mit Ärmeln und Hosenbeinen ist, aber ich kann sehen, dass es ein einfacher, zeitloser Schnitt für eine schlanke Figur ist, was ihm gut stehen wird. Der Stoff ist ebenfalls von vernünftiger Qualität. Obwohl ich ihn so unendlich gern in etwas Interessanteres stecken würde, erkenne ich, wenn ich ein Spiel verliere.

„Mir gefällt er. Probiere ihn an, Lee", dränge ich.

Er greift nach dem Preisschild, das vom Ärmel baumelt, und ich seufze. Zu meiner Überraschung zieht er seine Hand zurück. „Also gut. Ich werde es nicht ansehen", sagt er. „Aber versprich mir, dass das hier keine Wahnsinnsmenge an Geld kosten wird."

„Nichts hier hat einen wahnsinnigen Preis", versichert Blaise uns.

Lee hat einen zweifelnden Ausdruck auf seinem Gesicht, aber er folgt Blaise zum Umkleideraum und murmelt etwas über verschiedene Definitionen des Wortes ‚Wahnsinn'. Ich lächle ihm hinterher.

Blaise kommt zurück, während ich mich im Geschäft nach einer weiteren Option umsehe, die gut zu Lee passen könnte.

„Ihr Freund wird in diesem Anzug großartig aussehen", sagt er locker.

„Er ist nicht mein Freund", antworte ich automatisch und schaue mir die ausgestellten Hemden an, während ich mich frage, ob ich Lee davon überzeugen kann, dass es zum Anzug dazugehört. „Aber ja, das wird er."

„Oh … bitte verzeihen Sie. Ich bin einfach davon ausgegangen, dass Sie beide zusammen sind." Da ist ein Hauch von Entzücken in seiner Stimme, was mich aufschauen lässt. Blaise starrt in die Richtung des Umkleideraums. „Ich sollte nachsehen, wie er zurechtkommt."

„Er wird es fertigbringen, einen Anzug anzuziehen", kontere ich und widerstrebe dem Drang, mit meinen Augen zu rollen. Er will nur sehen, ob er Lee in seiner Unterwäsche erwischen kann. Was mich erinnert … er braucht bessere Unterwäsche. „Gibt es diese Hemden als Slim-Fit?"

Blaise zerrt seinen Blick widerstrebend von den Umkleideräumen weg und hilft mir, durch die Hemden zu sehen, um meine gewünschte Form und Größe zu finden. Wir debattieren, welche Farbe Lee in dem Anzug am besten stehen würde − er denkt an ein mittleres Grau, ich bin eher für ein tiefes Dunkelblau − als Lees Stimme uns unterbricht.

„Ich glaube, er ist zu eng."

Ich schaue auf … und verschlucke fast meine Zunge. Ich habe ihn nackt gesehen. Ich weiß, was für eine großartige Figur er hat. Ihn jedoch in Kleidung zu sehen, die ihm vernünftig passt … Kleidungsstücke, die entworfen wurden, um zu schmeicheln, anstatt einfach nur Nacktheit zu bedecken … Wow!

„Er ist nicht zu eng", sagt Blaise atemlos, und ich ramme versehentlich mit meiner Schulter gegen seine, als ich auf Lee zugehe.

„Er ist nicht zu eng", wiederhole ich zu Lee, aber meine Stimme klingt zusichernd und nicht pervers wie Blaises. „Kannst du das tun?" Ich hebe meine Arme mit gebeugten, nach außen zeigenden Ellenbogen an und Lee macht es mir nach.

„Anscheinend, ja? Aber ich habe nicht viel Bewegungsfreiheit."

„Du wirst in diesem Anzug keine Saltos oder was auch immer veranstalten", erinnere ich ihn. „Dreh dich um."

Er wirft mir einen bösen Blick zu, gehorcht aber, und ich bewundere seine Rückansicht.

„Er sitzt ausgezeichnet", sagt Blaise professionell und tritt an meine Seite. „Äh, die Taille ist vielleicht ein wenig zu weit? Könnten Sie für eine Sekunde das Jackett ausziehen?"

Mit ausgezogenem Jackett wird deutlich, dass die Taille etwas zu weit ist. Weil Lee den absolut fantastischsten Hintern besitzt, den die Menschheit je gesehen hat, und dieser zwar die Hose perfekt ausfüllt, aber am Bund eine Lücke verursacht.

„Sie können definitiv keine Größe kleiner nehmen", stellt Blaise mit seinem Blick auf Lees knackigem Hintern fest. „Aber wir können die Taille entsprechend für Sie anpassen. Und … haben Sie die Schuhe mitgebracht, die

Sie dazu tragen werden? Wir sollten auch gleich die Länge der Hosenbeine prüfen."

Lees panikartiger Blick springt zu mir, und ich errate sofort, dass er keine passenden Anzugsschuhe besitzt. Glücklicherweise gibt es im Geschäft eine kleine ausgestellte Auswahl.

„Oh, wir haben vergessen, deine Schuhe mitzunehmen", sage ich so nonchalant wie möglich. „Warum kaufst du dir nicht passend zum Anzug ein neues Paar? Es gehört wirklich alles wie in einem Gesamtpaket zusammen."

Seine Augen werden schmal, aber Blaise − ganz der Opportunist − springt sofort darauf an. „Definitiv! Und wir werden auch gleich das Hemd mit dazunehmen. Bevorzugen Sie grau oder blau?"

„Was ist falsch mit weiß?", fragt Lee, und Blaise tätschelt seinen Arm, wobei seine Hand liegenbleibt.

„Es ist eine Party, kein Geschäftsmeeting. Überlassen Sie es mir. Welche Schuhgröße haben Sie?"

Während er davonschwirrt, um die Schuhe und das Hemd zu besorgen, dreht sich Lee zu mir um. „Sogar ich weiß, dass Schuhe nicht zu einem Anzug dazugehören."

Ich zucke mit den Schultern. „Irgendwie schon. Und ein gutes Paar Anzugschuhe wird sogar noch länger halten als ein Anzug. Außerdem kannst du sie auch mit anderen Outfits tragen. Und in Wirklichkeit ist das hier für mich ein Investment."

„Was soll das heißen?" Da ist ein winziges Lächeln, das seine Lippen umspielt.

„Ich will an der Party tanzen, was bedeutet, dass du mit mir tanzen wirst. Und das kannst du ohne Schuhe nicht tun. Damit ich also die ganze Nacht lang tanzen kann, muss ich dir Schuhe kaufen."

Er lacht. „Du bist solch ein Lügner! Aber gut. Du kannst mir auch Schuhe kaufen."

„Und das Hemd." Von dem Blick, den er mir zuwirft, wird deutlich, dass ich es bald zu weit treibe. „Was? Du kannst diesen nicht mit einem T-Shirt tragen."

„Leute tragen ständig T-Shirts unter Anzügen", argumentiert er.

„Nicht, wenn sie wie deine aussehen. Vertrau mir damit."

Er rollt seine Augen. „Warum hasst du meine Klamotten so sehr?"

„Weil sie hässlich sind. Warte." Ich halte meine Hand hoch, als er seinen Mund öffnet, um zu antworten. „Probiere das Hemd an, damit ich es dir beweisen kann."

„Ein Hemd anzuprobieren, das ich mir niemals selbst kaufen würde, soll beweisen, dass meine normalen Klamotten hässlich sind?", fragt er skeptisch, und ich nicke.

Blaise kommt mit den beiden Hemden, dem grauen und dem blauen, sowie einem Schuhkarton zurück, und Lee zieht sich sein T-Shirt aus. Er bemerkt das Geräusch nicht, das Blaise von sich gibt, aber ich tue es und starre ihn böse an. Welche Art von Professionalismus ist das? Sicher, Lee sieht in der super sitzenden Hose und sonst nichts megascharf aus, während sich sein Waschbrettbauch entsprechend anspannt, als er nach einem der Hemden greift – dem *blauen*! Fick dich ins Knie, Blaise! – aber das ist kein Grund, ihn wie ein Perversling so notgeil anzustarren.

Ich lecke mir meine Lippen, als er sich das Hemd zuknöpft. Was ist daran so sexy, jemandem dabei zuzusehen, wie er sich anzieht?

Er stopft sich das Hemd ordentlich in die Hose und breitet seine Arme aus. „Und?"

„Schau!" Ich drehe ihn herum, damit er sich im Spiegel sehen kann. „Deine gewöhnlichen Klamotten sind hässlich, und dies ist der Beweis."

Er betrachtet sich selbst. „Ich meine … Diese passen wohl besser. Und es sieht … ordentlicher aus?"

Ich lasse seufzend meine Schultern sinken. „Du verstehst Kleidung einfach nicht, oder?"

„Sie hält mich warm und davon ab, verhaftet zu werden." Er klopft mir auf meine Schulter. „Aber ich mag es, wie sehr dir Klamotten gefallen."

„Das Hemd sitzt perfekt", unterbricht Blaise. „Aber wenn Sie die Schuhe anziehen, werde ich die Hose für den Schneider abstecken."

Lee tut, wie es ihm aufgetragen wird, dann steht er still, während Blaise ihn unter dem Vorwand, die Hosenlänge abzustecken, begrapscht. Na gut, vielleicht ist es kein wirkliches Begrapschen, aber mit der Art, wie er vor ihm kniet und den Stoff an seiner Taille berührt, ist es nicht weithergeholt.

Als er schließlich wieder aufsteht, ist er Lee viel zu nahe. Ich meine, hat er schon mal was davon gehört, persönlichen Raum zu respektieren? Tritt einen Schritt zurück! Dann reicht er Lee das Jackett und schlägt vor, es noch einmal anzuprobieren. Ich versuche, bei dem Endprodukt nicht zu wimmern.

„Glaubst du, dass es gut aussieht?", fragt mich Lee, der sich immer selbst betrachtet. „Ich meine … ich weiß, dass es ganz gut passt und all das, aber wenn ich einen Anzug kaufe, sollte es ein Anzug sein, der zu mir passt, richtig?" Er hält kurz inne. „Zu mir passt. Meine Güte, was sage ich da?"

„Es sieht gut aus", versichere ich ihm. „Und er passt zu dir. Du siehst total fickbar aus."

Er wirbelt zu mir herum, um mich entsetzt anzustarren. „Was? Das hier soll ein Anzug sein, den ich zu Arbeitsveranstaltungen und Beerdigungen tragen kann!"

„Was?", fragt Blaise.

„Könnten wir uns eine Minute privat unterhalten?" Ich schenke Blaise ein künstliches Lächeln, und er zieht sich widerstrebend zurück, während er sich damit beschäftigt, das graue Hemd wegzuräumen. Ich drehe mich wieder zu Lee um. „Du kannst es zu Arbeitsveranstaltungen und Beerdigungen anziehen", sage ich ernst und frage mich, ob ich heute Morgen die Beerdigungen etwas zu sehr betont hatte. „Es ist dir erlaubt, an diesen Dingen gut auszusehen."

Er schnaubt. „Die einzigen Leute, die an Arbeitsveranstaltungen fickbar aussehen sollten, sind Sexarbeiter!"

„Das ist sehr kleingeistig von dir", tadle ich. „Willst du mir damit etwa sagen, dass ich nicht immer fickbar aussehe? Weil ich *versuche*, so auszusehen, weißt du?"

Sein Kiefer fällt runter, und dann lacht er. „Du hast recht." Er dreht sich wieder um und betrachtet sein Spiegelbild eingehender. „Es sieht gut aus."

„Das tut es", stimme ich zu, zögere dann.

„Was?"

„Nun … was hältst du von einem Haarschnitt?"

Seine Miene ist sofort verschlossen, und er schüttelt seinen Kopf. „Nein, kurzes Haar steht meinem Gesicht nicht."

Ich glaube, dass er da falsch liegt – ich habe ihn in der Dusche gesehen, als sein Haar an seinem Kopf klebte und seine wilden Locken sein Gesicht nicht mehr verstecken konnten, und dessen Struktur ist fesselnd. Es ist zwar nicht unbedingt gutaussehend im konventionellen Sinne, aber da ist definitiv etwas Attraktives an den scharfen Knochen und Ebenen. Aber ich argumentiere nicht. Das hier hat nichts damit zu tun, ihn so weit zu bringen, dass er sich in seiner eigenen Haut unwohl fühlt, oder ihn zu verändern.

„Es muss nicht kurz sein. Nur ein wenig ordentlicher, gib ihm etwas Form. Etwas Style."

Er sieht nicht überzeugt aus. „Vielleicht."

Ich bedränge ihn nicht. Das habe ich heute Abend schon zur Genüge getan – und ehrlich gesagt, wen juckt's, ob er lieber keinen stilvollen Haarschnitt haben will? Ich bin froh, dass er den neuen Klamotten zugestimmt hat, aber selbst das ist nicht wichtig. „Geh dich umziehen, damit wir von hier verschwinden können."

Er ist schneller wieder in seine hässlichen Klamotten gekleidet zurück, als ich es für möglich gehalten hätte, und ich seufze traurig bei dem Anblick. An der Kasse gibt Blaise alles ein und packt das Hemd und die Schuhe in eine Tasche. „Der Anzug wird morgen Abend fertig sein, da die Änderungen einfach sind", sagt er. „Falls Sie ihn kurz vor Ladenschluss abholen kommen, kann ich Sie vielleicht danach zu einem Drink einladen?"

Lee sagt nichts. Was mir zwar nicht unbedingt mein Herz bricht, aber irgendwie unhöflich ist, und Lee ist normalerweise nicht so.

„Lee?", frage ich. Er schaut mich an und ich tippe meinen Kopf in Richtung Blaise, der uns erwartungsvoll beobachtet.

„Wollen Sie auf einen Drink mit mir ausgehen?", wiederholt er und schaut Lee direkt in die Augen, woraufhin Lee erschrocken zusammenzuckt.

„Äh … mich? Sie meinten mich?"

Blaise lächelt, als wäre das das Niedlichste, was jemals irgendjemand in der Geschichte der Welt gesagt hätte. „Selbstverständlich meine ich Sie … *dich*."

„Oh. Ähm …" Er wirft mir einen Seitenblick zu und seine Wange ist pink. „Sicher. Ja. Das klingt … großartig."

„Klasse!" Blaise strahlt ihn an, und Lee erwidert sein Lächeln jetzt ein wenig selbstsicherer.

„Klasse", wiederhole ich. Anscheinend werden Lee und ich also dann morgen Abend nicht zusammen verbringen. Nicht, dass wir etwas geplant hatten oder sowas … es ist okay. Ich habe andere Freunde. Sogar sehr viele.

Blaise verkündet die Gesamtsumme, und ich reiche ihm meine Kreditkarte, bevor Lee einen Herzinfarkt bekommt und seine Meinung ändert. Beide sehen mich stirnrunzelnd an – Lee, weil er immer noch nicht mit der Vorstellung klarkommt, so viel Geld für Klamotten auszugeben, und Blaise wahrscheinlich deshalb, weil „nur Freunde" normalerweise nicht so viel Geld ausgeben, um sich gegenseitig Klamotten zu kaufen. Zumindest ist es das, was ich in den vergangenen Wochen gelernt habe. Ich finde immer noch, dass das dumm ist, aber wie dem auch sei.

Wir verlassen das Geschäft, und ich werfe Lee einen Seitenblick zu, während wir in Richtung Target gehen. Er ist vollkommen in seinen Gedanken versunken. „So …" Ich räuspere mich. „Produktive Nacht für dich. Neuen Anzug *und* ein Date, dabei haben wir gerade erst angefangen zu shoppen."

Sein Stirnrunzeln ist erbittert. „Übertreibe es nicht zu sehr mit dieser Shopping-Sache", warnt er. „Du wirst nicht noch einmal damit durchkommen, was du da vorhin abgezogen hast." Bevor ich Einspruch gegen die Beschuldigung erheben kann, seufzt er. „Ist es seltsam?"

„Dass du gegen Fashion allergisch bist? Ich meine, ich würde nicht sagen, dass es seltsam ist. Leute mögen verschiedene Dinge. Aber es liegt außerhalb meiner persönlichen Erfahrung." Ich *liebe* Fashion.

Er schmunzelt. „Nein, ich meinte das Date. Ist das seltsam?"

„Es ist ein bisschen unprofessionell, aber das ist nicht deine Schuld. Und solange er kein unangenehmes Gefühl in dir verursacht hat, glaube ich nicht, dass man daraus eine große Sache machen sollte. Warum. Willst du nicht hingehen?"

Sein Zögern dauert gerade lange genug, dass es mich beunruhigt. „Das ist es nicht. Nicht genau. Blaise ist schnuckelig, nett, und er stand auf mich. Zumindest hat es den Eindruck gemacht, dass er das tat?"

„Tat er", bestätige ich. Selbst ich kann die unterschwellige Scharfkantigkeit aus meiner Stimme heraushören, aber es fällt Lee, der vollkommen in seiner Unsicherheit versunken ist, nicht auf.

„Also, ja. Ich wäre ein Idiot, wenn ich ein Date ablehnen würde. Und es war wirklich ein romantisches erstes Treffen, nicht wahr? Kam rein, um einen Anzug zu kaufen, ging raus mit einem Date … Und falls alles gut laufen sollte, wäre das eine tolle Geschichte, um sie unseren Enkeln zu erzählen."

Ich bleibe abrupt stehen. „*Enkel?*" Steht er wirklich so sehr auf Blaise?

Lee packt meinen Arm und zieht mich mit sich weiter, damit ich mich wieder bewege. „Entspann dich, ich plane keine Hochzeit. Ich sage nur, dass es eine niedliche Geschichte wäre, falls die Dinge gut laufen. Ich bin ein Romantiker. Ich denke über solche Dinge nach."

„Okay", stimme ich vorsichtig zu, bin aber immer noch nicht über diese ganze Enkel-Sache hinweg. „Also das ist es, weswegen du beunruhigt bist?"

„Ich bin nicht *beunruhigt*, nur … ist es nicht seltsam? Dass ich auf ein Date gehe, obwohl wir … du weißt schon." Er deutet verlegen von sich zu mir, und ich kapiere es endlich.

„Oh! Ja, nun … es steht dir trotzdem zu, auf ein Date zu gehen. Ich glaube nicht, dass er gleich beim ersten Date von dir erwartet, dass du nur ihn sehen wirst, weißt du?" Plötzlich trifft es mich, dass es da eine Menge gibt, was an einem ersten Date passieren kann. Wird Blaise Lee die Küsse geben, die er so sehr liebt? Werden sie ficken?

Komischerweise bin ich nicht damit einverstanden.

Ich schüttle die uncoole Besitzgier ab – Lee gehört mir nicht. Er trifft seine eigenen Entscheidungen – und bringe für ihn ein Lächeln zustande. Wir sind befreundet, und er braucht mich jetzt als einen guten Freund.

„Ja", sagt er und wiederholt es dann etwas kraftvoller. „Ja. Es ist nur ein erstes Date. Du hast recht. Und das hier ist das, was ich wollte, richtig? Jemand, der an mir interessiert ist." Er nickt entschlossen. „Danke, Charlie."

„Gern geschehen", antworte ich fröhlich, auch wenn ich mir wünsche, er würde zu Hause bleiben und sich stattdessen mit mir einen Film ansehen.

Kapitel Dreizehn

LIAM

Ich wünschte, ich könnte sagen, dass dies das schlimmste oder unangenehmste Date aller Zeiten ist, denn dann hätte ich zumindest einen Grund, um zu gehen. Ich würde nach Hause gehen, mir meine Jogginghose anziehen und davon träumen, einen Mann zu finden, der mich tatsächlich sieht und mich trotzdem will.

Aber die Wahrheit ist, dass dieses Date … okay ist. Blaise ist witzig, nett und ehrlich daran interessiert, was ich zu sagen habe. Die Unterhaltung ist bisher nicht gestockt. Wir sind seit zwei Stunden und vier bescheuert überteuerten Drinks in dieser trendigen Bar, und ich amüsiere mich gut.

Es ist nur, dass es nicht zwischen uns funkt.

Überhaupt nicht.

Und ich befürchte, dass wir zu dem Punkt des Dates gelangen, an dem er etwas versuchen wird und ich entweder „Nein, danke" sagen muss, oder mich auf einen verpflichtungslosen Orgasmus einlasse. Normalerweise habe ich nichts dagegen, aber aus irgendeinem Grund fühlt es sich jetzt falsch an.

Ja, ich weiß, was der Grund dafür ist. Aber Verneinen ist ein machtvolles Werkzeug. Wenn ich zugebe, dass ich vielleicht für jemanden Gefühle habe, wäre ich verpflichtet, entsprechend zu reagieren, und müsste mich von ihm distanzieren. Und das will ich nicht.

Somit … ja. Wahrscheinlich werde ich Blaise abblitzen lassen müssen, was sehr schade ist, denn wir könnten Freunde sein.

Als ob er meine Gedanken lesen könnte, lächelt Blaise mich an und sagt: „Du findest mich kein bisschen attraktiv, nicht wahr?"

„Was? Nein!", stottere ich. „Ich meine, ja natürlich …" Er neigt seinen Kopf zur Seite, grinst und seufzt. „Es ist nicht, dass du nicht attraktiv bist. Ich finde dich attraktiv, und ich mag dich wirklich sehr."

„Nur nicht sexuell."

Ich ziehe eine Grimasse und schüttle meinen Kopf. „Sorry."

Er seufzt. „Gott sei Dank. Weil du großartig bist, und deine Figur ist so verdammt scharf, aber es wäre, als würde ich meinen Cousin ficken." Er beißt sich nachdenklich auf seine Lippe. „Vielleicht wäre es besser gewesen, wenn wir uns in einem Club begegnet wären und uns gegenseitig einen geblasen hätten, ohne vorher zu reden."

„Willst du damit sagen, dass es die Anziehungskraft zwischen uns kaputt gemacht hat, weil wir uns besser kennenlernten?" Ich grinse. „Wow, wie schmeichelhaft."

„Es ist für uns beide nicht gut", stimmt er zu. „Allerdings glaube ich, dass du bereits verrückt nach jemand anderem bist."

Meine Ablehnung bleibt mir im Hals stecken. „Es wird zu nichts führen", sage ich stattdessen und zupfe an dem Bündchen des Sweaters, den Charlie gestern Abend für mich ausgesucht hatte. Ich war mit drei komplett neuen

Outfits aus dem Target gekommen, von denen er mir versichert hatte, dass ich sie alle miteinander kombinieren könne, und Charlie war so selbstzufrieden gewesen, weil die Gesamtkosten unter dem Budget lagen.

„Warum nicht?", fragt Blair. „Da wir nicht miteinander ficken werden, lass uns Freunde sein. Lade alle deine Probleme auf mich ab."

Ich schnaube. „Ja. Das wird nicht passieren."

„Nein, ernsthaft." Er lehnt sich nach vorn. „Es ist der Typ, mit dem du letzte Nacht unterwegs warst, richtig? Charlie? Denn falls es so ist, glaube ich, dass du eine Chance hast."

Ich unterdrücke den Hoffnungsstrahl, der mit einem Mal aufkommt. „Das glaube ich nicht. Er ist ziemlich festgelegt, dass er jetzt niemanden daten will, und wir sind befreundet. Er hatte bisher, äh, Probleme mit seinen Freunden, die ihn daten wollten, und ich würde sein Vertrauen niemals ausnutzen, indem ich ihm das antue."

„Wenn du direkt bist, würde ihn das wirklich stören? Sag ihm einfach, dass du nicht abgeneigt bist, mit ihm zu ficken, und ihr schaut, wohin das führt."

Mein Gesicht wird extrem heiß und Blaise neigt wieder seinen Kopf. „Oooh. Dann fickt ihr beide also bereits."

Ich hebe mein Glas und trinke den Rest meines Drinks, um zu vermeiden, irgendetwas sagen zu müssen, und er lacht. „Das erklärt total, was da gestern Abend abgelaufen ist. Ich dachte, ihr beide wärt zusammen, aber dann sagte er, dass ihr es nicht seid, also habe ich es auf einen Versuch ankommen lassen."

„Wir sind nicht zusammen", murmle ich.

„Freunde mit gewissen Vorzügen?"

Ich nicke, und er tut es auch.

„Cool. Wenn du mich fragst, glaube ich nicht, dass du

dich allzu sehr anstrengen müsstest, um mehr daraus zu machen.“

Ich öffne meinen Mund, um ihm zu widersprechen, aber mein Handy vibriert in meiner Tasche, und ich nehme die Gelegenheit dieser Ausrede wahr. „ Da wir jetzt Freunde sind und das hier nicht länger ein Date ist, macht es dir etwas aus, wenn ich kurz mein Handy checke?“

Er winkt mit seiner Hand ab. „Mach nur. Gibt mir eine extra Ausrede, einen Blick auf meins zu werfen. Da ich von dir heute Abend nichts bekomme, suche ich mir jemand anderen.“

„Großartiger Plan.“ Ich blicke auf meinen Lockscreen und bin überrascht, Nachrichten von Jake und Artie zu sehen. Ich habe ihre Nummern, weil Charlie letzte Woche einen Gruppen-Chat angefangen hatte, aber wir hatten uns bisher nie getextet. Ich wische drüber, um sie zu lesen.

> ARTIE:
>
> ‚Hoffe, dein Date ist gut! Bitte komm, bevor
> ich Charlie umbringe!‘
>
> JAKE:
>
> ‚Heilige Scheiße, Liam! Du musst einen
> magischen Schwanz haben, weil Charlie am
> Durchdrehen ist, dass er ihn verlieren
> könnte. Ich kann sein Gejammer nicht mehr
> hören!‘

Ich starre die Nachrichten schockiert an. Charlie jammert? Ich schicke ihnen beiden dieselbe SMS zurück.

> LIAM:
>
> ‚Ist Charlie okay? Was ist los?‘
>
> JAKE:
>
> ‚Er wird nicht lange okay bleiben, wenn er
> nicht bald seine Klappe hält!‘

ARTIE:

,Wir sind mit Jake im Shenanigans. Charlie hatte ein paar zu viele und quatscht und ist traurig.'

ARTIE:

,Bitte sage, dass dein Date bald vorbei ist.'

JAKE:

,Könntest du ihm bitte texten, damit er aufhört zu sagen, dass du wahrscheinlich vergessen hast, dass er lebt? Bitte. Ich weiß, dass du auf einem Date bist, aber ich flehe dich an.'

Was zum Teufel …?! Ich blinzle immer noch die letzte Nachricht an, als Blaise sich räuspert. „Also, äh … der Typ da drüben ist mein neues Date. Glaubst du, dass wir das hier rasch abwickeln können?"

„Geh", sage ich zu ihm. „Viel Spaß. Warte, gib mir zuerst deine Nummer." Wir tauschen unsere Nummern aus, dann spaziert er zielsicher auf einen niedlichen Schnuckel zu, der an der Bar sitzt, und ich springe wieder zurück zu meinem Messenger. Was zur Hölle ist da los?

Ich schreibe wieder ihnen beiden.

LIAM:

,Charlie ist betrunken? Bringt ihn nach Hause.'

Das erscheint mir logisch, aber ich bekomme beinahe sofort Antworten.

ARTIE:

,Er will nicht gehen. Er sagt, dass die Erinnerungen dort zu stark sind.'

JAKE:

,Er will sein Zimmer mit mir tauschen! Bitte
rette mich.'

Erinnerungen? Und er will sein Zimmer mit Jake tauschen?

Ich tue das Einzige, das ich tun kann.

LIAM:

,Bin auf dem Weg.'

ALS ICH IM SHENANIGANS EINTREFFE, ist es nur halb voll. Es ist ein Donnerstag, schon spät, und so kurz vor den Zwischenprüfungen haben die meisten Leute andere Dinge im Kopf. Ich finde Charlie und seine Freunde mit Leichtigkeit. Sie sitzen an einem Tisch in der Ecke mit zwei leeren Bierkaraffen. Charlie sitzt zusammengesackt über dem Tisch, sein Kopf ruht auf seinem Arm, und zunächst denke ich, dass er vielleicht schon bewusstlos ist. Aber als Artie erleichtert meine Ankunft verkündet und Jake aufspringt, um mich herzlich zu umarmen, stöhnt Charlie und hebt seinen Kopf.

„Lee?", murmelt er blinzelnd. „Träume ich? Das Leben ist so grausam zu mir."

Ooo-kay. Ich drapiere die Kleiderhülle, die meinen neuen Anzug enthält, über die Rückenlehne des freien Stuhls und kniee mich dann neben ihm hin.

„Charlie? Fühlst du dich okay?"

Er blinzelt mich ein paar Sekunden lang an und fragt dann: „Du kannst sprechen?"

Ich werfe einen besorgten Blick zu Jake und Artie. „Wie viel hat er getrunken?"

„Nun", beginnt Artie. „Ich hatte zwei Gläser."

„Ich hatte drei", fügt Jake hinzu.

Wir alle schauen auf die leeren Karaffen.

„Dann hat er also eine ganze Karaffe alleine getrunken?" Das reicht nicht aus, um ihn so betrunken zu machen.

Jake verzieht sein Gesicht. „Und er hatte gleich am Anfang ein paar Kurze, als wir herkamen."

„Lee?" Charlie klammert sich an meinen Arm, stürzt sich auf mich und wirft uns beinahe beide zu Boden. „Lee, du bist es wirklich!"

Ich klopfe ihm auf den Rücken. „Ich bin es. Bitte atme in die andere Richtung." Ich drehe mich zu Artie um. „Sagt mir nochmal, warum ihr ihn nicht nach Hause gebracht habt?"

„Ich konnte nicht dorthin zurückgehn!", erklärt Charlie ehrlich, bevor Artie seinen Mund aufmachen kann. „All die *riiiinnerungn!*" Die seltsame Art, wie er das Wort betont und in die Länge zieht, vermittelt mir einen Eindruck darüber, was seine Freunde durchmachen mussten. „Ich dachte, du wärst für immerrrrr weg. Dass ich dich verloren hätte und du mich vergessen würdest."

Das hier ist einfach zu merkwürdig. „Wir hatten erst vor vier Stunden Dinner zusammen", erinnere ich ihn. „Und morgen fahren wir nach L.A."

„Aber du warst mit iiiiiihmmm zusammen."

Ja, okay. „Es war ein Date, Charlie. Eins, zu dem ich laut dir gehen sollte, erinnerst du dich? Aber falls du dich besser fühlst – Blaise und ich haben beschlossen, nur befreundet zu bleiben." Mein Herz schlägt schindelerregend schnell, und ich will schreien ‚Was hat das zu bedeuten?', aber er hat zu viel getrunken und jeder weiß, dass Alkohol den Verstand ruiniert. Es könnte sein, dass er sich einfach nur daran gewöhnt hat, dass ich in seiner Nähe bin, um als Freund für ihn da zu sein, und der Alkohol macht daraus irgendeine Art Trennungsangst, dass ich ihn verlassen würde. Ich werde mir nichts von dem zu Herzen nehmen, was er sagt, wenn er betrunken ist.

„Echt?" Er muntert auf und seine Stimme ist voller Hoffnung. „Ich kann auch sein Freun' sein. Wir können alle z'sammen Freun'e sein!"

„Das können wir bestimmt. Warum legst du nicht deinen Kopf hin, während ich mit Artie und Jake spreche?"

Er nickt glücklich, aber als sein Kopf weiterhin wackelt, drücke ich ihn vorsichtig wieder zurück auf den Tisch. Er legt ihn auf seinen Arm und rülpst.

Ich stehe auf, kneife mir in meinen Nasenrücken und frage mich, wie ich ihn am besten nach Hause bringen soll.

„Ich hoffe, du hast wegen Charlie nicht dein Date sausen lassen", sagt Artie leise, und Erniedrigung schlängelt sich durch mich hindurch. Bin ich wirklich so durchsichtig? Kann jeder sehen, dass ich auf dem besten Weg bin, mich in ihn zu verlieben? Und – oh, mein Gott – diese Beiden müssen denken, dass ich die furchtbarste Person aller Zeiten bin, seit mich Charlie wortwörtlich dafür bezahlt hat, ihm zu helfen, die Freunde zu identifizieren und abzuweisen, die ihn daten wollten, und jetzt bin ich sein Freund, der ihn daten will.

„Nein, wir sind nicht aufeinander abgefahren", murmle ich. „Äh, wie werdet ihr ihn zurückbringen?"

„Ich weiß, dass das falsch ist, aber Gott sei Dank!", erklärt Jake. „Ich wäre *nicht* mit Charlie klargekommen, wenn er wie ein Baby rumgejammert hätte, dass du einen festen Freund hast."

„Er ist nur betrunken", protestiere ich. „So ist es nicht."

Sie tauschen Blicke aus. „Du hast ihn vorhin nicht gehört", fängt Artie an, aber ich unterbreche ihn.

„Er ist betrunken. Und er hat sich im letzten Monat sehr auf mich verlassen, als alles passiert ist. All das hat ihn durcheinander gebracht. Seht ihr, wenn er wieder nüchtern ist, wird er entsetzt sein, und wir werden alle über das hier lachen können."

Jake sieht skeptisch aus, aber Artie nickt. „Sicher. Nun ja, er muss erst mal die Nacht durchschlafen, um nüchtern zu werden. Bringen wir ihn zurück zu deinem Zimmer? Das ist näher, und es ist Donnerstag. Normalerweise schläft er donnerstags bei dir."

Ich zögere. All das stimmt, aber normalerweise rammeln wir wie Hasen. Es ist nicht richtig, mit ihm in denselben Bett zu schlafen, wenn er betrunken ist.

„Ich glaube, wir haben keine andere Wahl", sagt Jake. „Wir brauchen ihn wach genug, dass er laufen kann, und sobald er bei Bewusstsein ist, glaube ich nicht, dass er Liam gehen lassen wird."

„Lasst ihn uns auf die Füße und in Bewegung bringen und sehen, wie es läuft", beschließe ich. „Mein Zimmer befindet sich auf dem Weg zu eurem, wenn er also den Eindruck erweckt, dass er nicht weitergehen will, werden wir dort anhalten."

Sie stimmen zu, und wir wenden uns der Aufgabe zu: Charlie auf die Füße zu bekommen.

„Gehen wir irgendwo hin?", murmelt er, zwingt seine Augen auf und schwankt. Er steht zwar, aber nur fast.

„Zeit, nach Hause zu gehen", verkünde ich mit der höhnisch fröhlichen Stimme, die einem bei Betrunkenen immer so leicht fällt. Er dreht seinen Kopf zu mir um, und sein Gesicht erhellt sich.

„Lee! Du bist hier!" Er stürzt sich auf mich, und es nur der schnellen Hilfe von Jake zu verdanken, dass wir stehenbleiben. Charlie schlingt seine Arme über meine Schultern und lässt seinen Kopf oben auf meinem ruhen. „Lee."

„Ich bin da. Komm schon, lass mich los, damit wir dich nach Hause bringen können."

Sein Griff verfestigt sich, und er kuschelt sich dichter an mich. „Nur eine Minute länger."

Artie versucht, ihn von mir loszulösen, aber für jemanden, der nicht einmal aufrecht stehen kann, hat er einen überraschend starken Griff. Schlussendlich benötigt es sowohl Artie als auch Jake, wobei ich mich innerhalb seiner Umarmung bemühe, mich zu befreien.

„Geh!", befiehlt Jake, als Charlie sich verwirrt umsieht und versucht, sich wieder hinzusetzen. „Schau, Charlie! Es ist Lee! Oh nein, Lee geht! Lass uns Lee folgen!"

„Lee?" Charlies Kopf wirbelt herum, und er greift nach mir. Ich schnappe mir die Hülle mit meinem Anzug und weiche ihm hastig aus, um auf Armeslänge von ihm wegzukommen. Er schmollt. „Lee, geh nicht!"

„Komm mit mir", beschwatze ich ihn und gehe zwei weitere Schritte zurück – und tatsächlich funktioniert es. Er stolpert vorwärts, während er zu beiden Seiten von seinen Freunden gestützt wird. Wir bahnen unseren Weg langsam aus der Bar und beginnen unsere Reise zurück zum Campus. Zuvor habe ich es nie als weit angesehen, aber heute Abend fühlt es sich meilenweit an. Charlie kommt alle paar Meter stolpernd zum Stehen, und ich muss seine Aufmerksamkeit auf mich ziehen und sicherstellen, dass ich außerhalb seiner Reichweite bleibe, damit er sich weiterbewegt. Jedes Mal ist er so erfreut, mich zu sehen, und kommt mir begierig hinterher – auf eine watschelnde, schwankende, von seinen Freunden gestützte Weise – jedenfalls für eine Weile, bevor er vergisst, was hier passiert und versucht, sich mitten auf dem Gehweg hinzusetzen oder hinzulegen.

Je weiter wir kommen, desto lächerlicher wird es, und als wir schließlich den Rand des Campus erreichen, weiß ich, dass wir auf keinen Fall weitergehen, als wir es müssen. Heute Nacht wird Charlie bei mir schlafen.

„Soooooo müde!", jammert er und bleibt wieder stehen.

Ich seufze. „Charlie!", rufe ich. „Kommst du? Folge mir."

„Ja, Charlie! Folge diesem sexy, sexy Hintern", sagt Jake, und ich drehe mich zu ihm um und schieße ihm einen flachen Blick zu.

„Versachliche mich nicht, nur weil du auf meinen Hintern eifersüchtig bist." Ich wackle ein wenig damit.

„Kein F'sachlichn von mei'm Lee!", ruft Charlie, schüttelt seine Freunde ab und schlendert auf mich zu. Er ist überraschend schnell, wenn man bedenkt, wie lange wir gebraucht haben, ein paar Häuserblöcke weit zu gehen, und ich nehme ein paar rasche Schritte, um vor ihm zu bleiben, während die anderen uns einholen.

„Okay, tut mir leid", beeilt sich Jake, ihm gut zuzusprechen, als er seinen Arm ergreift. „Ich werde Liam nicht, äh, f'sachlichen."

„Ich werde ihn das hier niemals vergessen lassen", murmelt Artie. „An unserem fünfunddreißigsten Klassentreffen werde ich sagen ‚Hey Charlie, erinnerst du dich an die Nacht, als du ein totaler Loser warst?'."

„Wir sollten das hier filmen", fügt Jake hinzu.

„Ich habe zuvor etwas davon aufgezeichnet, als er sagte, dass Liams Date die allergrößte Tragödie sei, die jemals in dieser Welt stattgefunden hat."

„Wie viele Kurze hatte er genau?", verlange ich zu wissen. Ich habe zuvor mit Charlie getrunken. Himmel, ich war auf seinem einundzwanzigsten Geburtstag. Normalerweise verkraftet er Alkohol recht gut.

Artie lässt seine ausgestreckte Hand wippen. „Das hängt davon ab, wie du zählst."

Das macht absolut keinen Sinn, aber ich habe Angst zu fragen, was genau er damit meint.

Schließlich erreichen wir mein Studentenwohnheim. Ich streife mit der Karte über den Scanner, um uns reinzulassen, und dann gehen wir zu dem Fahrstuhl, den ich nur benutzt hatte, als ich eingezogen bin. Er ist klein, langsam und riecht immer irgendwie nach Füßen und Käse. Aber wir können Charlie auf keinen Fall die Treppe hinauftragen.

„Etwas stimmt nicht!", erklärt Charlie alarmiert, als der Fahrstuhl sprunghaft hochfährt. Er hebt seinen Kopf und blickt sich mit wilden Augen um. „Die Welt bewegt sich! Wir sind in einer Box gefangen! Oh nein, sie haben uns erwischt! Die Maschinen sind aufgestiegen!" Er strampelt sich von seiner Position, wo ihn die Jungs an die Seitenwand gelehnt hatten, in eine aufrechte Haltung und fängt an, auf alle Knöpfe im Bedienungsfeld zu drücken. Es gibt nicht viele, aber wir schaffen es, ihn aufzuhalten, bevor er auf den Notfallknopf oder den Not-Telefonknopf drückt.

„Es ist okay, Charlie", sage ich mit meiner beruhigendsten Stimme und behalte seine Hände in einem festen Griff, während Jake und Artie ihn an die Rückwand drängen.

Seine Augen fokussieren sich verschwommen auf mich. „Lee! Sie haben dich auch erwischt? Oh neeeein! Ich wollte dich retten."

„Ich weiß. Äh, … du kannst mich jetzt retten? Du musst nur kurz für eine Minute stillhalten, damit wir, äh, dem Plan folgen können."

„Dem Plan folgen?", murmelt Artie. Ich habe keine Hand frei, um ihm den Finger zu zeigen, also finde ich mich damit ab, ihn böse anzustarren.

„Der Plan! Jaaaa! Wir folgen dem Plan!" Charlie nickt

enthusiastisch, dann wird er blass. „Ich fühl mich nicht so gut."

„Falls er mich ankotzt, werde ich ihn hier zurücklassen", droht Jake.

„Er wird nicht kotzen." Das hoffe ich wirklich. „Atme tief ein, Charlie. Langsame, tiefe Atemzüge."

Er fängt in dem Moment an zu keuchen, als der Fahrstuhl anhält und sich die Türen öffnen — glücklicherweise auf meiner Etage. Wir schaffen es, ihn mit minimalem Aufwand nach draußen und den Gang entlang zu bringen, da sich nun all seine Aufmerksamkeit aufs Atmen konzentriert, und in der Sekunde, als ich die Tür zu meinem Zimmer öffne, schüttelt er uns ab, lässt sich vornüber auf mein Bett fallen und vergräbt sein Gesicht in meinem Kissen.

„Lee, du riechst so gut", murmelt er.

„Gott sei Dank ist das geschafft!" Jake atmet tief aus und schaut mich dann an. „Kommst du mit ihm klar?"

Ich betrachte den langen Körper, der ausgestreckt oben auf meiner Decke liegt und leise schnarcht, und seufze. „Ja. Er kann in seiner Jeans schlafen. Danke für eure Hilfe."

Sie verabschieden sich und gehen, und ich hänge meinen neuen Anzug auf, kämpfe damit, Charlie die Schuhe auszuziehen, und stelle meinen Abfalleimer rechts neben das Bett. Dann, nach einer kurzen Überlegung, schnappe ich mir ein Handtuch und breite es neben ihm auf der Matratze aus, nur für den Fall, dass er nicht wach genug ist, um es bis zur Seite des Bettes zu schaffen. Wenigstens liegt er nicht auf seinem Rücken, und ich muss mir keine Sorgen machen, dass er an seinem Erbrochenen ersticken könnte.

Und mit diesem angenehmen Gedanken ziehe ich mich bis zu meiner eleganten neuen Unterwäsche aus —

die ich anstatt in Sparpaketen einzeln kaufen musste – und lege mich ins andere Bett. Meinem Zimmergenossen Chris wird es nichts ausmachen, besonders dann nicht, wenn ich für ihn das Bettzeug wechsle, und ich muss mich nicht wie ein Stalker fühlen, der zu einem betrunkenen Typen ins Bett krabbelt.

Ich starre ihn quer durch den Raum an. Da er sein Gesicht größtenteils ins Kissen vergraben hat, kann ich nur einen Teil seines Profils und seinen halb offenen Mund sehen. So bewusstlos und schnarchend ist er definitiv nicht der schärfste Typ, aber mein Herz zieht sich trotzdem etwas zusammen. Weil er in meinem Bett liegt und sich mit meinem Duft tröstet, nachdem er mich einen Abend lang vermisst hat.

Es bringt mir nichts mehr, zu versuchen, es zu verneinen. Und das jagt mir eine Höllenangst ein. Denn was soll ich jetzt tun?

Kapitel Vierzehn

CHARLIE

Ich wache auf und habe das Gefühl, als ob der Tod auf mir herumgetrampelt ist und dann beschlossen hat, dass ich zu beschädigt bin, um mich mitzunehmen. Ich versuche stöhnend, meinen Kopf zu heben, und bereue es augenblicklich. Nein. Nee. Oh, nein. Ich werde einfach für immer hier liegen bleiben müssen.

Allerdings … wo ist *hier*? Ich habe vage Erinnerungen daran, dass ich im Shenanigans mit Artie und Jake trinken war, obwohl der größte Teil der Nacht verschwommen ist. Aber sie hätten mich sicher nach Hause gebracht, richtig? Ich liege nicht nackt auf dem Boden der Toilette in der Bar, oder doch? Wenn sich ein Typ nicht auf seine Zimmergenossen und seinen besten Freund verlassen kann, sich um ihn zu kümmern, wenn er sturzbesoffen ist, dann stimmt mit dieser Welt etwas absolut nicht.

Aber wahrscheinlich haben sie peinliche Fotos gemacht.

Wenigstens scheine ich auf einem Bett zu liegen, was bedeutet, dass ich nicht in der Bar bin. Ich taste mit einer Hand an meinem Körper herab, um zu sehen, ob ich eine

Hose trage. Zu meiner größten Erleichterung habe ich sie immer noch an. Da die Krise also verhindert ist, kann ich weiterschlafen.

Nur, dass … ich bin mir ziemlich sicher, dass das nicht mein Kissen ist. Meins ist aus ergonomischem Memory-Foam, das mir meine Mutter gekauft hat, und das ich wirklich sehr mag. Das hier ist nur ein einfaches Kissen. Und es riecht sehr stark nach Lee.

Lee … der letzte Nacht mit dem schmierigen Verkäufer auf ein Date gegangen ist. Wie bin ich in seinem Bett gelandet? Und wo ist er?

Ich wappne mich und öffne vorsichtig ein Auge, aber nur zu einem Schlitz. Der Raum ist abgedunkelt und die Jalousie geschlossen, also öffne ich beide Augen – na ja, größtenteils – und versuche, mich umzusehen, ohne meinen Kopf zu bewegen.

Das Erste, was ich sehe, ist eine neonpinke Sticker-Notiz auf dem Kissen direkt vor meinem Gesicht. Ich hebe sie auf und drehe sie so, dass ich die Worte lesen kann.

Aspirin und Wasser sind auf dem Schreibtisch. Abfalleimer steht neben dir. Handy wird aufgeladen. Texte mir, wenn du aufwachst, damit ich weiß, dass du noch lebst.

Liam

Ooooh, er ist solch ein guter Freund. Wie er sich um mich kümmert, obwohl ich anscheinend auf seinem Bett bewusstlos geworden bin und absolut keine Ahnung habe, wie ich hierhergekommen bin.

Das Mindeste, was ich tun kann, ist das zu tun, worum er gebeten hat.

Ich knirsche mit meinen Zähnen und zwinge mich langsam in eine sitzende Position. Mir dreht sich der Kopf, mein Magen will sich übergeben, und für eine Sekunde denke ich darüber nach, mich auf den Abfalleimer zu stürzen.

Konzentriere dich auf Zahlen, Charlie. Eins ... zwei ... drei ...

Die Übelkeit lässt nach, und ich atme vorsichtig ein. Okay, ich bin aufrecht. Was wollte ich tun?

Mein Blick landet auf der Wasserflasche auf dem Schreibtisch neben dem Bett, und mir wird der absolut ekelhafte Geschmack in meinem eigenen Mund bewusst. Igitt! Ich bewege mich vorsichtig, ergreife das Wasser und nehme ein paar Schlückchen. Dann, als mein Magen nicht widerstrebt, einen größeren Schluck. Das Aspirin, das Lee versprochen hatte, liegt ebenfalls dort, zusammen mit einem Energieriegel, also schlucke ich die Tablette und bringe mich dazu, von dem wie Karton schmeckenden Riegel einen Bissen abzubeißen. Was ich wirklich will, ist ein fettiges Sandwich mit Ei und Speck, aber das wird warten müssen.

Okay ... das ist gut. Ich mache Fortschritte. Jetzt muss ich Lee texten.

Es ist nur so, dass mein Handy auf der anderen Seite des Schreibtisches liegt.

Ich schlürfe für eine Weile an meinem Wasser und starre mein Handy an. Es wird sich eindeutig nicht erheben und von alleine näher zu mir kommen, aber vielleicht – wenn ich mich stark genug konzentriere – kann ich es mit der Kraft meines Verstandes bewegen. Ich meine ... wer weiß, was wirklich letzte Nacht passiert ist? Vielleicht ist der Grund, warum mein Gedächtnis so benebelt ist, der, weil mich Aliens entführt haben und Experimente an mir durchgeführt haben, die meine Fähigkeiten weiterentwickelt haben und ich jetzt Tele- ... irgendwas kann. Telepathie? Nein, das wäre von Gehirn zu Gehirn zu sprechen. Tele- ...*motion?*

Ich bin mir ziemlich sicher, dass es das auch nicht ist.

Was immer es ist, es funktioniert nicht – egal, wie sehr

ich das Handy anstarre und ihm stillschweigend befehle. Ich werde tatsächlich aufstehen müssen.

Ich stelle die Wasserflasche beiseite und schwinge langsam meine Beine über die Seite des Bettes. Ich würde bei jeder Bewegung am liebsten wimmern. Warummm habe ich mir das angetan?

Mein Bein wirft den Abfalleimer um, und ich blicke nach unten, während ich mich frage, ob ich mich weit genug runterbeugen kann, um ihn aufzuheben. Wahrscheinlich ist es das Risiko nicht wert. Stattdessen konzentriere ich mich darauf, mich auf meine Füße hochzuziehen und den Schritt zu gehen, durch den mein Handy in Reichweite kommt.

Es ist voll aufgeladen, und ich ziehe den Stecker raus und checke zuerst die Uhrzeit. Fuck! Es ist beinahe Mittag! Ich habe heute Morgen meinen Unterricht verpasst, und ich werde es wahrscheinlich nicht mehr schaffen, Lee seinen Lunch zu bringen. Seit ich damit angefangen habe, hat er mir jede Woche gesagt, dass ich es nicht tun muss, aber ich kann den Gedanken nicht ausstehen, dass er nur einen Energieriegel isst, wenn ich die Zeit habe, um ihm etwas Vernünftiges zu bringen.

Ich nehme das Handy mit mir zurück zum Bett und entsperre es, während ich mehr Wasser trinke.

CHARLIE:

,Ich lebe noch. Annähernd. Was ist letzte
Nacht passiert? Wie bin ich hier gelandet?'

Lee fängt so schnell an zu tippen – er muss sein Handy in der Hand gehabt haben.

LIAM:

,Du erinnerst dich nicht?'

CHARLIE:

‚Ich erinnere mich, dass ich mit den Jungs ins Shenanigans gegangen bin. Wir haben getrunken, aber warum war ich so sturzbesoffen?'

Dieses Mal folgt eine lange Pause. Die drei tanzenden Punkte erscheinen und verschwinden einige Male, was mich denken lässt, dass er schreibt und es wieder löscht.

LIAM:

‚Das musst du die Jungs fragen. Ich kam erst am Ende dazu. Mein Zimmer war der kürzeste Weg, also bist du bei mir gelandet.'

Ich habe das Gefühl, dass er mir nicht alles sagt und da noch Einiges fehlt, aber ich bin mir nicht sicher, wie ich fragen soll. Und was ich fragen soll.

CHARLIE:

‚Okay. Danke für das Wasser und das Aspirin, und mich nicht an meiner eigenen Kotze ersticken zu lassen.'

LIAM:

‚Hast du in mein Bett gekotzt?'

CHARLIE:

‚Nein. Aber würdest du mir verzeihen, wenn ich es hätte?'

LIAM:

‚Nicht sicher. Wahrscheinlich nicht.'

Wie unhöflich!

CHARLIE:

‚Wie gut, dass ich es dann nicht getan habe. Hey, wie war dein Date?'

Mein Magen verdreht sich, während ich auf seine Antwort warte. Wird er mir vorschwärmen? Wird er mich am Wochenende abservieren, weil er lieber Zeit mit Blaise verbringen will? Wird er unsere Freunde-mit-Vorzügen-Vereinbarung beenden? Ich hoffe es nicht. Ich will, dass Lee glücklich ist, aber ich will auch glücklich sein, und es war bisher so gut, Sex zu haben und zu kuscheln, während ich mich bei einem Freund entspannen kann.

LIAM:

‚Gut. Aber wir werden nur befreundet sein.'

Glückseligkeit rauscht durch mich hindurch, aber ich unterdrücke sie. Was ist, wenn er enttäuscht ist? In dieser Sache sind Lees Gefühle wichtiger als meine.

CHARLIE:

‚Wer hatte diese Idee? Muss ich dort
hingehen und ihn böse anstarren?'

LIAM:

‚Warum würdest du ihn böse anstarren?'

CHARLIE:

‚Weil er deine Gefühle verletzt hat. Ich bin
gegen Gewalttätigkeiten, also kann ich ihn
nicht verprügeln. Aber ich kann ihn böse
anstarren – darin bin ich ein Meister!'

LIAM:

‚Hahahahaha, bring mich nicht zum Lachen.
Du würdest mit deinem Starren anfangen,
dann ein schlechtes Gewissen haben, dass
es ihn beunruhigen könnte, und ihm dann
schlussendlich einen Kaffee bringen.'

CHARLIE:

‚Arschloch! Würde ich nicht.'

Würde ich das?

CHARLIE:

,Wie dem auch sei, muss ich es tun?'

LIAM:

,Nein. Es war eine gegenseitige Entscheidung und ich glaube wirklich, dass wir Freunde werden.'

LIAM:

,Aber danke für das Angebot. Vielleicht kannst du mir eines Tages dein meisterhaftes böses Anstarren zeigen.'

CHARLIE:

,Ich bekomme den Eindruck, dass du mich nicht ernst nimmst, und das SOLLTEST du!'

LIAM:

,M-Hmm. Ich muss Schluss machen. Ich bin im Unterricht. Vergiss nicht, dass wir um halb sechs losmüssen. Wirst du fit genug sein, um zu fahren?'

Ähm, vielleicht?

CHARLIE:

,Selbstverständlich. Aber lass uns einfach hypothetisch annehmen, ich könnte es nicht – kannst du fahren?'

LIAM:

,Fragst du mich, ob ich es kann, oder ob ich es werde?'

CHARLIE:

,Hypothetisch, beides.'

LIAM:

,Hypothetisch, ja. Aber die Vorstellung, in L.A. oder selbst in der umliegenden Gegend zu fahren, macht mich nervös. Also übernimm dich heute nicht.'

CHARLIE:

‚Keine Sorge. Es geht mir gut! Viel Spaß im Unterricht.‘

Ich wechsle zu einer anderen Text-Konversation.

CHARLIE:

‚Hey! Warum zum Teufel hast du mich letzte Nacht so viel trinken lassen?‘

Mein Handy klingelt in meiner Hand, und ich zucke zusammen. Das ist viiiiel zu laut. Ich beantworte es rasch.

„Hallo?“ Wow, ich höre mich an wie ein Seemann, der am Tag zwei Packungen Zigaretten raucht.

„Du klingst beschissen, Mann“, verkündet Jake, und ich zucke erneut zusammen.

„Bitte nicht so laut. Benutze deine Klassenraumstimme.“

Das Arschloch lacht. Laut.

„Och, fühlen wir uns nicht so gut? Niemand verdient das mehr.“

Das … klingt nicht gut. „Was ist passiert?“

„Du hast dich in Grund und Boden gesoffen und dann stundenlang rumgejammert, weil Liam auf einem Date war. Das ist passiert.“

Was? „Nein, ernsthaft.“

Er schnaubt in mein Ohr. „Ernsthaft. Wir mussten ihn anrufen, um uns zu helfen, dich zum Schweigen zu bringen und nach Hause zu schaffen.“

„Ihr habt Lee angerufen, um euch zu helfen, mich nach Hause zu bringen? Zwei von euch konnten das nicht alleine fertigbringen?“ So ein riesiger Typ bin ich nicht.

„Du hast keine Ahnung, wie anstrengend du gestern Abend warst, Mann. Du hast Glück, dass wir dich nicht einfach dort gelassen haben, damit du in der Ausnüchterungszelle landest."

Ich glaube immer noch, dass er übertreiben muss, aber andererseits bin ich heute Morgen ohne Erinnerung daran aufgewacht, wie ich nach Hause gekommen bin, also … „Danke?"

„Du schuldest mir", sagt er. „Und zwar einen riesigen Gefallen. Ich habe letzte Nacht viel mehr über Liam erfahren, als ich je wissen wollte."

Horror erfasst mich. Ich bin kein Fan davon, mit Intimitäten zu prahlen, und ich hasse die Vorstellung, dass Alkohol diese selbstgesetzten Grenzen total überschritten haben könnte. „Zum Beispiel?"

„Nun ja, er sei der beste Küsser der Welt", antwortet Jake mit heftigem Sarkasmus. „Er hat den Körper eines Gottes."

Okay, das ist nicht ganz so schlimm.

„Du spürst ein heftiges Kribbeln, wenn er lächelt."

Peinlich für mich, aber kein Desaster …

„Der Gedanke, ihn an jemanden verlieren zu können, der nicht einmal weiß, dass ihm blau besser steht als grau, bricht dir das Herz."

„Jeder hätte sehen können, dass blau besser zu seinem Hautton passt!", argumentiere ich.

„Du verfehlst den Sinn. Außerdem solltest du dich mehr anstrengen. Es ist nicht gut, wenn dein fester Freund denkt, dass du nur wegen dem Sex in dieser Sache steckst."

Ich blinzle und versuche, den Themawechsel zu verstehen. Anscheinend bin ich immer noch ein bisschen betrunken. „Welcher feste Freund? Ich habe keinen … meinst du Lee? Wir sind nicht fest zusammen." Etwas gibt mir Bauchschmerzen, und ich frage mich, ob ich die zwei Bissen von dem Energieriegel auskotzen werde.

„Du machst Witze, oder?“ Jakes Ungläubigkeit ist laut und ich zucke zusammen.

„Äh, … nein?“

„Lass den Scheiß, Charlie! Ich musste mir gestern den ganzen verdammten Abend lang anhören, wie beschissen es für dich wäre, wenn Liam jemand anderen daten würde. Du kannst mir nicht weißmachen, dass du keine Gefühle für ihn hast.“

„Natürlich habe ich welche! Wir sind gute Freunde!“, verteidige ich mich. „Mir sind alle meine Freunde und ihre Beziehungen wichtig.“

Er atmet laut hörbar tief ein. „Meinst du das jetzt ernst, oder verarscht du mich hier? Du verbringst mehr Zeit mit Liam als mit irgendjemandem sonst. Du übernachtest jedes Wochenende bei ihm. Ihr zwei textet euch ununterbrochen.“

Ich runzle meine Stirn. All das stimmt … und wenn er das so sagt …

„Aber er ist mit jemand anderem auf ein Date gegangen. Wenn er mehr als nur befreundet sein wollte, hätte er das nicht getan.“ Richtig?

„Du hast gestern Abend erzählt, dass du ihm gesagt hättest, er solle gehen!“

Oh, ja. Das habe ich getan.

Ich fahre mir mit einer Hand durch mein Haar. Mein Kopf pocht.. „Schau, Jake. Ich kann jetzt gerade nicht klar denken. Vielleicht ist da mehr zwischen Lee und mir, als nur Freunde zu sein, die ficken.“ Als ich das sage, klickt etwas in mir, aber ich verdränge es, um später darüber nachzudenken. „Aber da er normalerweise derjenige ist, den ich frage, ob meine Freunde auf mich stehen, befinde ich mich in einer schwierigen Situation.“

„Du bist solch ein Idiot.“

„Wahrscheinlich“ stimme ich zu und erinnere mich

dann, warum ich ihm überhaupt getextet hatte. „Hey, kannst du mir einen Gefallen tun? Ich werde dir noch mehr schulden, als ich es ohnehin schon tue."

Er seufzt. „Was ist es?"

„Es wird eine Weile dauern, bevor ich mich bewegen kann, ohne heulen zu müssen, kannst du also Lee etwas zum Lunch besorgen und es ihm zwischen den Fächern vorbeibringen?"

Das Schweigen hält so lange an. Ich checke den Bildschirm, um nachzusehen, ob der Anruf unterbrochen wurde. „Jake? Hallo?"

„Ich bin hier", sagt er. „Lass mich das klarstellen. Du willst, dass ich, dein Freund, Lunch für Liam kaufe und ihn ihm vorbeibringe."

„Ja." Er war einige Male dabei gewesen, als ich es besorgte, somit sollte er es leicht hinbekommen. „Ich kann dir texten, was er mag, falls du dich nicht erinnern kannst."

„Hat, äh, Liam dich darum gebeten, ihm Lunch zu bringen?"

„Nein, natürlich nicht." Warum ist das so eine große Sache?

„Dann hast du also einfach nur spontan entschieden, deinem ‚Freund' Lunch zu bringen. Siehst du nicht, wie sehr das nach festem Freund aussieht?"

„Jake, er hat den ganzen Tag durchgehend Unterricht …"

„Hatte ich im letzten Semester ebenfalls. Du hast mir nie Lunch besorgt. Weil das nicht etwas ist, was man für Leute tut, mit denen man nur befreundet ist."

Oh. „Ist es nicht?"

„Nein." Das ‚Ist doch wohl klar!' ist in seinem Tonfall heftig angedeutet. „Puten-Sandwich mit Käse und Gemüse, richtig?"

Bei diesem plötzlichen Themawechsel wird mir schwindelig. „Äh, ja. Wirst du es für ihn besorgen?"

„Ich werde es tun, weil ich denke, dass ihr beiden ein großartiges Paar abgeben würdet, und ich die Chancen zu deinen Gunsten aufbessern will."

Das Gespräch ist beendet, bevor ich antworten kann. Ich ziehe das Handy von meinem Ohr weg und starre es an. Hat er einfach aufgelegt?

Mir fehlt die Energie, mich deswegen zu kümmern. Er wird Lees Lunch besorgen, und das ist alles, was zählt.

Moment …

CHARLIE:

,Vergiss nicht den Kaffee. Er mag Haselnuss-Milchkaffees.'

Seine Antwort ist ein Mittelfinger-Emoji.

Ich sinke zurück auf Lees Kissen, und mir dreht sich mein Kopf. Hat Jake recht? Ich date Lee bereits, nur nicht offiziell?

Das ist etwas, das ich mir sorgfältig überlegen muss, denn falls ich es vermassle, werde ich Lee verlieren. Und das ist nicht okay.

ES BENÖTIGT EINE SEHR LANGE, sehr heiße Dusche, zwei Flaschen Gatorade und noch eine Flasche Wasser, drei Espressos und ein ekelhaft fettiges Sandwich mit Speck und Ei, bevor ich mich genug wie ein Mensch fühle, um für das Wochenende zu packen. Um ehrlich zu sein hätte ich – wenn ich meiner Mutter nicht versprochen hätte, dass ich komme, weil sie enttäuscht war, meinen einundzwanzigsten Geburtstag verpasst zu haben – Lees Bett gar nicht erst verlassen und einfach nur auf ihn gewartet, bis er nach Hause kommt und sich um mich kümmert.

Aber ich habe es versprochen, und außerdem glaube ich, dass Lee diese Pause braucht. Er arbeitet extrem hart für sein Studium und auch Mr. Romance, und diese Party wird Spaß machen. Nun ja … das wird es, wenn er sie auf meine Art erfährt. Aber vielleicht werde ich nicht so viel trinken.

Da ist ein Klopfen an der Tür, und ich blicke rüber, von wo ich ausgestreckt auf meinem Bett liege. „Komm rein.“

Lee steckt seinen Kopf um die Tür, sieht mich und grinst. „Fühlst du dich immer noch beschissen?“

„Deswegen brauchst du nicht so happy zu sein“, brumme ich.

Er kommt mit seinem Rucksack und seiner Anzughülle ins Zimmer. „Du hast keine Ahnung, wie unglaublich anstrengend es gestern Abend war, dich nach Hause zu bringen. Dich jetzt auszulachen ist das Mindeste, was ich verdiene.“

„Ja. Ja.“ Ich beäuge ihn. „Wo ist der Rest von deinen Sachen?“

Er blinzelt mich an. „Welcher Rest? Meine Schuhe, ein Shirt zum Wechseln und frische Unterwäsche sind in meinem Rucksack.“

Ich setze mich abrupt auf. „Du hast für zwei Nächte, inklusive einer eleganten Party, alles in nur deinen Rucksack gepackt?“

„Ich meine, da ist auch noch das hier.“ Er wackelt mit der Anzughülle, aber ich bin bereits aufgestanden und zerre ihm seinen Rucksack vom Rücken. „Charlie! Hey!“

Darin sieht es nicht so schlimm aus, wie ich es erwartet habe. Er hat alle seine Kleidungsstücke ordentlich zusammengerollt, was – wenn er es richtig getan hat – Falten vermeiden sollte. Seine Schuhe und Toilettenartikel befinden sich am Boden, was ebenfalls ein gutes Zeichen ist.

Aber er hat nur das absolut Nötigste eingepackt. Wie … Unterwäsche, ein sauberes T-Shirt und einen Sweater. „Wo ist dein Hemd, das zum Anzug gehört?", frage ich, und er wackelt wieder mit der Anzughülle.

„Ich habe es hier reingetan. Beurteilst du allen Ernstes, wie ich gepackt habe?"

„Nicht so sehr wie, sondern eher was. Wo ist der Rest davon?" Ich nicke zu meiner Reisetasche, die neben dem Schrank steht und eindeutig voll ist. Und wir fahren zu mir nach Hause, wo mein Schrank ebenfalls mit Klamotten vollgestopft ist. Er blinzelt zweimal.

„Wir gehen nur fürs Wochenende, richtig? Gibt es eine andere Party oder sowas, das du vergessen hast, mir zu sagen?" Besorgnis legt seine Stirn in Falten.

„Nein, aber …" Er hat recht. Nur, weil ich gern verschiedene Outfits zur Auswahl habe, heißt das nicht, dass er es auch muss. Und was er gepackt hat, reicht aus … solange er nichts auf die Jeans schüttet, die er gerade trägt.

„Du hast gesagt, deine Eltern wären locker", sagt er beschuldigend. „Wenn ich bessere Klamotten mitbringen soll, dann sage es mir jetzt."

Ich bin solch ein Arschloch. Ich lasse seine Sachen liegen, gehe zu ihm, schlinge meine Arme um ihn und küsse ihn auf seine besorgten Lippen. „Es ist okay. Sie sind locker und alles, was du eingepackt hast, ist großartig. Ich selbst gehe halt nur nirgendwo hin, ohne eine Auswahl an Outfits zu haben."

Er entspannt sich in meine Umarmung und dreht sein Gesicht an meinen Hals. „Okay. Können wir dann gehen? Wirst du fahren?" Er zieht sich zurück und betrachtet mein Gesicht.

Ich ziehe eine Grimasse. „Ich sollte es wahrscheinlich nicht. Mein Kopf ist irgendwie benebelt."

Er seufzt. „Also gut. Aber du schuldest mir was. Genauso, wie du Jake schuldest, weil er mir heute Lunch gebracht hat." Er schüttelt seinen Kopf. „Nochmals danke, aber das hättest du wirklich nicht von ihm verlangen sollen."

„Er hat es gerne getan", erkläre ich, was nicht wirklich gelogen ist. „Wir werden zum Abendessen irgendwo an einem Drive-in vorbeifahren, somit brauchtest du ein vernünftiges Mittagessen." Ich packe seinen Rucksack wieder ein und reiche ihn ihm, dann ziehe ich mir meine Schuhe an. „Dann mal los."

Kapitel Fünfzehn

LIAM

OBWOHL MEINE SCHLIMMSTEN BEFÜRCHTUNGEN IN BEZUG auf das Fahren in der näheren Umgebung von L.A. allesamt wahr sind, kommen wir ziemlich gut voran und erreichen Charlies Zuhause kurz nach neun Uhr. Es befindet sich in *Brentwood Park*, was mir vollkommen unbekannt war, bis ich da durchfuhr und mir bewusst wurde, dass Charlie nicht nur Geld hat – er hat *Geld*. Ich habe Angst davor, zu googlen, wie viel diese Häuser wert sind, aber all das sorgt tatsächlich dafür, dass ich mich noch ein wenig mehr in ihn verliebe. Denn obwohl ich immer gewusst habe, dass er sich wegen Geld keine Sorgen machen muss, hat er sich nie so verhalten, wie ich es von einem megareichen Arschloch erwarten würde. Und wir haben so einige davon auf unserem Campus, somit sind meine Erwartungen gar nicht so unrealistisch.

Charlies Mutter muss nach uns Ausschau gehalten haben, denn in der Sekunde, als der Wagen in der Einfahrt anhält – vor einer Art Haus, von denen ich dachte, dass sie nur in Filmen existieren – schwingt die Eingangstür auf, und sie kommt herausgerannt.

Zumindest glaube ich, dass es seine Mutter ist. Ich drehe mich um, um ihn zu fragen, aber er ist bereits halb aus dem Wagen, und ich beobachte durch die Windschutzscheibe, wie er sie mit einer riesigen Umarmung begrüßt. Ich steige ebenfalls aus – gerade rechtzeitig, um sie sagen zu hören: „Ich kann kaum glauben, dass mein Baby einundzwanzig ist!"

Also definitiv seine Mutter. Ich stehe geduldig da, während sie ihn mit Fragen bombardiert und genau wissen will, was er an seinem Geburtstag unternommen hat, und Charlie versucht, ihr nicht von seinem betrunkenen musikalischen Tribut auf ihre Geburtswehen zu erzählen. Dann fällt ihr anscheinend auf, dass er immer noch ein wenig verkatert ist, weil sie seinen Kopf ergreift und sein Gesicht näher betrachtet.

„Du musst Lee sein", sagt eine Stimme, und ich drehe mich um – und falle beinahe um.

Ich sehe Charlie, nur dreißig Jahre älter.

Es ist verblüffend, wie sehr er seinem Vater ähnelt. Wenn da nicht die feinen Fältchen und das ergrauende Haar wären, würde ich behaupten, dass sie Spiegelbilder sein könnten. Was bedeutet, dass sein Vater ebenfalls megascharf aussieht – auf eine Art, wie es ein älterer Typ tut.

„Äh … Hi. Ja. Liam. Ich bin Liam Rigby." Ich reiße mich zusammen und strecke ihm meine Hand entgegen. „Es ist nett, Sie kennenzulernen, Mr. Martin. Vielen Dank, dass Sie mich über dieses Wochenende hier übernachten lassen."

Er schüttelt meine Hand, lächelt warmherzig und – oh, mein Gott – Charlie hat ebenfalls sein Lächeln geerbt.

„Sehr gern geschehen. Charlie spricht die ganze Zeit von dir, und wir wollten dich kennenlernen. Aber bitte nenn mich Warren. Mr. Martin macht mich alt und langweilig.“ Bevor ich antworten kann, schaut er an mir vorbei und ruft: „Allie, willst du das wirklich hier draußen in der Einfahrt in der Kälte nur mit der Gartenbeleuchtung tun? Wo ist die Gastfreundschaft, für die du angeblich so berühmt bist?“

Ich blicke über meine Schulter – gerade noch rechtzeitig, um zu sehen, wie Charlies Mutter seinem Vater den Mittelfinger zeigt – und beiße ein Grinsen zurück. Charlie mag wie sein Vater aussehen, aber ich habe diesen exakten Ausdruck, den seine Mutter derzeit auf ihrem Gesicht trägt, öfter als ich es zählen kann auf seinem gesehen. Es verändert sich zu einem Lächeln, als sie mich sieht.

„Lee? Es ist so schön, dich endlich kennenzulernen.“ Sie lässt Charlie los und kommt zu mir, um mich zu umarmen. „Komm ins Haus, wo es warm ist.“

Ich unterlasse die Bemerkung, dass es gar nicht so kalt ist. „Danke, Ms. Martin. Ich werde nur kurz meine Tasche holen.“

„Charlie und Warren können das erledigen“, sagt sie und grinst ihren Ehemann an. „Und bitte, nenn mich Allie oder Allegra, wenn du formeller sein willst.“ Sie schlingt ihren Arm um mich und dreht mich in die Richtung des Hauses. „Nun verrate mir, wie es Charlie nach dem ganzen Desaster letzten Monat wirklich geht? Er sagt, es geht ihm gut, aber …“ Sie verstummt und zuckt mit ihren Schultern, als wir die drei Stufen hinauf und durch die Haustür gehen.

„Er ist okay“, versichere ich ihr und versuche, nicht mit offenem Mund zu starren. Es ist nicht, dass das Innere des Hauses auffällig dekoriert wäre. Tatsächlich wirkt es sehr einladend und bewohnt – mit den Schlüsseln auf dem Seitentisch neben der Tür und einem Paar Schuhe, die verlassen vor der untersten Stufe der Treppe liegen. Aber es ist einfach so riesig und … ich weiß nicht einmal, welches

Wort ich benutzen soll. Es sieht wie ein sehr exklusives Hotel aus. „Er ist, äh, immer noch ein wenig enttäuscht, dass er ein paar Freunde verloren hat. Und es gefällt ihm nicht, darüber nachdenken zu müssen, ob eine Geste entsprechend passend ist, bevor er handelt. Aber er ist mittlerweile besser darin, soziale Hinweise aufzufangen." Ich bin mir nicht sicher, ob er ihr von dem Sugar-Daddy-Vorfall oder irgendwelchen anderen Details erzählt hat, also belasse ich es dabei.

Sie seufzt und führt mich ins Wohnzimmer. Dort befinden sich lange, dick gepolsterte Ledersofas vor einem Kamin, in dem ein knisterndes Feuer brennt. Die Decke ist hoch, und ich bekomme den Eindruck, dass die weiten Fenster tagsüber eine Killeraussicht in den Garten ermöglichen. „Er hat schon immer solch ein großes, großzügiges Herz gehabt. Ich habe ihm nie sagen müssen, zu teilen. Wenn ich gewusst hätte, wie ihm das dann im Nachhinein in den Hintern beißen würde, hätte ich vielleicht versucht, ihn manchmal ein wenig egoistisch sein zu lassen."

Ich schüttle meinen Kopf, als wir uns auf die wahnsinnig bequeme Couch setzen. „Er ist perfekt, so wie er ist." Erst als sie breit lächelt wird mir bewusst, wie sich das angehört hat. „Ich meine, er ist die Sorte Freund, die sich jeder wünscht." Uuuund das klingt jetzt so, als ob ich nur sein Freund bin, weil er so großzügig ist. Ich sollte wirklich meine Klappe halten.

„Er ist ein guter Junge, aber er ist bei Weitem nicht perfekt", kontert sie. „Ich habe achtzehn Jahre lang mit ihm zusammengewohnt. Ich weiß genau, wie nervig er sein kann."

„Ich hoffe sehr, dass du von Dad sprichst", sagt Charlie, als er und sein Vater in den Raum kommen. Er lässt seine Reisetasche an der Tür fallen, springt dann über die Rückenlehne der anderen Couch und streckt sich darauf aus. „Aaah. Ich vermisse es, im College ein Wohnzimmer zu haben."

„Sagst du jedes Mal, wenn du nach Hause kommst", sagt sein Vater trocken. „Bitte beweg deine Füße." Er setzt sich auf die Stelle, von der Charlie seine Beine wegzieht. „Wenn du ein Wohnzimmer willst, kannst du jederzeit vom Campus wegziehen. Wir werden dir eine Wohnung finden, oder ein Haus, wenn du ein paar Mitbewohner haben willst."

Charlie schüttelt seinen Kopf. „Ich wohne gerne in den Zimmern nahe allen anderen."

Ich blicke lächelnd auf meinen Schoß. Das ist so typisch für Charlie. Er ist wirklich gerne von Menschen umgeben – er kennt mehr Leute in meinem Wohnheim, als ich es tue.

Wir reden für eine Weile, wobei Charlies Eltern uns beide übers College befragen, und ich bin überrascht, wie entspannt ich bin. Mir hatte es ein wenig vor diesem Wochenende gegraut, aber seine Eltern sind sehr nett, und diese Couch ist das Beste, auf dem ich je gesessen habe … inklusive Charlies Gesicht. Während ich in den Kamin starre, der tatsächlich in irgendeinem Haus hätte sein können, fällt es mir leicht, zu vergessen, dass sie angeblich wohlhabender als Gott sind.

Charlie gähnt heftig, und sein Dad piekt ihn in die Seite, was ihn zum Lachen bringt. „Bekommst du nicht genug Schlaf?"

„Ich hatte eine … raue Nacht", murmelt Charlie mit pinken Wangen. „Vielleicht brauche ich das, heute früher ins Bett zu gehen."

„Ich auch", stimmt seine Mutter zu, als sie aufsteht. „Ich muss morgen um fünf Uhr aufstehen, um die allerletzten Details vor der Party zu organisieren. Charlie, deine

Anzüge sind alle gereinigt worden, aber ich wusste nicht, welches Hemd du tragen willst."

Irgendwie überrascht es mich nicht, dass Charlie mehrere Anzüge besitzt. Auf eine Art freue ich mich darauf, zu sehen, was er morgen Abend tragen wird.

„Ich werde nachsehen und sicherstellen, dass Marc genug Zeit hat, es zu bügeln, falls es notwendig ist", sagt er. „Oder ich bügle es selbst."

Allie nickt. „Tue es selbst. Marc hat morgen genug zu tun." Sie schaut mich an. „Marc führt das Haus und kocht für uns. Er arbeitet Samstagmorgen, also wirst du ihn zum Frühstück sehen, aber dann hat er von mittags bis Dienstagmorgen frei. Und wir wollen seine Gutmütigkeit während seiner freien Zeit nicht ausnutzen", sagt sie betont zu Charlie.

„Wann habe ich das je getan?", fragt er dramatisch. „Marc ist mein bester Freund! Er hat mir heimlich Plätzchen gegeben und bei den Hausaufgaben geholfen."

Beide Eltern lachen. „Dir bei den Hausaufgaben geholfen … dafür hat er eine Gehaltserhöhung verdient", sagt Warren nachdenklich und voller Zuneigung. „Das war das Frustrierendste, was ich in meinem Leben je getan habe."

„Erinnerst du dich noch daran", beginnt Allie, und Charlie springt auf seine Füße, womit er sie unterbricht.

„Ich fange an mich zu erinnern, warum ich so gerne am College bin", sagt er. „Komm mit, Lee. Wir sollten meine Eltern in Ruhe meine Kindheit zerpflücken lassen."

Ich stehe gehorsam auf, werfe seiner Mutter jedoch einen Seitenblick zu. „Werden Sie es mir später erzählen?"

Sie lacht kichernd, während Charlie wegen des Verrats aufheult.

Als ich meine Taschen aufhebe und Charlie nach

seinen greift, fragt er: „In welchem Zimmer habt ihr Lee untergebracht?"

Ihr Lächeln erstirbt. „Oh. Ich dachte … er schläft bei dir?"

Mein Gesicht wird heiß. Ich weiß nicht, was Charlie seinen Eltern erzählt hat, aber vielleicht werde ich ihn einfach umbringen müssen.

Charlie – soll er verdammt sein – sieht den Elefanten im Zimmer absolut nicht. „Ich meine, klar, das funktioniert, aber ihr habt meine anderen Freunde immer in einem eigenen Zimmer untergebracht."

Warren zieht seine Augenbrauen zusammen, schüttelt seinen Kopf, und Charlie blickt verwirrt zu uns. „Was?"

„Gib mir fünfzehn Minuten", erklärt Allie und bewegt sich auf die Tür zu, aber ich strecke meine Hand aus, um sie aufzuhalten.

„Es ist okay. Charlie und ich haben zuvor ein Bett geteilt." Und auf diese Weise wird keiner von uns mitten in der Nacht durch die Gänge schleichen.

Sie beäugt mich besorgt. „Bist du dir sicher? Es macht keine Umstände. Es tut mir so leid, dass ich angenommen habe …"

„Es ist wirklich okay", versichere ich ihr und schaue dann Charlie an. „Ich bin mir sicher, dass Sie einen soliden Grund hatten, das anzunehmen." Er sieht immer noch total ahnungslos aus, und ich kann mich nicht dazu bringen, wütend zu sein. „Na komm, Charlie. Ich werde dich ins Bett bringen."

Wir wünschen seinen Eltern eine gute Nacht, und dann folge ich ihm die Treppe hinauf nach oben, den Gang entlang zu seinem Schlafzimmer – das die Größe des gesamten Apartments meiner Tante hat. Es ist definitiv Charlies Zimmer, überall sind Hinweise auf ihn, aber es sieht trotzdem noch elegant aus. Und das riesige Bett ruft nach mir wie ein Magnet.

Charlie stellt seine Tasche auf die gepolsterte Bank am Ende des Bettes, zieht den Reißverschluss auf und fängt an, seine Klamotten auszupacken und sie ordentlich wegzuräumen. „Ich verstehe nicht, warum meine Mutter Marc nicht gesagt hat, dass er dir ein Zimmer vorbereiten soll", sagt er und runzelt seine Stirn. „Es ist nicht so, dass ich es nicht mit dir teilen will — das tue ich, und das hier vereinfacht alles — aber ich verstehe es nicht."

Ich wandere zu einer der beiden Türen in der Wand und werfe einen Blick dahinter. Badezimmer. Hoffentlich bedeutet das, dass die andere zu einem … Jep, es ist ein begehbarer Kleiderschrank. Ich hänge meine Anzughülle zwischen den unzähligen Klamotten auf und gehe dann wieder zurück in sein Schlafzimmer.

„Sie glaubt, dass wir miteinander schlafen", erkläre ich geduldig. „Was wir ja auch tun, aber ich hatte nicht gedacht, dass du das deiner Mom erzählst."

„Hab ich nicht!" Er runzelt seine Stirn. „Glaubst du, dass sie denkt, dass wir … du weißt schon … feste Partner sind?"

Mein Herz erstarrt in meiner Brust. Ich räuspere mich. „Keine Ahnung. Was hast du ihr von mir erzählt?"

Er öffnet seinen Mund, um zu antworten, schließt ihn dann und schüttelt seinen Kopf. „Vergiss es. Bist du sicher, dass es dir nichts ausmacht, kein eigenes Zimmer zu haben?"

Ich verdränge meine Neugierde — was wollte er da sagen? — und lächle. „Wenn wir auf dem Campus wären, würde ich dieses Wochenende sowieso ein Zimmer mit dir teilen. Und wir hätten kein Bett, das so riesig ist." Ich nicke zu dem quadratkilometergroßen Bett.

„Stimmt." Er grinst. „Das hier ist meine Chance, dir mein bestes Können zu zeigen."

Ich beäuge ihn, als er sich an mich heranpirscht. „Bist du dafür fit genug? Denn nimm es mir nicht übel, aber ich will nicht, dass du mitten beim Sex kotzen musst." Er hatte zum Abendessen nur Pommes gegessen, weil sich nach seinen Worten „ein Kater, eine lange Autofahrt im Stau und ein Burger nicht vereinbaren lassen".

„Was?! Du würdest nicht hingebungsvoll mein Erbrochenes aufwischen?", neckt er und ich versuche, bei dem Gedanken nicht zu würgen. „Also gut. Okay. Ich verspreche, nicht zu brechen, aber das bedeutet, dass du heute Abend keinen Blowjob bekommst, weil ich jetzt gerade meinem Würgereflex nicht ganz traue."

Wenn ich kein notgeiler Zwanzigjähriger wäre, würde ich den Sex auslassen, nachdem ich das gehört habe.

„Okay, kein Blowjob", sage ich stattdessen. „Aber du schuldest mir dann einen."

„Ich werde dir morgen früh einen geben", versichert er mir. „Ich kann dein ganz persönlicher Weckdienst sein." Er legt seine Unterarme über meine Schultern und verlinkt seine Finger in meinem Nacken. „Du wirst langsam aus deinem Schlaf aufwachen, und es wird sich so gut anfühlen, dass du denken wirst, du träumst immer noch."

Ich schnaube. „Du hast aber eine hohe Meinung von deinen Fähigkeiten." Aber er hat nicht unrecht.

„Ist das eine Herausforderung?" Seine Augenbrauen springen hoch, und ich strecke mich ihm entgegen, um ihn zu küssen.

„Wenn du willst, dass es eine ist. Aber erst, wenn du deinen Würgereflex wieder unter Kontrolle hast." Ich ducke unter seinen Armen hervor und gehe in Richtung Badezimmer.

Als ich wieder rauskomme, hat er die Deckenbeleuchtung ausgeschaltet, und die Nachttischlampen werfen einen warmen Schein auf seine nackte Haut, als er sich über das Bett beugt. Seine knackigen Arschbacken spannen sich an, als er seine Beine spreizt und mir einen Blick auf seine Rosette gewährt.

„Wow. Das nenn ich Gastfreundschaft", bringe ich zustande, und er kichert, während er über seine Schulter hinweg zu mir zurückschaut.

„Zu Ihren Diensten."

„Das klingt gut. Was …"

Das Klopfen erlaubt uns den Bruchteil einer Sekunde als Warnung, bevor sich Tür langsam öffnet, und Charlie lässt sich zu Boden fallen und zerrt die Tagesdecke vom Bett.

„Boys, braucht ihr irgendet- …" Allie verstummt, als sie ihren Kopf hereinsteckt. Wahrscheinlich, weil ich mit einer steifen Latte, die sie hoffentlich nicht sehen kann, mitten im Zimmer stehe, während ihr Sohn in eine Decke eingehüllt auf dem Boden hockt. „Oooh." Sie beißt sich auf ihre Lippe, und ich frage mich, was sie denkt. Sie blickt von mir zum Charlie-Haufen und zurück und fragt: „Habt ihr alles, was ihr braucht?"

Ein Schloss wäre wahrscheinlich gut, aber das sage ich nicht und nicke nur. „Ja. Danke." Ich bin zu verlegen, um mehr zu sagen. Ich danke allen Sex-Feen, dass ich immer noch komplett angezogen bin und sie nicht dreißig Sekunden später reingekommen ist.

„Okay. Na dann, gute Nacht." Sie lächelt, aber es ist angespannt. Wahrscheinlich wird sie mich jetzt hassen.

„Äh, gute Nacht." Mein erwiderndes Lächeln ist ebenfalls erzwungen.

„Gute Nacht, Mom", sagt der Klumpen, und seine Worte klingen gedämpft. Allie beißt sich auf ihre Lippe.

„Nacht, Teufelsbraten." Sie weicht zurück und schließt die Tür.

Es folgt ein Moment absoluter Stille, bevor ich sie lachen höre.

Dann wird es schlimmer.

„Sind die Jungen noch wach?", fragt Charlies Vater.

„Gehe da *nicht* rein!", sagt Allie, und ich vergrabe mein Gesicht in meinen Händen.

„Warum? Was hast du gesehen?" Warren klingt amüsiert, und der Tür nähern sich Schritte.

„Sie bauen eine Bude aus Decken."

Ich schnaube, lasse meine Hände sinken und schaue zu Charlie. Er hat die Decke etwas runtergezogen, und sein Gesicht ist sichtbar, aber sie bedeckt immer noch den Rest von ihm.

„Eine Decken-Bu- …? Ooooh, eine *Decken-Bude*. Richtig. Ich muss ihnen keine gute Nacht sagen." Die Schritte entfernen sich, und Charlie und ich warten, bis der Gang vollkommen still ist.

„Oh, mein Gott", sage ich.

„Das war … ja. Ich schätze, dass meine Mutter jetzt noch eine peinliche Geschichte zu erzählen hat." Er kichert. „Es hätte schlimmer sein können."

Ich versuche, nicht daran zu denken.

Er wirft die Decke zurück und entblößt seinen nackt auf dem Boden sitzenden Körper. „Lass uns da weitermachen, wo wir aufgehört haben."

Ich starre ihn an. „Bist du verrückt? Wir können jetzt keinen Sex haben. Deine Eltern …" Ich erschaudere und bin unfähig, den Satz zu Ende zu sprechen.

Er kommt rasch auf seine Füße. Es ist vollkommen unsexy, aber mein Schwanz zuckt trotzdem, als ich zusehe. „Sie werden nicht mehr zurückkommen, und ihr Schlafzimmer befindet sich auf der anderen Seite des Hauses. Es liegen drei andere Schlafzimmer und zweieinhalb Badezimmer zwischen uns."

Ich schaue auf seinen Steifen, der hart und stolz hochsteht. „Wie kannst du immer noch steif sein, wenn uns deine Mutter fast erwischt hat?" Ich ignoriere die Tatsache, dass mein eigener Schwanz immer noch halb steif ist und beim Anblick seiner großartigen Figur vor mir immer steifer wird.

„Sie hat nichts gesehen, und sie ist jetzt weg, und ich will dich wirklich sehr." Er schaut mich mit einem flehenden Blick an.

„Charlie …"

„Biiiiitte? Du kannst dich einfach hinlegen, und ich werde alles tun. Und wir werden die Decke über uns ziehen, damit sie nichts sehen können, falls jemand reinkommen sollte – was sie nicht tun werden."

Das ist lächerlich, aber ich glaube auch nicht, dass ich heute Nacht neben Charlie schlafen könnte, ohne vorher gekommen zu sein. Und ich kann ihm nichts abschlagen. Also tue ich so, als ob ich nur widerstrebend nachgeben würde. „Also gut."

Sein Lächeln lässt sein Gesicht erstrahlen, und er dreht sich herum, um die Decke auf dem Bett zu arrangieren, während ich mich ausziehe und meine Klamotten auf den Stuhl in der Ecke lege.

Als ich mich wieder zum Bett umdrehe, klopft er auf die Matratze, und ich geselle mich zu ihm – unfähig, ihm zu widerstehen – und stehle einen weiteren Kuss.

„Wenn du es wirklich nicht willst, müssen wir es nicht tun", murmelt er, und ich ziehe mich weit genug zurück, um sein Gesicht ansehen zu können. Er lächelt hoffnungsvoll, aber sein Blick ist ruhig und fest.

„Natürlich will ich es."

Sein Lächeln erstrahlt mit voller Wucht, und er drückt

mich an meinen Schultern runter. „Dann leg dich hin. Ich bin schon komplett vorbereitet, aber du brauchst immer noch ein Kondom.“

Ich sinke auf die Kissen zurück und beobachte ihn voller Liebe, während er versucht, das Kondom wiederzufinden, das er angeblich aufs Bett gelegt hatte, bevor seine Mutter reingekommen war. Es ist verschwunden, also schnappt er sich ein Neues, beugt sich vornüber, lutscht einmal kräftig an meinem Schwanz und rollt dann das Kondom drüber.

„Ich liebe deinen Mund“, sage ich zu ihm.

„Morgen“, verspricht er. „Weckdienst. Es wird großartig sein.“ Er kommt auf seine Knie und schwebt rittlings über meinen Hüften. „Bist du bereit?“

Ich greife nach seinem Schwanz, der sich mir so fieberhaft entgegenstreckt, und pumpe ihn. „Jetzt bin ich es.“

Er positioniert sich oberhalb meiner Eichel und lässt sich langsam nach unten gleiten. Ich versuche, meine Augen nicht voller Ekstase zurückrollen zu lassen. „Dein Arsch ist ein verdammtes Wunder.“

Er nimmt mich komplett in sich auf und schenkt mir das glückselige, sexbetrunkene Lächeln, das ich so sehr liebe. Er ist so unglaublich empfänglich. „Schhh, ich bin dabei, deinen Körper für meinen Genuss zu benutzen.“

Mein Lachen erstickt, als er anfängt, sich zu bewegen, sich anhebt und dann wieder herabsinken lässt. Er legt einen raschen Rhythmus fest, und ich lege mich zurück und verliere mich in dem Anblick und den Empfindungen. Schon bald lässt Schweiß seine Haut glänzen, und seine Muskeln arbeiten, als er sich auf mir selbst fickt. Seine braunen Augen schließen sich, und er lässt seinen Kopf zurückfallen. Ihn einfach nur so anzusehen, reicht aus, um mich bis an die Grenze zu treiben, und die Art, wie mich sein Arschloch melkt, ist zu viel …

Ich umgreife seinen Schwanz fester und beginne, ihn ernsthaft zu reiben, und ich liebe die Geräusche, die er von sich gibt, als mein Daumen über seine geschwollene, tropfende Eichel streicht.

„Lee", stöhnt er, und Schock bebt durch mich hindurch.

„Schhhh!", fauche ich und blicke zur Tür. „Du musst leise sein!"

Er lacht atemlos und wird schneller, dann rammt er sich auf mich und vergräbt mich so tief in sich, wie er es kann, sein Anus zieht sich um mich zusammen, als er aufschreit und überall auf meiner Brust kommt.

Ich klammere mich an meinen Verstand, will nur ein wenig länger aushalten …

Er öffnet seine Augen, lächelt mich an und keucht. „Du bist so fantastisch."

Mein Orgasmus explodiert durch mich hindurch.

Ich liege im Dunkeln, starre an die Decke und lausche Charlies Atmung. Er ist an meine Seite gekuschelt, wie er es immer ist, wenn wir zusammen schlafen. Ich dachte, das war, weil die Betten im College so klein sind, aber hinter ihm ist tatsächlich meterweise Platz, und er klebt trotzdem an mir. Er liebt Kuscheln wirklich.

Und es bringt mich fast um.

Das Kuscheln. Das Küssen. Das Texten. Das ständige Zusammensein. Ich liebe es alles, aber zu wissen, dass er mich nur als einen Kumpel ansieht, den er fickt, ist … schmerzhaft. Aber ich kann niemand anderen dafür verantwortlich machen, außer mir selbst, und ich kann mich nicht dazu bringen, ihn gehen zu lassen.

Ich drehe meinen Kopf und küsse ihn sanft auf seine

Wange, wo er neben meiner auf dem Kissen liegt, und er regt sich.

„Lee?", murmelt er, größtenteils immer noch am Schlafen.

„Ich bin da. Schlaf weiter."

Er rollt sich auf seine Seite und schmiegt sein Gesicht an meinen Hals. „So froh, dass du hier bist."

Ooooh. Er ist so lieb. „Ich auch."

„Ich brauche dich immer."

Ich schließe meine Augen. Wenn er es doch nur auf die Weise meinen würde, wie ich es will.

„Lee?" Jetzt klingt er wacher.

„Ja?" Meine Stimme ist heiser.

„Lach mich nicht aus … oder geh. Wirklich, gehe nicht. Bitte."

„Ich gehe nirgendwo hin."

„Du bist die einzige Person, die mich wirklich versteht, und mich trotzdem mag. Bis auf meine Eltern. Aber sie zählen nicht, weil sie … na ja, dazu verpflichtet sind, mich zu lieben."

Durch mein brechendes Herz sage ich: „Sie würden dich lieben, selbst wenn sie nicht verpflichtet wären. Du bist eine leicht zu liebende Person." Das ist die einzige Möglichkeit, wie ich zugeben kann, was ich empfinde – selbst mir selbst gegenüber.

„Vielleicht. Aber ich bin trotzdem so froh, dass ich dich habe."

Ich beiße meine Lippe und versuche, mir eine Antwort zu überlegen, aber eine Sekunde später fügt er hinzu: „Und ich habe irgendwie Angst, wie sie sein werden, falls ich das Unternehmen ruiniere."

Ich erstarre in der Dunkelheit. „Was?"

Die Laken rascheln, und seine Schulter bewegt sich an meinem Arm, als würde er mit den Achseln zucken. „Ich soll mich nach meinem Abschluss meinem Vater im Unternehmen anschließen, aber du kennst mich. Ich komme soweit zwar mit meinem Studium klar, aber Lagerhallen und Logistik sind nicht gerade meine Leidenschaft. Und ich glaube nicht, dass ‚gerade so mit etwas klarkommen‘ der Standard ist, den sich mein Vater für sein *Fortune 500* Unternehmen vorstellt. Es besteht eine sehr hohe Chance, dass ich die ganze Sache in den Keller wirtschafte, die Arbeit von Generationen kaputtmache, die Lebensunterhalte von tausenden Menschen zerstöre und meine Eltern enttäusche.“

Wow! Ich schlucke schwer, dann suche ich nach seiner Hand und ergreife sie fest. „Das glaube ich nicht. Ich glaube, dass du zu gewissenhaft bist, um das jemals zuzulassen. Du wirst um Hilfe bitten, wenn du sie brauchst. Aber du unterschätzt dich sowieso. Dir mag das Studium nicht gefallen, aber du bist nicht dumm, Charlie. Und du bist großartig, wenn es darum geht, mit Menschen umzugehen. Du wärst die Art von Boss, den Leute ehrlich lieben würden und mit dem sie bei Problemen angstfrei sprechen könnten.“

Er sagt für eine lange Weile nichts, dann drückt er meine Hand und flüstert: „Ich will nicht dieser Boss sein. Ich meine, … ich will nicht der Boss dieser Firma sein.“ Seine Stimme bricht ein wenig.

Ich weiß nicht, was ich sagen soll. Er hat nie zuvor mit mir darüber gesprochen, hat es nicht einmal erwähnt. Ich habe nicht einmal darüber nachgedacht, was er nach unserem Abschluss tun wird, aber das hier ist offensichtlich etwas, das ihn sehr belastet. „Was willst du tun?“, frage ich und hoffe, dass ich nichts Falsches sage.

Er seufzt. „Weiß ich nicht. Es wäre so viel einfacher, wenn ich es wüsste. Meine Eltern sind großartig – du hast sie kennengelernt. Sie würden nicht wollen, dass ich mich auf etwas festlege, das ich hasse. Aber sie werden mich nicht einfach nichts tun lassen. Nicht, dass ich nichts tun will. Die Langeweile würde mich umbringen. Wenn ich zu ihnen gehen und sagen würde, dass ich nicht im Unternehmen arbeiten will, bin ich mir ziemlich sicher, dass sie damit okay wären, aber sie würden fragen, was ich stattdessen tun will. Und wenn ich sage, dass ich es nicht weiß, werden sie vorschlagen, dass ich anfange, dort zu arbeiten, bis ich herausfinde, was ich tun will. Und bevor ich mich versehe, war ich dreißig Jahre dort und habe das Gefühl, niemals gehen zu können, weil es meine Hinterlassenschaft ist."

Ich verziehe schmerzhaft mein Gesicht und bin froh, dass er es nicht sehen kann. „Du hast noch Zeit", sage ich und wünschte, es würde nicht so schwach und wie ein Klischee klingen. „Wir können darüber nachdenken, in welchen Karrieren du vielleicht glücklich wärst."

Charlie hebt meine Hand zu seinem Mund und küsst sie. „Siehst du? Du verstehst mich. Du akzeptierst mich. Niemand sonst kennt mich so gut wie du das tust. Wenn du glaubst, dass alles okay sein wird, dann glaube ich dir."

Mir bleiben die Worte im Hals stecken, und ich liege schweigend da, während sich seine Atmung wieder beruhigt. Niemand hatte mir jemals so tief vertraut.

Vielleicht sollte ich damit aufhören, zu viel über alles nachzudenken, und mich einfach drauf einlassen. Mich in seiner Zuneigung sonnen, den Sex genießen, die Küsse, seine Gesellschaft. Bis zum Ende des Semesters sind nur noch ein paar Monate übrig, und wer weiß, was sich während des Sommers alles ändern wird? Bis zum nächsten Jahr könnte das hier vielleicht für uns beide nicht mehr als eine liebenswürdige Erinnerung sein

Kapitel Sechzehn

CHARLIE

Das Geräusch von Lees Stimme führt mich an diesem wunderbaren Samstagmorgen in die Küche. Alleine aufzuwachen ist nicht meine Lieblingssache in der Welt, aber sein Kichern zu hören und den gebratenen Speck und Waffeln zu riechen, macht das wieder gut.

Ich bleibe in der Tür stehen und beobachte mit einem Lächeln, wie Marc und Lee zusammen lachen. „Macht es euch was aus, den Scherz zu teilen?" Ich schlendere herein und nehme den Stuhl neben Lee an der Kücheninsel. Ich will mich wirklich gern rüberlehnen und ihn auf seine Wange küssen, aber seit Jakes kleiner Rede gestern, und dann Mamas Vermutung, dass Lee kein eigenes Zimmer braucht, bin ich mir nicht so sicher, ob das nicht zu sehr nach festem Freund aussehen würde oder nicht. Einerseits fange ich an zu denken, dass es mir egal ist, dass ich vielleicht will, das Lee mein fester Freund ist, aber unsere Situation ist irgendwie unklar. Außerdem will ich auf keinen Fall riskieren, dass er nicht daran interessiert sein könnte und deshalb vielleicht unsere Freundschaft zurückschraubt.

Er grinst zu mir rüber, und meine Brust zieht sich zusammen. „Marc hat mir von der Zeit erzählt, als …“

Ich halte meine Hand hoch. „Nein. Genug gesagt. Was immer es war, ich will es nicht noch einmal durchleben.“

Lee kichert wieder, und ich stehe auf und gehe um die Kücheninsel herum, um Marc von hinten zu umarmen. „Haste mich vermisst?“

Die Kombination eines genervt stöhnenden Lachens ist ein bekanntes Geräusch aus meiner Kindheit, genauso, wie er mit den Zangen gegen meine Hand klopft. „Wie ein Loch im Kopf. Geh aus dem Weg, bevor du wieder die Küche in Brand setzt.“

„Du hast die Küche in Brand gesetzt?“, fragt Lee. Ich drücke einen Kuss auf Marcs Kopfseite, bevor ich wieder zu meinem Stuhl zurückgehe.

„Nur das eine Mal. Es war ein Versehen. Niemand hat mir gesagt, dass man Metall nicht in die Mikrowelle geben sollte.“

„Och, du warst noch ein kleines Kind.“

„Nicht so klein, wie du denkst“, sagt Marc, schiebt uns voll beladene Teller zu und zieht dann eine Augenbraue hoch, als er mich fragt: „Kaffee?“

„Ja, bitte.“ Ich deute nicht an, ihn mir selbst zu holen. Marc war derjenige, der mir beigebracht hat, wie man die Kaffeemaschine benutzt, aber er mag es nicht, wenn Leute in der Küche Dinge anfassen, wenn er dort ist.

Eine Minute später steht eine dampfende Tasse dieses himmlischen Genusses vor mir, und ich schaufle mir gebratenen Speck in den Mund. Marc lehnt sich mit seinem eigenen Kaffee an die Kücheninsel und unterhält sich mit uns, während wir essen. Er weiß alles über die Szene im Café – Mom hatte es ihm erzählt, und dann hatte ihm sein Neffe das TikTok-Video gezeigt – und er will alles über

Mr. Romance wissen und ob mir Lees Coaching hilft, weniger ahnungslos zu sein.

Schließlich lehnt sich Lee zurück. Sein Teller ist leer. „Das war fantastisch. Kann ich den Abwasch erledigen?"

„Das ist nett, aber nein", erklärt Marc mit fester Stimme. Lee zögert und lächelt dann.

„Dann vielen Dank. Ich werde unter die Dusche springen."

„Ich werde in fünf Minuten da sein", verspreche ich. Ich habe nicht mehr viel auf meinem Teller.

„Ich denke, dass ich klarkommen werde", versichert er mir trocken, und Marc lacht. Sobald Lee sein Geschirr ins Spülbecken gestellt hat und gegangen ist, streckt Marc seine Hand nach mir aus und schlägt mir gutgemeint auf meinen Hinterkopf.

„Aua! Was habe ich getan?" Ich schiebe etwas Waffel in den Mund und reibe mir die schmerzende Stelle.

„Du hast mir nicht getextet und gesagt, dass du einen Freund hast! Ich habe deine vollgeschissenen Windeln gewechselt und dir bei der Algebra geholfen, Kiddo. Das bedeutet, dass du mir sagen musst, was in deinem Leben passiert."

Ich winde mich. „Lee ist nicht mein fester Freund."

Marc verschränkt seine Arme vor seiner beeindruckenden Brust und *schaut* mich einfach nur an.

„Ist er nicht! Wir sind nur befreundet."

Eine Augenbraue hebt sich langsam, und ich seufze besiegt.

„Also gut. Okay. Ich glaube, ich will, dass er mein fester Freund ist, aber es ist kompliziert. Ich bin mir nicht sicher, ob er mich auf diese Weise mag."

Er starrt mich an und versteckt dann sein Gesicht in seinen Händen.

„Hör auf mit all der Dramatik!", schimpfe ich und esse den Rest von meinem Speck.

Er beäugt mich, während er mit seinen Fingern durch sein Haar fährt. „Okay. Ich werde dich das hier allein herausfinden lassen. Ist er ein guter Freund von dir?"

„Der Beste", versichere ich dem Mann, der geholfen hat, mich großzuziehen. „Ich weiß, dass ich ihm in allem vertrauen kann." Ich denke an unsere Unterhaltung im Bett von gestern Nacht. Ich bin immer noch ein klein wenig besorgt, was für eine Zukunft mich erwartet, aber zu wissen, dass Lee mir den Rücken stärkt und mir helfen wird, mein Leben in den Griff zu bekommen, nimmt mir sehr viel von dem Stress. Wenn er denkt, dass wir das hinbiegen können, dann ist alles gut.

Liam

Die Wohltätigkeitsveranstaltung ist eine Offenbarung für mich. Sie findet in dem Ballsaal eines eleganten Hotels statt, und von dem Augenblick an, als wir dort eintreffen, ist es, als wären wir eine andere Welt getreten. Uniformierte Kellner zirkulieren mit Tabletts voller Getränke und Canapés, und es wird so viel glänzender Schmuck zur Schau gestellt, dass die Menschenmenge zu glitzern scheint. Ich fühle mich augenblicklich fehl am Platz.

Das hält nur so lange an, bis Charlie mir einen Drink in eine meiner Hände drückt und einen Bissen von etwas Köstlichem in die andere, bevor er mich halb durch den Raum zerrt, um mit einem Mann zu sprechen, der wie er total von einem Anzug schwärmt, den ein Schauspieler an den BAFTAs auf dem roten Teppich getragen hat. Ich weiß nur, was die BAFTAs sind, weil Charlie mich gezwungen hatte, die Ankunft auf dem roten Teppich mit ihm anzuschauen, aber sie sind so enthusiastisch in ihren Erinnerungen an Kleidungsstücke, dass ich mir nicht helfen kann und mich amüsiere. Dann fällt ihnen auf, dass ich da bin, und Charlie stellt mich vor. Wie sich herausstellt, ist dieser Mann solch ein berühmter Fernsehproduzent, dass sogar ich von ihm gehört habe. Hiernach kann ich nicht mehr nervös sein – nicht, wenn jemand, der so reich und machtvoll ist, so normal erscheint.

Wir wandern von Gruppe zu Gruppe, und der Umgang ist immer derselbe. Charlie kennt fast jeden, und die paar Male, als er es nicht tut, stellt er sich mit einem Lächeln und einem bescheidenen „Ich bin Allegras Sohn" vor. Leute begrüßen ihn warmherzig, fragen ihn nach seinem Studium und hören zu, wenn er zu dem, was auch immer diskutiert wird, seine Meinung äußert. Außerdem achtet er darauf, mich überall miteinzubeziehen, und ich konnte schon mit einigen sehr interessanten Menschen sprechen. Bevor wir zur nächsten Gruppe weitergehen, erinnert er auf eine lockere und nichtaufdringliche Art die Leute an die Sache, die an diesem Abend unterstützt werden soll, und wie viel ihre Wohltätigkeit helfen könnte.

Denn obwohl dies eine Veranstaltung ist, die fünftausend Dollar pro Platz kostet, wird von den Gästen erwartet, dass sie zusätzlich noch spenden.

Als das Dinner angekündigt wird, und die Leute beginnen, zu ihren Tischen zu gehen, lächelt Charlie mir zu. „Es ist nicht so langweilig, wie du dachtest, nicht wahr?"

„Nicht einmal ansatzweise", gebe ich zu.

„Nach dem Dinner und den Reden wird getanzt. Mom organisiert gern Bands, über die die Leute reden, aber die bisher noch keinen großen Durchbruch hatten. Zwei ihrer letzten Entdeckungen wurden unter Vertrag genommen, nachdem sie an einer ihrer Wohltätigkeitsveranstaltungen aufgetreten waren.“

Charlie mag wie sein Vater aussehen, aber er denkt so sehr wie seine Mutter. Ich kann mir total vorstellen, wie er solch eine Idee haben würde. Diese ganze Zeit über, während wir uns unter die Leute gemischt haben, taten seine Eltern dasselbe, wobei Allegra sich zu Gruppen gesellte, sie zum Lächeln brachte, und ihnen dann Versprechen für Spenden entlockte, bevor sie weiterging.

Wir wandern auf die Tische zu und finden unsere Plätze. Charlie hatte mich bereits gewarnt, dass wir nicht bei seinen Eltern sitzen würden, aber ich bin überrascht, dass wir mit einigen höchst bekannten Schauspielern der erfolgreichsten Filme dieses Jahrzehnts an einem Tisch sitzen.

„Charlie“, grüßt einer von ihnen warmherzig. „Deine Mutter hat gesagt, dass du heute Abend kommen würdest.“

„Würde es mir nicht entgehen lassen“, versichert Charlie ihm. „Dies ist mein Freund Liam.“ Er geht um den Tisch herum und stellt mir jeden vor, obwohl die Hälfte von ihnen nicht vorgestellt werden müssen. Ich bringe es fertig, nicht wie ein totaler Fanboy durchzudrehen.

„Es ist großartig, Sie alle kennenzulernen.“ Mein Lächeln fühlt sich ein wenig steif an, aber ich glaube nicht, dass es irgendjemandem auffällt.

Während des ersten Gangs bleibe ich still, lass die Konversationen um mich herum fließen und beobachte die Art, wie Charlie sich mit jedem unterhält. Er ist vollkommen natürlich, obwohl ich weiß, dass er ein riesiger Fan von diesen speziellen Franchise-Filmen ist. Er erzählt vom College, über das Land, in dem einer der Schauspieler gerade gedreht hat, über die Ökonomie, über Privatschulen in L.A. … Ich wusste, dass er ein extrem sozialer Mensch ist und gut mit Leuten umgehen kann, aber mir war bis jetzt nicht bewusst, wie weit das reichte. Er hat wahrhaftig das Talent, mit jedem klarzukommen. Mehr noch – er mag Leute. Er unterhält sich gern mit ihnen, und er macht sich die Mühe, Interesse an den Dingen zu zeigen, die sie interessieren. Wenn er sich mit etwas nicht auskennt, fragt er nach, hört dann der Antwort aufmerksam zu und verfolgt die Konversation auf eine Weise, die dem anderen zeigt, dass er aktiv am Gespräch teilnimmt.

So oft wir auch sagen, dass er ahnungslos ist und gewisse Hinweise verpasst, zeigt sich das nicht, wenn er im „Arbeits"-Modus ist. Und das ist so ziemlich das, was dies ist. Allegra vertraut ihm eindeutig, den Leuten ein angenehmes Gefühl zu vermitteln und sicherzustellen, dass sie sich gut amüsieren und dann große Summen spenden. Und Charlie ist derjenige, der das wahrmacht.

Ich selbst lasse mich von der Schauspielerin zu meiner Rechten in die Unterhaltung über die Unterschiede zwischen Süd-Kalifornien und Wisconsin ziehen, von wo wir beide rein zufällig herkommen, aber ich kann die Idee, die sich in meinem Hinterkopf formt, nicht abschütteln.

Die Musik fängt an und Charlie lehnt sich zu mir. „Tanzen?"

Ich lächle die Schauspielerin an. „Bitte entschuldigen Sie. Mir wurde Tanzen versprochen."

Sie lacht. „Das klingt wie eine großartige Idee."

Am Ende schließt sich ein Großteil unseres Tisches dem Exodus in Richtung Tanzfläche an. Die ersten paar Lieder haben ein peppiges Tempo, und ich lasse mich in die Musik hineinsinken. Charlie ist ein guter Tänzer, und die Band ist sehr viel besser, als ich es erwartet hatte.

Dann wechselt die Musik, der Beat wird langsamer, und Charlie wirft mir einen fragenden Blick zu. Ich bewege mich näher zu ihm und schlinge meine Arme um seine Schultern.

„Amüsierst du dich?", fragt er und legt seine Hände auf meine Hüften. Seine langen Finger streifen seitlich über meinen Hintern.

„Überraschenderweise, ja. Deine Mutter wirft gute Partys."

„Und all das ist für eine gute Sache. Du verdienst Karma-Bonuspunkte, indem du einfach hier bist."

Ich lache, und er zieht mich etwas näher heran.

„Danke, dass du mit mir hergekommen bist. Und dass du du selbst bist." Der ernste Unterton lässt mich in sein Gesicht schauen, und ich suche in seinem Ausdruck. Da ist ein Hauch von Verletzlichkeit. Hat das etwas mit dem zu tun, was er letzte Nacht gesagt hatte?

„Danke, dass du mich eingeladen hast. Und dafür, dass du du selbst bist." Ich zögere, füge dann hinzu: „Es gibt niemanden sonst, mit dem ich lieber zusammen wäre."

Er seufzt und schließt das letzte Bisschen Abstand zwischen uns, indem er seinen Kopf gegen meinen lehnt, und ich lasse mich in diesem Augenblick versinken.

Kapitel Siebzehn

CHARLIE

Lee benimmt sich merkwürdig.

Ich glaube, dass es am Wochenende angefangen hat, aber ich kann mir nicht sicher sein. Er hat sich großartig mit meiner Mutter und mit meinem Vater verstanden – und mit Marc – was ich nicht anders erwartet hatte, und ihm hatte sogar die Wohltätigkeitsveranstaltung gefallen. Ich meine, das mag vielleicht daran liegen, dass ich ihn fast die ganze Nacht zum Tanzen gebracht habe. Gymnasten haben fantastische Tanzbewegungen. Jeder dort ist neidisch auf mich gewesen, dass ich sein Partner war.

Aber seit wir zurückgekommen sind, ist er … seltsam. Ich möchte distanziert sagen, aber was bedeutet das überhaupt wirklich? Wir verbringen noch immer genauso viel Zeit zusammen, somit gibt es keine Distanz zwischen uns. Und trotzdem ist es irgendwie so.

Ich schwänze eine Stunde, um zum Lunch vor seinem Training zu gehen. Ich gehe nicht immer, um Lee zuzusehen, wie er ein scharfer Gymnastiker ist, und wenn ich es tue, habe ich für gewöhnlich davor keinen Lunch mit ihnen. Lee ist so etwas wie ein Fanatiker, wenn es darum geht, zum Unterricht zu gehen. Normalerweise sagt er nichts, wenn ich ihn ausfallen lasse, aber er arbeitet so hart an seinem eigenen Studium, dass ich weiß, wie wichtig es in seinen Augen ist. Und hey, wenn ich nach meinem Abschluss einen wertvollen Beitrag im Familienunternehmen leisten will, sollte ich versuchen, alles zu lernen, was ich kann, richtig?

Ich versuche, bei diesem Gedanken nicht zu heulen.

Jedenfalls will ich, seit Lee sich komisch verhält, mehr Zeit mit ihm verbringen, also schwänze ich die Stunde für Lunch und Training mit ihm und seinen Freunden.

Ian und Matt befinden sich bereits in der Mensa, also winke ich ihnen zu und hole mir und Lee etwas zu essen.

Er kommt in dem Moment herein, als ich zum Tisch zurückgehe, und ich weiß, dass er mich gesehen hat, als er seine Stirn runzelt. Ist er wirklich so aufgebracht, weil ich eine Stunde schwänze? Ich warte darauf, dass er zu mir kommt.

„Ich habe dir Salat besorgt", betone ich hoffnungsvoll. „Und ich habe jemanden gebeten, für mich in der Stunde Notizen zu machen."

Sein Stirnrunzeln verblasst ein wenig. „Bist du okay? Ist nichts passiert?"

Oh. Er macht sich um mich Sorgen!

„Mir geht's gut", versichere ich ihm sofort. „Ich wollte nur etwas Zeit mit dir verbringen."

Tatsächlich bringt das sein Stirnrunzeln wieder zurück. „Dann komm."

Ich folge ihm zum Tisch, schmolle ein wenig, und wir setzen uns. Matt und Ian streiten sich über etwas und bemerken uns kaum.

„Ich sage dir, das bedeutet, dass ich nicht hingehen muss. Wenn überhaupt, sollte ich nach Illinois gehen. Was ich nicht tun werde", sagt Matt und sticht mit seiner Gabel betonend in die Luft. Lee packt seine Hand und drückt sie runter.

„Bitte versuche, keinen von uns heute abzustechen.“

„Nur nicht allein!“, flippt Ian aus und starrt ihn böse an. „Wenn ich gehen muss, musst du ebenfalls gehen. Gabe hat sogar gesagt, dass du gehen sollst. Also wirst du gehen. Du wirst mich nicht alleine in das Flugzeug gehen lassen!“

Ich werfe Lee einen Blick zu. Geht es hier um die Frühlingsferien?

„Neben einer Kotztüte mit zwei Beinen quer über das Land zu fliegen ist für mich nicht gerade angenehm, Mann!“

„Was glaubst du denn, wie ich mich fühle?“ Ians Stimme hebt sich eine Tonlage und lässt ihn beinahe hysterisch klingen.

„Wir sollten uns alle beruhigen“, sage ich mit meiner besten beschwichtigenden Stimme. „Was ist hier das Problem? Bis auf Ians Kotze.“

„Mein Bruder kann nun doch nicht zu den Frühlingsferien kommen. Er muss in Illinois bleiben, weil die … Er muss arbeiten. Also sagte ich, dass ich dann halt eben auch nicht gehen werde.“

Kapiert. „Nein, Mann. Ian mag eine herumlaufende Kotztüte sein, aber er ist dein Bro, und er braucht dich. Außerdem ist es ein Trip nach JU. Darauf solltest du dich tierisch freuen!“

Sie tauschen Blicke aus. „Dir gefällt *Joy Universe*?“

Ich zucke mit den Schultern. „Wie könnte man es nicht mögen? Disneyland ist näher an meinem Zuhause, aber wir sind immer nach Joy Universe gefahren, weil es uns besser gefallen hat.“ Ich runzle meine Stirn. „Vor ein paar Jahren hatten sie ein paar Probleme, aber das scheint sich geklärt zu haben.“

Ian schaut Lee an. „Du hast keine Pläne für die Frühlingsferien, oder?"

Er schüttelt seinen Kopf. „Vielleicht werde ich für Mr. Romance eine neue Webseite entwerfen. Und ich werde vielleicht mit dem Joggen anfangen. Falls Matt bleibt, kann er mit mir laufen gehen."

„Oder du könntest mit uns mitkommen", kontert Ian und fügt dann hinzu: „Ihr beide."

„Was? Nach JU?" Ich habe Lee nie zuvor so verwirrt gehört. Ich bin allerdings total begeistert.

„Ja! Das würden wir super gerne!"

Lee dreht sich mit hochgezogener Augenbraue zu mir um. „Das würden wir?"

Ich nicke energisch. „Das würden wir verdammt gerne!"

„Das wird Spaß machen!", lockt Ian. „Kieran hat uns das komplette VIP-Paket besorgt, und das Resort, in dem wir übernachten, ist megaklasse. Plus all die Vergnügungsparks und all das. Da Gabe nicht kommen kann, wird sein Zimmer leer sein."

„Es ist cool von dir, dass du fragst, aber ich kann mir das nicht leisten", sagt Lee streng, und ich schmolle.

„Wahrscheinlich kannst du das aber doch", kontert Matt. „Kieran hat einen riesigen Rabatt bekommen, weil er dort gearbeitet hat und sie ihn wahrscheinlich immer noch lieben. Außerdem könntet ihr beide es euch teilen. Lass mich anrufen und herausfinden, wie viel Gabes Zimmer kosten würde." Er zieht sein Handy hervor. Lee fängt an, zu protestieren, aber ich stoße ihn mit meinem Ellenbogen an und lehne mich dann dicht zu ihm.

„Würde es schaden, den Preis herauszufinden?", murmle ich.

Er dreht sich zu mir um und schaut mich an. Sein

Gesicht ist nahe genug, dass ich ihn küssen könnte. „Und was ist mit den Flugkosten? Und Essen?"

„Tatsächlich", unterbricht Ian, der schamlos lauscht, „ist es ein All-Inclusive-Paket. Die Mahlzeiten sind inklusive."

Lee zeigt ihm den Mittelfinger, ohne hinzusehen.

„Lass mich dir etwas sagen, und dann werden wir es nie wieder ansprechen", verspreche ich. „Warte, um zu sehen, was Matt sagt, und entscheide dann, ob du es dir wirklich nicht leisten kannst, oder ob du nur geizig bist. Weil du eine Pause verdienst, Lee. Du arbeitest so hart. Und du nimmst sogar Kurse während des Sommers, was bedeutet, dass du dann auch keine freie Zeit hast." Ich zögere und füge dann hinzu: „Ich will mit dir zusammen in den Urlaub fahren, und ich kann dafür bezahlen, wenn es sein muss. Tue es für mich, bitte?" Ich weiß, dass das nicht wirklich fair ist, aber ich kann ihn nur dazu zu bringen, sich etwas freie Zeit zu nehmen, wenn ich ihn vom College wegbekomme.

Er sieht meinetwegen nicht happy aus, und ich wappne mich, aber schlussendlich nickt er einfach. „Ich werde warten, um zu sehen, was all das kosten wird, und dann werde ich es mir überlegen."

Gewonnen! Ich versuche, nicht zu grinsen.

Matt beendet seinen Anruf und sagt: „Er wird mir die Info zumailen. Ich werde es an dich weiterleiten."

„Großartig. Danke", sagt Lee. „Ich werde Flüge und all das checken und es euch wissen lassen."

„Es wäre so super, wenn du kommen würdest", bettelt Ian, und Lee wirft ihm eine Serviette an den Kopf.

Ich lächle. Das hier ist nett.

Ich sitze mit an meine Brust hochgezogenen Knien da und beobachte, wie Lee über die Matten rennt und dann mit seinem Körper durch die Luft wirbelt. Ich bin mir nicht sicher, was genau er tut, aber es sieht großartig aus. Er benutzt heute keine Geräte und turnt nur auf den Matten ... Bodentraining nannte er das, und es sieht tatsächlich wie hartes Training aus. Als Kind konnte ich richtig gut Radschlagen, aber es ist eine lange Zeit her, seit ich es versucht habe, und ich würde kein Geld darauf verwetten, dass ich es noch immer kann.

Die Art, wie er durch die Luft fliegt, ist einfach fantastisch. Und er ist immer so happy und entspannt nach seinem Gymnastik-Training. Ich will ihm für immer dabei zusehen.

Ich seufze. Die ganze Zeit. Für immer. Nach dem, was Jake letzte Woche gesagt hatte, und dann Moms Missverständnis am Wochenende, fange ich an, mich zu fragen, ob mir vielleicht etwas Wichtiges entgangen ist. Vielleicht haben sie recht und Lee und ich *sind* mehr als nur befreundet. Aber wie kann ich das mit Sicherheit wissen?

Ja klar! Google.

Ich ziehe mein Handy hervor, öffne ein Browserfenster und tippe in die Suchleiste ,*Wie weiß man, ob man mehr als nur befreundet ist?*‘

Eine schockierende Menge von Ergebnissen erscheint. Ich schätze, das bedeutet, dass ich nicht der einzige Volltrottel auf diesem Planeten bin, der die sozialen Hinweise nicht immer richtig deutet. Ich browse durch die ersten paar, aber das Einzige, das sie definitiv gemeinsam haben, ist die Tatsache, dass hier nicht die Rede von Freunden ist, die bereits miteinander schlafen. Also erscheinen Dinge wie „anscheinend wollen sie dich küssen“ oder „sie umarmen dich länger“ auf den Listen. Diese passen nicht zu mir und Lee, da wir uns bereits küssen und umarmen.

Also ändere ich meine Suche zu ‚*Wie weiß man, wenn man mehr ist als Freunde mit gewissen Vorzügen?*‘

Wieder eine ganze Menge Resultate. Das hier scheint wirklich ein allgemeines Problem zu sein. Super für mich.

Ich klicke auf den ersten Artikel und springe zum ersten Punkt auf der Liste. *Er nennt dich Baby.* Okay, das wäre ein nein. Ich bin mir ziemlich sicher, dass keiner von uns beiden den anderen je „Baby" genannt hat. So weit, so gut.

Mein selbstsicheres Grinsen verschwindet, als ich die Liste weiterlese. *Freunde kennen ihren Namen … verbringen Zeit zusammen, ohne Sex … bleiben über Nacht, gehen zusammen zum Brunch …* Wir tun alle diese Dinge. Wir wissen auch Dinge über das Leben des anderen, reden am Telefon und texten, und … na ja, er hat mir zwar kein Buch ausgeliehen, sondern mir eins gekauft − ich glaube, das zählt. *Und* es war ein Buch, das ihm besonders gefällt. Ich habe mir den Rest dieser Buchreihe selbst gekauft. Das trifft also auf den Punkt zu, dass wir unsere gegenseitigen Vorlieben und Abneigungen kennen. Mist! Da steht was davon, Dinge über Familienmitglieder zu wissen − er hat meine Eltern *kennengelernt!*

Ich springe wieder zurück zu den Suchergebnissen und finde einen anderen Artikel, aber dieser ist genauso schlecht.

„Was hat es mit dem Stirnrunzeln auf sich?" Ian schnappt sich seine Wasserflasche und trinkt große Schlucke davon.

„Ich glaube, Lee und ich sind inoffiziell feste Freunde."

Er verschluckt sich, und ich beeile mich, ihm auf den Rücken zu klopfen. Es ist seltsam befriedigend.

„Danke, bin okay", krächzt er keuchend und winkt Matt und Lee zu, als sie rüberschauen, um zu sehen, ob es ihm gut geht. „Du glaubst … Warum glaubst du das?"

Ich beäuge ihn. „Kannst du ein Geheimnis für dich behalten? Zumindest so lange, bis ich das hier geklärt habe?“

Er setzt sich neben mich hin. „Ja. Solange es Liam nicht wehtun wird.“

„Ich würde Lee niemals wehtun.“ Ich schüttle vehement meinen Kopf. „Deshalb muss ich darüber sprechen.“

„Okay. Leg los.“

Ich erkläre alles, was in der vergangenen Woche passiert ist, und zeige ihm dann die Artikel, die ich mir angesehen habe. „Was soll das bedeuten? Du hast mir Lee vorgestellt, damit er mir hilft, zu vermeiden, dass sich meine Freunde in mich verknallen, und jetzt bin ich vielleicht dieser Freund, der sich in ihn verknallt.“

Ian starrt mich an. „Das hier ist das absolut Merkwürdigste aller Zeiten. Und ich habe eine Menge Erfahrung mit merkwürdigen Dingen.“

Ich schmolle. „Hilfst du mir?“

Er nickt. „Ja. Erstens sind diese Artikel von gelangweilten Praktikanten geschrieben worden und dazu bestimmt, als Klickköder zu funktionieren. Nimm sie nicht zu ernst. Sie haben ein paar gute Punkte aufgelistet, aber die einzigen Leute, die wissen können, ob ihr mehr als nur befreundet seid, sind du und Liam.“

„Aber ich weiß es *nicht*“, jammere ich.

„Wahrscheinlich tust du es. Zum Beispiel betrinken sich Freunde nicht besinnungslos und quengeln dann rum, dass ihr Freund auf ein Date gegangen ist – wie du es anscheinend getan hast.“

Ich antworte stirnrunzelnd: „Aber ich bin mir nicht sicher, ob diese beiden Dinge miteinander verbunden sind. Vielleicht wurde ich einfach nur so ohne Grund betrunken.“

Oh, sieh mal einer an, Ian hat seinen ‚du bist solch ein

Volltrottel'-Blick perfektioniert. „Okay, dann hättest du also nichts dagegen, wenn ich Liam mit diesem super scharfen Typen aus einem meiner Kurse zusammenbringe? Er ist klug, sexy, und er findet Liam großartig, nachdem er nur zwei Minuten lang mit ihm gesprochen hat."

„Er ist großartig", verteidige ich. „Ich nehme an, dass es okay wäre." Mein Magen verdreht sich.

„Super!", verkündet Ian. „Und es macht dir also nichts aus, wenn aus einem Date drei werden und die Sache ernst genug wird, dass Liam eure Freunde-mit-Vorzügen-Vereinbarung beendet. Und auch nicht, wenn dann sein fester Freund jederzeit auftauchtt, wann immer ihr beide zusammen abhängt – was nicht mehr so oft sein wird, weil sie so viel Zeit zusammen verbringen werden. Sich berühren. Sex haben. Sich unterhalten. Pläne schmieden, zusam- …"

„Okay. Gut. Sei still!" Ich lege meine Hände über meine Ohren bis sein Mund aufhört, sich zu bewegen. Mein gesamter Körper fühlt sich krank an und angeekelt – nur von dem Gedanken, dass Lee so mit jemand anderem zusammen sein könnte. „Ich glaube, ich habe Gefühle für Lee."

Ian zieht eine Augenbraue hoch. „Du glaubst?"

Ich seufze. „Ich bin Po-Loch über Nase in ihn verliebt."

„Po-Loch üb- … Mann, was zum Teufel …?!"

„Ist nur eine Phrase", verteidige ich mich. „Hör auf, auseinanderzunehmen, was ich sage, und hilf mir!"

„Ich dachte, dass ich das gerade getan habe. Dir ist bewusst geworden, dass du Gefühle für Liam hast." Er klatscht sich die Hände ab. „Job erledigt."

„Nein! Job nicht erledigt. Erinnerst du dich, dass er mir geholfen hat, mein Problem mit den Freunden, die mich daten wollten, zu lösen? Und jetzt bin ich sein Freund, der ihn daten will! Er wird mich hassen. Oder schlimmer noch, er wird mich sanft abservieren und sich dann von mir distanzieren, bis wir kaum noch miteinander sprechen. Ich verliere ihn so oder so."

„Oh, mein Gott", murmelt Ian. „Wie kann mir das hier passieren? Ich hätte einfach ignorieren sollen, dass ich verdurste. Wen juckt's, dass einem schwindelig wird und man Muskelkrämpfe bekommt – ganz ehrlich?"

Ich schaue nervös zu ihm rüber. „Ist dir schwindelig? Soll ich dir mehr Wasser besorgen? Hier, leg dich hin."

Er hält beide Hände hoch und erklärt. „Es geht mir gut, aber danke." Sein Lächeln wirkt dümmlich, aber warmherzig. „Du bist ein guter Freund, Charlie. Ich verspreche dir, dass Liam dich nicht hassen wird, wenn du ihm sagst, was du empfindest."

„Du kannst nicht solche Versprechen machen."

„Das kann ich. Er wird dich nicht hassen."

Hoffnung und Sorge bekriegen sich in meiner Brust. „Was ist damit, dass er sich von mir distanzieren wird? Wird er das tun?"

„Charlie, du solltest diese Unterhaltung mit Liam führen – nicht mit mir."

Ich seufze. Ich weiß, dass er recht hat, aber ich habe eine Heidenangst vor den Risiken, die involviert sind. So viele der möglichen Szenarien enden damit, dass ich Lee verliere. „Ich will mich zuerst an diesen Gedanken gewöhnen, in ihn verliebt zu sein. Vielleicht werde ich mich für eine Weile darin sonnen. Nur für den Fall."

Jetzt ist er an der Reihe, zu seufzen, und für eine Minute beobachten wir beide, wie Lee sich auf zauberhafte Weise auf den Matten austobt.

„Was tut er?", frage ich und mein Blick folgt der nahezu mühelosen Art, wie er seinen Körper durch die Luft wirbeln lässt.

Ian wartet, bis Lee gelandet ist, und sagt dann: „Abrunden, doppelter Rückwärtssalto."

„Diese Worte verstehe ich nicht."

„Warum hast du dann gefragt?"

Ich zucke mit den Schultern. „Sollte ich solche Dinge nicht über den Typen, den ich liebe, wissen?"

Er lacht. „Mann, du solltest Dinge wie seinen Lieblingsfilm wissen, und wie er seinen Kaffee mag. Die Bezeichnung für Gymnastikübungen, die er nur zum Spaß macht, eher weniger."

Verdammt. „Ich habe einiges darüber zu lernen, wie es ist, verliebt zu sein."

LEE IST GANZE zwei Minuten in der Dusche, als ich entscheide, dass es eine gute Idee wäre, mich wie ein fester Freund zu ihm zu gesellen, um ihm einen Blowjob zu geben. Vielleicht kann ich ihm diese ganze Idee langsam schmackhaft machen, dass wir uns in einer echten Beziehung befinden, indem ich all die Dinge tue, die feste Partner tun, und wenn er sich dann fälschlicherweise in Sicherheit wiegt, könnte ich ihn überraschen: „Ta-daah! Wir sind schon die ganze Zeit feste Freunde!"

Mir stellt sich das erste Problem, als ich den Waschraum erreiche und mir klar wird, dass ich nicht einfach so zu Lee in seine Duschkabine gehen kann. Wessen verdammte Idee war es, sie von innen verschließbar zu machen? Wie soll ein Typ seinen Freund mit einem Dusch-Blowjob überraschen können, wenn er zuerst anklopfen muss?!

Ich lehne mich an die Kabinentür. „Lee?"

Es folgt eine Pause, dann sagt Lee: „Ähm, … ja? Charlie? Bist du das?"

„Ich bin's. Lass mich rein."

„Ich dusche. Was ist los?"

„Nichts ist los. Du musst mich reinlassen."

„Äääh …" Bei der Stimme hinter mir drehe ich mich um und sehe Dean, dessen Zimmer den Gang runter ist, wie er mich anblinzelt. „Du weißt, dass es mehr als nur eine Dusche gibt, richtig?" Er zeigt auf die anderen Duschkabinen.

Vielleicht hatte Dad recht damit, mir eine Wohnung außerhalb des Campus zu nehmen. Lee und ich könnten zusammenwohnen und ständig ohne irgendwelche Unterbrechungen oder dumm abzuschließende Kabinen zusammen duschen gehen.

„Es ist alles gut", versichere ich ihm. „Ich muss nur etwas mit Lee besprechen."

Er öffnet seinen Mund, um etwas zu sagen, zögert und schließt ihn dann wieder. „Ich, äh … werde gehen. Ich kann den Waschraum im Haus meines Kumpels benutzen."

„Hab einen schönen Abend!"

Der Blick, den er mir zuwirft, ist einfach nur merkwürdig. „Du … auch." Als er nach draußen stolpert, drehe ich mich wieder zur Duschkabine um.

„Leeeeee! Lass mich rein."

„Himmel nochmal, Charlie! Was zur Hölle …?!" Das Schloss klickt, und ich falle beinahe in die Duschkabine, als die Tür aufschwingt. Auf der anderen Seite steht Lee mit Schaum im Haar, einem angepissten Ausdruck im Gesicht und gleichzeitig mega sexy muskulös und nass. Ich dränge mich hinein, stelle sicher, dass die Tür zu und fest verschlossen ist, und dann küsse ich ihn.

„Was …"

Ich unterbreche ihn mit einem weiteren Kuss, dränge

ihn zurück zum immer noch fließenden Wasser. „Überraschung! Zeit für einen Blowjob.“

„Charlie, warte! Du bist noch angezogen!“

Bin ich das? Ich schaue herab und ja. Huch.

Glücklicherweise trage ich nur eine Jeans und ein T-Shirt – nichts, das vom Wasser ruiniert werden könnte. Ich nehme mir eine Sekunde, um meine Schuhe abzutreten und sie in den ‚trockenen‘ Teil der Duschkabine zu stellen. Es sind *Vans* Sneakers, also wird ihnen ein bisschen Wasser nicht schaden, aber trotzdem.

Er fängt an zu lachen. „Ernsthaft, was tust du da? Geh zurück zum Zimmer. Ich werde in einer Minute fertig sein.“

Ich spanne trotzig meinen Kiefer an und lass mich auf meine Knie fallen. „Nein. Das hier ist ein Überraschungslutschen. Entspann dich und genieße es.“ Er blockiert den Großteil des Wassers, aber wie es an seinem Körper herabrinnt, landet etwas davon auf mir. Ich schaue zu ihm auf und sehe eine Kombination von Begierde und … etwas. Traurigkeit? Warum ist er traurig? Ich will nicht, dass er jemals traurig ist. Das hier soll ein glücklicher Blowjob sein.

Ich blinzle Wasser weg und konzentriere mich auf seinen Schwanz, der nur halb steif ist. „Hallo.“ Ich streichle mit einem Finger an dessen Länge entlang und er wird wach. „Es ist schön, dich zu sehen.“

„Charlie …“ Lee klingt genervt, aber als ich aufschaue, lächelt er.

„Schhhh! Das hier ist zwischen mir und deinem Schwanz. Wir brauchen etwas Zeit alleine.“ Ich umklammere sein Glied mit meiner Hand und genieße die Art, wie er schaudert. Er ist etwas länger als meiner, aber nicht so dick, und er hat diese verdammt fantastische Biegung nach links. Vertraut mir, wenn ich sage, dass ihr nicht gelebt habt, bis ihr von einem Typen mit einem gebogenen Schwanz gefickt worden seid.

„Kannst du endlich loslegen, bevor das Wasser kalt wird?“

Ich schnaube und reibe ihn langsam, bis er vollkommen steif ist, während ich darüber nachdenke, wie ich das hier tun will. „Der Heiß-Wasser-Boiler hat einen endlosen Vorrat. Aber netter Versuch.“

Ich treffe eine Entscheidung, lasse ihn los, lege meine Hände hinter meinen Rücken und nehme ihn dann so weit in meinem Mund auf, wie ich es kann.

„Fuck!“ Lees Schrei hallt von den Fliesen und gibt mir eine endlose Befriedigung. Seine Hände kommen zu meinem Kopf, weder drängend noch kontrollierend, er lässt sie einfach nur dort ruhen, und ich schaue zu ihm auf. Der glückselige Ausdruck auf seinem Gesicht bringt mich dazu, mich noch mehr anstrengen zu wollen.

Ich ziehe mich zurück, bis nur noch seine Spitze in meinem Mund steckt, schlängle dann mit meiner Zunge auf die Art in den Schlitz, von der ich weiß, dass er es mag, und seine Hände werden in meinem Haar zu Fäusten. Oh, ja, Baby. Das ist es.

Für einige Minuten bleibe ich dabei, wechsle dazwischen ab, ihn so tief wie möglich in meinen Mund aufzunehmen und seine Eichel zu bearbeiten, und es dauert nicht lange, bis er atemlos keucht.

Zeit für den nächsten Schritt.

Ich bringe langsam wieder meine Hände ins Spiel, lasse sie zunächst an seinen Oberschenkeln hinausgleiten, wo seine steinharten Muskeln beben. Ich bleibe für einen Moment dort, damit er sich an die Berührung gewöhnen kann … bis er unachtsam wird.

Dann bewege ich eine Hand und umschließe seinen Sack.

Das Geräusch, dass ihm aus seiner Kehle entkommt, ist roh und verflucht scharf.

Und laut.

„Äh, bist du okay da drin?", ruft jemand und – oh, Mist! – ich habe niemanden reinkommen hören. Lees Finger bohren sich in meine Kopfhaut, und ich setze meinen besten Welpenblick auf.

Er räuspert sich. „Okay", bringt er zustande. „Ähm, … erinnere mich nur … wie schlimm … ähm …" Er zerrt an meinem Haar und mir wird bewusst, dass ich immer noch leicht an seinem Schwanz lutsche, was wahrscheinlich jetzt gerade wenig hilft.

Huch. Nicht mein Problem.

Er starrt mich böse an, als ich mit den Schultern zucke, hustet dann und sagt abschließend: „… ich meinen Test verhauen habe."

„Wirklich?" Wer immer dieser Typ ist, klingt so, als würde er lachen. Über das Geräusch der Dusche hinweg höre ich, wie eine Toilette abgezogen wird. „Weil es sich anhört, als ob du dir einen runterholst und es sich groß-artig anfühlt." Wasser rauscht in einem der Waschbecken, als Lee spuckt. Dann ruft der Typ „Viel Spaß!" und geht anscheinend.

Wir warten einen Augenblick, aber er scheint wirklich weg zu sein.

„Ich werde dich umbringen", verspricht Lee, aber sein Schwanz ist in meinem Mund immer noch steif wie ein Stahlrohr, also ignoriere ich ihn, bringe meine Finger wieder zurück zwischen seine Beine, streichle sie leicht über seinen Damm und zwischen seine Arschbacken. Ein Finger umkreist seine Rosette, und er atmet einen heftigen Atemstoß aus. „Später", fügt er hinzu und lässt seinen Kopf zurückfallen.

Glücklicher Blowjob ist ein Gewinn! Ich mache wieder

weiter und bin entschlossen, hieraus trotz der Unterbrechung eine gute Erinnerung zu machen. Lee steht total auf Arsch-Spielchen, somit braucht er jetzt nicht mehr lange, bis er kommt. Gleichmäßiges Lutschen und Saugen an seinem Schwanz, eine Hand auf seinen Eiern und ein Finger, der sein Loch reizt …

„Lass mich raus, ich will auf deinem Gesicht kommen!", keucht er und … oh, Fuck! Ja! Ich ziehe mich zurück, ersetze meinen Mund mit meiner Hand, reibe ihn mit gleichmäßigen Zügen und sein gesamter Körper spannt sich an, bevor er abspritzt. Ich schließe meine Augen, während er mich Streifen über meine Lippen und Wangen bemalt, und Lee stöhnt.

Das ist das beste Geräusch der Welt.

Eine Sekunde später befreit er sich aus meinem Griff, und ich öffne meine Augen, als er vor mir auf seine Knie sinkt. Da die Dusche nicht mehr länger von seinem Körper blockiert wird, regnet das Wasser nun auf uns beide nieder.

„Du bist solch ein Idiot", tadelt er, beugt sich dann zu mir und küsst mich, kostet sich selbst in meinem Mund.

„Danke. Das hier war eine großartige Überraschung." Seine Hand sinkt zur durchnässten Vorderseite meiner Jeans. „Zieh die aus und lass mich um dich kümmern."

„Das ist es nicht, worum es hierbei ging", protestiere ich, aber ich halte ihn nicht auf. Ich mag manchmal ahnungslos sein, aber ich bin nicht dumm.

„Aber jetzt will ich dran sein."

Also gut. … heißt es nicht, dass man ein guter Partner ist, wenn man seinem Mann seine Wünsche und Bedürfnisse erfüllt? Zeit für den nächsten Schritt, um ihm zu zeigen, was für ein großartiger fester Freund ich sein könnte.

Kapitel Achtzehn

Ich habe keine Ahnung, was in letzter Zeit in Charlies Kopf vor sich geht, aber er ist seit Neuestem superanhänglich. Einerseits liebe ich es – jede Ausrede, um mit ihm zusammen zu sein, ist großartig, richtig? Aber manchmal wie heute will ich ihn erwürgen.

„Charlie, lass es ruhen", sage ich noch einmal und so geduldig, wie ich es fertigbringe. Etwas weniger geduldig als beim ersten Mal, aber hey – ich glaube, ich sollte Punkte dafür bekommen, dass ich überhaupt noch Geduld übrighabe. „Es war nicht das Ende der Welt, dass wir während des Fluges nicht zusammensitzen konnten." Tatsächlich war es vielleicht sogar eine gute Sache, dass ich auf die andere Seite des Ganges platziert wurde, weil Ian wirklich ein Kotzbeutel auf zwei Beinen ist. Und er liebt es, sein Elend zu teilen – selbst mit der Distanz zwischen uns konnte ich sein Jammern hören.

Um fair zu sein, er hatte ein Anrecht darauf, zu jammern. Es ist ein vierstündiger Flug, und er musste sich sechs Male übergeben. Ich bin überrascht, dass er so viel in sich hatte, wenn man bedenkt, dass er in einem Versuch, das Erbrechen zu reduzieren, seit letzter Nacht nichts mehr gegessen hatte.

Aber als ob Ians Rumgejammer nicht ausreichte, schmollt Charlie, dass wir getrennt waren. Ian konnte nicht alleine sitzen, da man sich um ihn kümmern musste, und Matt konnte es nicht, weil Ian ein riesiges Baby ist, das darauf bestand, dass sein Ersatz-Bruder derjenige sein musste, der sich um ihn kümmerte.

Charlie hatte versucht, die Airline dazu zu bringen, unsere Sitzplätze neu zu arrangieren, damit wir zusammensitzen konnten, aber der Flug war voll gebucht, und das war nicht möglich. Ich bin mir nicht sicher, warum das für ihn solch eine große Sache war, da wir in der nächsten Woche ein Zimmer teilen würden. Ist das nicht genug Zusammensein?

Anscheinend nicht, da wir uns immer noch auf dem Flugsteig befinden und er sich bereits zweimal darüber beschwert hat. Das zählt nicht einmal all die Male, die er rumgejammert hat, seit wir San Diego verlassen haben.

Er trägt unser Handgepäck – alle vier – während Matt und ich einem kranken, dehydrierten Ian helfen. Die Airline hatte ihm einen Rollstuhl angeboten, aber das hätte bedeutet, dass wir zuerst darauf hätten warten müssen, bis alle anderen Passagiere aus dem Flugzeug ausgestiegen sind, und Ian wollte einfach so schnell wie möglich von diesem „fliegenden Relikt einer Höllendimension" verschwinden. Matt versicherte uns allen, dass er sich jetzt, da er nicht mehr hoch oben in der Luft war, schnell wieder erholen würde, und dass er nichts weiter als Elektrolyte bräuchte. So, wie er aussieht, scheint das Wunschdenken zu sein, aber sie haben das hier schon zuvor durchgemacht, somit wissen sie es wahrscheinlich am besten.

Wir erreichen die Flugsteige, und ein Pfeifen lässt mich aufmerksam werden.

„Da sind sie", sagt Matt und dreht uns die Richtung. Wir gehen auf zwei Männer zu, von denen einer eine ältere Version von Ian ist – nur besser aussehend. Seine voll tätowierten Arme sind durch das Muskelshirt, das er trägt, nicht verdeckt, allerdings kann ich die Designs nicht erkennen. Der Typ, der bei ihm ist, ist vermutlich sein Freund, der uns diesen fantastischen Deal ermöglicht hat – denn ja, es ist wirklich günstig – und er sieht ebenfalls gut aus, aber auf eine geschliffenere Weise. Sein rotes Haar ist ordentlich gekämmt, und er trägt eine Kakihose und ein Polohemd.

Ians Bruder tritt vor, um uns mit ihm zu helfen, und wir verfrachten ihn auf einen Platz. „Hier." Der Rotschopf bietet ihm eine Flasche Gatorade und ein Päckchen Salzcracker an, und Ian nimmt sie dankbar entgegen. Sie wissen eindeutig, was zu erwarten ist.

Während Ian schlürft und knabbert und tief einatmet, zerrt sein Bruder Matt in eine feste Umarmung. „Ich wurde beauftragt, deine Rippen mit Umarmungen zu brechen", sagt er und drückt ihn sichtlich. Matt schreit auf und schlägt ihm auf den Hinterkopf.

„Con, muss … atmen!"

Con lässt ihn lachend los und dreht sich zu uns um. „Ich bin Connor, Ians klügerer und besser aussehender älterer Bruder. Du musst Liam sein. Wir haben viel von dir gehört."

Ich schüttle seine angebotene Hand. „Hi. Danke, dass wir mitkommen dürfen."

Er winkt mit einer Hand ab. „Das Zimmer war gebucht, und ich lerne gern die Freunde der Jungs kennen. Ehrlichgesagt will ich einfach nur wissen, dass sie überhaupt Freunde haben. Matts Bruder Gabe war halb davon überzeugt, dass sie dich nur ausgedacht haben."

Matt gibt ein protestierendes Geräusch von sich. „Nur dafür werde ich deinen scharfen Freund begrapschen.“

Dieser scharfe Freund lacht, während er immer noch neben Ian sitzt und sanft seinen Rücken reibt.

„Dies ist Charlie“, sage ich hauptsächlich, um die Konversation voranzutreiben.

„Hey!“ Charlie setzt ein gewinnendes Lächeln auf. „Klasse, euch kennenzulernen.“

„Nett, auch dich kennenzulernen. Der Name meines scharfen Freundes ist Kieran, falls ihr es nicht wisst.“

Kieran rollt mit seinen Augen. „Könntet ihr bitte aufhören, mich so zu nennen?“

Connor zwinkert. „Aber das ist dein Name.“

„*Gah*, hört auf, bevor ich mich nochmal übergeben muss“, unterbricht Ian uns. „Ich fühle mich besser. Können wir aus diesem Wartezimmer zur Hölle verschwinden?“

Kieran steht auf und zieht ihn mit sich hoch. „Ja. Wir werden uns euer Gepäck schnappen, und ein Fahrer wartet bereits auf uns. Er hat uns abgesetzt und ist dann los, um den Wagen zu parken.“

„Jippiiiieh! Auf geht’s nach Joy Universe!“

Wir alle schauen Charlie an, und er lässt seine Arme sinken, die er in die Luft gepumpt hat. „Was? Ich verstehe nicht, warum ihr nicht mehr begeistert seid.“

Kieran schlingt einen Arm um seine Schultern und steuert ihn in Richtung Haupthalle des Flughafens. „Leute wie du waren meine Lieblingsbesucher, als ich dort gearbeitet habe.“

Ich lächle, greife mein Handgepäck und folge ihnen.

ALS UNSER BUTLER die Tür hinter sich schließt, drehe ich mich zu Charlie um. „Exakt wie groß war der Rabatt, den Kieran uns besorgt hat?" Die Rate, die Matt mir in der E-Mail geschickt hatte, war für eine Woche in einem Hotel angemessen gewesen, da Mahlzeiten und die Eintrittskarten zum Park inklusive sind – und das sogar für jemanden, der so geizig ist wie ich. Aber das deckt auf gar keinen Fall solch ein gutes Hotel und den Butler-Dienst. Butler-Dienst! Wofür zur Hölle werden wir einen Butler brauchen?

Charlie zuckt mit den Schultern und lässt sich auf das makellos gemachte riesige Bett fallen. „Keine Ahnung. Aber das muss eine riesige Menge gewesen sein."

Ich beiße mir auf meine Lippe und betrachte ihn. Ich würde ihn beschuldigen, dass er den Rest für dieses Zimmer für mich bezahlt hat, aber Matt hatte die E-Mail seines Bruders direkt an mich weitergeleitet. Charlie hat absolut keine Möglichkeit gehabt, sie zu ändern. Anscheinend werde ich diese fantastische Gelegenheit einfach akzeptieren müssen und mich amüsieren.

Charlie klopft neben sich auf die Matratze. „Was hältst du von einem Nickerchen?" Der wilde Glanz in seinen Augen sagt mir, dass Schlaf das Letzte ist, woran er denkt.

„Wir haben nicht genug Zeit", erinnere ich ihn. „Schon vergessen? Ian will vor dem Abendessen zum *Planet Joy* und *Joy Bear's* magische Parade sehen." Ich dachte, dass er scherzte, als er es erwähnte, aber anscheinend tat er es nicht.

Charlies Schmollen hält nur eine Sekunde an, bevor ihn die Verlockung an Kindheitserinnerungen aus dem Bett zieht. „Okay! Dann küssen wir uns während des Feuerwerks. Aber danach werden wir jeden Zentimeter dieses Bettes einweihen."

Mein Mund wird trocken. Küssen während des Feuerwerks? Seit ich Charlie gesagt hatte, dass ich Küsse mag, hat er sich besondere Mühe gemacht, mich oft zu küssen. Aber das hier ... das hier ist einer dieser romantischen Film-Momente.

Ich atme tief ein und zwinge mich zu einem Lächeln. „Lass mich nur kurz meine E-Mails checken. Ich muss mich wenigstens einmal am Tag um Mr. Romance-Dinge kümmern."

Er nickt. „Ich weiß. Deine Arbeitseinstellung ist eins der Dinge, die ich an dir besonders sexy finde."

Bring. Mich. Um.

Ich fahre meinen Laptop hoch, während Charlie mit seinem Handy rumfummelt – vermutlich probiert er die Joy-Universe-App aus, weil er hin und wieder eine der Fahrten im Park oder eine Show erwähnt, die er besuchen möchte. Ich konzentriere mich hauptsächlich auf das, was ich tue, und antworte mit „Mm-Hmm."

„Oh, mein Gott! Lee. *Lee!*"

Ich schaue auf, als mich die Dringlichkeit in seiner Stimme aufmerksam macht. „Was?"

„Schau!" Er dreht sein Handy zu mir um, aber da er halb auf der anderen Seite des Zimmers ist, hilft das wenig.

„Ich kann es nicht sehen, Charlie. Was ist es?"

„Wir können in der Restaurant-Kulisse von *Schwul-timatum* zu Mittag essen!"

Schmetterlinge flattern in meinem Magen, und ich stehe auf, um es mir anzusehen. „Das Karaoke-Restaurant?"

„Ja!" Er hüpft auf der Matratze. „Das mit der großen Ich-liebe-dich-Rede und dann dem Lied!"

Ich nehme sein Handy, lese, und tatsächlich kann man in dieser Kulisse Lunch haben – inklusive der Chance, auf der Karaoke-Bühne zu singen.

„Das müssen wir machen", erklärt er und nimmt sein Handy zurück. „Das ist dein Lieblingsfilm. Ich werde den anderen Bescheid sagen."

„Vielleicht wollen sie nicht hingehen", fange ich an – während ich mich frage, ob es ihnen wohl etwas ausmachen würde, wenn ich ohne sie ginge.

„Pffft. Es ist Lunch und Karaoke. Sie werden hingehen wollen. Und falls nicht, werden nur du und ich gehen. Es ist dein Lieblingsfilm, Lee. Ich werde nicht zulassen, dass du das verpasst."

Och. „Also gut. Danke."

TATSÄCHLICH SCHOCKT ES MICH, wie sehr ich diesen Trip genieße. Ich dachte, wir würden uns für ein paar Tage die Achterbahnen und Fahrten in den Vergnügungsparks vornehmen, aber dann größtenteils rumhängen. Stattdessen haben Charlie und Ian darauf bestanden, dass wir uns jede Show, Attraktion und Erfahrung reinziehen, die die Parks zu bieten haben, und das hat bisher unglaublich viel Spaß gemacht.

Jetzt, am dritten Tag, ziehe ich mich an und fühle mich so erfrischt und entspannt wie schon seit Ewigkeiten nicht mehr. Mit der Sonne, der Zeit draußen an der frischen Luft, dem großartigen Essen und stundenlangem Sex jede Nacht ist mein gesamter Stress verschwunden.

„Komm schon, Charlie!", rufe ich durch die Badezimmertür. „Wir werden zu spät kommen." Es ist verlockend, da reinzugehen, aber ich weiß, wenn ich das täte, würden wir nur wieder unter der Dusche ficken. Und wären definitiv zu spät.

Das Wasser stoppt, und er ruft zurück: „Fünf Minuten.

Bitte trage nicht deine hässlichen Klamotten, wenn ich rauskomme."

Ich lache und blicke auf die Shorts herab, die er so sehr hasst. Als er mir neue Outfits ausgesucht hat, hatte er keine Shorts miteinbezogen. Jetzt bereut er es. Ich weiß das, weil er es mehrere Male gesagt hat. Aber da es im Joy Universe Komplex nur sehr teure Geschäfte und lizensierte Kleidung zu kaufen gibt, wird er sich einfach damit abfinden müssen.

Als er eine Minute später in einer Wolke aus Wasserdampf aus dem Badezimmer kommt – splitternackt – wirft er einen Blick auf mich und seufzt. „Du bist die einzige Person auf diesem Planeten, die es wert ist, auf diese Shorts schauen zu müssen."

Mein gesamter Körper erwärmt sich, und ich versuche, mein glückliches Lächeln zu verbergen. Wenn er solche Dinge sagt, fühle ich mich unglaublich gut, gesehen und akzeptiert – selbst für die Teile von mir, die er nicht liebt. Wenn Charlie mich ansieht, fühle ich mich attraktiv. Dann bin ich sexy. Nicht der zu kurz geratene, hässliche, merkwürdige Romantiker. Dann bin ich Lee, und Charlie will mich in seinem Leben haben.

Ich wünschte nur, er würde mich als mehr als einen Freund sehen, den er fickt.

Manchmal denke ich, dass er es vielleicht tut. Es ist unmöglich, die Tatsache zu übersehen, dass wir uns eher wie feste Partner als alles andere benehmen. Aber er hat nie etwas gesagt, um zu zeigen, dass er auf diese Weise über uns *denkt*, oder dass er mehr will. Und wenn wir ehrlich sind, liegt es bei ihm. Ich kann nicht sein Freund sein, der ihn daten will – nicht nach der Art und Weise, wie wir uns begegnet sind. Falls er nicht dasselbe empfindet, würde es sein Vertrauen und unsere Freundschaft zerstören, und das kann ich ihm nicht antun.

Er zieht sich in Rekordzeit an, und obwohl er wie ich selbst Shorts, ein T-Shirt und Sneakers trägt, bringt er es irgendwie fertig, so auszusehen, als wäre er soeben von einer Jacht gestiegen. Wir schnappen uns unsere Armbänder, mit denen wir überall Zutritt haben und unsere Essenskredite abrufen können, unsere Handys und verlassen das Zimmer. Ursprünglich hatte ich geplant, Wasserflaschen und Snacks mitzunehmen, wenn wir in die Parks gingen, aber bei unserer Ankunft, als Kieran erklärte, was in unserem Paket enthalten ist, habe ich die Idee verworfen. Ich habe noch nie zuvor solch eine VIP-Behandlung genossen, und ich muss sagen, dass es großartig ist.

In der Lobby entdecken wir Ian und Matt sofort. Sie sprechen mit Connor, Kieran und einem älteren blonden Typen, den ich nicht kenne – aber er trägt ein Hemd mit Krawatte, somit vermute ich, dass er hier arbeitet. Wer würde sonst zur Joy Universe kommen und eine Krawatte tragen?

Charlie und ich schließen uns ihnen an.

„Hier sind sie", sagt Kieran. „Jungs, das hier ist Derek, mein ehemaliger Boss und derjenige, der unseren Aufenthalt arrangiert hat. Derek, das sind Liam und Charlie."

Derek lächelt, und jegliche Verlegenheit, die ich vielleicht gefühlt habe, entfällt. „Schön, euch beide kennenzulernen. Ich hoffe, ihr amüsiert euch gut."

Sein müheloses Charisma erinnert irgendwie an Charlie – bis auf die Tatsache, dass Charlie vollkommen freundlich und liebenswürdig ist, dieser Typ jedoch eine gewisse Schärfe besitzt. „Hallo! Ja, das hier ist bisher ein großartiger Ausflug."

„Total fantastisch!", fügt Charlie hinzu. „Dann warst du also vorher Kierans Boss?"

„Tatsächlich war er der Boss meines Bosses. Ich war

nur ein niedriger Resort Manager Assistent und Derek hier ist ein stellvertretender Direktor. Er ist der Boss von allen."

Derek lacht. „Von einem Fünftel von allen", korrigiert er. „Es gibt noch vier andere stellvertretende Direktoren."

„Aber du bist einer der wichtigen Typen?", beharrt Charlie. „Einer der Wichtigsten?"

Wir alle schauen ihn an.

„Was? Ich habe mich nur gefragt." Er stopft seine Hände in seine Hosentaschen. „Darf ich vielleicht fünf Minuten deiner Zeit in Anspruch nehmen?"

„Charlie", beginnt Kieran, der ihm zweifelsohne genau sagen will, wie wertvoll fünf Minuten von Dereks Zeit sind, aber Derek hebt eine Hand, um ihn zu stoppen.

„Fünf Minuten? Sicher, warum nicht? Aber gleich als Warnung im Voraus: Was immer du mich fragen wirst – ich kann nicht garantieren, dass ich ja sagen werde."

Charlie grinst selbstbewusst. „Das ist okay. Ich werde es erst dann mit Sicherheit wissen, wenn ich frage." Er dreht sich zu uns um. „Ihr könnt schon mal vorgehen, ich werde nachkommen."

Ich habe bei dieser Sache absolut kein gutes Gefühl, und Matt und Ian fühlen anscheinend genauso, weil wir allesamt zögern.

Derek lacht. „Jungs, ich verspreche, ihn nicht verhaften zu lassen oder rauszuwerfen – egal, was er sagt. Ich versuche, Kieran wieder zurückzugewinnen. Seinen Familienurlaub zu ruinieren, würde da nicht weiterhelfen."

Ian wendet sich an Kieran. „Du willst deinen Job bei Mannix Estate aufgeben?"

„Nein", sagen Kieran und Connor gleichzeitig und tauschen dann einen Blick aus.

„Ich schwöre, ich werde nichts Schlimmes sagen", verspricht Charlie ehrlich, und wir gehen widerstrebend.

„Was war das denn jetzt?", fragt Matt, sobald wir das

Hotel verlassen. Wir übernachten im Chateau, von dem ich erfahren habe, dass es der eleganteste Ort im Komplex ist. Es ist nur ein kurzer Weg zu *Planet Joy*, dem Aushängeschild aller Parks hier, aber um zu den *Joy Visual Studios* zu gelangen, zu denen wir heute gehen wollen, müssen wir entweder den Shuttle oder ein Boot nehmen.

„Keine Ahnung", antworte ich. „Er ist in letzter Zeit ein wenig … merkwürdig. Ich glaube, dass ihn etwas belastet, aber er hat nicht gesagt, was."

„Hast du ihn gefragt?", fragt Ian. Er starrt mich intensiv auf eine extrem unangenehme Art an.

Ich zucke mit den Schultern. „Nein. Falls er darüber sprechen will, wird er das. Ich will ihn nicht zu neugierig ausquetschen."

„Ja, aber vielleicht muss er nur wissen, dass du *dafür offen* bist. Damit meine ich, wenn du fragst, wird er wissen, dass du es *genauso sehr willst,* wie er das tut. Zu reden. Er wird wissen, dass du reden willst."

„Warum bist du komisch und gruselig?", fragt Matt ihn, und Ian seufzt.

„Ich glaube einfach, dass Liam Charlie einen Hinweis geben sollte, dass er offen ist, über … Dinge zu sprechen."

Ich habe keine Ahnung, wovon er hier redet, aber ich nicke. „Ich werde ihm sagen, dass er mit mir über alles sprechen kann."

Ian sieht eher unzufrieden aus, lässt es aber ruhen.

„Warum will er in der Zwischenzeit mit Kierans altem Boss sprechen? Glaubt ihr, dass er einen Job will, oder sowas?", fragt Matt verdächtigend.

Bei dem Gedanken verdreht sich mir der Magen. Könnte Charlie wirklich in einem Vergnügungspark und Resort-Komplex mitten im Nirgendwo arbeiten wollen? Anders als Disney wurde Joy Universe nicht in der Nähe einer großen Stadt gebaut. Stattdessen gibt es in der Nähe eine Stadt, in der alle Angestellten wohnen. Dort ist kürzlich ein College-Campus eröffnet worden, aber es ist trotzdem noch lange keine geschäftige Metropole. Und vielleicht liebt er es hier, aber die Arbeit in den Büros hier ist wahrscheinlich nicht viel anders als die Arbeit mit seinem Vater sein würde.

Nicht, dass es mir wichtig ist – natürlich nicht. Nur, weil ich hoffe, meine Doktorarbeit in Süd-Kalifornien absolvieren zu können, heißt das nicht, dass Charlie ebenfalls dort bleiben muss. College-Freundschaften werden nach dem Abschluss oft zu Langstreckenbeziehungen.

„Vielleicht", sagt Ian. „Möglicherweise denkt er an ein Praktikum für diesen Sommer, mit der Hoffnung, dass sie vielleicht etwas für ihn haben, wenn er seinen Abschluss macht. Es ist nicht dumm. Er liebt es hier wirklich."

Das stimmt. Charlies offene, freundliche Persönlichkeit passt hervorragend an einen Ort, dessen Ziel es ist, Leute glücklich zu machen.

Bevor ich mich dazu äußern kann, kommt Charlie zu uns. „Ich dachte, ihr wärt schon gegangen", sagt er und schlingt einen Arm um meine Schultern. Ich lehne mich an ihn.

„Wir wurden abgelenkt." Matt blickt über seine Schulter. „Aber ich glaube, ich sehe ein Boot kommen. Sind wir soweit?"

„Auf geht's!", ruft Charlie, und ich lache und schüttle meinen Kopf.

Wir gehen zur Warteschlange und besteigen dann das Boot. Und erst, als wir uns alle hingesetzt haben und die Brise genießen, während das Boot den Kanal entlangfährt, fällt mir ein, zu fragen: „Also, worüber wolltest du mit diesem Derek sprechen?"

Für eine Sekunde antwortet Charlie nicht und ist anscheinend von einer Mama-Ente und ihren Entenküken weiter zurück fasziniert. Sie sind sehr niedlich, aber wir haben seit unserer Ankunft ungefähr fünfzig Enten gesehen, also denke ich nicht, dass er wirklich so fasziniert ist.

„Denkst du darüber nach, dir hier einen Job zu besorgen?", fügt Matt hinzu.

„Vielleicht", sagt Charlie vage. „Nur kurzfristig. Es wäre eine gute Erfahrung, wenn ich dem Familienunternehmen beitrete."

Da ihm sogar vor dem Gedanken allein, dem Familienunternehmen beizutreten, graut, ist diese Antwort totaler Bullshit, aber das hier ist eindeutig etwas, über das er noch nicht sprechen will, also belasse ich es dabei.

„Cool. Habt ihr euch um unsere Lunch-Reservierung gekümmert?", frage ich Matt und Ian, um das Thema zu wechseln. Ich habe mich auf diesen Lunch in der Schwul-timatum Kulisse gefreut, seit wir hergekommen sind, und ich bin begeistert, dass die Jungs es ebenfalls tun wollen.

„Erledigt", versichert mir Ian, und ich lehne mich glücklich zurück.

Matt und Ian fangen an, sich darüber zu streiten, bei welcher nicht-reservierbaren Show wir uns als Erstes anstellen sollten, aber ich höre ihnen nicht zu. Wir werden uns so oder so beide ansehen, was spielt es also für eine Rolle, welche zuerst dran ist? Ich bekomme das, was ich am meisten will, und in der Zwischenzeit genieße ich eine Bootsfahrt einen Kanal entlang mit Charlie an meiner Seite und der Sonne, die über uns scheint. Was könnte sich ein romantischer schwuler Junge sonst noch wünschen?

Nach einem Morgen voller Filmkulissen-Touren und Offenbarungen, was sich hinter den Kulissen abspielt, stellen wir uns an der Kulisse zu *Schwul-timatum* an. Ich versuche, cool zu bleiben. Erstens will ich nicht, dass meine Freunde mich sehen, wie ich als Fan vor lauter Aufregung meine Fassung verliere. Nicht, dass ich denke, sie würden sich über mich lustig machen – nicht allzu sehr – aber es ist den Stress nicht wert. Obendrein besteht durchaus die Chance, dass die Kulisse eine totale Enttäuschung sein könnte. Ich bin kein Idiot – ich weiß, dass Produktionsgesellschaften sehr viel mit Kamerawinkel und Beleuchtung arbeiten, um die Kulissen fantastisch aussehen zu lassen. Wenn ich also dort reingehe, könnte es vielleicht klein und eng aussehen. Oder kitschig, wo die Farben zu knallig und die Stoffe billig sind. Die Wände könnten offensichtlich falsch aussehen, wenn keine Kameralinse sie abdämpft.

Also ermahne ich mich selbst die ganze Zeit über, eine Film-*Kulisse* und keinen Film-*Moment* zu erwarten. Diese Szene ist wohl eine meiner allerliebsten Szenen aller Zeiten, aber die Kulisse ist nicht das, was sie so zauberhaft macht. Es gibt keinen Grund, enttäuscht zu sein, egal was kommt. Heute wird so oder so großartig sein.

Zwei Angestellte kommen aus der Kulisse heraus und winken um unsere Aufmerksamkeit. „Guten Tag, alle miteinander! Vielen Dank, dass Sie zum *Schwul-timatum* Lunch hier in den *Joy Visual Studios* gekommen sind. Wir werden in Kürze die Türen öffnen, also beachten Sie bitte Folgendes, damit wir Sie alle schnellstmöglich platzieren und Sie Ihren Aufenthalt genießen können." Sie fordert uns dann auf, unsere Armbänder oder Reservierungsnummern parat zu haben, und erinnert uns, dass dies ein nicht jugendfreies Erlebnis ist, und verspricht uns, dass wir alle die Möglichkeit bekommen werden, Fotos zu machen, und dass wir unseren Auftritt auf der Karaoke-Bühne wahrnehmen dürfen, aber warten müssen, bis man uns aufruft.

„Welches Lied sollen wir singen?", fragt Ian, als sie

verstummt und sich den Leuten ganz vorn in der Reihe zuwendet, um nach ihrer Reservierung zu fragen.

„Keins.“

Charlie dreht sich mit riesigen Augen zu mir um. „Kein Karaoke?“

Ich seufze. „Also gut. Aber keine dummen Lieder.“

Matt und Ian fangen sofort an, sich über die Liederauswahl zu streiten, aber Charlie beobachtet mich. „Du musst es nicht tun, wenn du es nicht willst. Das hier soll dir Spaß machen, nicht nervig sein.“

Ich lächle sein süßes Gesicht an. „Nee, es wird Spaß machen. Diese Beiden steigern sich nur sehr ins Karaoke. Aber sie sind nicht betrunken, also werden wir dieses Mal wahrscheinlich nicht rausgeworfen.“

Die Warteschlange bewegt sich rasch, und wir befinden uns fast ganz vorn, als Matt sich zu mir umdreht. „Du musst die entscheidende Wahl treffen. ‚Call Me Maybe‘ von Carly Rae Jepsen oder ‚Mr. Perfectly Fine‘ von meinem Mädel T. Swift?“

„Von allen Taylor-Songs – warum suchst du dir ausgerechnet einen Herzensbrecher aus?“ Ich halte meine Hand hoch. „Vergiss es. Ich stimme für Carly Rae. Heute ist ein guter Tag, und wir werden fröhliche Lieder singen, auch wenn es uns umbringt.“

„Jaaaaa!“ Ian schlägt mit seiner Faust in die Luft.

„Warum sollten uns fröhliche Lieder umbringen?“, fragt Charlie. Glücklicherweise erreichen wir den Hostessentisch, bevor ich mir eine Antwort überlegen muss.

Es dauert nur eine Minute, bis unsere Armbänder gescannt sind, und dann werden wir durch den Eingang zur Kulisse gescheucht. Einerseits will ich meine Augen schließen, nur für den Fall, dass es enttäuschend ist, aber das wäre dumm.

Wir treten über die Schwelle und meine Nervosität fällt weg.

Es ist nicht perfekt. Es sieht kleiner aus, und die Requisiten wirken kitschig. Aber es ist trotzdem fantastisch, und ich bin so froh, dass wir das hier tun. Während wir der Hostess zu unserem Tisch folgen, verpasse ich mir beinahe ein Schleudertrauma, als ich versuche, alles in mich aufzunehmen.

Sobald wir die Speisekarten, die Songliste und das Versprechen erhalten haben, dass bald jemand kommen und unsere Bestellung aufnehmen wird, erlaube ich mir endlich ein breites Grinsen.

Charlie zieht sein Handy hervor. „Bitte lächeln!" Er zeigt damit auf mich, und ich halte meine geschlossene Speisekarte mit dem Namen des Restaurants vor mich hin und lächle breit für die Kamera. Ich werde mich an das hier erinnern wollen.

Je mehr Leute platziert werden, desto lauter wird es, und unsere Bedienung kommt, um unsere Bestellung aufzunehmen. „Sie sind alle Nummer Sieben auf der Karaoke-Liste", sagt sie und tippt in ihr Tablet. „Jeder Tisch kommt einmal dran, und falls am Ende noch etwas Zeit übrig ist, dürfen Sie Ihre Hand heben, wenn Sie noch einmal singen möchten."

„Wie wahrscheinlich ist es, dass am Ende noch Zeit übrig ist?", fragt Matt.

Sie zuckt mit den Schultern. „Ziemlich wahrscheinlich. Nicht jeder Tisch will auf die Bühne steigen und singen. Haben Sie bereits ein Lied ausgewählt? Wir bitten normalerweise darum, zwei zu wählen, falls jemand vor Ihnen Ihre erste Wahl singt."

„Wir haben zwei", sagt Matt schadenfreudig, weil er vielleicht doch noch seinen Taylor Swift Song singen kann, und unsere Bedienung lächelt und geht.

„Nun?", fragt Ian mich. „Ist es den Besuch wert?"

Ich schaue mich noch einmal im Raum um. Dort ist der Tisch, an dem Sawyer saß, als Perry für ihn gesungen hat. Dieser wurde abgesperrt, wahrscheinlich damit sich keiner beschweren kann, dass dort andere sitzen dürfen. Und dort drüben ist der Gang zu den Toiletten, wo ihre Freunde standen und sie beobachteten. Es ist so surreal, in allem mittendrin zu sitzen.

„Ja. Danke, dass ihr meinetwegen mitmacht."

Alle drei setzen ein breites Grinsen auf und geben sich gegenseitig High-Fives.

„Ist das also etwas, was du als Mr. Romance anbieten würdest?" Matt deutet auf den Raum. „Ein Nachspielen?"

„Du meinst, dass eine Person während andere essen vorsingt?" Ich beiße auf meine Lippe. Es wäre teuer, dieses Date zu planen, da man entweder Joy Universe besuchen oder jemand sein müsste, der in der Nähe wohnt. Plus Eintrittskarten zum Park, die Reservierung zum Lunch … Es würde am besten für jemanden funktionieren, der einen romantischen Urlaub haben will. „Es ist machbar, aber man müsste sicherstellen, dass die Verabredung nicht zu verlegen ist, wenn alle Leute starren. Und, dass ihnen der Film gefällt."

Charlie schnaubt. „Stellt euch vor, von der großen Rede bis hin zu dem Lied alles getan zu haben, und dann kommt ihr zurück an den Tisch, setzt euch hin, und eure Verabredung reagiert total abweisend mit ‚Ich habe diesen Film gehasst, und ich verurteile dich jetzt total'."

„Oder die Verabredung geht mittendrin", fügt Matt hinzu.

„Oder, oder …!" Ian zeigt mit seinem Finger in die Luft. „Ihr steht in der Warteschlange, und sie stellt die Frage, warum ihr hier seid, und dass sie den Film hasst und kein Interesse an einem Lunch in dieser Kulisse hat."

Ich schließe mich ihrem Lachen an. „Ich hoffe wirklich, dass das niemals auf einem meiner Dates passiert." Bisher war das nicht vorgekommen, aber es bräuchte nicht mehr als eine schlechte Information.

„Wird es nicht", versichert mir Charlie.

„Oh, sie fangen an! Wir sind Nummer Sieben, richtig?" Ian schaut zur Bühne hinauf und ich drehe meinen Kopf in die Richtung. Einer der Angestellten tritt ans Mikrofon.

„Herzlich Willkommen zum Karaoke-Showdown im *Mouth Café*! Wie Sie alle wissen, ist der Preis für den heutigen Gewinner etwas ganz Besonderes!"

Ich schaue zu Ian rüber. „Es gibt einen Preis?"

Er zuckt mit den Schultern. „Als ich es gebucht habe, war es erwähnt, aber es wurde nicht gesagt, was es ist. Oder wie der Gewinner gewählt wird." Er blickt sich um. „Siehst du irgendjemanden, der ein Richter sein könnte?"

„Dude, du wirst es nicht gewinnen", rät Matt. „Ich habe dich viele Male singen hören. Lass den Traum fallen."

Ian schnaubt und wendet sich wieder der Bühne zu, wo sich die Leute vom ersten Tisch um die bereitgestellten Mikrofone versammeln. Die Musik fängt an, und sie beginnen mit Queens ‚Somebody to Love' in einer sehr falschen Tonlage. Innerhalb von dreißig Sekunden zucke ich zweimal zusammen. Ian lehnt sich zu mir und sagt: „Wenigstens bin ich besser als das."

Matt macht eine zweifelhafte Bewegung mit seiner wippenden Hand/

Queen macht Platz für Springsteen, dann Rhianna, dann Gayles ‚abcdefu', woraufhin der gesamte Raum mitsingt – bis auf ein paar schockiert aussehende ältere Leute.

Aber als die ersten Noten für den fünften Tisch anklingen, stöhnt Ian. „Neeeeein! Sie haben Carly Rae gestohlen."

„Ja!" Matt stößt mit beiden Armen nach oben in die Luft, und ich ziehe einen runter.

„Amüsieren Sie sich hier?", fragt unsere Bedienung, die mit unserem Essen zurückkommt.

„Wir werden Taylors Lied singen", erzählt ihr Matt fröhlich.

„Super! Swiftis vereint euch, richtig?" Sie reicht unsere Teller herum. Hätten Sie gern noch irgendetwas anderes?"

Wir versichern ihr, dass wir alles haben, was wir brauchen, und machen uns dann daran, so viel zu essen, wie wir das in anderthalb Liedern können, bevor wir dran sind. Es wäre dumm, die Mahlzeit kalt werden zu lassen.

„Tisch Nummer Sieben! Bitte kommen Sie zu uns!" Der Moderator heizt den Raum zu einer Runde ermutigenden Applauses an, während Tisch Sechs (sie sangen Justin Bieber) die Bühne verlässt. Wir verlassen unser Essen und nehmen unsere Plätze ein.

Die Musik fängt an, und ich singe mit, halte mich aber größtenteils im Hintergrund und lasse die anderen dick auftragen. Sie haben so viel Spaß, dass ich mir nicht helfen kann und lächeln muss. Ich wünschte aber, dass Matt sich ein anderes Lied von Taylor Swift ausgesucht hätte. Dieser Songtext kommt meiner Realität zu nahe. Werde ich mich von nun an so fühlen, wenn Charlie unweigerlich aus meinem Leben verschwinden wird? Ich meine, er ist nicht grausam, nicht unehrlich, und er erwartet definitiv nicht, dass sich die Welt nur um ihn dreht, aber wenn er eine Person kennenlernt, mit der er zusammen sein will, werden sich die Dinge für uns ändern. Ich werde mit gebrochenem Herzen zurückgelassen, und er wird mit jemand Neuem zusammen sein, als wäre nichts geschehen.

Der Gedanke wird ziemlich schnell deprimierend.

Charlie blickt zu mir rüber, und sein Grinsen verblasst zu einem besorgten Stirnrunzeln. Ich klebe mir augenblicklich ein Lächeln aufs Gesicht und stürze mich wieder ins Lied. Ich werde das hier nicht für ihn oder mich ruinieren, indem ich wegen etwas rumjammere, das noch nicht passiert ist.

Kapitel Neunzehn

CHARLIE

Ich beobachte Lee für den Rest des Liedes aufmerksam, aber er ist wieder normal. Ich bin mir nicht sicher, woran er gedacht hat, das ihn so traurig aussehen ließ.

Wir enden mit donnerndem Applaus – na gut, Applaus – und verlassen die Bühne. Wir sind von unseren Bemühungen, dem Lied das Taylor-Flair zu verleihen, atemlos.

„Wir haben das spitze gemacht!", erklärt Matt, küsst dann seine Finger und streckt sie der Decke entgegen. „Ganz zu deinen Ehren, Tay-Tay."

Sogar ich finde das seltsam.

Wieder am Tisch, während sich die anderen ihr Essen reinschaufeln und darüber streiten, wie großartig unser Auftritt war – super-fantastisch oder einfach nur großartig – checke ich verstohlen mein Handy.

Dieser Derek-Typ sagte, dass er mir texten würde, sobald alles geregelt ist, aber das liegt Stunden zurück. Er war sich sicher, dass er es ermöglich könne, aber vielleicht kann er es nicht?

Vielleicht ist die Idee einfach nur dumm.

Als ob mich das Universum hören kann und mir antwortet, vibriert mein Handy in meiner Hand, und eine Nachricht von Derek JU erscheint. Das ist es. Ich stelle sicher, dass mir die anderen nicht zusehen, und klicke dann darauf.

DEREK JU:

‚Alles geregelt. Heute Abend um neun. Du
hast dreißig Minuten.‘

Jaaaaa! Selbst, wenn es eine dumme Idee ist, fühle ich mich so viel besser, zu wissen, dass ich es tun kann.

CHARLIE:

‚DANKESCHÖN! Du wirst es nicht bereuen.
Wann immer du einen Gefallen brauchst,
lass es mich wissen.‘

DEREK JU:

‚Gern geschehen. Ich schicke dir die Details
für deinen Vertrag. Ich werde warten.‘

Dem folgt ein Vertragsprofil für jemanden, der Grant heißt. Ich speichere ihn in mein Handy unter Grant JU und schicke Derek ein weiteres Dankeschön. Er hat sich wirklich für mich ins Zeug gelegt.

Jetzt muss ich nur noch darauf achten, dass ich es nicht ruiniere.

Als es Zeit fürs Abendessen wird, beschließt Ian, dass er müde ist. „Wir sollten zu unserem Resort zurückgehen und uns in unseren Pyjamas Zimmerservice bestellen", schlägt er vor.

Ich gerate in Panik. Wenn wir zum Resort zurückkehren – welche Ausrede werde ich dann Lee auftischen, um später noch einmal fortzugehen? „Wie alt bist du? Neunzig? Du brauchst einfach nur einen Kaffee. Lass uns einen besorgen, während Lee und Matt entscheiden, wo wir zu Abend essen werden."

Sie sehen allesamt überrascht aus. „Kaffee? Direkt vorm Abendessen?", fragt Matt, als ob er noch nie davon gehört hätte.

„Ja klar. In Italien tun die das immer." Vielleicht. Jedenfalls tat es irgendjemand.

Lee schürzt seine Lippen. „Ich weiß nicht, Charlie. Zimmerservice fürs Dinner klingt irgendwie gut."

Oh nein. Nein nein nein nein nein! Das darf doch nicht wahr sein.

„Ihr habt den Rest eures Lebens, um euch Dinner via Zimmerservice zu bestellen!", erkläre ich so dramatisch wie möglich. Ein paar Vorbeigehende schauen zu uns rüber. „Ihr seid zwanzig und in einem der besten Vergnügungsparks der Welt! Wie könnt ihr freiwillig eure Chance aufgeben ..." Fuck! Ich brauche Inspiration. Wir haben fast alles wahrgenommen, was dieser Park zu bieten hat. „... die Chance für ..." Ich blicke mich verzweifelt um. „... die Chance, *Space Reivers* in der Dämmerung zu sehen!"

Matt fällt der Kiefer runter, aber Lee ist misstrauisch. „Was?"

„*Space Reivers!* Sie haben eine Show zur Dämmerung auf der Wiese. Wie könnt ihr das nicht sehen wollen?"

„Weil das ein Animationsfilm über Weltallpiraten ist, in dem ein Haufen Kinder und Tiere den Tag retten?", sagt Ian.

„Das ist ein Klassiker aus unserer Kindheit", sage ich beharrlich.

„Ich habe den in meiner Kindheit nie gesehen", argumentiert er, „weil ich dreizehn war, als er rauskam."

Ich greife seinen Arm und ziehe ihn weg. „Kaffee! Ihr

Jungs wählt aus, wo wir zu Abend essen“, rufe ich über meine Schulter zurück – selbst, als Ian protestiert. „Halt die Klappe!“, fauche ich. „Du wirst es ruinieren.“

Sein Mund schnappt zu und er beäugt mich. „Was ruinieren? Und wenn du nochmal *Space Reivers* sagst, werde ich dir wehtun.“

„*Nein*, nicht den dummen Film.“ Wir stellen uns am Kaffeestand an. „Was glaubst du, was ich bin? Fünf? Aber wir müssen bis um neun hier im Park bleiben. Bitte, Ian, hilf mir.“

Das weckt seine Neugierde. „Warum?“ Er blickt sich um und senkt seine Stimme. „Du kannst es mir verraten.“

Ich zögere. Was ist, wenn er denkt, dass es dumm ist? Aber wenn ich das hier durchziehen will, werde ich seine Hilfe brauchen. „Du weißt, dass ich in Lee verliebt bin?“

„Jap.“

„Und dass du mir gesagt hast, dass ich es ihm sagen soll?“

Seine Augen werden groß. „Wirst du es?“

„Ist das eine schlechte Idee?“

„Nein! Das ist eine großartige Idee! Du solltest es auf jeden Fall tun. Jetzt wäre gut.“

Ich schüttle meinen Kopf. „Nicht jetzt. Heute Abend. Ungefähr um neun.“

Er runzelt seine Stirn. „Warum um neun? Und … hast du vor, das *hier* zu tun?“ Seine zweifelhafte Stimme erfüllt mich mit Grauen.

„Nicht *hier* hier. Ich dachte an das *Schwul-timatum* Restaurant. Derek, heute Morgen? Er hat für mich arrangiert, dass ich Zugang habe, nachdem es geschlossen ist. Nur ich und Lee. Und ich dachte, ich könnte …“

„Für ihn singen? Wie im Film?“

Tatsächlich habe ich etwas mehr als das geplant, aber ich nicke. „Ja.“

Ian starrt mich so lange an, dass ich beginne, mich zu fragen, ob sein Gehirn abgeschaltet hat. Dann lächelt er. „Dude! Das ist so verdammt perfekt. Das ist der romantische Film-Moment, den er sich wünscht, ohne dass es ihm peinlich sein muss, weil keine anderen Leute da sein werden."

Ich stoße einen erleichterten Atem aus. Ich hatte ursprünglich überlegt, es während des Lunchs zu tun, aber ich dachte mir, dass Lee es hassen würde, wenn Fremde zuschauten. „Dann glaubst du also nicht, dass er es hassen wird? Oder mich hassen wird? Oder, dass ich heute Nacht woanders schlafen muss, weil er nicht auf diese Weise auf mich steht?"

„Keine dieser Optionen." Er rollt mit seinen Augen, dann tritt er an den Kaffeestand. „Hallo, wie geht's? Haben Sie koffeinfreien Kaffee?"

Der Teenager am Stand lächelt uninteressiert. „Ja. Hab ich."

„Großartig, weil mein Idiot von einem Freund gesagt hat, dass ich Kaffee will, obwohl ich definitiv keinen will. Also nehme ich gern einen koffeinfreien Americano." Er blickt mich an. „Was willst du?"

Äh, … nichts. Aber ich sollte etwas bestellen, da ich derjenige bin, der behauptet hat, dass Kaffee vor dem Abendessen gebräuchlich sei. „Dasselbe. Und einen koffeinfreien Haselnuss-Milchkaffee. Sollen wir Matt ebenfalls etwas mit zurückbringen?"

„Vergessen Sie den Milchkaffee", sagt Ian zu dem Jungen, bevor der auf den Becher schreiben kann. Dann schüttelt er seinen Kopf in meine Richtung. „Bist du verrückt? Liam will keinen Kaffee. Mach ihn nicht ein paar Stunden, bevor du ihm sagst, dass du ihn liebst, wütend. Dummkopf!"

Oh. Guter Punkt.

Wieder steigt Panik auf. „Aber er will zum Resort zurückgehen, und ich werde ihn dazu bringen, Space Reivers anzusehen, um ihn hier zu behalten." Meine Stimme bricht. „Er wird so schon angepisst sein und *mich hassen.*"

Ian bezahlt für unsere Kaffees, und als der Typ anfängt, sie für uns zuzubereiten, dreht er sich zu mir um. „Sei nicht so übertrieben dramatisch! Liam wird dich nicht hassen. Hör auf, das zu denken. Aber vielleicht wird er wegen dem Film ein wenig angepisst sein, also lass uns einen Weg finden, wie wir ihn auf eine Weise hierbehalten können, die ihm tatsächlich gefällt."

Mir fällt nichts ein. Und je mehr ich versuche, mir etwas zu überlegen, mir aber nichts einfällt, desto mehr gerate ich in Panik. Dem Ausdruck auf Ians Gesicht nach zu urteilen, schwimmt er auch nicht gerade in Ideen.

„Darf ich einen Vorschlag machen?"

Mein Kopf springt begierig zum Kaffee-Typen. „Ja. Bitte. Hilf mir."

Dieses Mal ist sein Lächeln aufrichtig. „Sorry, dass ich zugehört habe."

„Wir waren nicht leise. Keine Sorge", versichert ihm Ian. „Solange Liam nichts davon erfährt, ist es okay."

„Ich bin Charlie." Ich fühle mich gezwungen, es hinzuzufügen. „Das ist Ian."

„Jordan. Wenn ihr ein paar Stunden hier im Park verschwenden wollt, solltet ihr euch das Computer-Animations-Studio ansehen. Aber das ist recht teuer."

„Das ist okay", sage ich. Ian stößt mich mit seinem Ellenbogen an.

„Was ist das überhaupt. Ich habe es nicht auf der Karte gesehen."

„Es ist nur offen via Reservierung und normalerweise ist es Monate im Voraus ausgebucht. Aber mein Freund, der dort arbeitet, hat mir gesagt, dass sie heute Abend eine Annullierung hatten, weil jemand einen Hitzschlag erlitten hat – soll ich für euch nachsehen, ob der Platz noch offen ist?"

„Ja", sage ich. Ian stößt mich erneut an.

„Aber was genau ist es?", fragt er.

„Grob gesagt: Du suchst dir ein dreißigminütiges Skript aus, dann nehmen die Techniker Fotos und Videos und kreieren eine animierte Version von dir. Dann liest du das Skript und am Ende hast du einen halbstündigen Cartoon, in dem du mitspielst."

Mein Kiefer fällt runter.

„Jaaaaa", keucht Ian. Dann schüttelt er sich und fragt: „Wieviel kostet das genau?"

Jordan öffnet seinen Mund, aber ich unterbreche ihn.

„Das ist egal. Ich will es. Wie können wir herausfinden, ob der Platz noch frei ist? Und wir müssen bis neun Uhr fertig sein. Ist das möglich?"

Er zuckt mit den Schultern und reicht uns unsere Kaffees. „Sicher. Alles in allem dauert es insgesamt unge-fähr zwei Stunden, ihr solltet es also rechtzeitig schaffen. Lasst mich bei ihnen nachfragen." Er schnappt sich ein Walkie-Talkie von seinem Gürtel und dreht sich halb von uns weg, um dort hineinzusprechen.

„Dude, bist du dir sicher?", fragt Ian leise. „Das wird ziemlich teuer sein. Wir können einen Teil bezahlen, aber …"

„Ich bin mir sicher", sage ich beharrlich. „Ich will es tun, weil es so verdammt cool ist. Ihr müsst einfach alle mitkommen, weil euch unsere Freundschaft dazu verpflichtet."

Er schnaubt.

Jordan dreht sich wieder zu uns um. „Es ist noch verfügbar, aber ihr müsst in fünfzehn Minuten dort sein.

Und ich muss ihnen eure Namen und das Resort angeben, in dem ihr wohnt."

„Charlie Martin und im Chateau." Was ich an diesem Ort so liebe, ist die Tatsache, dass mein persönliches Profil in ihrem System ist – das mit meinem Armband verlinkt ist – und sie somit meine Kreditkartendetails haben. Also kann ich Dinge mit meinem Profil bezahlen und muss mir keine Sorgen machen, dass die Kosten vielleicht versehentlich auf der Kreditkarte, mit der die Reservierung gebucht wurde, und die Kieran gehört, landen könnte. „Dürfen wir etwas zu Essen mitnehmen? Wir haben noch nicht gegessen."

„Ich werde nachfragen, aber es sollte okay sein."

Während er meine Details weiterleitet, sage ich zu Ian: „Hier ist der Plan. Wie gehen zurück und sagen ihnen ‚Überraschung!', und dann, dass ich versucht habe, das hier zu arrangieren, aber nicht wusste, ob es geschehen würde, und deshalb wollte ich noch nicht zurückgehen."

Er nickt. „Das ist ein wirklich guter Plan."

Jordan dreht sich wieder zu uns um. „Alles geregelt. Und ja, ihr könnt Essen mitbringen. Habt ihr eine Karte? Ich zeige euch, wo ihr hingehen müsst."

Ian zieht seine Karte heraus, und Jordan markiert den Ort, wo sich das Studio befindet, und zeichnet dann ein weiteres X dorthin, wo wir uns jetzt befinden. „Der schnellste Weg ist, wenn ihr dort hinuntergeht und dann diese Abkürzung nehmt. Und das bringt auch gleich an all den Imbisswagen vorbei."

„Das ist ja nahe der Restaurant-Kulisse!", platzt es aus mir heraus, und er nickt.

„Ja. Die meisten Arbeitskulissen und Studios befinden sich im gleichen Teil des Parks. Sie werden eure ID-Karte und euer Armband sehen wollen."

Ich klopfe mir auf die Tasche, wo sich mein Ausweis

befindet – nur für den Fall, dass ich zu meinem Lunch ein Bier wollte – und schaue auf mein Handgelenk, um sicherzustellen, dass mein Armband noch dort ist. „Kein Problem.

„Viel Spaß!"

Wir danken ihm und machen uns dann wieder auf den Weg zu den Anderen, die angepisst aussehen.

„Warum haben wir gerade zusehen müssen, wie ihr fünf Minuten lang mit dem Barista gequatscht habt?", verlangt Matt zu wissen.

„Er hat uns mit etwas ausgeholfen – meine Überraschung hat funktioniert!", verkünde ich.

Keiner von ihnen ist beeindruckt, also beeile ich mich und erkläre ihnen abgehackt, was ich meine.

„Moment! Wir werden also in dem Cartoon spielen und die Charaktere werden wie wir aussehen?" Lee grinst. „Das ist ziemlich cool."

„Es ist *fantastisch*", verkündet Matt. „Ich werde ein großartiger Cartoon-Charakter sein."

„Aber wir müssen los!" Ich checke die Uhrzeit. „Und zwar jetzt sofort."

Wir eilen durch den Park. Als wir an den Imbisswagen vorbeikommen, wählen wir den einzigen, der keine Warteschlange hat (Smoothies und Salate) und beladen uns mit einigen Dingen, die wir essen können.

Das Studio ist nicht beschildert. Aber ich bin mir ziemlich sicher, dass ich am richtigen Ort bin, weil es dort ist, wo es Jordan auf der Karte markiert hat, und die anderen Gebäude um uns herum haben alle Schilder, die angeben, was sie sind. Ich versuche den Türknauf – abgeschlossen – und sehe dann eine diskrete Türklingel, die ich stattdessen drücke.

„Ja?"

„Hey! Ich bin Charlie ..." Mist, habe ich tatsächlich

eine Reservierung auf der Liste? Oder ist dort nur eine Person, die uns erwartet?

„Bitte treten Sie ein.“ Die Tür wird mit einem Summen aufgeschlossen, also muss mein Name bekannt sein.

Im Inneren befindet sich nur ein kleiner, kistenartiger Vorraum mit einer Tür auf beiden Seiten der Wand und Korridor gegenüber vom Eingang. Der ist leer und wir drängen uns dort hinein und sehen uns um.

„Ähm, werden wir hier gleich beklaut?“, fragt Matt. „Wurden wir deswegen hierhergelockt …“

Eine der Türen öffnet sich und eine lächelnde Frau kommt heraus. „Charlie?“

Ich hebe eine Hand. „Hi! Das bin ich.“

„Nett, Sie kennenzulernen. Ich bin Tala.“

Ich stelle die Anderen vor, und sie lächelt sie alle an. Wir einigen uns schnell darauf, dass sie uns duzen soll.

„Kommt hier entlang, dann können wir beginnen.“

„Jordan hat gesagt, dass es okay wäre, wenn wir etwas zu essen mitbringen“, sage ich, als wir ihr folgen, und sie nickt.

„Sicher. Der erste Teil muss jeweils einzeln durchgeführt werden, somit hat der Rest von euch genug Zeit zum Essen.“

Wir gehen in einen größeren Raum, der in zwei Hälften aufgeteilt ist. Eine Seite ist wie ein Wohnzimmer eingerichtet, die andere sieht aus wie ein Filmstudio mit einem Greenscreen an der Wand und grünem Boden davor. Es gibt eine große, professionell aussehende Kamera und ein Pult mit einer Reihe von Bildschirmen und anderen Geräten.

„Nehmt Platz und macht es euch bequem. Ich werde die Skripts holen, und Charlie wird für dieses Paket unterschreiben müssen.“

„Kein Problem." Ich lasse mich auf eins der Sofas sinken und ziehe Lee neben mir mit runter, als Tala durch eine Tür auf der anderen Seite des Raums verschwindet. „Das hier ist cool, oder? Besser als Zimmerservice?" *Bitte hasse mich nicht.*

Er beugt sich rüber und küsst meine Wange. „Das hier ist unglaublich. Ich wünschte, du hättest eher etwas davon gesagt."

„Ja, nun, ich war auf der Warteliste und wollte dir keine falschen Hoffnungen machen." Ich weiche seinem Blick aus. „Wir sollten essen."

Tala kommt mit einem Arm voller Ordner und einem älteren Mann zurück. „Das hier ist Steve. Steve sagt euch allen Hallo." Sie stellt uns vor, mit all unseren richtigen Namen, und Steve winkt uns locker zu, bevor er zur Kamera geht und damit herumfummelt.

„Dies sind die Skripts, die zur Auswahl stehen." Tala legt die Ordner auf den Couchtisch, schnappt sich dann einen und öffnet ihn. „Wie ihr sehen könnt, enthalten diese einfach nur Charakter Eins, Charakter Zwei und so weiter. Sobald ihr euch ein Skript ausgesucht habt, werden wir eure Namen und Anrede einfügen und jedem von euch eine Kopie ausdrucken, die während der Aufnahme benutzt wird, und die ihr dann mit nach Hause nehmen könnt."

Ian hebt einen der Ordner auf und öffnet ihn. „Oh, hey, da ist gleich vorne eine kleine Zusammenfassung. Das macht es einfacher."

Während sich die Jungs die Skripts ansehen und darüber argumentieren, wendet sich Tala mit einem Clipboard an mich. „Lass mich dir erklären, was heute Abend alles im Preis inbegriffen ist." Auf dem Clipboard befinden sich drei Blätter, und sie erklärt mir jede Seite bis ins kleinste Detail, aber im Grunde genommen ist es das, was ich mir bereits gedacht habe. Bis auf den Preis. Jordan hat nicht gelogen, als er sagte, es sei teuer, aber ehrlich gesagt ist dies eine unglaubliche Erfahrung, und ich kann es mir leisten.

Aber Lee darf nie wissen, wie viel es gekostet hat.

Ich unterschreibe, sie scannt mein Armband, und dann holt sie mir die Quittung, die ich tief in meine Tasche stopfe. Als ich wieder zu den Jungen zurückgehe, haben sie die Auswahl auf zwei reduziert.

„Du entscheidest", sagt Lee, und ich sehe mir beide an.

„Dieses Skript. Und Lee und ich spielen den romantischen Handlungsstrang."

Lee wirft mir einen Seitenblick zu. „Tun wir das?"

Ich nicke bestimmt. „Ja. Weil ich das Schmachten spielen will." Außerdem – wie perfekt ist das hier?! Er wird mich bereits als seinen Angebeteten ansehen, und dann werde ich ihn zu dem Restaurant bringen und ihn im Sturm erobern!

„Also das Schmachtende."

Die nächste Stunde macht mehr Spaß, als sie es sollte. Steve und Tala lassen uns einer nach dem anderen auf dem grünen Boden stehen und laufen, rennen, springen, hüpfen, herumturnen, in verschiedene Richtungen greifen, in die Hocke gehen, vornüberbeugen … alles, was man sich vorstellen kann. Anscheinend baut das ein Profil auf, wie sich jeder von uns bewegt, was die Animations-Software dann nachahmen wird. Sie lassen uns auch verschiedene Gesichter machen – happy, traurig, böse, gelangweilt, genervt und lächeln, lachen, sprechen und singen. Und während jeder von uns einmal drankommt, essen die anderen und machen sich von den Sofas aus lustig.

Sobald unsere Profile eingeloggt sind, drängen wir uns um das Pult mit den Bildschirmen und beobachten, wie der Computer unsere Charaktere entwickelt. Diese ganze

Sache ist beeindruckend, denn wir sehen nicht nur wie animierte Versionen von uns selbst aus, wir stehen und bewegen uns auch so, wie wir das tun.

Nachdem wir alle Charaktere genehmigt haben, führt uns Tala weiter in ein Sound-Studio. „Macht es euch auf den Stühlen bequem. Wir werden einen Soundcheck durchführen, und dann werdet ihr einfach eure Skripts vorlesen. Falls ihr einen Fehler macht, wie zum Beispiel, das falsche Wort sagt, korrigiert es einfach und macht weiter. Wir werden das auf unserer Seite korrigieren. Wir haben nicht genug Zeit, anzuhalten und mehrere Aufnahmen aufzuzeichnen, also nehmt es nicht zu ernst.“

„Du hast eindeutig nicht aufgepasst, wenn du glaubst, dass wir Dinge ernst nehmen“, sagt Ian, und sie lacht.

„Habt einfach Spaß damit.“

Und es *macht* Spaß. Wir verhauen ein paar Zeilen, unser Schauspieltalent ist fürchterlich, und das Skript wird uns auch kaum einen Oscar gewinnen, aber es ist trotzdem supercool.

„… gib mir diese Chance, und unsere Liebe wird für immer anhalten, trotz aller Schwierigkeiten, die uns erwarten – es kann nur besser werden“, sage ich und werfe Lee einen kurzen Blick zu. Das hier ist unsere große romantische Szene, und ich will sehen, welchen Effekt sie auf ihn hat.

Da ist ein winziges Lächeln auf seinen Lippen, aber das kann auch daran liegen, weil diese Szene megakitschig ist und er sowas liebt. Er scheint nicht zu glauben, dass meine Worte mehr als Teil des Skripts sind.

Sie *sind* Teil des Skripts, aber ich hatte gehofft, ich würde etwas mehr sehen … keine Ahnung. Sehnsucht? Einfach eine Andeutung darauf, dass er sich wünschte, meine Worte wären wahr.

Jetzt fange ich an, nervös zu werden. Was ist, wenn ich

meine große Geste zeige und ihm einen romantischen Moment schenke – und er nicht interessiert ist? Ian sagt, dass er mich nicht hassen wird … aber das heißt nicht, dass sich die Dinge nicht ändern könnten.

Ich weiß nur nicht, wie sie sich ändern würden.

Kapitel Zwanzig

CHARLIE

Es ist zehn Minuten vor neun, als wir mit dem Aufzeichnen fertig sind, und ich versuche, nicht auf die Uhr zu schauen – und scheitere. Zumindest müssen wir nicht weit gehen. Wenn wir den ganzen Park durchqueren müssten, wären wir am Arsch.

„Okay, lasst uns einen kurzen Blick auf die ersten paar Minuten werfen", sagt Tala. „Es muss noch einiges bearbeitet werden, aber es gibt euch eine Vorstellung davon, wie es aussehen wird."

Wir gehen wieder in den anderen Raum zurück und drängen uns erneut um die Bildschirme. Steve tippt auf die Tastatur und unser Cartoon erscheint.

Er ist verdammt nochmal spitze!

Mein animiertes Ich spricht mit meiner Stimme, während animierter Matt ein Poster wegen einer Party aufhängt, und dann unterhalten wir uns über die Leute, die kommen werden.

„Wow!", sagt Ian atemlos und grinst breit.

Steve klickt auf eine Taste, und der Bildschirm wird schwarz. „Ich werde es morgen bearbeiten, und dann bekommt ihr alle Download-Links via E-Mail zugeschickt, um es runterzuladen.“

„Falls ihr lieber eine DVD oder einen USB-Stick haben wollt, geht das ebenfalls“, fügt Tala hinzu.

„Download ist gut“, versichere ich ihnen. „Aber können wir trotzdem einen USB-Stick bekommen?“ Nur für den Fall.

„Kein Problem. Wir werden es bis spätestens morgen Abend zu eurem Resort schicken lassen“, versichert sie uns und begleitet uns zum Ausgang.

Draußen ist die Frühlingsluft kühl, aber nicht unangenehm, und ich atme tief ein. Dieser Teil des Parks ist praktisch wie verlassen, da alle Attraktionen und Fahrten hier bereits für die Nacht geschlossen sind, und es ist seltsam friedlich.

„Ich bin kaputt“, sagt Matt. „Ich kann kaum glauben, dass unser Urlaub schon fast vorbei ist. Wir sollten mehr Zeit mit Connor verbringen.“

„Lass uns das jetzt tun“, sagt Ian und ergreift seinen Arm. Matt zieht ihn abrupt weg.

„Jetzt?“

„Ja! Lass uns gehen.“

Bevor Matt antworten kann, melde ich mich zu Wort. „Ich muss zuerst noch wo vorbeigehen. Kommst du mit mir, Lee? Wir sehen euch beide dann morgen.“

Lee runzelt seine Stirn. „Du musst irgendwo vorbeigehen? Wo?“

„Ja, wo?“ Matt schaut von mir zu Ian, öffnet dann wieder seinen Mund, nur um ihn dann wieder zu schließen, als Ian außerhalb von Lees Sichtwinkel tritt und seinen Finger mit einer mörderischen Bewegung über seine Kehle zieht. „Äh, wisst ihr, ich glaube, dass es eine super Idee ist, Connor heute Abend zu sehen. Bis später!“

Sie gehen mit zusammengesteckten Köpfen, und Lee starrt ihnen hinterher, bevor er verwirrt drauflosquasselt.

„Komm schon. Hier entlang", sage ich, weil ich ihm nicht die Zeit geben will, zu viel darüber nachzudenken, was hier passiert.

„Wo musst du hin?", fragt er noch einmal und schließt sich meinen Schritten an. „Wohin gehen wir?"

„Es ist gleich hier um die Ecke ..." Ich bleibe absichtlich vage, obwohl das die tatsächliche Wahrheit ist.

Er murmelt etwas davon, dass ich zu viel Sonne abbekommen hätte, und ich versuche, nicht zu lachen. Als ob ich zu viel Sonne abbekommen könnte. Ich bin durch und durch ein *California-Boy*.

Wir kommen um die Ecke, und der Eingang zum Restaurant ist direkt vor uns. Ein großer, dunkelhaariger Mann steht draußen davor und schaut auf sein Handy.

„Hi!", rufe ich. „Sind Sie Grant?"

Er schaut auf und lächelt mich an. „Hallo! Du musst Charlie sein."

„Ja, und das hier ist Lee. Vielen Dank für all das hier. Ich kann gar nicht mit Worten ausdrücken, wie sehr ich es zu schätzen weiß."

„Es macht absolut keine Umstände. Wir hier lieben solche Dinge. Und ich musste eh hierher zurückkommen, um meinen Stiefsohn nach seiner Schicht abzuholen." Er zieht eine Schlüsselkarte aus seiner Tasche und schließt die Tür auf. „Das Licht und die Geräte sind angeschaltet. Ich werde in dreißig Minuten wieder zurück sein."

„Vielen Dank! Darf ich Ihnen einen Kaffee ausgeben, oder sowas?" Ich kann sehen, dass Lee es kaum erwarten kann, mich zu fragen, was zum Teufel hier vor sich geht, aber gutes Benehmen ist gutes Benehmen. Dieser Mann hat mir einen riesigen Gefallen getan.

„Nicht notwendig, aber danke." Er tritt von der Tür weg, und ich packe Lee am Arm und zerre ihn ins Innere.

„Charlie", faucht er, als sich die Tür hinter uns schließt. „Was zur Hölle ist hier los, verdammt nochmal?"

„Ich weiß, dass das hier seltsam ist, aber ich habe den Derek-Typen gefragt, ob wir privaten Zugang zur Kulisse bekommen könnten, und er hat es arrangiert. Ich weiß, wie sehr du diesen Film liebst, und ich dachte, dass es dir vielleicht mehr gefallen würde, wenn keine Fremden hier sind." Das ist die jedenfalls die halbe Wahrheit.

Lee sagt nichts, sieht mich einfach nur an und schaut sich dann im Raum um. Es ist niemand sonst hier, aber die Tische sind für den morgigen Lunch gedeckt, und die Lichter sind an. Leise Musik spielt im Hintergrund, und ich bin mir ziemlich sicher, dass das bedeutet, dass die Karaoke-Maschine ebenfalls eingeschaltet ist.

„Das ist wirklich sehr aufmerksam von dir", sagt er schließlich. „Er hat es arrangiert, nur weil du ihn gefragt hast?"

Äh. Hinzu kommt noch die Tatsache, dass Derek anscheinend ebenfalls ein Romantiker ist. „Nun ja, vielleicht musste ich sehr darum betteln. Und er versucht, bei Kieran Pluspunkte zu sammeln." Nicht, dass Kieran mich überhaupt gut genug kennt oder ich ihm wichtig wäre. „Lass uns alles ansehen." Das ist etwas, was wir zuvor nicht tun konnten, da Dutzende von Leuten und Angestellten das Restaurant füllten.

Wir wandern in der Kulisse herum, betrachten die Dinge näher und schauen durch Türen. Es ist so merkwürdig, zu sehen, dass sie nirgendwo hinführen. Auf der einen Seite befindet sich dieses detail-perfekte Restaurant, und dann geht man durch eine Tür, die angeblich in die Küche führen soll, und Bumm! Nichts. Nur ein unfertiger Raum in einem Lagerhaus. Und sich zur Wand neben dir umzudrehen und nur Sperrholz und Holzbalken zu sehen, die die Wand formen, wenn du weißt, dass diese andere Seite eine Steinmauer sein sollte. … Abgefahren.

Wieder in der Kulisse führe ich ihn zum abgesperrten Tisch – der, an dem Sawyer saß, als Perry ihm seine Gefühle erklärte. „Warum setzt du dich nicht hier hin?“, sage ich so locker, wie ich es fertigbringen kann. Er setzt sich auf Sawyers Stuhl, ohne dass ich ihn anweisen muss, und ich trete zwei Schritte zurück. „Ich gehe nur schnell etwas nachsehen.“

Bevor er nachfragen kann, sprinte ich zum Alkoven, wo wir die Soundanlage gefunden hatten. Ich bin erleichtert, als ich sehe, wie idiotensicher sie ist und stelle sie so ein, dass in fünf Minuten genau „das“ Lied spielt. Das sollte mir genug Zeit lassen. Dann nehme ich mir eine Sekunde, um meine Nerven zu beruhigen, ziehe meine Schultern zurück und gehe wieder raus ins Restaurant.

Lee nimmt ein Video vom Raum auf, schwingt langsam herum und lächelt, sobald er mich sieht. „Sag hallo in die Kamera.“

„Hey.“ Es klingt ein wenig gequietscht, und ich räuspere mich.

„Falls ich vergessen sollte, es später zu sagen, das hier ist die beste Überraschung aller Zeiten. Danke, dass du daran denkst, was mir wirklich gefällt, Charlie.“

Oh, Gott. Er filmt immer noch, also setze ich ein Lächeln auf und sage: „Ich bin noch nicht fertig.“ Ich gehe zur Bühne und frage mich, ob ich ihm sagen sollte, dass er sein Handy weglegen soll. Ich meine … falls das hier voll daneben geht, wird er kein Video haben wollen, da ‚die beste Überraschung aller Zeiten‘ dadurch ruiniert würde. Aber falls es gut verläuft, hat er diesen Augenblick für immer verewigt.

Scheiß drauf. Er kann das Video am Ende immer noch bearbeiten.

Ich trete ans Mikrofon vorn auf der Bühne. Es ist kein echtes Mikrofon, nur eine Requisite aus Plastik, aber das hier ist, wo Perry stand und seine Rede gab, und da niemand sonst hier ist, sollte Lee mich ohne Probleme hören können.

„Wirst du singen?", fragt er, und ein Hauch von Lachen schwingt in seiner Stimme mit, als er seine Kamera auf mich richtet. „Hattest du heute nicht schon genug davon?"

„Wir kennen uns noch nicht sehr lange", sage ich und fange mit meiner Rede an. „Aber es besteht kein Zweifel daran, dass wir gegenseitig in das Leben des anderen passen, als wären wir schon immer da gewesen."

Sein Lächeln verblasst langsam, als er die Worte erkennt, und er lässt sein Handy leicht sinken. „Charlie, was …"

„Ich habe nach etwas gesucht, das nicht existiert, und in der Zwischenzeit habe ich das übersehen, was ich wirklich brauche. Wirklich will. Das …" Fuck. *Fuck!* Was kommt als nächstes? „Diese, äh, … Sache …" Ich kann mich nicht an das nächste Wort erinnern. Himmel, so wie Lee mit weit aufgerissenen Augen zu mir aufschaut, kann ich mich an gar nichts von dieser verdammten Rede erinnern. Ich hätte sie mir auf die Hand schreiben sollen.

Ich seufze und reibe meine Hände über mein Gesicht und durch mein Haar. „Es tut mir leid. Ich wollte das hier für dich tun, dir den perfekten romantischen Augenblick schenken, aber wie immer habe ich das voll versaut." Drei Schritte bringen mich zum Rand der Bühne, ich springe herunter und stehe dann da wie ein Idiot – unsicher, was ich tun soll.

Lee legt sein Handy auf den Tisch und steht auf,

kommt aber nicht näher. Die zweieinhalb Meter zwischen uns fühlen sich wie Kilometer an.

„Ich verstehe nicht", sagt er. „Was ist los, Charlie?"

Großartig. Wenn ich mich nicht so schon genug zum Narren gemacht habe, muss ich es nun auch noch erklären.

„Ich liebe dich. Ich weiß, dass das nicht das ist, was wir vereinbart hatten, aber ich kann mir nicht helfen. Du bist der beste Freund, den ich jemals hatte, und so viel mehr. Ich kann mir nicht vorstellen, mit irgendjemand anderem zusammen sein zu wollen. Jemals … Ich würde lieber fünf Minuten mit dir verbringen und nichts sagen, als eine Stunde lang irgendetwas anderes in der Welt zu tun. Ich … ich dachte … Du hast davon gesprochen, dass du dir einen romantischen Augenblick wünschst. Einen Cupcake-Moment. Jemand, der daran denken könnte, was dir wichtig ist, was du willst, und das dann für dich tut. Und das hier ist dein Lieblingsfilm und du liebst diese Szene, also dachte ich … Aber ich wollte es nicht tun, wenn andere Leute hier sind, weil du das hassen würdest." Ich verstumme abrupt.

Lee blinzelt mich an. Einmal. Zweimal. Dann tritt er einen Schritt vorwärts.

„Du wolltest mir einen romantischen Augenblick schenken?"

Ich nicke und sage dann: „Ja."

„Weil du … mich liebst?" Zittert seine Stimme leicht?

„Ja. Ich liebe dich."

Er tritt zwei weitere Schritte auf mich zu und hält direkt vor mir an. „Dann hast du das hier also arrangiert, um mir zu sagen, dass du mich liebst?"

„Ja." Es ist ein Flüstern. Wird er mich schlagen?

Er greift mein Gesicht und küsst mich heftig, dann stolpert er zurück. „Warte! Nein. Ich muss erst … sicher sein, dass … Du liebst mich?"

Hoffnung erfüllt mich und tanzt in mir. „Ich liebe dich! Ich will dein fester Freund sein."

Er schließt seine Augen, und als er sie wieder öffnet, grinst er. „Ich liebe dich auch."

Als er in meine Arme kommt, fängt das Lied an zu spielen, und ich singe ihm die erste Zeile, als sich unsere Lippen berühren.

Epilog

LIAM

„… Ich liebe dich." Ich grinse vor mich hin, als ich mir die Aufnahme anhöre. Das ist eines meiner Lieblingsdinge, die ich tue, wenn Charlie nicht bei mir ist – ich spiele das Video von dieser Nacht in der Restaurant-Kulisse ab. Ich war so aus der Fassung gewesen, als ich mein Handy hinlegte, dass ich vergaß, die Aufzeichnung zu stoppen, somit hatte ich seine gesamte Rede – sowohl die eingeübten als auch die ungeübten Teile – für die Nachwelt aufgenommen. Das Erste, was ich tat, als mir das bewusst wurde, war, es in drei Clouds bei unterschiedlichen Dienstleistern hochzuladen. Ich werde dieses Baby für immer behalten.

Es fühlt sich manchmal immer noch unwirklich an, dass Charlie und ich jetzt wahrhaftig ein Paar sind. Nicht, dass es irgendeine Möglichkeit gäbe, das anzuzweifeln. Es bereitet ihm die allergrößte Freude, jedem, der auch nur mit ihm spricht, mitzuteilen, dass er mein fester Freund ist. Mittlerweile ist es schon so weit, dass unsere Freunde es sich merken, nachzählen und an diejenigen, die es am meisten hören, Punkte verteilen. Ich darf nicht daran teilnehmen, aber ich wurde zum Schiedsrichter ernannt.

Als ob ich diesen Gedanken festhalten sollte, kommt eine Nachricht an. Ich klicke auf Pause und wechsle zur Message-App.

JAKE:

‚Er hat es schon wieder getan.‘

Ich lache noch, als bereits eine weitere Nachricht im Gruppenchat auftaucht.

IAN:

‚Auf keinen Fall! Hör auf zu schummeln! Es zählt nur, wenn es ehrlich ist.‘

Jake: ‚Ich schwöre bei den Göttern. Das Mädchen in der Warteschlange hinter uns am *Bean Necessities Café* fragte, wo er sein Shirt herhätte. Er sagte es ihr und fügte dann hinzu „es gefällt meinem Freund“.‘

ARTIE:

‚Hahahahahahaha, er wird immer schlimmer!‘

MATT:

‚Verschütte deinen Kaffee auf sein Shirt.‘

Ich sollte mich wahrscheinlich zu Wort melden.

LIAM:

‚Ruiniert ihm nicht sein Hemd, oder er wird den ganzen Abend rumjammern. Das zählt. Einen Punkt für Jake.‘

IAN:

‚Neeeeeein! Lass ihn nicht gewinnen!‘

JAKE:

‚Gewöhn dich dran.‘

Eine andere Nachricht taucht auf, und ich wechsle Screens. Sie ist von meinem Freund Spencer.

SPENCER:

,Werde nächstes Semester auf jeden Fall umziehen. Kann es kaum erwarten, endlich aus dem Studentenzimmer wegzukommen!'

Ich runzle meine Stirn und erinnere mich an unsere Unterhaltung, die schon eine Weile zurückliegt. Ich hatte ihm sagen wollen, dass er das Haus Leben und Lernen nicht so ruhig vorfinden würde, wie er es dachte.

Bevor ich antworten kann, öffnet sich die Tür, und ich schaue auf, als Charlie hereinkommt. Er entdeckt mein Handy und schnaubt.

„Verdammt, er hat dir bereits geschrieben, nicht wahr? Es ist mir rausgerutscht!"

Denn ja, Charlie weiß von dem Wettbewerb und hat aktiv versucht, jedem seine Punkte zu verweigern, aber er kann sich nun mal nicht helfen.

„Komm her, *Boyfriend*." Ich öffne meine Arme, und er kommt zu mir aufs Bett und kriecht schmollend in meine Umarmung. Ich küsse seine Schläfe, als er sich um mich herumschlingt. „Du weißt doch, wie sehr ich es liebe, wenn du mich so nennst", murmle ich, und er nickt. Sein Atem ist warm an der Seite an meinem Hals.

„Darum strenge ich mich nicht mehr an", gesteht er. „Wen interessiert dieses dumme Spiel, wenn ich dich habe?"

Die warmen Gefühle in mir drohen, mich zu überwältigen. Ich kann nicht glauben, dass ich solch ein Glück habe, einen Typen zu haben, der einfach so solche Dinge sagt. Dem ich so wichtig bin, dass er seinen Vater gebeten hat, während des Sommers mein Mentor zu sein, damit ich eine bessere Vorstellung bekommen kann, wie ich mein

Geschäft führen muss, wenn ich expandiere. Der vor jedem, der vielleicht zuhört, mit mir prahlt. Wir sind erst seit vier Wochen offiziell ein Paar, aber die Anfragen für Mr. Romance sind bereits um fünfzehn Prozent angestiegen, und das schiebe ich auf Charlies große Klappe.

Und es gibt nie auch nur einen Zweifel in mir, wie er fühlt. Er zeigt offen Zuneigung, jetzt mehr als damals, als wir „nur Freunde" waren, nimmt jede Chance wahr, die sich ihm bietet, um mich zu berühren – auch, wenn es nur ein Streicheln mit den Fingerspitzen ist. Er sagt, dass er keine romantische Person sei, aber in Wahrheit ist er das, denn es zeigt sich in all den Arten, wie er an mich und das, was ich mir vielleicht wünsche, denkt. In der Art, wie sein Blick innerhalb einer Gruppe immer auf mir landet. Der Art, wie er mit mir angibt. Der Art, wie er mir Lunch bringt, wenn ich ununterbrochen Unterricht habe, wobei er immer genau weiß, was ich mag.

„Ich habe etwas getan", murmelt er an meinem Hals, und ich seufze. Denn das ist die Geheimsprache für ‚Ich habe dir etwas gekauft'.

„Charlie, ich liebe dich nicht wegen der Geschenke", erinnere ich ihn.

Er löst sich von mir und setzt sich auf. „Ich weiß. Aber ich war total gestresst und so, und du weißt ja, dass es mich beruhigt, wenn ich shoppen gehe. Ich hatte nicht vor, dir etwas zu kaufen, das schwöre ich, aber dann habe ich es gesehen und ich *musste* es."

„Machst du dir immer noch Sorgen darüber, mit deinen Eltern zu sprechen?" Ich nehme seine Hand in meine, reibe mit meinem Daumen über seinen Handrücken, und er entspannt sich sichtlich.

„Nein. Vielleicht nur ein bisschen. Ich weiß, dass sie es akzeptieren werden, aber die Erwartung bringt mich fast um. Vielleicht sollte ich ihnen einfach eine E-Mail schicken." Ich sage nichts, und er schnaubt. „Ja, okay, ich weiß, dass ich keine E-Mail schicken kann. Aber ... was ist, wenn sie wirklich wollen, dass ich lerne, das Unternehmen zu leiten?"

Ich beiße auf meine Lippe. Ich habe Charlies Eltern nun schon zweimal getroffen – sie kamen uns besuchen, nachdem Charlie ihnen sagte, dass wir zusammen sind – und mit ihnen schon ein paar Male am Telefon gesprochen, und ich bin mir fast sicher, dass sie nicht einmal erwarten, dass Charlie jemals das Unternehmen übernehmen wird. Sie wissen, er würde es hassen. Seine Stärken liegen in anderen Bereichen, und seine Eltern lieben ihn genug, um das zu erkennen und zu akzeptieren. Ich denke, sie warten einfach nur darauf, dass er ihnen sagt, was er wirklich tun will.

Er wirft mir einen Seitenblick zu. „Wenn du irgendjemand anderer wärst, würde ich sagen, dass du schweigst, weil du denkst, dass ich zu dumm bin, um die Firma zu leiten."

„Das denke ich nicht, und es stimmt nicht", sage ich scharf. „Wer nennt dich dumm?"

„Niemand." Er zuckt mit den Schultern. „Aber ich weiß, dass Leute es denken. Es ist ja nicht gerade so, dass ich mit meinen Ideen die Welt in Brand setze."

„Du bist vollkommen normal. Und jetzt, da du dir überlegt hast, was du tun willst, kannst du dich darauf konzentrieren, dieses Ziel zu erreichen."

„Solange Mom und Dad damit einverstanden sind." Seine Mundwinkel sinken mit einem Stirnrunzeln nach unten.

„Sie werden es lieben", versichere ich ihm und versuche, nicht genervt zu klingen. Ich hatte die Idee das erste Mal, als wir in L.A. an der Wohltätigkeitsveranstaltung waren, und seither wurde ich immer überzeugter. Als ich es schließlich Charlie mitteilte, starrte er mich zehn Sekunden lang mit einem leeren Gesichtsausdruck an und fing dann an, wie ein Weihnachtsbaum zu strahlen. „Es ist für dich perfekt, und du verstehst dich einfach super mit deiner Mutter. Sie wird es lieben, wenn du mit ihr zusammenarbeitest, um häusliche Gewalt ins Rampenlicht zu rücken, und sie für die Frauen und Kinder, die Hilfe brauchen, bei der Spendensammlung unterstützt." Er wird darin einfach großartig sein. Sein natürlicher Charme wird Wunder bewirken, die Leute dazu bringen, Geld zu spenden, und er ist nie einem Fremden begegnet, dem er nicht alles über seine Lieblingsstiftung erzählen konnte. Was er für Mr. Romance getan hat, ist ein super Beispiel. „Sollen wir sie dieses Wochenende besuchen und mit ihnen sprechen, anstatt zwei Wochen zu warten, bis das Semester vorbei ist?"

Er denkt darüber nach. „Wirst du mit mir kommen?"

„Natürlich."

„Dann ja. Lass es uns hinter uns bringen." Er beugt sich zu mir, um mich zu küssen, und ich komme ihm auf halbem Weg entgegen. Wir taumeln auf die Matratze, er zieht mich näher an sich heran und fährt mit seiner Hand in mein Haar. Oder zumindest, was davon noch übrig ist. Ich habe es letzte Woche schneiden lassen, und mit meiner Erlaubnis hat der Friseur es ziemlich kurz geschnitten. Ich muss nicht länger von meinem Gesicht ablenken – nicht, wenn Charlie alles an mir liebt. Wenn er mich lieben kann, warum sollte ich es dann nicht tun? Alle anderen können mir den Buckel runterrutschen.

Er zieht sich zurück. Ich mache ein protestierendes Geräusch.

„Dein Geschenk!" Er klettert über mich hinweg und vom Bett.

Ich rolle mich auf meinen Rücken und sage: „Ich hätte lieber, dass du mich fickst."

„Du kannst beides haben", versichert er mir, während er in seinem Rucksack rumkramt. „Aber ich will dir das hier zuerst geben." Er kommt mit einer kleinen Papiertasche zum Bett zurück, und ich setze mich auf. Die Tüte hat keinen Aufdruck, somit gibt es keinen Hinweis, wo er es gekauft hat, was eine Erleichterung ist. Eine Sache, die ich seit unserer Begegnung gelernt habe, ist die, dass die teureren Geschäfte immer ihre Namen auf ihre Verpackungen aufdrucken.

Ich falte die Tüte oben auseinander und schütte den Inhalt in meine Handfläche.

Es ist ein Gepäckanhänger. Was ... sehr willkürlich ist. Allerdings ist meiner auf unserem Trip kaputtgegangen, also brauche ich wohl einen neuen. Die Seite, die ich mir ansehe, hat das klare Plastikfenster, wo ich eine Karte mit meinem Namen hineinschieben kann, also drehe ich es um, um mir die Rückseite anzusehen.

Und ich lache.

Schwarz-weiße Buchstaben kündigen auf einem knallig blauen Hintergrund an „Das ist meine flippige Tasche!" und darunter befindet sich der Umriss eines Gymnasten, der einen Handsprung macht.

„Dankeschön!" Ich beuge mich rüber und küsse seine Wange. „Ich liebe es. Es ist für mich perfekt."

Er lächelt mich an. „Dann hatte Jake also Unrecht? Er sagte mir, ich sollte dir ein romantisches Geschenk kaufen, aber ich sagte ihm, dass die Romantik im Detail liegt."

Diesmal küsse ich seinen Mund. „Ich werde dich noch zu einem Romantiker machen."

Denn die Romantik liegt absolut im Detail.

Ende

Danke, dass Sie Mr. Romance gelesen haben! Falls sie weitere Bücher von mir lesen wollen – inklusive dem, das Liam für Charlie gekauft hat, *‚Ein Dämon fürs Herz‘* – können Sie die Informationen auf meiner Webseite www.louisamasters.com/translations finden oder sich für meinen Newsletter anmelden.
Schließen Sie sich meiner Lesergruppe auf Facebook an RoMMance with Becca & Louisa.

DEUTSCHE VERSIONEN

Ein Dämon fürs Herz

Vampire sind die besseren Liebhaber

Da wird ja der Hund in der Hölle verrückt

Liebe wie von Zauberhand

Also by Louisa Masters

Demons-In-Law

Asher

Franklin U

Mr. Romance

Ghostly Guardians

Spirited Situation

Vortex Conundrum

Conduit Crisis

Here Be Dragons

Dragon Ever After

The Professor's Dragon

The Dragon Experiment

Conspiracy of Dragons

Hidden Species

Demons Do It Better

One Bite With A Vampire

Hijinks With A Hellhound

Sorcerers Always Satisfy

Met His Match

Charming Him

<u>Offside Rules</u>

<u>A Christmas Chance (novella)</u>

<u>Between the Covers (M/F)</u>

Joy Universe

I've Got This

<u>Follow My Lead</u>

<u>In Your Hands</u>

<u>Take Us There</u>

Novellas

Fake It 'Til You Make It (permafree)

One Golden Night

O Hell, All Ye Shoppers

Out of the Office

After the Blaze

Über die Autorin

Louisa Masters hat mit dem Lesen von Romanzen früher angefangen, als es ihrer Mutter recht war. Während sich andere Teenager aus dem Haus schlichen, hat Louisa herausgefunden, wie sie romantische Bücher lesen konnte, ohne erwischt zu werden. Als Erwachsene fördert sie ihre Sucht in jeder freien Sekunde, wobei sie sich nur gelegentlich davon losreißt, um Dinge zu tun wie zum Beispiel Telefonanrufe zu beantworten oder Rechnungen zu bezahlen.

Louisa hat eine lange Liste von Orten, die sie zuerst in Büchern entdeckt hat und besuchen will, und hin und wieder überwindet sie ihre Abneigung gegen Jetlags und unternimmt Reisen, die ihre Fantasie ankurbeln. Sie lebt in Melbourne, Australien, wo sie sich zwar die meiste Zeit des Jahres über das Wetter beschwert, aber insgeheim weiß, dass sie wahrscheinlich nie von dort wegziehen wird.